La caída de Númenor

Biblioteca J. R. R. Tolkien

J. R. R. Tolkien

La Caída de Númenor

y otros relatos de la Segunda Edad de la Tierra Media

Editado por Brian Sibley
y recopilado de *El Señor de los Anillos*,
El Silmarillion, *Cuentos inconclusos*,
volúmenes de *La Historia de la Tierra Media*
de Christopher Tolkien, y otras fuentes.

Ilustrado por Alan Lee

minotauro

Título original: *The Fall of Númenor*

Publicado por primera vez por HarperCollinsPublishers, 2022

Avda. Diagonal, 662-664, 08034 Barcelona (España)
www.edicionesminotauro.com
www.planetadelibros.com

Adaptación de la cubierta: Booket / Área Editorial Grupo Planeta
Ilustración de la cubierta: © Alan Lee
Primera edición en Colección Booket: julio de 2025

Depósito legal: B. 10.851-2025
ISBN: 978-84-450-1972-6
Impreso en España

J. R. R. Tolkien nació el 3 de enero de 1892. Después de servir en la Primera Guerra Mundial, se embarcó en una distinguida carrera académica y fue reconocido como uno de los mejores filólogos del mundo. Es conocido principalmente por ser el creador de la Tierra Media y autor de las clásicas y extraordinarias obras de ficción *El Silmarillion*, *El Hobbit* y *El Señor de los Anillos*. Sus libros han sido traducidos a 70 lenguas y se han vendido millones de ejemplares en todo el mundo. Falleció el 2 de septiembre de 1973, a la edad de 81 años.

Christopher Tolkien nació el 21 de noviembre de 1924 y fue el tercer hijo de J. R. R. Tolkien. Elegido por Tolkien para ser su albacea literario, dedicó más de cuarenta años a la publicación de las obras inéditas de su padre, desde *El Silmarillion* y *Cuentos inconclusos* a *Beren y Lúthien* y *La Caída de Gondolin*, y de la serie *La historia de la Tierra Media*. Fue galardonado en 2006 con la Bodleian Medal por su aportación a la literatura. Falleció en enero de 2020 a la edad de 95 años.

Brian Sibley es un famoso escritor y presentador, conocido en los círculos de Tolkien por su trabajo en la BBC en la radio serialización de *El Señor de los Anillos* (1981), así como por los libros sobre los mapas de la Tierra Media y del *making of* de las adaptaciones cinematográficas de *El Señor de los Anillos* y *El Hobbit*. En 2022 obtuvo el premio Outstanding Contribution de la Tolkien Society.

Alan Lee es el ilustrador de la aclamada edición especial de *El Señor de los Anillos*, así como de la edición conmemorativa de *El Hobbit*. Estudió diseño gráfico y la representación de los mitos celtas y nórdicos, y ha ilustrado un amplio abanico de libros.

Todos escucharon mientras la voz clara de Elrond hablaba de Sauron y los Anillos de Poder, y de cuando fueron forjados en la Segunda Edad del Mundo, mucho tiempo atrás. Algunos conocían una parte de la historia, pero nadie del principio al fin, y muchos ojos se volvieron a Elrond con miedo y asombro mientras les hablaba de los herreros elfos de Eregion y de la amistad que tenían con las gentes de Moria, y de cómo deseaban conocerlo todo, y de cómo esta avidez los hizo caer en manos de Sauron. Pues en aquel tiempo aún no tenía un aspecto malvado, de modo que recibieron la ayuda de Sauron y se hicieron muy hábiles en artesanía, mientras que él en tanto aprendía todos sus secretos y los engañaba forjando secretamente en la Montaña de Fuego el Anillo Único, para dominarlos a todos. Pero Celebrimbor se dio cuenta y escondió los Tres que había fabricado; y hubo guerra, y la tierra fue devastada, y las puertas de Moria se cerraron.

Después, Elrond relató qué fue del Anillo durante los largos años que siguieron, pero como esa historia se cuenta en otra parte, y Elrond mismo la ha anotado en los archivos de Rivendel, no se la recordará aquí. Es una larga historia, colmada de grandes y terribles aventuras, y aunque Elrond la contó brevemente, el sol subió en el cielo y la mañana ya casi había pasado antes de que él terminara.

Habló de Númenor, de la gloria y la caída del reino, y de cómo habían regresado a la Tierra Media los Reyes de los Hombres, traídos desde los abismos del océano sobre las alas de la tempestad.

El Señor de los Anillos: La Comunidad del Anillo
Libro II, «El Concilio de Elrond»

En recuerdo a
Priscilla Reuel Tolkien (1929-2022),
siempre amiga de los amigos de la Tierra Media

Índice

LISTA DE ILUSTRACIONES

SOBRE ESTE LIBRO

La Caída de Númenor presenta, en un solo volumen, una selección de los escritos póstumos de J. R. R. Tolkien sobre la Segunda Edad de la Tierra Media. Este libro no habría sido posible sin los extraordinarios triunfos literarios de Christopher Tolkien, quien introdujo a los lectores de *El Hobbit* y *El Señor de los Anillos* en el rico legado de mito e historia tanto de los Días Antiguos como de la Segunda Edad. Lo consiguió gracias a sus muchos años de trabajos como albacea literario, editando, juntando, recopilando y proporcionando comentarios de un valor incalculable a los muchos manuscritos y borradores de su padre. Fue en las páginas de *El Silmarillion*, los *Cuentos inconclusos*, los volúmenes de la *Historia de la Tierra Media* y en otros trabajos que Christopher Tolkien editó y preparó para su publicación, donde se contó por primera vez la historia de la Caída de Númenor, el auge de Sauron, la forja de los Anillos de Poder y la Última Alianza de Elfos y Hombres contra el Señor Oscuro de Mordor.

La intención con el presente libro no es la de suplantar estas obras, puesto que cada una de las obras de J. R. R. Tolkien ya se encuentra en un estado de presentación definitiva, con comentarios perspicaces y análisis sin par realizados por Christopher Tolkien. Antes que eso, consiste en proporcionar extractos de los textos mencionados arriba, con la menor intervención editorial posible, que ilustren, con las palabras del propio autor, los ricos y tumultuosos acontecimientos de la Segunda Edad, tal y como quedan resumidos por J. R. R. Tolkien en «La Cuenta de los Años (Cronología de las Tierra occidentales)», que aparece como parte del Apéndice B en *El Señor de los Anillos* y queda reproducido al principio de este volumen. Para los que quieran profundizar en su historia, las notas al final del libro, muchas de las cuales beben de los conocimientos editoriales de Christopher Tolkien, de un valor incalculable, al reproducir o citar sus propias notas a las fuentes originales publicadas, les ayudarán en sus exploraciones de la Segunda Edad de la Tierra Media. *

Los pasajes y extractos seleccionados se han organizado siguiendo el orden cronológico establecido en «La Cuenta de los Años (Cronología de las Tierras Occidentales)», y quedan presentados en capítulos cuyos títulos concuerdan con la cronología. Esta presentación ha sido aumentada con otras dos fuentes: los nombres y las fechas de los Reyes númenóreanos indicados en el Apéndice A: «Anales de los Reyes y los Gobernantes» —nuevamente en *El Señor de los Anillos*— y «La Línea de Elros: Reyes de Númenor», que se encuentra en *Cuentos inconclusos*, Segunda parte: «La Segunda Edad».

*. Las referencias a páginas concretas remiten siempre a la primera edición de la obra en cuestión, con la excepción de El Señor de los Anillos, donde las referencias son a la edición publicada en 2004 con motivo del 50.º aniversario del libro.

Los acontecimientos, tal y como se desarrollan en Númenor y en la Tierra Media, quedan relatados con material procedente de las fuentes que se citan a continuación.

Para la historia de Númenor: el texto de «Akallabêth» (en *El Silmarillion*); la historia de Aldarion y Erendis y la tabla genealógica «Las primeras generaciones de la Línea de Elros» (en *Cuentos inconclusos*); y tomando en consideración material encontrado en «La historia de la Akallabêth» (*Los pueblos de la Tierra Media*), «La historia temprana de la leyenda» y «La Caída de Númenor» (ambos en *El camino perdido y otros escritos*) y «El hundimiento de Anadûnê» (en *Sauron derrotado*).

Tal y como Christopher Tolkien habría querido, la investigación de los escritos de su padre continúa y el texto también bebe adicionalmente de otro volumen póstumamente publicado de obras de Tolkien, *La naturaleza de la Tierra Media* (2021), editado por Carl F. Hostetter. Estas fuentes están editadas para contar la historia de la fundación de Númenor, su geografía y fauna salvaje, y las vidas de los Númenóreanos, e incluyen además material de «Una descripción de la isla de Númenor» (en *Cuentos inconclusos*) y, de *La naturaleza de la Tierra Media*, «Las tierras y animales de Númenor», «Las vidas de los Númenóreanos» y «El envejecimiento de los Númenóreanos». Los pasajes usados no aparecen necesariamente como en el texto original de ese volumen, sino en el orden más adecuado a la narración cronológica.

Los acontecimientos que se desarrollan en la Tierra Media en paralelo a los de Númenor han sido seleccionados de los textos «De los Anillos de Poder y la Tercera Edad» (en *El Silmarillion*), «La historia de Galadriel y Celeborn» (en *Cuentos inconclusos*) y «Galadriel y Celeborn» (en *La naturaleza de la Tierra Media*).

Este volumen toma como punto de partida el principio establecido por Christopher Tolkien, a efectos de que los textos publicados serán considerados las versiones finales, y cuando se incluye material de borradores anteriores con variaciones de nombres, fechas y ortografía, dichas variaciones quedan enmendadas para concordar con la forma finalmente adoptada. Allá donde él considerase que determinadas palabras o frases escritas a mano por su padre no estaban claras, se incluye delante un signo de interrogación.

Las intervenciones editoriales aparecen con tamaño de letra más pequeño y sangradas las enmiendas explicativas realizadas por el editor para introducir los pasajes, o dentro del cuerpo de un extracto, se indican entre corchetes. Cuando en el texto original un pasaje no empieza con mayúscula, las palabras iniciales han quedado enmendadas sin indicarlo explícitamente para empezar con mayúscula y así facilitar la lectura. Las omisiones de palabras dentro de un pasaje se indican con puntos suspensivos.

El libro también incluye extractos de *Las cartas de J. R. R. Tolkien* (1981), editadas por Humphrey Carpenter con la ayuda de Christopher Tolkien, y algunos pasajes significativos de *El Señor de los Anillos* relacionados con la Segunda Edad, que proporcionan material importante y relevante. En algunos de ellos, el texto ha sido abreviado (con las omisiones indicadas con puntos suspensivos) o reorganizado sin indicación explícita; en todos los casos, las notas finales dirigirán al lector a los pasajes relevantes de las tres partes de la obra, indicadas como «Comunidad», «Torres» y «Retorno».

INTRODUCCIÓN: LA SAGA DE «UNA EDAD OSCURA»

Es un momento poderoso en la literatura moderna: el Anillo Único —el Principal Anillo de Poder de Sauron, el Señor Oscuro, cuya destrucción ha sido el objetivo de una misión épica— cae al llameante corazón del Monte del Destino; así, regresando al infierno en el que fue forjado, el Anillo por fin quedó deshecho.

Por supuesto, el autor aún debe ocuparse de muchas cosas: asuntos que tienen que ver con rescates, curación y una coronación, seguidos de puestas en común y reconciliaciones, despedidas, separaciones y partidas. Pero la destrucción del Anillo Gobernante, y con ella la Caída de Sauron y su torre oscura, y el fin de sus milenarias guerras de desgaste contra los Pueblos Libres de la Tierra Media, es, en efecto, el momento culminante de *El Señor de los Anillos* de J. R. R. Tolkien.

Sin embargo, para el autor, esto fue un apéndice elaborado de un cuento más antiguo, o una serie de cuentos, en los que llevaba muchos años trabajando y que habían atraído su imaginación desde hacía aún más tiempo. Tal y como escribiría, unos años antes de la publicación de *El Señor de los Anillos*: «no recuerdo que haya habido un tiempo en que no estuviera edificándolo».[1]

A través de los esfuerzos incansables de los motores de la cultura popular, *El Señor de los Anillos* es ahora un símbolo universalmente apropiado del arte de la creación de mitos, y ocupa un lugar en una tradición centenaria de leyendas, cuentos populares y cuentos de hadas. Sin embargo, para Tolkien las hazañas de Bilbo Bolsón y la monumental misión de su sobrino Frodo no fueron sino una parte de una historia mucho más grande, que se remontaba a un pasado lejano.

J. R. R. Tolkien, escribiendo a su hijo Christopher en noviembre de 1944, reveló de qué modo el «gran Romance» que estaba escribiendo era una crónica en constante crecimiento, cambio y concepción. Al enviar los últimos capítulos completados a Christopher, junto con un esbozo de lo que quedaba de la narración, comentó: «Probablemente el argumento diferirá mucho de este plan cuando realmente lo escriba, pues las cosas parecen escribirse por sí solas una vez que me pongo en marcha, como si la verdad, imperfectamente atisbada en el esbozo preliminar, surgiera de ellas».[2]

Este acercamiento a la escritura creativa se originaba en el hecho de que Tolkien era al mismo tiempo un respetado erudito, y un aficionado (en su propia definición) al arte de escribir novelas. Estaba arraigado de manera profesional y pasional a la investigación, y se había formado en la comprensión y el uso de las palabras, pero se veía constantemente, para su propio y auténtico gozo y sorpresa, sacudido y redirigido por la inspiración espontánea y liberadora de la imaginación creativa.

El resultado fue *El Señor de los Anillos*: una obra maestra de la literatura fantástica, concebida y ejecutada de una manera única, que era una «secuela» ambiciosa de *El Hobbit*, su cuento anterior y más modesto.

Inicialmente, los lectores de Tolkien sólo eran conscientes del libro en sí, y no de sus fundamentos, construidos de una manera clínica e incluso obsesiva, que eran fruto de las disciplinadas labores de una mente académica. Sólo más tarde, y de un modo gradual, el público lector llegó a atisbar la vasta estructura laberíntica de la lingüística, las cronologías, las genealogías y las historias que sostenían la épica (a la vez que íntima y particular) narrativa de la Guerra del Anillo. Una parte de estos fundamentos era una obra en construcción conocida como *El Silmarillion*, un intrincado mosaico de escritos imaginativos que constituían la prehistoria de *El Señor de los Anillos* y la génesis del *legendarium* de la Tierra Media.

En 1951, Tolkien estaba buscando una editorial que estuviera dispuesta no sólo a considerar la publicación de la recién terminada obra *El Señor de los Anillos*, sino que además se comprometiese a publicar simultáneamente *El Silmarillion*, un proyecto en el que, para entonces, ya llevaba trabajando de un modo intermitente unos treinta y siete años.

Para promocionar su causa, Tolkien escribió lo que él llamaba un «breve esbozo» (aunque superaba las 7500 palabras) que servía como resumen tanto de *El Silmarillion* como de *El Señor de los Anillos*, y que detallaba con esmero la interdependencia de los dos proyectos.

Primero esbozó la formación de la Tierra Media, un mito de la creación de una considerable belleza y poder literarios, seguido de unas historias elaboradas de un modo opulento acerca de las diferentes razas y las poderosas hazañas que realizaron, y las grandes tragedias que les afligieron, a lo largo de las generaciones que constituyeron lo que él llamaba la Primera Edad. Después, ocupándose de los acontecimientos de la Edad que siguieron, Tolkien escribió: «El próximo ciclo trata (o debería tratar) de la Segunda Edad. Pero reina en la Tierra una edad oscura y no se cuenta (o no es necesario contar) mucho de su historia».[3]

Esta era una afirmación curiosa, porque Tolkien ya había escrito gran parte de esa historia, en muchos borradores detallados de considerables extensiones, entre otras cosas el origen y el auge de Sauron, el personaje que prestó su sobrenombre al título de *El Señor de los Anillos*, la forja de los Anillos de Poder y del Anillo Único que los gobernaba a todos.

De manera similar, dentro del mismo período de más de 3400 años, había registrado un relato sobre la fundación de la isla de Númenor, con su geografía y naturaleza, sus gentes y su historia política, social y cultural, y, finalmente, los acontecimientos que condujeron a su eventual corrupción, declive y catastrófica caída.

El ambicioso plan de Tolkien de presentar a los lectores la envergadura completa de la mitología, las leyendas y la historia de su mundo creado como un preludio para la dramática historia de *El Señor de los Anillos* se quedó en agua de borrajas. Las editoriales dudaban, y con razón, de la viabilidad de una inversión tan costosa e insegura, y no le quedó otra alternativa que aceptar que el relato de Frodo Bolsón y la Compañía del Anillo tendría que sostenerse solo.

Sin embargo, la creación y eventual ruina de Númenor, y la forja de los Anillos de Poder, fueron dos acontecimientos centrales en la cronología de la Tierra Media, y cuando en julio y noviembre de 1954 los dos primeros volúmenes de *El Señor de los Anillos —La Comunidad del Anillo* y *Las Dos Torres*— finalmente fueron publicados por George Allen & Unwin, los lectores tuvieron los primeros y sugerentes atisbos de aquella historia del pasado, que proporcionaron un tapiz de fondo muy rico para la lucha de los Pueblos Libres de la Tierra Media contra Sauron y las fuerzas de Mordor. Estos potentes elementos, aunque fueran periféricos respecto de la narrativa central, resultaron ser —y siguen siendo, sin duda— una parte integral del atractivo del libro.

En 1955, cuando fue publicado *El Retorno del Rey*, el último volumen de *El Señor de los Anillos*, Tolkien añadió más de cien páginas de Apéndices que proporcionaron muchos detalles sobre la Tierra Media: sus lenguas, el linaje de sus Reyes y Gobernantes, y una cronología de los acontecimientos de la Segunda y la Tercera Edades. Durante muchos años, estos apéndices, que fueron enmendados en 1966 para la segunda edición de *El Señor de los Anillos*, fueron los únicos atisbos de información disponibles para el lector medio que buscase más conocimientos sobre el trasfondo de las aventuras publicadas del señor Bilbo Bolsón y la posterior misión llevada a cabo por su sobrino Frodo.

Tal y como Tolkien escribió en 1965 en su Prefacio a la Segunda Edición de *El Señor de los Anillos*: «Esta narración fue creciendo mientras se narraba, hasta convertirse en una historia de la Gran Guerra del Anillo e incluir muchos atisbos de la historia aún más antigua que la antecede». Con la muerte del autor, el 2 de septiembre de 1973, pudo parecer que no iba a haber más información sobre aquella «historia aún más antigua» de la Tierra Media; pero en mayo de 1977 Humphrey Carpenter publicó *J. R. R. Tolkien, una biografía*, que no sólo reveló la enorme envergadura de la obra creada por Tolkien de un modo más completo de lo que hasta entonces se había entendido, sino que también ofreció nuevos y sugerentes detalles de versos específicos y narrativas en prosa, como «El viaje de Earendel la Estrella Vespertina» y «La Caída de Gondolin»: unas referencias seductoras que auguraban la aparición, en el mes de septiembre del mismo año, de *El Silmarillion*, tal y como fue preparado para su publicación por Christopher. Era un proyecto al que había dedicado cuatro años de su vida, trabajando de un modo incansable en su empeño por ofrecer a los lectores la oportunidad de regocijarse con la gran visión de su padre de la Primera Edad de la Tierra Media.

Aunque *El Silmarillion* se centraba sobre todo en la mitología y la historia de los «Días Antiguos» de la Tierra Media, también contenía dos obras claves relativas a la Segunda Edad: el ensayo autoexplicativo «De los Anillos de Poder y la Tercera Edad» y «Akallabêth». Este último texto proporcionó un resumen de la historia del reino isleño de Númenor —un regalo a los Hombres de la Tierra Media que habían luchado lealmente junto a los Elfos en la Guerra de la Cólera al final de la Primera Edad— y describía cómo, a través de la corrupción de Sauron, se fraguó su destrucción. El título original de esta narrativa fue *The Fall of Númenor*, más tarde cambiado por *The Downfall of Númenor*.* En *El Silmarillion* Christopher Tolkien usó el título «Akallabêth», que significa, en la lengua de los Númenóreanos, 'La que ha caído' o 'La caída', señalando en una nota que ninguna de las versiones de la obra llevaba ese título, pero era el nombre con el que su padre se refería a ella.[4]

Más detalles sobre Númenor —de carácter histórico, geográfico y genealógico— fueron revelados en 1980, cuando Christopher Tolkien publicó *Cuentos inconclusos de Númenor y la Tierra Media*, otra selección de narraciones, en su mayoría incompletas, sacadas de los escritos de su padre sobre varios

*. Ambos títulos significan literalmente «La Caída de Númenor». N. del Trad.

momentos de gran dramatismo a lo largo de las Tres Edades de la Tierra Media.

Al igual que *El Silmarillion*, los *Cuentos inconclusos* fueron fruto de un estudio minucioso de Christopher de los papeles de su padre, y el éxito del libro, a pesar de su naturaleza fragmentaria, dio origen a un empeño único en la investigación literaria que tuvo como resultado, a lo largo de un período de trece años, la magistral serie de 12 volúmenes *Historia de la Tierra Media.*

Hay que mencionar otros dos textos importantes de J. R. R. Tolkien que versan sobre Númenor. Su fascinación por la creación de la isla y su eventual destino se originó, en parte, por una pesadilla recurrente que Tolkien tenía desde su primera infancia, y le afligía también en su vida adulta. En una carta escrita en 1964 describió esta experiencia: «Esta leyenda o mito u oscuro recuerdo de alguna historia antigua siempre me ha perturbado. En sueños he tenido la espantosa pesadilla de la Ola ineluctable que salía del mar tranquilo o se levantaba como una torre sobre las islas verdes. Todavía se me da ocasionalmente, aunque exorcizada por haber escrito sobre ella».[5]

Un probable incentivo para Tolkien para intentar semejante exorcismo surgió en 1936, como resultado de una conversación con C. S. Lewis, su amigo y compañero del grupo literario de los Inklings. Más tarde, Tolkien recordó: «L[ewis] me dijo, un día: "Tollers, hay muy poco de lo que verdaderamente nos gusta en las historias. Me temo que tendremos que intentar escribirlo nosotros mismos". Convinimos en que él se dedicaría a un "viaje espacial" y yo a uno "temporal"».[6]

Lewis escribió *El planeta silencioso*,[7] la primera parte de una trilogía en la que se valía del género de la ciencia ficción para tratar alegóricamente temas morales y teológicos. El intento de Tolkien resultó menos exitoso. «Empecé —escribe— un libro abortado sobre un viaje temporal que debía terminar con la presencia de mi héroe en la inundación de la Atlántida. Esta debía llamarse Númenor, la Tierra del Oeste».[8] La historia iba a abarcar muchas generaciones de una familia. Comenzaba con un padre y un hijo, Edwin y Elwin, e iba a trazar su ascendencia a través del tiempo hasta unos personajes claves en los tiempos de la Caída de Númenor. «Mi esfuerzo —reflexionó posteriormente— después de algunos capítulos prometedores, quedó seco; era un rodeo demasiado vasto para lo que yo quería hacer realmente: una nueva versión de la leyenda de Atlántida».[9]

Aunque Tolkien escribía sobre lo que él llamaba su «complejo de la Atlántida» o «fantasma de la Atlántida», en una referencia evidente a la isla ficticia descrita en los diálogos de Platón, le atraía más directamente la idea de un romance acerca de una civilización superada por una tragedia atlántica, una fascinación afianzada en la imaginación humana desde hace muchos siglos de cultura popular.[10]

En la interpretación de Tolkien, al cataclísmico hundimiento de Númenor bajo las olas le sigue una reforma física del mundo —que se vuelve «curvado» y pasa de ser plano a redondo, con las tierras occidentales «movidas para siempre de los círculos del mundo». Un elemento crucial de este mito fue la existencia continuada de un Camino Recto al Antiguo Oeste que, aunque ahora estaba escondido de la vista, podría ser tomado por el que lo descubriese: un concepto encarnado en el título propuesto para el libro, *El camino perdido.*

El auge y la caída literales de la isla de Tolkien (porque había sido inicialmente elevada del mar como un don para los Hombres) no sólo tuvo como inspiración la alegoría platónica sobre la política de los Estados, sino también la narrativa judeocristiana de la fragilidad y falibilidad de la especie humana, tal y como queda retratado en el Génesis bíblico. Esto queda evidenciado en su descripción de la Caída de Númenor como «la Segunda Caída del Hombre (o el Hombre rehabilitado, pero todavía mortal)».[11]

Es evidente por el detallado estudio de Christopher Tolkien de los manuscritos de su padre, que el relato de los Númenóreanos y su destino fue concebido en total armonía con *El Silmarillion* y la *Historia de la Tierra Media* en perpetuo desarrollo, así como las leyes naturales y sobrenaturales a las que estaba sometida. La «competición» inicial con Lewis para escribir lo que Tolkien describió como «una emocionante historia de viajes (...) en las que se descubría el Mito»[12] rápidamente alcanzó mucha más importancia como un componente de su *legendarium.* De hecho, Númenor se convirtió en la piedra angular de la estructura emergente de los acontecimientos de la Segunda Edad.

A pesar de ser un texto inacabado, Tolkien había enseñado los borradores de los primeros capítulos de *El camino perdido* a sus editores en 1937, pero la desalentadora respuesta fue que, aunque terminase el libro, no parecía probable que fuera a ser un éxito comercial.

En 1945, Tolkien volvió a la idea de realizar una exploración independiente del concepto de un viaje atlántico en el tiempo (aún vinculado a la Tierra Media) cuando comenzó a escribir *Los papeles del Club Notion*, una novela planificada que iba a asumir la forma imaginativa de un descubrimiento, en el año 2012, por aquel entonces aún distante en el tiempo, de una serie de documentos relacionados con las reuniones de un círculo literario de Oxford, y los intentos de dos de sus miembros de experimentar con los viajes en el tiempo. El Club Notion es una referencia jocosa a los Inklings,* un club también de Oxford compuesto

*. Las palabras *notion* e *inkling* tienen en inglés un significado parecido: 'idea, noción, atisbo'. N. del Trad.

de autoproclamados escritores «aficionados» de ficción, en el que Tolkien y Lewis fueron los principales motores. Naturalmente, el nombre de «Inklings» también había sido elegido con astucia para referirse, al mismo tiempo, a «ideas» y a aquellos que tienen interés en expresarse mediante la tinta,* y la elección de Tolkien de la palabra *notion* era un sinónimo evidente de la palabra *inkling*. Además, Tolkien juega con la idea de que algunos de los personajes que aparecen como miembros del Club Notion podrían ser retratos ficcionales de él mismo y varios compañeros de los Inklings.

En el momento de su composición, Tolkien todavía tenía que completar *El Señor de los Anillos*, y al final *Los papeles del Club Notion* fue abandonado, al igual que *El camino perdido*, aunque sólo después de haber desarrollado una parte considerable del libro, y dedicado un tiempo considerable a crear el adûnayân, una lengua númenóreana, o, en su forma anglicanizada, adûnaico ('lengua del Oeste'). Después de retomar y finalmente terminar *El Señor de los Anillos*, Tolkien no volvió a trabajar en *Los papeles del Club Notion*, con toda probabilidad porque centraba cada vez más su atención en los Días Antiguos de la Tierra Media.

Los contenidos de *El camino perdido* y *Los papeles del Club Notion*, tal y como fueron planificados y parcialmente completados, tienen una conexión temática importante con los escritos númenóreanos que se encuentran en la «Akallabêth» de *El Silmarillion* y otras narrativas póstumamente publicadas sobre la Segunda Edad, pero son radicalmente individuales en su estilo y tono, sobre todo en los conceptos relativos a los viajes temporales en torno a las ubicaciones en el «mundo real» (y en el «mundo futuro»).

*. Por el primer elemento de la palabra (*ink*), que significa 'tinta'. N. del Trad.

Aquellos lectores que quieran seguir explorando estos discretos experimentos en el repaso cronológico del concepto de Númenor pueden leer dos volúmenes de la *Historia de la Tierra Media* de Christopher Tolkien: *El camino perdido y otros escritos* (1987) y *Sauron derrotado* (1992), aunque a modo de ilustración, una narrativa extensa y especialmente significativa, sacada de *El camino perdido*, a la que Christopher se refiere en *El camino perdido* como «Los capítulos númenóreanos», está incluida en el presente volumen en forma de Apéndice.

Christopher Tolkien falleció en 2020, a la edad de 95 años, tras una vida entera dedicada a los anales de la Tierra Media, y una carrera de casi cincuenta años editando meticulosamente las obras de su padre. Este incomparable legado de investigación ha enriquecido de un modo incalculable la comprensión y apreciación de los lectores por el libro que en 1997 fue votado como la obra de ficción más querida del siglo XX, y que ahora, a través de una variedad de medios, ocupa un lugar inconquistable en el corazón de un público lector internacional.

Sin la pasión, dedicación y habilidad de Christopher, la historia de la Segunda Edad de la Tierra Media nunca se habría contado.

ANTES DE LA SEGUNDA EDAD

El Señor de los Anillos de J. R. R. Tolkien tuvo su origen en el libro que hoy en día conocemos como *El Silmarillion*, finalmente publicado en 1977 bajo la magistral mano editorial de su hijo Christopher. Era un volumen que abarcaba toda la historia de la creación de la Tierra Media y su paso de una edad mítica a un tiempo en el que los relatos comienzan a fundirse con la historia, inspirado, como diría el autor, en su «pasión fundamental (...) por el mito (¡no por la alegoría!) y por el cuento de hadas y, sobre todo, por la leyenda heroica a caballo entre el cuento de hadas y la historia, de la que no hay bastante en el mundo (que me sea accesible) para mi apetito».

En 1951, mucho antes de la publicación de *El Silmarillion*, con sus relatos sobre la Primera Edad de la Tierra Media y, de hecho, antes incluso de que *El Señor de los Anillos* llegase a manos del público lector general, Tolkien escribió a su amigo Milton Waldman acerca del alcance de su ambición como narrador de historias:[1]

> ¡No se ría! Pero una vez (mi cresta hace mucho que ha caído desde entonces) tuve intención de crear un cuerpo de leyendas más o menos conectadas, desde las amplias cosmogonías hasta el nivel del cuento de hadas romántico —lo más amplio fundado en lo menor en contacto con la tierra, al tiempo que lo menor obtiene esplendor de los vastos telones de fondo—, que podría dedicar simplemente a Inglaterra, a mi patria. Debía poseer el tono y la cualidad que yo deseaba, algo fresco y claro, impregnado de nuestro «aire» (el clima y el terreno del noroeste, Bretaña y las partes más altas de Europa, no Italia ni el Egeo, todavía menos el este); y aunque poseyera (si fuera capaz de lograrla) la sutil belleza evasiva que algunos llaman céltica (aunque rara vez se la encuentra en los verdaderos objetos célticos antiguos), debería ser «elevado», purgado de bastedad y adecuado a la mente más adulta de una tierra ahora hace ya mucho inmersa en la poesía. Trazaría en plenitud algunos de los grandes cuentos, y muchos los dejaría esbozados en el plan general. Los ciclos se vincularían en una totalidad majestuosa, y dejaría márgenes para que otras mentes y manos hicieran uso de la pintura, la música y el teatro. Absurdo.

Ambicioso, sin duda, pero —afortunadamente para nosotros— no tan absurdo como Tolkien se imaginaba en sus momentos de más frustración y dudas, y fue un concepto al que volvía y que retomaba una y otra vez con determinación, aunque su manera de hacerlo era la de un viajero errabundo: explorando lenguas, haciendo mapas y siempre dispuesto a abandonar el ancho camino de su narrativa central para explorar caminos secundarios pintorescos o peligrosos, antes de regresar al camino inicial. Esto, sin duda, explica por qué la idea de un sinuoso «Camino» recorre una parte tan importante de sus escritos.

Hablando sobre la gran envergadura imaginada de este esquema «absurdo», Tolkien admitió tranquilamente que no lo había concebido ni lo había desarrollado «al mismo tiempo»; en lugar de ello, el esquema había ido tomando forma de un modo que habla del impacto muy concreto que sus escritos iban a tener —y siguen teniendo— sobre un público lector de varios continentes y culturas. «Los cuentos en sí —escribió— fueron lo primero. Me surgían en la mente como cosas "dadas", y a medida que iban presentándose, los eslabones crecían. Un trabajo absorbente, aunque de continuo interrumpido (especialmente porque, aparte de las necesidades de la vida, la mente se trasladaba al polo opuesto y se centraba en la lingüística); no obstante, tuve siempre la sensación de registrar lo que estuvo siempre "allí", en alguna parte, no de "inventar"».

Puede que el poder de toda gran literatura resida en ese momento audaz de suspensión de incredulidad. La referencia de Tolkien a «la lingüística» es, en sí, clave para entender el proceso creativo, ya que su amor por las lenguas y sus grandes conocimientos de ellas infunde la ficción de antigüedad. Tal y como escribió:

> Muchos niños inventan, o empiezan a inventar, lenguas imaginarias. Yo me dediqué a ello desde que empecé a escribir. Pero nunca dejé de hacerlo y, por supuesto, como filólogo profesional (interesado especialmente en la estética lingüística), he cambiado de gusto, mejorado en teoría y, quizás, en habilidad. Tras mis historias hay ahora un nexo de lenguas (en general, sólo esbozadas estructuralmente). Pero a esas criaturas que en inglés llamo equívocamente Elfos se les asignan dos lenguas emparentadas más completas, cuya historia está escrita y cuyas formas (que representan dos aspectos diferentes de mi propio gusto lingüístico) están deducidas científicamente de un origen común. Con el material de esas len-

guas están hechos casi todos los *nombres* que figuran en mis leyendas. Esto da cierto carácter (una coherencia, una consistencia de estilo lingüístico y una ilusión de historicidad) a la nomenclatura, o así me lo parece, que falta de modo notorio en otras creaciones comparables.

Estos comentarios fueron un prefacio para su intento de proporcionar un resumen de los acontecimientos registrados en su complejo *legendarium*, y que tienen lugar en la larga Edad que precede a la que queda registrada en el presente volumen.

Los ciclos empiezan —escribió— con un mito cosmogónico: *la Música de los Ainur*. Se revelan Dios y los Valar (...). Estos son, como si dijéramos, poderes angélicos cuya función consiste en ejercer la autoridad en sus esferas (...). Son «divinos», es decir, estaban originalmente «fuera» y existían «antes de» la creación del mundo.

Tras la historia de la creación, la narrativa de *El Silmarillion* continúa del modo en que Tolkien lo resume en su carta:

Avanza luego velozmente a la *Historia de los Elfos* o el *Silmarillion* propiamente dicho; al mundo tal como lo percibimos, pero, por supuesto, transfigurado de un modo aún semimítico: es decir, se trata de criaturas racionales encarnadas de estatura más o menos comparable con la nuestra. (...) Ellos son los *Primeros Nacidos*, los Elfos, y los *Seguidores*, los Hombres. El hado de los Elfos es ser inmortales, amar la belleza del mundo, llevarla a pleno florecimiento mediante sus dones de delicadeza y perfección, durar mientras ella dura, no abandonarla nunca ni aun cuando se los «mata», sino retornar; y, sin embargo, cuando los Seguidores llegan, enseñarles, abrirles camino, «desvanecerse» a medida que los Seguidores crecen y absorben la vida de la que ambos proceden. El Hado (o Don) de los Hombres es la mortalidad, la libertad de los círculos del mundo (...).

Como digo, el *Silmarillion* es peculiar y difiere de todas las cosas similares que conozco (...). Su centro de visión y de interés no son los Hombres, sino los «Elfos». Los Hombres intervinieron de manera inevitable: después de todo, el autor es un hombre, y si ha de tener una audiencia, se constituirá de Hombres, y los Hombres deben incluirse en nuestros cuentos como tales, y no meramente transfigurados o parcialmente representados como Elfos, Enanos, Hobbits, etcétera. Pero permanecen como periféricos: venidos tardíamente, y aunque van cobrando mayor importancia, no son los principales (...).

El cuerpo principal del cuento, el *Silmarillion* propiamente dicho, trata de la caída de los más dotados de entre los Elfos; su exilio de Valinor (una especie de Paraíso, el hogar de los Dioses) en el lejano Oeste; su reentrada en la Tierra Media, la tierra de su nacimiento, desde largo tiempo bajo la égida del Enemigo, y su lucha con él, el poder del Mal todavía visiblemente encarnado. Recibe su nombre porque los acontecimientos se entretejen todos de acuerdo con el destino y la significación de los *Silmarilli* ('radiación de luz pura') o Joyas Primordiales. (...) pero los Silmarilli eran algo más que meros objetos de belleza como tales. Había la Luz. Había la Luz de Valinor, hecha visible en los Dos Árboles de Plata y de Oro.[2] Estos recibieron la muerte por acción maliciosa del Enemigo, y Valinor quedó a oscuras, aunque de ellos, antes de morir por completo, derivan las luces del Sol y de la Luna. (Hay aquí una pronunciada diferencia entre estas leyendas y la mayor parte de las demás, pues el sol no constituye un símbolo divino, sino algo segundo en excelencia, y la «luz del sol» —el mundo bajo el sol— se convierte en condición de un mundo caído y fuente de una dislocada visión imperfecta.)[3]

Pero el principal artífice de entre los Elfos (Fëanor) había encerrado la Luz de Valinor en tres joyas supremas, los Silmarilli, antes de que los Árboles fueran mancillados o muertos. Esta Luz vivió así, en adelante, sólo en estas gemas. La caída de los Elfos se produce por la actitud posesiva de Fëanor y sus hijos en relación con estas gemas. El Enemigo se apodera de ellas, las engarza en su Corona de Hierro y las guarda en su fortaleza impenetrable. Los hijos de Fëanor hacen un voto terrible y blasfemo de enemistad y venganza contra cualquiera, aun contra los dioses, que clamen derecho de posesión sobre los Silmarilli. Pervierten a la mayor parte de sus parientes, que se rebelan contra los dioses, abandonan el paraíso y parten a una guerra sin esperanzas contra el Enemigo. El primer fruto de su caída es la guerra en el Paraíso, la matanza de Elfos por Elfos; y esto y su maligno voto tiñen todos sus posteriores heroísmos, generando traiciones y malogrando todas las victorias. El *Silmarillion* es la historia de la Guerra de los Elfos Exiliados contra el Enemigo, que tiene lugar en el noroeste del mundo (la Tierra Media). En ella se incluyen varios cuentos de victoria y tragedia; pero termina en la catástrofe y el final del Mundo Antiguo, el mundo de la larga *Primera Edad.* Las joyas son recobradas (por la final intervención de los dioses) sólo para ser definitivamente perdidas por los Elfos: una en el mar, otra en las profundidades de la tierra y la última para convertirse en una estrella del cielo. Este *legendarium* acaba con una visión del fin del mundo, su rotura y reconstrucción y la recuperación de los Silmarilli y la «luz antes del sol» (…).

A medida que los cuentos se van volviendo menos míticos y más parecidos a los cuentos y las novelas, los Hombres se integran en ellos. En su mayoría son «Hombres buenos»: familias y sus jefes que, rechazando el servicio del Mal y oyendo rumores de los Dioses del Oeste y de los Altos Elfos, huyen hacia el occidente y entran en contacto con los Elfos Exiliados en medio de su guerra. Los Hombres que aparecen pertenecen sobre todo a los de las Tres Casas de sus Padres, cuyos capitanes se vuelven aliados de los Señores de los Elfos. El contacto de los Hombres con los Elfos prefigura ya la historia de las Edades posteriores, y un tema recurrente es la idea de que en los Hombres (tal como son ahora) hay una partícula de «sangre» o herencia proveniente de los Elfos, y que el arte y la poesía de los Hombres dependen en gran parte de ella o es ella la que las modifica.[4] Hay así dos matrimonios de mortales con Elfos, que se unen posteriormente en la parentela de Eärendil, representada por Elrond, el Medio Elfo que aparece en todas las historias, aun en *El Hobbit*. La principal de las historias del *Silmarillion* y una de las más plenamente tratadas es la *Historia de Beren y Lúthien, la Doncella Elfo*. Aquí encontramos, entre otras cosas, el primer ejemplo del motivo (que se vuelve dominante entre los Hobbits) de que los grandes cursos de la historia, «las ruedas del mundo», a menudo no son trazados por los Señores o los Gobernantes, ni siquiera por los dioses, sino por los aparentemente desconocidos y débiles, como consecuencia de la vida secreta que hay en la creación, y la parte desconocida para toda otra sabiduría, salvo para la Única, que reside en las intromisiones de los Hijos de Dios en el Drama. Es Beren, el mortal proscrito, el que tiene buen éxito (con ayuda de Lúthien, una mera doncella, si bien perteneciente a la nobleza élfica) allí donde los ejércitos y los guerreros habían fracasado: penetra en la fortaleza del Enemigo y arranca uno de los Silmarilli de la Corona de Hierro. De este modo obtiene la mano de Lúthien y se lleva a cabo el primer matrimonio entre mortales e inmortales.

Como tal, la historia es una novela de hadas heroica (hermosa y vigorosa, según creo) comprensible en sí misma con sólo un vago y general conocimiento del entorno. Pero es también un eslabón fundamental en el ciclo, privado de su plena significación fuera del lugar que ocupa en él. Pues la recuperación del Silmaril, una suprema victoria, conduce al desastre. El voto de los hijos de Féanor se vuelve operativo, y el deseo de la obtención del Silmaril lleva a la ruina a todos los reinos de los Elfos.

Sin embargo, fue a partir de la unión entre Beren y Lúthien Tinúviel cómo surgió la Línea de los Medio Elfos, de la que más tarde no sólo formó parte Elrond, el Señor de Rivendel, sino que también Elros, su hermano gemelo y el primer Rey de Númenor y, una generación después, los hijos de otro matrimonio entre Hombre y Elfa, a través de las personas de Aragorn y la Señora Arwen. Tolkien continuó:

> Hay otras historias tratadas casi de modo tan cabal e igualmente independientes, y, sin embargo, vinculadas con la historia general. Está *Los hijos de Húrin*, el cuento trágico de Túrin Turambar y su hermana Níniel, de la que Túrin es el héroe (...). Está *La Caída de Gondolin*: la principal fortaleza élfica[5]. Y el cuento, o cuentos, de *Eärendil el Errabundo*. Resulta importante como la persona que lleva el Silmarillion a su culminación y que, con su descendencia, proporciona los principales eslabones con los cuentos de la Edades posteriores y con sus personajes. Su función, como representante de ambas razas, los Elfos y los Hombres, es hallar un camino en el mar de regreso a la Tierra de los Dioses y, como embajador, persuadirlos de que tengan en cuenta otra vez a los Exiliados, que sientan piedad por ellos y los rescaten del Enemigo. Su esposa Elwing desciende de Lúthien y posee todavía el Silmaril. Pero la maldición aún está en actividad, y la casa de Eärendil es destruida por los hijos de Féanor. Pero esto procura la solución: Elwing, arrojándose al mar para salvar la Joya, llega al encuentro de Eärendil, y con el poder de la gran Gema llegan por fin a Valinor y cumplen su cometido. El precio que deben pagar por ello es que nunca más se les permite volver o vivir otra vez entre los Elfos o los Hombres. Los dioses entonces se ponen

en movimiento otra vez, y un gran poder llega del Oeste, y la Fortaleza del Enemigo es destruida; y él mismo [es] arrancado del Mundo y arrojado al Vacío, para que jamás vuelva a aparecer allí en forma encarnada. Los dos Silmarils restantes son recuperados de la Corona de Hierro, sólo para volver a perderlos otra vez. Los dos últimos hijos de Fëanor, obligados por su voto, los roban y son destruidos por ellos, por lo que se arrojan al mar y a los fosos de la tierra. El barco de Eärendil, adornado con el último Silmaril, se lanza a navegar por el cielo y se convierte en la estrella más brillante. Así terminan *El Silmarillion* y los cuentos de la Primera Edad.

LA CUENTA DE LOS AÑOS

(CRONOLOGÍA DE LAS TIERRAS OCCIDENTALES)

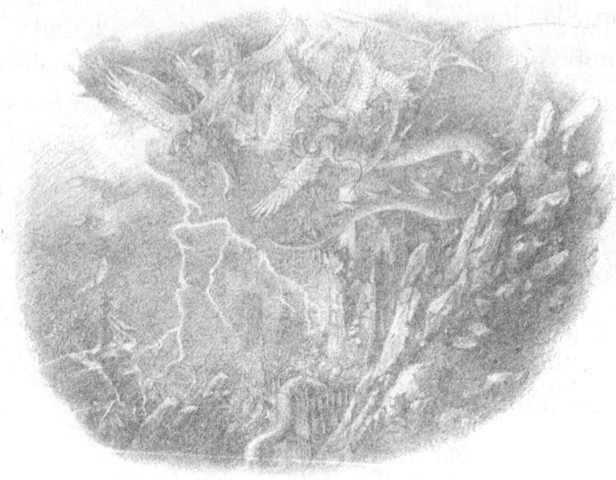

I – FUNDACIÓN DE LOS PUERTOS GRISES Y DE LINDON

En sus apéndices de *El Señor de los Anillos*, de 1955, J. R. R. Tolkien escribió sobre la Segunda Edad: «Estos fueron los años oscuros para los Hombres de la Tierra Media, y los días de gloria de Númenor».[1] En lo que Christopher Tolkien identificó como el primer intento de su padre de establecer un «Esquema Temporal» (que más tarde se convirtió en «La Cuenta de los Años»), la Segunda Edad fue descrita como «los "Años Negros" o la edad entre la Gran Batalla y la derrota de Morgoth, y la Caída de Númenor y el derribo de Sauron».[2]

Estos tiempos tremendamente conflictivos y, sobre todo, la tragedia monumental representada por Númenor —el establecimiento de algo grandioso que después cayó y fue destruido— se convirtieron, a través de las crónicas de la Segunda Edad, tanto en la formación de la historia de la Tierra Media como en la reconfiguración física del mundo entero: una historia que proporciona un preludio poderoso, de gran alcance, al gran drama de la Guerra del Anillo.

La historia comienza en los últimos días del Año 587 de la Primera Edad:

Durante la Gran Batalla y los tumultos de la Caída de Thangorodrim hubo en la tierra fuertes convulsiones, y Beleriand quedó quebrantada y yerma; y en el norte y en el oeste muchas tierras se hundieron bajo las aguas del Gran Mar. En el este, en Ossiriand, los muros de Ered Luin se quebraron, y una gran hendidura se abrió hacia el sur, y el mar penetró y formó un golfo. Sobre ese golfo se precipitaba el río Lhûn por un nuevo curso, y por lo tanto se lo llamó el Golfo de Lhûn. Tiempo atrás ese país había sido llamado Lindon por los Noldor [aquellos del segundo clan de los Elfos] y este nombre tuvo en adelante.[3]

Al final de la Primera Edad, los Valar se reunieron en consejo y los Eldar de la Tierra Media fueron exhortados —«si bien no se les ordenó, se les aconsejó severamente»— a volver al Oeste y quedarse allí en paz.[4]

Los que hicieron caso a la llamada vivieron en la isla de Eressëa;[5] y hay en esa tierra un puerto llamado Avallónë,[6] porque de todas las ciudades es la que está más próxima a Valinor, y la torre de Avallónë es lo primero que divisa el marinero cuando por fin se acerca a las Tierras Imperecederas cruzando las leguas del mar.[7]

No todos los Elfos hicieron caso a la llamada de los Valar, sino que permanecieron en la Tierra Media «demorándose, aún reacios a abandonar Beleriand, donde durante tanto tiempo habían luchado y trabajado». Gil-galad, hijo de Fingon, fue su Rey, y con él estaba Elrond Medio Elfo, hijo de Eärendil el Marinero y hermano de Elros, el primer Rey de Númenor.[8]

Al comentar esto en su carta de 1951 a Milton Waldman, Tolkien escribió: «Vemos una especie de segunda caída o, cuando menos, "error" de los Elfos. No había nada de malo esencialmente en que se demoraran a pesar de los consejos rec*Ibíd*os, todavía entristecidos* en las tierras mortales de sus antiguas hazañas heroicas. Pero querían comerse el pastel y conservarlo al mismo tiempo. Querían la paz, la beatitud y la perfecta memoria del "Oeste", y permanecer, sin embargo, en la tierra ordinaria donde su prestigio como pueblo, por encima del de los Elfos salvajes, los Enanos y los Hombres, era mayor que el que ocupaban en el fondo jerárquico de Valinor. Así pues, los obsesionó la idea de la "mengua", el modo en que percibían los cambios del tiempo (la ley del mundo bajo el sol). Se volvieron tristes, su arte (lo diremos así) se convirtió en la obra de un anticuario, y sus esfuerzos todos, en una especie de embalsamamiento; aunque también conservaron el antiguo motivo de su especie, el adorno de la tierra y la curación de sus heridas. Oímos de un reino demorado más o menos en el extremo noroeste de lo que quedaba de las antiguas tierras de El Silmarillion, bajo Gil-galad.

En el comienzo de esta edad, muchos de los Altos Elfos habitaban aún en la Tierra Media; muchos de ellos en Lindon, al oeste de Ered Luin. Pero antes de la construcción de Barad-dûr, muchos de los Sindar se encaminaron al este, y algunos reinaron en los bosques distantes, sobre gentes que eran casi todas Elfos Silvanos. Thranduil, Rey en el norte del Gran Bosque Verde, era uno de ellos. En Lindon, al sur del Lune, vivía Gil-galad, último heredero de los Reyes de los Noldor en el exilio. Fue reconocido como Alto Rey de los Elfos del Oeste. En Lindon, al sur del Lune, vivió por un tiempo Celeborn, pariente de Thingol; su esposa era Galadriel, la más renombrada de las mujeres élficas.

*. Algunas palabras del manuscrito original fueron omitidas por el mecanógrafo en esta frase.

Era hermana de Finrod Felagund, Amigo de los Hombres, otrora Rey de Nargothrond, que dio su vida para salvar a Beren, hijo de Barahir.

Más adelante algunos de los Noldor se instalaron en Eregion, al oeste de las Montañas Nubladas y cerca de las Puertas Occidentales de Moria, pues supieron que habían descubierto *mithril* en Moria. Los Noldor fueron grandes artesanos y se mostraron más amistosos con los Enanos que los Sindar; pero la amistad entre el pueblo de Durin y los herreros elfos de Eregion fue la más estrecha que hubo entre las dos razas. Celebrimbor fue Señor de Eregion y el más grande de sus artesanos; era descendiente de Fëanor.[9]

[Galadriel] no volvió al Oeste después de la Caída de Melkor [Morgoth], y cruzó Ered Lindon con Celeborn y llegó a Eriador. Cuando se internaron en esa región, había muchos Noldor con ellos, y también Elfos Grises y Elfos Verdes; y por un tiempo habitaron a orillas del lago Nenuial (Lago del Atardecer, al norte de la Comarca). Celeborn y Galadriel llegaron a ser considerados el Señor y la Señora de los Eldar en Eriador, y también de los grupos errantes de origen nandorin que nunca habían ido al oeste de Ered Lindon y descendieron a Ossiriand.[10]

[De Galadriel se dice que] era fuerte de cuerpo, de mente y de voluntad, digna rival, en los días de su juventud, tanto de los sabios como de los atletas de los Eldar. Aun entre los Eldar se la encontraba hermosa, y sus cabellos se consideraban una maravilla sin par. (...) y los Eldar decían que la luz de los Dos Árboles, Laurelin y Telperion, había quedado enredada entre sus trenzas. (...) Desde sus más tempranos años tuvo el maravilloso don de penetrar en la mente de otros, pero juzgaba a todos con clemencia y comprensión (...).[11]

En el relato de la visita de la Comunidad del Anillo a Caras Galadhon en febrero del año 3019 TE encontramos una descripción de Celeborn y Galadriel:

Una luz clara iluminaba el aposento; las paredes eran verdes y plateadas y el techo de oro. Había muchos Elfos sentados. En dos asientos que se apoyaban en el tronco del árbol, y bajo el palio de una rama, estaban Celeborn y Galadriel. Se incorporaron para dar la bienvenida a los huéspedes, según la costumbre de los Elfos, aun de aquellos que eran considerados Reyes poderosos. Muy altos eran, y la Dama no menos alta que el Señor, y hermosos y graves. Estaban vestidos de blanco, y los cabellos de la Dama eran de oro, y los cabellos del Señor Celeborn eran de plata, largos y brillantes; pero no había en ellos signos de vejez, excepto quizás en lo profundo de los ojos, pues éstos eran penetrantes como lanzas a la luz de las estrellas, y, sin embargo, hondos como pozos de recuerdos.[12]

En *Cuentos inconclusos*, Christopher Tolkien opinó: «En ninguna parte de la historia de la Tierra Media hay más dificultades y problemas que en la historia de Galadriel y Celeborn» y aquellos lectores que quieran comprender mejor aquella historia deben consultar «La historia de Galadriel y Celeborn», el largo ensayo de Christopher acerca de este tema, que se incluye en la Segunda parte de esa obra.[13]

En las costas del golfo de Lhûn los Elfos construyeron puertos, y los llamaron Mithlond: y allí tenían muchos barcos, porque era un lugar protegido. Desde los Puertos Grises los Eldar se hacían de vez en cuando a la mar, huyendo de la oscuridad de los días de la Tierra; porque por gracia de los Valar, los Primeros Nacidos aún podían seguir el Camino Recto y regresar, si así lo querían, junto con los hermanos de Eressëa y Valinor más allá de los mares circundantes.[14]

Al final de la Primera Edad, mientras que los Eldar fueron invitados a navegar al Oeste, un destino diferente fue presentado a Elros y Elrond, los hijos de Eärendil, que descendieron de una unión entre Eldar y Hombres y eran conocidos como los Peredhil, o Medio Elfos. A ellos, los Valar ofrecieron «una elección irrevocable entre ambos linajes: tenían que pertenecer a uno o a otro».[15]

Elrond eligió la especie de los Elfos, y se convirtió en maestro de sabiduría. A él por tanto se le concedió la misma gracia que a los Altos Elfos que todavía se demoraban en la Tierra Media: que cuando por fin se cansaran de las tierras mortales, podrían embarcarse en los Puertos Grises y trasladarse al Extremo Occidental; y esta gracia se continuó después del cambio del mundo. Pero a los hijos de Elrond también se les dio a elegir: abandonar con él los círculos del mundo; o, si no, volverse mortales y morir en la Tierra Media. Para Elrond, por tanto, todos los azares de la Guerra del Anillo estaban cargados de dolor.

Elros eligió pertenecer a la especie de los Hombres y quedarse con los Edain; pero se le concedió una larga vida, muchas veces más larga que la de los hombres ordinarios.[16]

32 – LOS EDAIN LLEGAN A NÚMENOR[1]

Los Valar, los «Guardianes del Mundo», quienes habían rec*Ibíd*o la tarea de Eru Ilúvatar, el creador trascendente Todopoderoso, de dar forma al mundo y gobernarlo, también tuvieron en cuenta el destino de la raza de los Hombres, o los Edain, tal y como los Elfos Sindarin los llamaban en su lengua. Las tribus de los Hombres que se habían convertido en amigos y aliados nobles de los Elfos, luchando codo con codo con ellos en las guerras contra Morgoth, pertenecían a tres Casas: la Casa de Bëor, conocida como la Primera Casa de los Edain; la Casa de Haleth era la Segunda Casa, conocida también por muchos otros nombres, tales como el Pueblo de Haleth y los Haladin; y la Tercera Casa era el Pueblo de Marach, conocida más tarde como la Casa de Hador. La historia de sus vidas y hechos durante la Primera Edad se cuenta en *El Silmarillion.*[2]

Los Valar, tras reunirse en consejo, decidieron ofrecer a los Edain un medio de escaparse «de los peligros de la Tierra Media».[3] Los Valar, ayudados por los Maiar, que eran espíritus primordiales «del mismo orden de los Valar, pero de menor poder. (…) sus servidores y asistentes»[4] crearon la isla de Númenor.

A los Padres de los Hombres de las tres casas fieles también se les concedieron ricas recompensas. Eönwë [5] fue entre ellos y los instruyó; y se les dio sabiduría y poder y una vida más larga que la de ningún otro mortal. Se hizo una tierra para que los Edain vivieran en ella, y que no era parte de la Tierra Media ni de Valinor, porque estaba separada de ellas por el ancho mar; pero estaba más cerca de Valinor. Fue levantada por Ossë [6] de las profundidades de las Grandes Aguas, y fue fortalecida por Aulë [7] y enriquecida por Yavanna;[8] y los Eldar llevaron allí flores y fuentes de Eressëa. A esa tierra los Valar la llamaron Andor, la Tierra del Don; [9] y la Estrella de Eärendil brilló con fuerza en el Oeste como señal de que todo estaba preparado, y como guía de navegación; y los Hombres se maravillaron al ver aquella llama plateada en los caminos del sol.[10]

Entonces los Edain se hicieron a la vela sobre las aguas profundas, detrás de la Estrella;[11] y los Valar pusieron paz en el mar por muchos días, y mandaron que el Sol brillara, y enviaron vientos favorables, de modo que las aguas resplandecieron ante los ojos de los Edain como ondas cristalinas, y la espuma volaba como la nieve entre los mástiles de los barcos. Pero tanto brillaba Rothinzil, que aun por la mañana los Hombres podían ver cómo resplandecía en el Oeste, y brillaba solitario en las noches sin nubes, porque nada podían las estrellas a su lado. Y navegando hacia él, los Edain atravesaron al fin las leguas de mar y divisaron a lo lejos la tierra que les estaba preparada, Andor, la Tierra del Don, que resplandecía en vapores dorados. Entonces dejaron atrás el mar, y encontraron una campiña hermosa y fértil, y se alegraron. Y llamaron a esa tierra Elenna, que significa Rumbo a la Estrella; pero también Anadûnê, que significa Oesternesse, Númenórë en alto Eldarin.

Éste fue el principio del pueblo que en la lengua de los Elfos Grises se llama Dúnedain: los Númenóreanos, Reyes entre los Hombres. Pero no escaparon por ello al destino de muerte que Ilúvatar había impuesto a toda la Humanidad, y todavía eran mortales, aunque de años más prolongados, y no conocían la enfermedad hasta que la sombra caía sobre ellos. Así se volvieron sabios y gloriosos, y en todo más semejantes a los Primeros Nacidos que ninguna otra de las tribus de los Hombres; y eran altos, más altos que los hijos más altos de la Tierra Media; y la luz que tenían en los ojos recordaba la luz de las brillantes estrellas. Pero crecieron lentamente en número en aquella tierra porque, aunque tenían hijas e hijos más bellos que sus progenitores, los vástagos eran escasos.[12]

Una descripción más detallada de la llegada de los Hombres de la Tierra Media a la tierra preparada para ellos, y la duración de la migración, es la que sigue:

Con frecuencia sucede que en las leyendas de la fundación de Númenor parece que todos los Edain que aceptaron el Don se hicieron a la mar al mismo tiempo y en una misma flota. Sin embargo, esto solo se debe a la brevedad de la narración. En historias más detalladas se cuenta (como podría deducirse de los acontecimientos y el número de personas en cuestión) que después de la primera expedición, guiada por Elros, muchos otros barcos, solos o en pequeñas flotas, se dirigieron hacia el oeste con otros Edain que en un primer momento no osaron enfrentarse al Gran Mar pero no pudieron soportar la separación de los que se habían ido o que estaban muy dispersos y no pudieron reunirse para partir con los primeros.

Como los barcos utilizados eran de fabricación élfica, veloces pero pequeños, y cada uno de ellos llevaba al timón uno de los Eldar designado por Círdan, habría hecho falta una gran flota para transportar a toda la gente y todos los bienes que llevaron de la Tierra Media a Númenor. Las leyendas no dicen nada sobre su número, y las historias cuentan poco. Se dice que la flota de Elros contenía muchos barcos (según algunos, ciento cincuenta navíos, y según otros, dos o tres cientos) y llevaron «miles» de hombres, mujeres y niños de los Edain: probablemente entre cinco mil o diez mil como máximo. Pero al parecer todo el proceso de migración duró al menos cincuenta años, quizá más, y no terminó hasta que Círdan (sin duda siguiendo órdenes de los Valar) se negó a proporcionarles más barcos y guías.[13]

Pero una orden habían impuesto los Valar a los Númenóreanos, la «Prohibición de los Valar»: les estaba vedado navegar hacia el oeste perdiendo de vista sus propias costas, o intentar poner pie en las Tierras Imperecederas. Porque, aunque se les había concedido una larga vida, en un comienzo tres veces la de los Hombres ordinarios, tenían por fuerza que seguir siendo mortales, pues no les estaba permitido a los Valar quitarles el Don de los Hombres (o el Destino de los Hombres, como se lo llamó después).[14]

Durante muchos años, los Númenóreanos aceptaron y acataron la prohibición de «que no perdiesen de vista las costas de Númenor si viajaban hacia el oeste» y «durante mucho tiempo los Dúnedain estuvieron contentos, aunque no comprendían del todo la finalidad de esta prohibición». Manwë —el Rey de los Valar y el hermano del Señor Oscuro Melkor (Morgoth)— era, en materia de autoridad (aunque no en poder) el más grande de los Ainur y, como Señor del Aliento de Arda, era su Soberano.[15]

32 – REYES Y REINAS DE NÚMENOR I:

Elros Tar-Minyatur[16]

Nacimiento: Primera Edad 532; Muerte: 442 SE (a la edad de 500)

Reinado: 32-442 SE (410 años)

Dicen que el Reino de Númenor comenzó en el trigésimo segundo año de la Segunda Edad, cuando Elros, hijo de Eärendil, ascendió al trono en la Ciudad de Armenelos, a la edad de noventa años.[17]

Se dice que «el cetro era la principal señal de realeza en Númenor»[18] desde el reinado del primer Rey hasta el del vigésimo quinto Rey, y que, tras durar 3287 años se perdió con Ar-Pharazôn en la Caída.

En adelante [A Elros] se lo conoció en el Pergamino de los Reyes con el nombre de Tar-Minyatur;[19] pues era costumbre de los Reyes tomar sus títulos de la lengua quenya o del alto élfico, por ser ésta la más noble de las lenguas del mundo, y esa costumbre se mantuvo hasta los días de Ar-Adûnakhôr (Tar-Herunúmen).[20]

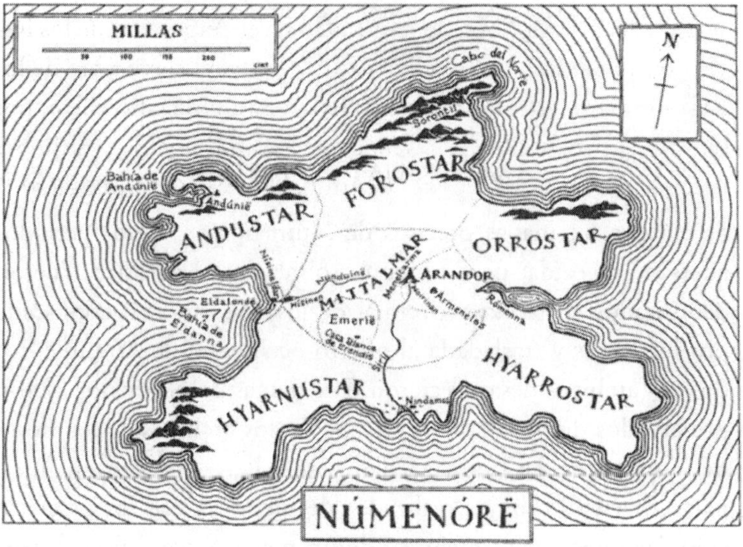
MILLAS
50
100
150
200
N
Cabo del Norte
Sorontil
Bahía de
Andúnië
Andúnië
ANDUSTAR
FOROSTAR
ORROSTAR
MITTALMAR
ARANDOR
Núnduinë
Eldalondë
Bahía de
Eldanna
Emerië
Armenelos
Rómenna
HYARNUSTAR
HYARROSTAR
Siril
NÚMENÓRË

LA GEOGRAFÍA DE NÚMENOR[1]

Se elaboraron mapas precisos de Númenor en varios períodos antes de su caída; pero ninguno sobrevivió al desastre. Fueron depositados en la Casa Gremial de los Aventureros, confiscada por los Reyes y trasladada al puerto occidental de Andúnië; todos sus archivos desaparecieron. Los mapas de Númenor fueron preservados durante mucho tiempo en los archivos de los Reyes de Gondor, en la Tierra Media, pero parece que provenían en parte de viejos dibujos realizados de memoria por los primeros colonizadores; y (los mejores) de un mapa único, que contiene pocos detalles más allá de las profundidades del mar a lo largo de la costa, y descripciones de los puertos y las aproximaciones a ellos, que originalmente estaba en el barco de Elendil, el líder de los que se escaparon de la caída.

Las descripciones de la tierra, y de su flora y fauna, también fueron preservadas en Gondor; pero no eran precisas ni detalladas, ni distinguían entre el estado de la tierra en diferentes períodos, mostrando datos vagos relativos a su condición a la llegada de los primeros asentamientos. Como todos estos asuntos eran objeto de estudio de los hombres de ciencia en Númenor, y muchas obras de historia natural y geografía precisas tuvieron que componerse, parecería que, como sucedió con casi todas las artes y las ciencias de Númenor en su momento álgido, desaparecieron en la Caída.

De la forma de Númenor

El perímetro de la tierra de Númenor se asemejaba a una estrella de cinco puntas o pentágono, con una porción central de unos 450 kilómetros de norte a sur y de este a oeste, a partir de la cual se extendían cinco grandes promontorios peninsulares. Estos promontorios se consideraban regiones separadas, y se llamaban Forostar (Tierras Septentrionales), Andustar (Tierras Occidentales), Hyarnustar (Tierras Suroccidentales), Hyarrostar (Tierras Australes) y Orrostar (Tierras Orientales). La porción central se llamaba Mittalmar (Tierra Adentro), y no tenía costa, salvo los terrenos en torno a Rómenna y la cabeza del estuario. Sin embargo, una pequeña parte de Mittalmar estaba separada del resto, y se llamaba Arandor, la Tierra del Rey. En Arandor se encontraban el puerto de Rómenna, el Meneltarma y Armenelos, la Ciudad de los Reyes; y siempre fue la región más populosa de Númenor.

No todos los promontorios presentaban la misma forma o tamaño, pero tenían más o menos 160 kilómetros de ancho y algo más de 320 de largo. Si uno trazaba una línea recta desde la punta más septentrional de Forostar hasta la punta más austral de Hyarnustar, situados más o menos en el norte y en el sur (en el período de los mapas), esta línea tendría algo más que 1100 kilómetros, y cada línea trazada del extremo de un promontorio a otro, pasando por la tierra (a lo largo de la frontera con las Mittalmar), tendría más o menos la misma extensión.

De la Mittalmar

Las tierras de Mittalmar eran más elevadas respecto al nivel general de los promontorios, sin contar la altura de montañas o colinas concretas dentro de ellos; y parece que, en el momento del primer asentamiento, tenía pocos árboles y consistía sobre todo en praderas y colinas bajas. Cerca de su centro, aunque ligeramente orientada al extremo oriental, estaba la alta montaña llamada Meneltarma, el Pilar de los Cielos. Se elevaba unos 900 metros por encima de la llanura. Las estribaciones bajas del Meneltarma eran suaves y estaban parcialmente cubiertas de hierba, pero la montaña se volvía cada vez más empinada, y los últimos 150 metros eran infranqueables en algunos puntos, salvo por el camino que ascendía.

La base del Meneltarma se mezclaba suavemente con la planicie circundante, pero cinco largas crestas de escasa altura se extendían a modo de raíces, apuntando hacia los cinco promontorios de la tierra; y éstas se llamaban Tarmasundar, las Raíces del Pilar.

Pero Mittalmar era principalmente una región de pastoreo. En el suroeste había vastas extensiones de pastos ondulantes; y allí, en la Emerië, se encontraba la región principal de los Pastores.

De la Forostar

La Forostar era la parte menos fértil; pedregosa, con pocos árboles, aunque en las laderas occidentales de los altos páramos, cubiertos de brezos, había bosques de abetos y alerces. Hacia el cabo Norte, la tierra se alzaba en riscos abruptos, y allí el gran Sorontil se elevaba desde el mar en tremendos acantilados. Aquí anidaban numerosas águilas.

De la Andustar

La Andustar era también pedregosa en la región septentrional, y tenía altos bosques de abetos que miraban al mar. Tres pequeñas bahías se abrían al oeste en las tierras altas; pero aquí los acantilados no se alzaban en muchos sitios al borde del mar, sino sobre terrazas escalonadas. Pero gran parte del sur de Andustar era fértil, y también allí había grandes bosques de hayas y abedules en lo más alto de la región, y bosques de robles y olmos en los valles más bajos. Entre los promontorios de Andustar y Hyarnustar se encontraba la gran bahía llamada Eldanna, porque miraba hacia Eressëa; y las tierras de alrededor, al abrigo de los vientos del norte y abiertas a los mares de occidente, eran cálidas (casi tan cálidas como las tierras de más al sur) y de lluvias frecuentes. En el centro de la bahía de Eldanna estaba el más hermoso de todos los puertos de Númenor, Eldalondë el Verde; y era allí, en días tempranos, donde iban más a menudo los rápidos navíos blancos de los Eldar de Eressëa.

El río Nunduinë desembocaba en el mar en Eldalondë, y de camino alimentaba el pequeño lago de Nísinen, así llamado por la abundancia de malezas y flores perfumadas que crecían en las orillas.

De la Hyarnustar

La Hyarnustar era también una región montañosa en la parte occidental, con picos elevados en el oeste y el sur, pero en las tierras cálidas y fértiles del este había grandes viñedos. Entre los promontorios de la Hyarnustar y la Hyarrostar había una amplia extensión de tierra, y en esas amplias orillas el mar se confundía con la tierra suavemente, como en ningún otro sitio de Númenor. Allí manaba el Siril, el río principal del país (porque todos los demás, salvo el Nunduinë en el oeste, eran cortos y rápidos torrentes que se precipitaban hacia el mar). El Siril nacía bajo el Meneltarma en el valle de Noirinan, y fluía por Mittalmar hacia el sur, y se convertía en el curso inferior en una corriente lenta y serpenteante. Desembocaba por fin en el mar entre anchos marjales cubiertos de juncos, y sus muchas pequeñas bocas se abrían paso a través de vastas extensiones de arena, y a los lados, a lo largo de muchos kilómetros, había amplias playas de arena blanca y guijarros grises, y allí era donde vivían casi todos los que se dedicaban a la pesca, en aldeas levantadas en tierra firme[2] entre marjales y lagunas, de las que la principal era Nindamos [que se extendía] por la orilla oriental del Siril, cerca del mar. Esta región no se veía afectada por mares embravecidos ni vientos fuertes. En tiempos posteriores, gran parte de estas tierras fue drenada, y se formó una región de grandes lagunas repletas de peces con algunas desembocaduras al mar, rodeadas de tierras verdes y fértiles.

De la Orrostar

Las tierras de Orrostar eran más frescas, pero estaban protegidas del noreste (de donde venían los vientos más fríos) por las tierras altas que se elevaban a una altura de 640 metros cerca de la punta noreste del promontorio. En las partes del interior, sobre todo en las regiones adyacentes a la Tierra del Rey, se cultivaban muchos cereales.

El principal rasgo de Númenor eran los acantilados (...). Toda la tierra estaba dispuesta de tal manera que parecía que había sido empujada hacia arriba desde las profundidades del mar, pero al mismo tiempo presentaba una ligera inclinación hacia el sur. Salvo en la punta austral, ya descrita, en casi todos los demás lugares la tierra quedaba cortada por los acantilados que la separaban del mar, y que, en su mayoría, eran empinadas o verticales. Los acantilados más altos se encontraban en el norte y el noroeste, donde a menudo alcanzaban una altura de más de 600 metros, y los más bajos se encontraban en el este y sureste.

Pero estos acantilados, a excepción de ciertas regiones como el cabo Norte, raras veces se elevaban directamente del mar. A sus pies, el litoral presentaba una orografía plana o de varios niveles, a menudo habitables, que variaban en anchura (a partir del agua) desde unos 400 metros hasta varios kilómetros. Los extremos de las extensiones más anchas solían estar sumergidos bajo aguas de poca profundidad incluso con marea baja; pero en el borde del mar, estas tierras descendían en picado a aguas profundas. Las grandes playas y las llanuras de la marea del sur también terminaban con un descenso vertical a las profundidades oceánicas a lo largo de una línea que unía las puntas australes de los promontorios del suroeste y del sureste.

LA VIDA NATURAL DE NÚMENOR[1]

De hombres y animales

Parecería que ni Elfos ni Hombres habían morado en esta isla antes de la llegada de los Edain. Los animales y las aves no temían a los Hombres; las relaciones entre los Hombres y los animales siguieron siendo más amistosas en Númenor que en cualquier otro lugar del mundo. Se dice que incluso los animales clasificados por los Númenóreanos como «depredadores» (con eso se referían a los animales que robaban sus cultivos o atacaban a su ganado en caso de necesidad) preservaron unas «relaciones honorables» con los recién llegados, buscando su comida en las tierras no domesticadas cuando era posible, sin mostrar hostilidad hacia los Hombres, salvo en estados de guerra declarada, cuando, después de varios avisos, los granjeros, por necesidad, cazaban las aves rapaces y los depredadores para reducir su número a unos límites razonables.

Tal y como ya se ha comentado, no es fácil averiguar qué animales, aves y peces habitaban la isla antes de la llegada de los Edain, y qué fue lo que éstos llevaron hasta allí. Lo mismo se puede decir de las plantas. Tampoco resulta siempre fácil equiparar o relacionar los nombres que los Númenóreanos dieron a los animales y las plantas con los nombres de animales y plantas que se hallaban en la Tierra Media. Muchos de ellos, aunque tenían formas que aparentemente provenían del quenya o el sindarin, no se encuentran en las lenguas élficas o humanas de la Tierra Media. Sin duda, se debe en parte al hecho de que los animales y plantas de Númenor, a pesar de ser parecidos y estar emparentados con los de tierra firme, presentaban variedades diferentes y parecían necesitar nuevos nombres.

En cuanto a los animales más grandes, está claro que no había ninguno de tipo canino o relacionado con él. Con toda seguridad, no había sabuesos ni perros (todos fueron importados). No había lobos. Había gatos monteses, el animal más hostil y más difícil de domesticar; pero no grandes felinos. Sin embargo, había un gran número de zorros o animales emparentados a ellos.

Su principal fuente de comida parecía haber sido animales que los Númenóreanos llamaban *lopoldi*. Existían en gran número, se multiplicaban rápidamente y eran herbívoros voraces; por eso se consideraba que los zorros eran el mejor y más natural modo de mantenerlos a raya, por lo que los zorros raras veces eran cazados o molestados. A cambio, o bien porque su comida natural siempre era abundante, parece que los zorros nunca adquirieron la costumbre de robar las aves domésticas de los Númenóreanos. Al parecer, los *lopoldi* eran conejos, animales que hasta el momento habían sido bastante desconocidos en las regiones del noroeste de la Tierra Media. Los Númenóreanos no los apreciaban como comida y estaban contentos de dejárselos a los zorros.

Había un número considerable de osos en las partes montañosas o rocosas, tanto de la variedad negra como de la parda. Los grandes osos negros se encontraban sobre todo en Forostar. Las relaciones entre osos y Hombres eran extrañas. Desde el principio, los osos se mostraban curiosos y amigables hacia los recién llegados; y estos sentimientos eran correspondidos.

En ningún momento había hostilidad entre Hombres y osos; aunque en períodos de apareamiento, y durante la primera juventud de los oseznos, se enfadarían y podrían volverse peligrosos si se les molestaba. Los Númenóreanos no lo hacían salvo por accidente. Los osos mataron a muy pocos Númenóreanos; estos accidentes no se consideraban motivo suficiente para declarar la guerra a toda la especie. Muchos de los osos eran bastante mansos. Nunca entraban en las casas de los Hombres ni vivían cerca de ellas, pero irían a verlos frecuentemente, como un vecino. En estas ocasiones, a menudo se les ofrecía miel, para su deleite. Sólo algún «oso malo» asaltó alguna vez las colmenas domésticas. Lo más extraño de todo eran los bailes de los osos. Los osos, sobre todo los negros, tenían sus propios y curiosos bailes; pero parece que fueron mejorados y más elaborados gracias a la instrucción de los Hombres. En ocasiones, los osos bailarían para entretener a sus amigos humanos. El baile más famoso era el Gran Baile de los Osos (*ruxöalë*) de Tompollë, en Forostar, al que muchos acudían en otoño de todas las partes de la isla, ya que tenía lugar poco después de la Eruhantalë, cuando se juntaba un gran número de personas. Para los que no estaban acostumbrados a los osos, sus lentos (pero majestuosos) movimientos, a veces tantos como cincuenta o más juntos, resultaban asombrosos y cómicos. Pero todos los invitados a presenciar el espectáculo sabían que no podían reírse abiertamente. Las risas de los Hombres eran algo que los osos no podían comprender; les asustaban y les hacían enfadar.

De los animales de los bosques, campos y costas

En los bosques de Númenor abundaban las ardillas, sobre todo la roja, pero también las había de color pardo oscuro o negro. Eran impávidas y fáciles de domesticar. Las mujeres de Númenor les tenían un cariño especial. A menudo vivían en un árbol cerca de una granja, y se acercaban cuando se las invitaba a entrar. En los ríos y arroyos más pequeños había nutrias. También muchos tejones. Había cerdos negros salvajes en los bosques; y en el oeste de Mittalmar, cuando llegaron los Edain, había rebaños de vacas salvajes, unas blancas, otras negras. Abundaban los ciervos rojos y de color pardo amarillento en las praderas y en las lindes de los bosques; y en las colinas vivían corzos. Sin embargo, todos estos animales parecen haber sido un poco más pequeños que sus parientes en la Tierra Media. En la región del sur había castores.

Los animales llamados *ekelli* parecían haber sido erizos de gran tamaño, con púas largas y negras. Eran numerosos en algunas partes, y se les trataba amistosamente porque se alimentaban sobre todo de lombrices e insectos. Parece que había cabras salvajes en la isla, pero no se sabe si la pequeña oveja cornuda (una de las variedades de oveja que pastoreaban los Númenóreanos) era autóctona o importada. Se dice que, en Mittalmar, los colonizadores encontraron un tipo de caballo pequeño, más bajo que un burro, de capa negra o marrón oscuro, con colas y crines largas y sueltas, más fornidos que rápidos. Fueron enseguida domesticados, pero prosperaban también en cautiverio, eran queridos y se les cuidaba bien. Eran muy usados en las granjas; los niños montaban sobre ellos.

Sin duda, había muchos otros animales que apenas se mencionan, ya que, por lo general, los Hombres no se ocupaban de ellos. Todos habrían sido nombrados y descritos en los libros de ciencia perdidos.

Cerca de las costas abundaban las focas, sobre todo en el norte y el oeste. También había muchos animales más pequeños, que no se mencionaban muy a menudo, como ratones y campañoles, o pequeños depredadores como las comadrejas. Se mencionan las liebres y otros animales de tipos difíciles de determinar: algunos no eran ardillas, pero vivían en los árboles, y eran huidizos no sólo cuando se acercaban las personas; otros corrían por el suelo y cavaban; eran pequeños y rechonchos, pero no eran ratas ni conejos. En el sur había algunas tortugas de tierra, de tamaño más bien pequeño, y algunas criaturas de agua dulce parecidas a las tortugas.

De los peces de agua salada y dulce

Había abundantes peces de agua salada cerca de las costas de la isla, y los que tenían buen sabor solían ser pescados. También había otros animales del mar en las costas: ballenas y narvales, delfines y marsopas, que los Númenóreanos no confundían con peces (*lingwi*), pero clasificaban, junto con los peces, como *nendili* a todo lo que vivía completamente en el agua y se reproducía en el mar. Los Númenóreanos sólo veían a los tiburones en sus viajes, porque, bien por la «gracia de los Valar», como decían los Númenóreanos, o por otras causas, nunca se acercaban a las costas de la isla. Sabemos poco sobre los peces de agua dulce. En cuanto a los peces que pasan parte de sus vidas en el mar pero a veces entraban en los ríos, había salmones en el Siril, y también en el Nunduinë, el río que desembocaba en el mar a la altura de Eldalondë, y en su camino hasta allí creaba el pequeño lago de Nísinen (uno de los pocos en Númenor) a unos cinco kilómetros de la costa: se llamaba así debido a la abundancia de arbustos y flores fragantes que poblaban sus orillas. En los estanques y marjales en torno al curso inferior del Siril había muchas anguilas.

De las aves

Las aves de Númenor eran innumerables, desde las grandes águilas hasta los pequeños *kirinki*, del tamaño de un chochín, pero de color escarlata, con un canto tan agudo que apenas resultaba apreciable para el oído humano. Las águilas eran de diferentes tipos, pero todas se consideraban aves sagradas de Manwë, y nunca eran molestadas o matadas, hasta que comenzaron los días del mal y el odio a los Valar. No fue hasta entonces que las águilas comenzaron a molestar a las personas y matar a sus animales. Desde los días de Elros hasta los tiempos de Tar-Ancalimon [el decimocuarto Rey de Númenor], hijo de Tar-Atanamir, un período de unos dos mil años, hubo un nido de águilas doradas en la cúspide de la torre del palacio del Rey en Armenelos. Allí siempre había una pareja que se alimentaba de lo que el Rey le daba.

En Númenor había una multitud incontable de aves que vivían cerca del mar, nadaban o se zambullían en él, y se alimentaban de peces. Los Númenóreanos nunca los mataban o molestaban a propósito, y los trataban como amigos. Los marineros decían que, aun estando ciegos, podrían saber que estaban acercándose a casa por el gran clamor de las aves. Cuando se acercaba cualquier nave a la tierra, grandes bandadas de aves marinas alzarían el vuelo y volarían encima de ella por ninguna razón más allá de darle la bienvenida y mostrar su alegría. Algunas acompañarían a las naves en sus viajes, incluso las que iban a la Tierra Media.

En el interior, las aves no eran tan numerosas, pero aun así abundantes. Algunas, además de las águilas, eran rapaces, como los gavilanes y los halcones, de los que había diferentes variedades. Había cuervos, sobre todo en el norte, y repartidas por la tierra, otras aves emparentadas con ellos que vivían en bandadas; grajillas y cornejas, y muchas chovas por los acantilados del mar. Había muchos pequeños pájaros cantores que cantaban con voz hermosa en los campos, entre los juncos de los estanques y en los bosques. Muchos apenas se diferenciaban de los de las tierras de donde venían los Edain; pero los pájaros de la familia de los pinzones eran más variados y numerosos y tenían la voz más hermosa. Algunos eran pequeños y completamente blancos, otros totalmente grises, y otros dorados, que cantaban con gran alegría, con largas y apasionadas cadencias, durante la primavera y a principios de verano. Temían poco a los Edain, que los amaban. Enjaular a un pájaro cantor se consideraba cruel. Tampoco era necesario, porque los que estaban «domesticados» —es decir, los que se apegaban voluntariamente a una granja— se mantendrían cerca de la misma casa durante generaciones, cantando desde su tejado y en el alféizar de una ventana, o incluso en el *solmar* o en las habitaciones de los que les cobijaban. Las aves que vivían en jaulas eran en su mayoría pájaros cuyos padres habían muerto cuando eran pequeños, bien por accidente, bien matados por aves rapaces; pero incluso ellos tenían libertad para ir y venir si lo deseaban. Había ruiseñores, aunque no abundaban en ningún lugar, en la mayoría de las partes de Númenor salvo en el norte. En las partes septentrionales había grandes búhos blancos, pero ningún otro tipo de ave de esta especie.

De los árboles y plantas autóctonos no queda apenas constancia. Se llevaron semillas o vástagos de algunos árboles a la isla desde la Tierra Media, y otros (como ya se ha dicho) llegaban de Eressëa, pero parecía que ya había una gran abundancia de árboles cuando desembarcaron los Edain. De los árboles que ya conocían, se dice que echaban en falta el carpe, el arce bajo y el castaño con flores; pero encontraron otros nuevos para ellos: el olmo de montaña, la encina, el arce alto y el castaño de fruto comestible. En Hyarrostar también encontraron nogales, y el laurinquë, que les encantaba por sus flores, ya que no tenía otros usos. Le dieron este nombre ('lluvia de oro') por sus largos racimos de flores doradas que pendían de las ramas; y algunos que habían oído hablar de Laurelin, el Árbol Dorado de Valinor, de los Eldar, pensaban que venía de aquel gran árbol, y que los Eldar habían llevado semillas de él hasta la isla; pero no fue así[2]. También en Númenor había manzanos, cerezos y perales silvestres; pero los que cultivaban en sus huertos venían de la Tierra Media, y eran regalos de los Eldar.

De las muchas plantas y flores del campo y del bosque ya quedan pocos datos guardados o recuerdos; pero en las viejas canciones a menudo se habla de los lirios, cuyas muchas variedades —algunos eran pequeños, otros altos y hermosos, unos de una sola flor, algunos adornados con muchas campanas y trompetas, y todos fragantes— eran muy apreciadas por los Edain.

De la flora de Eldalondë el Verde, el puerto en el punto central de la bahía de Eldanna, se dice:

En torno a ese lugar, desde las cuestas que daban al mar y adentrándose mucho en tierra, crecían los árboles siempre verdes y fragantes traídos del Oeste, y tanto medraban allí que el sitio, decían los Eldar, era casi tan bello como un puerto de Eressëa. Eran la mayor delicia de Númenor, y se los recordó en muchos cantos después de haber perecido para siempre, porque eran pocos los que florecieron alguna vez al este de la Tierra del Don: *oiolairë* y *lairelossë*, *nessamelda*, *vardarianna*, *taniquelassë* y *yavannamírë*, con frutos esféricos de color escarlata. De las flores, las hojas y las cortezas de esos árboles emanaban unos dulces aromas que se confundían y perfumaban todo el país, y los llamaban Nísimaldar, los Árboles Fragantes. Plantaron muchos de ellos en otras regiones de Númenor, y allí se desarrollaron, aunque no con tanta abundancia. Pero sólo allí crecía el poderoso árbol dorado, el *malinornë*, que al cabo de cinco siglos alcanzó una altura apenas menor que en la misma Eressëa. La corteza era plateada y lisa, pero las ramas se alzaban ligeramente como las del haya; aunque tenía siempre un solo tronco. Las hojas, también como las del haya, pero de mayor tamaño, eran de color verde pálido en la parte superior, pero plateadas por debajo, y resplandecían al sol; no caían en otoño, y eran entonces de un pálido color oro. En primavera los capullos dorados se arracimaban como cerezas, y en verano florecían; y tan pronto como se abrían las flores, las hojas caían; de modo que durante la primavera y el verano un bosquecillo de *malinornë* estaba alfombrado y techado de oro, pero sus columnas eran de plata gris.

Muchos años más tarde, en la Tercera Edad, Legolas el elfo usa palabras similares cuando habla con los miembros que quedan de la Comunidad del Anillo sobre el reino élfico de Celeborn y Galadriel.

—¡Allí están los bosques de Lothlórien! —dijo Legolas—. La más hermosa de las moradas de mi pueblo. No hay árboles como ésos. Pues en el otoño las hojas no caen, aunque amarillean. Sólo cuando llega la primavera y aparecen los nuevos brotes, caen las hojas, y para entonces las ramas ya están cargadas de flores amarillas; y el suelo del bosque es dorado, y el techo es dorado, y los pilares del bosque son de plata, pues la corteza de los árboles es lisa y gris. Así dicen aún nuestras canciones en el Bosque Negro. ¡Cómo se me alegraría el corazón si estuviera bajo las enramadas de ese bosque, y fuera primavera![3]

La relación entre los árboles del Bosque Dorado y los *malinornë* de Númenor se relata de la siguiente manera:

«El fruto era una nuez con cáscara de plata; y Tar-Aldarion, sexto Rey de Númenor, le regaló algunos al Rey Gil-galad de Lindon. No echaron raíces en esa tierra; pero Gil-galad se los dio a su pariente Galadriel, y por el poder de ella, crecieron y florecieron en la tierra protegida de Lothlórien junto al río Anduin hasta que los Altos Elfos abandonaron la Tierra Media; pero nunca alcanzaron la altura ni la circunferencia de los que crecían en Númenor».

De los animales y las aves de los Edain

A esta tierra, los Edain llevaban muchas cosas desde la Tierra Media: ovejas, ganado vacuno, caballos y perros; árboles frutales y cereales. Antes de su llegada ya había aves acuáticas en la isla, de la variedad del pato y la oca; pero otras fueron llevadas allí por ellos y las cruzaban con las razas autóctonas. Las ocas y los patos eran animales domésticos en sus granjas; y allí también tenían una multitud de palomas o pichones en grandes edificios o palomares, sobre todo por sus huevos. No conocían la gallina, y tampoco la encontraban en la isla; pero poco después del comienzo de los grandes viajes, los marineros volvieron con gallos y gallinas de las tierras australes y orientales, y se multiplicaron en Númenor, donde muchos se escaparon y vivieron en estado salvaje, aunque eran hostigados por los zorros.

LA VIDA DE LOS NÚMENÓREANOS[1]

De las ciudades

Antaño la ciudad principal y puerto de Númenor estaba en la costa occidental, y se llamaba Andúnië, porque miraba al sol poniente. (...) con la ciudad junto a la costa y muchas otras moradas que ascendían las escarpadas cuestas por detrás.
Y muy cerca [del Meneltarma], sobre una colina, estaba Armenelos, la más hermosa de las ciudades, y allí había una torre y una ciudadela construidas por Elros hijo de Eärendil, a quien los Valar designaron como primer Rey de los Dúnedain.[2]

De las creencias y los rituales

Cerca del centro de Mittalmar se alzaba la elevada montaña llamada Meneltarma, Pilar de los Cielos, consagrada a la veneración de Eru Ilúvatar. (...) toda la historia de Númenor. Ni un edificio, ni un altar, ni siquiera una pila de piedras sin ornamentos se alzó nunca allí; y ninguna otra cosa que se asemejara a un templo tuvieron nunca los Númenóreanos en los días de gracia, hasta la llegada de Sauron. Nunca se habían llevado allí herramientas o armas; y nadie podía hablar allí, salvo el Rey. Tres veces al año hablaba el Rey: la oración a la llegada del año en la *Erukyermë* en los primeros días de la primavera, la alabanza de Eru Ilúvatar en la *Erulaitalë* a mitad del verano, y la acción de gracias que se le consagraba en la Eruhantalë a fines de otoño. En estas ocasiones el Rey ascendía la montaña a pie, seguido por la muchedumbre del pueblo, vestido de blanco y enguirnaldado, pero en silencio. En otras ocasiones se permitía que los del pueblo ascendieran solos o en grupos; pero se dice que el silencio era tan grande, que ni siquiera un extranjero que nada supiera de Númenor y de su historia, si hubiera sido transportado allí, se habría atrevido a hablar en voz alta. Ningún ave llegaba allí nunca, excepto las águilas. Si alguien se aproximaba a la cima, tres águilas aparecían inmediatamente y se posaban sobre tres rocas cerca del borde occidental; pero en el tiempo de las Tres Oraciones no descendían, y se mantenían en el cielo volando en círculos sobre el pueblo. Se las llamaba los Testigos de Manwë, y se creía que éste las enviaba desde Aman para vigilar la Montaña Sagrada y toda la tierra en derredor.[3]

De este modo, los Númenóreanos iniciaron como monoteístas un gran nuevo bien; pero como los judíos (sólo que de manera más pronunciada) con un único centro físico de «veneración»: la cumbre de la montaña de Meneltarma, el «Pilar del Cielo» —literalmente, pues no concebían el cielo como una divina residencia—, en el centro de Númenor; pero no contaba con edificio ni templo, pues todas esas cosas tenían asociaciones negativas.[4]

[Entre las crestas del suroeste y sureste de las Tarmasundar, las Raíces del Pilar] la tierra descendía en un valle poco profundo. Lo llamaban Noirinan, el Valle de las Tumbas, porque en la base rocosa de la montaña había cámaras abiertas que guardaban las tumbas de los Reyes y las Reinas de Númenor.

De las lenguas

El idioma númenóreano era el adûnaico ('lengua del Oeste') o, por usar su nombre nativo, el adûnayân.

La lengua númenóreana derivaba principalmente del habla del pueblo [de la Casa] de Hador (muy expandida gracias a las adiciones de las lenguas élficas en diferentes períodos).[5] En pocas generaciones, el pueblo de Bëor había abandonado su propia lengua (salvo por la conservación de muchos nombres personales de origen nativo) y había adoptado la lengua élfica de Beleriand, el sindarin. Esta distinción aún se apreciaba en Númenor. Casi todos los Númenóreanos eran bilingües. Pero allá donde la masa de colonizadores proviniese principalmente de la Casa de Bëor, como era el caso especialmente en el noroeste, el sindarin era la lengua de uso cotidiano de todas las clases, y el númenóreano (o adûnayân) una segunda lengua. En la mayor parte del país, el adûnayân era la lengua nativa de la gente, aunque el sindarin era hablado hasta un punto por todo el mundo, salvo por los agricultores que preferían quedarse en casa y no viajaban. En la Casa Real, sin embargo, y en la mayoría de las casas de los nobles y los cultos, el sindarin solía ser la lengua nativa, hasta después de los días de Tar-Atanamir [el decimotercer Rey de Númenor].

El sindarin, después de haber sido usado durante un largo período por Hombres mortales, tendía a cambiar y a volverse dialectal, pero este proceso fue frenado en gran medida, al menos en el caso de los nobles y los cultos, por el contacto constante que se mantenía con los Eldar de Eressëa, y más tarde con los que seguían en Lindon, en la Tierra Media. Los Eldar llegaban sobre todo a las regiones occidentales del país. El quenya no era una lengua hablada. Sólo la conocían los cultos y las familias de la alta nobleza (cuyos miembros la aprendían desde la primera adolescencia). Se usaba en documentos oficiales que debían preservarse, tales como las Leyes, y el Pergamino y los Anales de los Reyes, y a menudo en obras científicas de carácter más bien abstruso. También era usado en gran medida en la nomenclatura. Los nombres oficiales de todos los lugares, regiones y accidentes geográficos de la tierra provenían del quenya (aunque también tenían nombres locales del sindarin o del adûnayân que, por regla general, significaban lo mismo). Los nombres personales, sobre todo los nombres oficiales y públicos de todos los miembros de la Casa Real, y del Linaje de Elros en general, provenían del quenya. Ocurría lo mismo en algunas otras familias, como la Casa de los Señores de Andúnië [quienes vivían en la importante ciudad portuaria de la región occidental de Andustar].[6]

De su apariencia y salud

La gente, alta y fuerte, era ágil y extremadamente «consciente»: es decir, podían controlar sus acciones corporales, y cualquier herramienta o material que manejaban, y raras veces realizaban movimientos despistados o torpes; y era difícil «pillarles desprevenidos». Por lo tanto, raras veces tenían accidentes. Y si ocurría, tenían un poder de recuperación y de autocuración que, aunque inferior al de los Eldar, era mayor que el de los Hombres de la Tierra Media. También entre las ciencias que estudiaron estaba la *hröangolmë* o la ciencia del cuerpo y las artes de la curación.

Las enfermedades u otros desórdenes corporales eran raros en Númenor hasta los últimos años. Esto se debía a la gracia especial de salud y fuerza que había sido otorgada a la raza entera, pero sobre todo a la bendición de la propia tierra; y también, en alguna medida, a su ubicación, lejos, en medio del Gran Mar: los animales tampoco sufrían enfermedades, en su mayoría. Pero los pocos casos de enfermedades proporcionaban una función práctica, en la medida en que esto era necesario para el estudio continuado de *hröangolmë* (o fisiología y medicina), en que los simples curanderos de entre los Edain habían recibido mucha instrucción de los Eressëanos,[7] durante el tiempo que quisieran. De hecho, en los primeros días de la llegada de las naves númenóreanas a las costas de la Tierra Media, el motivo principal por el que se recibía tan favorablemente a los Númenóreanos, y se les apreciaba tanto, era por sus habilidades curativas y su voluntad de enseñarlas a cualquiera que quisiera aprender.

La muerte prematura, por razones de enfermedad o accidente, ocurría muy raras veces en los primeros siglos. Los Númenóreanos reconocían que esto se debía a la «gracia de los Valar» (que podría negarse en general, o en casos particulares, si no se lo merecían): la tierra estaba bendecida, y todas las cosas, entre ellas el mar, los recibían con amabilidad.

Del envejecimiento y la longevidad

Larga vida y *Paz* fueron las dos peticiones de los Edain cuando los Valar les ofrecieron una recompensa tras la caída de Thangorodrim.

La larga vida de los Númenóreanos era la respuesta a las oraciones de los Edain (y Elros). Manwë les avisó de los peligros que entrañaba. Pidieron más o menos la «esperanza de vida de antaño», porque querían aprender más.

De ese don de mayor longevidad que fue otorgado a los Númenóreanos, se dice lo siguiente:

El incremento de la esperanza de vida númenóreana se produjo al asimilar su modo de vida al de los Eldar, hasta un punto limitado. Sin embargo, fueron avisados expresamente de que no se habían convertido en Eldar, sino que seguían siendo «Hombres mortales», y sólo les había sido concedida una extensión del período de su vigor mental y físico. Por lo tanto, (igual que los Eldar) «crecieron» a un ritmo muy parecido al de los Hombres normales: la gestación, la primera infancia, la segunda infancia y la adolescencia hasta la llegada a la pubertad y la «plenitud de crecimiento» procedían más o menos como antes; pero una vez que alcanzaban el pleno crecimiento, «culminaban» su envejecimiento a un ritmo mucho más lento (…).

La primera llegada de «cansancio del mundo» era para ellos una señal de que su período de vigor estaba llegando a su fin. Cuando llegaba, si insistían en seguir viviendo, se presentaría el deterioro, igual que lo había hecho el crecimiento, al mismo ritmo que para otros Hombres. Por lo tanto, si un Númenóreano llegaba al final de su vigor (…) pasaría rápido, en unos diez años, de gozar de buena salud y vigor mental a un estado de decrepitud y senilidad.[8]

El desarrollo mental númenóreano también quedaba asimilado, hasta un punto, al modo de los Eldar. Su capacidad mental era mayor y se desarrolló más rápido que la de los Hombres normales; y era dominante. Después de unos siete años, su crecimiento mental era muy rápido, y a los veinte años sabían y entendían mucho más de lo que haría un humano normal a esa edad. Una consecuencia de ello, reforzada por su expectación de un vigor duradero que no imponía un sentido de urgencia en la primera mitad de sus vidas, era que muy a menudo se quedaban absortos en la búsqueda de conocimientos, en la artesanía y en varias ambiciones intelectuales o artísticas a niveles mucho mayores de lo normal. Era el caso sobre todo de los Hombres.

Del matrimonio y la crianza de los niños

El deseo de matrimonio, engendramiento, embarazo y crianza de niños ocupaba un lugar menor en la vida de los Númenóreanos, incluso entre las mujeres, que entre los hombres normales. Se consideraba que el matrimonio era natural para todos, y una vez que te casabas era para siempre (...).

Una mujer númenóreana puede casarse a los 20 (los matrimonios antes del pleno crecimiento no estaban permitidos); pero en la mayoría de los casos se casaba entre los 40 y los 45 años («edad» de entre 24 y 25). Se consideraba que el matrimonio se había retrasado indebidamente se si producía más allá de sus 95 años («edad» de unos 35).

Los Hombres raras veces se casaban antes de sus 45 años (edad de 25). Normalmente, entre los 15 y los 45 años dedicaban el tiempo al aprendizaje de alguno o varios oficios, y (cada vez más, conforme pasaba el tiempo) a la navegación. El aplazamiento del matrimonio hasta los 95 años (edad de 35) era muy común; y sobre todo los hombres de mucho rango, con responsabilidades elevadas o de grandes talentos, a menudo se casaban tan tarde como a sus 120 años (edad de 40). En el Linaje de Elros (sobre todo entre los hijos de los Reyes), que era algo más longevo que la media, y proporcionaba muchos deberes y oportunidades (tanto para hombres como para mujeres), el matrimonio solía producirse más tarde de lo normal: para las mujeres, a los 95 años (edad de 35) era habitual, y en el caso de los hombres podía producirse tan tarde como a los 150 años (edad de 46), o incluso después.

Esto tenía una ventaja: el «Heredero del Cetro», incluso si era el hijo mayor del Rey, podría suceder estando aún en pleno vigor, aunque probablemente habría pasado ya los «Días de los Hijos» y tendría más libertad para dedicarse a los asuntos públicos.

Los Númenóreanos, como los Eldar, evitaban tener hijos si se preveía la separación del marido y la mujer desde el tiempo de la concepción hasta por lo menos los primeros años del vástago.

Los Númenóreanos eran estrictamente monógamos: por ley y por «tradición»: es decir, por la tradición de los Edain originales en torno a la conducta, que posteriormente fue reforzada por el ejemplo y las enseñanzas de los Eldar (...).

Nadie, independientemente del rango, podía divorciarse de un marido o de una esposa, ni podía casarse con otra persona mientras la primera siguiera viva.

Un segundo matrimonio sí estaba permitido, por la ley tradicional, si una de las partes moría joven, dejando a la otra con pleno vigor y aún con una necesidad o un deseo de tener hijos; pero estos casos eran, evidentemente, muy poco habituales.

No todo el mundo se casaba. Había (esto se sabe por afirmaciones ocasionales en los pocos cuentos o anales que han sobrevivido) un número ligeramente inferior de mujeres con respecto a los hombres, al menos en los primeros siglos. Sin embargo, aparte de esta limitación numérica, siempre había una pequeña minoría que rechazaba el matrimonio, bien porque estaba enfrascada en la búsqueda de conocimientos u otras ambiciones, bien porque su amor por la pareja deseada no era correspondido, y no estaban dispuestos a buscar otra.

Igual que los Eldar [los Númenóreanos] tendían a desear que el período de paternidad (o, como lo llamaban los Eldar, los «Días de los Hijos») fuera un período único y continuo en sus vidas. Esta limitación se consideraba algo natural. Esta continuidad, el tratamiento del período de embarazos como una secuencia ordenada e ininterrumpida, se consideraba apropiado y deseable, si podían conseguirlo. Se pensaba que lo ideal era que los dos miembros de la pareja casada viviesen juntos, con unos períodos de separación lo más cortos y escasos posible, entre, digamos, la concepción de su primer hijo hasta por lo menos el séptimo cumpleaños del último. Lo deseaban sobre todo las mujeres que, de manera natural (por regla general), no se quedaban tan absortas en los conocimientos y las artes; y tenían muchos menos deseos de viajar.[9]

De ahí que los Númenóreanos, que raras veces tenían más de cuatro hijos por matrimonio, a menudo los engendraban dentro de un período de entre unos 50 y 75 años (entre la primera concepción y el último nacimiento). En general, los intervalos entre hijo e hijo eran largos, considerados en términos normales, a veces 15, o incluso 20 años; nunca menos de unos cinco. Eso sí, hay que recordar que, con relación a su esperanza de vida total, este período sólo equivalía a uno de entre 10 y 15 años, aproximadamente, de una vida humana normal. Es decir, los intervalos, contados en función de su grado de proximidad al final del período de vigor y fertilidad, eran equivalentes a un mínimo (poco habitual) de un año, pero los intervalos de dos, tres y a veces cuatro años eran más frecuentes.

En las mujeres, el «vigor», es decir, sobre todo la salud y la actividad corporal, y el período de fertilidad y embarazo no comenzaban y terminaban al mismo tiempo, como es natural. El período de embarazo de las mujeres era similar al de mujeres normales, aunque contado en términos númenóreanos. Es decir, se extendía desde la pubertad (que las mujeres númenóreanas alcanzaban poco antes del pleno crecimiento) hasta una «edad» equivalente a la de un humano normal de 45 años (con extensiones ocasionales hasta los 50). En años, esto quiere decir desde unos

18 hasta alrededor de 125, o un poco más. Sin embargo, casi nunca se concebían los primeros hijos al final de este período.

Estos intervalos parecen largos porque, en asuntos relativos al crecimiento, que incluía la concepción y el embarazo, el desarrollo númenóreano difería poco en duración con respecto al de los Hombres normales. Sin embargo, tal y como se ha dicho, sus intereses mentales eran dominantes; y además prestaban mucha y concentrada atención a cualquier dedicación que emprendiesen. El asunto de los hijos, por lo tanto, siendo de máxima importancia, era uno que ocupaba la mayor parte de la atención de la madre durante el embarazo y la infancia, y, salvo en las familias más importantes, obligaba al padre a ocuparse de gran parte de las labores cotidianas. Ambos estaban contentos de retomar, por un tiempo, otras ambiciones desatendidas. Pero también (y lo decían los propios Númenóreanos), en este asunto se parecían más a los Eldar que a otros tipos de Hombres: en el engendramiento, y aún más en el embarazo, gastaban mucha más energía vital, tanto de cuerpo como de mente (porque la longevidad de las generaciones posteriores les era transmitida, por gracia o don, indirectamente[10] por los padres). En otras palabras, hacía falta un descanso tanto de cuerpo como de mente, sobre todo por parte de las mujeres. Tras la concepción de un hijo, el deseo de unión se volvía latente por un tiempo, tanto en la mujer como en el hombre, aunque este estado inactivo duraba más entre las madres.

Si los Númenóreanos no eran libidinosos, no consideraban que el amor entre hombres y mujeres fuera menos importante o maravilloso de lo que pensaban otros Hombres. Al contrario, eran amantes estables; cualquier ruptura en los lazos y el afecto entre los padres, o entre ellos y sus hijos, se consideraba un gran mal y motivo de gran tristeza.

En los primeros siglos había pocos casos de quebrantamiento de la ley, o incluso de deseos de quebrantarla. Los Númenóreanos, o Dúnedain, todavía eran, por emplear un término nuestro, «Hombres caídos»; pero eran descendientes de antepasados que, en general, se habían mostrado completamente arrepentidos, detestando todas las corrupciones de la «Sombra»; y habían recibido una gracia especial. Por lo general, tenían poca inclinación por la lujuria, la avaricia, el odio, la crueldad y la tiranía, y detestaban conscientemente estas cosas. Evidentemente, no todos eran tan nobles.

Hasta la llegada de la Sombra, había pocos glotones o borrachos en Númenor. Nadie comía ni bebía excesivamente, ni siquiera de forma puntual. Apreciaban la buena comida, que era abundante, y dedicaban tiempo y esfuerzo en prepararla y servirla. Pero la distinción entre un «banquete» y una comida ordinaria consistía más bien en lo siguiente: en los adornos de la mesa, la música y la alegría de compartir comida con muchas personas, antes que en la comida en sí; aunque, como es natural, en estos banquetes a veces aparecía comida y vino de variedades menos habituales y más selectas.

La malicia existía entre ellos, pero al principio apenas se dejaba ver. Porque no eran elegidos por ninguna prueba más allá de su pertenencia a las Tres Casas de los Edain. Entre ellos, sin duda, había algunos vestigios de los hombres salvajes y los renegados de los tiempos antiguos, y posiblemente (aunque no se puede afirmar) verdaderos sirvientes conscientes del Enemigo.

Esta sospecha quedó confirmada por los acontecimientos que tuvieron lugar a partir de c. 2221, véase abajo.

Los Edain llevaron consigo conocimientos y habilidades artesanas en muchos oficios, y entre ellos había muchos artesanos que habían aprendido de los Eldar, directamente o a través de sus padres, aparte de preservar sus conocimientos y tradiciones.

Pero pudieron transportar pocos materiales salvo los destinados a las herramientas de sus artesanías; y, durante mucho tiempo, todos los metales de Númenor fueron metales preciosos. Pues los Eldar habían traído muchos tesoros de oro y plata y también gemas; pero no encontraron esas cosas en Númenor. Las amaban por su belleza, y en días posteriores fue este amor lo que por primera vez despertó en ellos la codicia, cuando cayeron bajo el poder de la Sombra y se volvieron orgullosos e injustos en su trato con las gentes pequeñas de la Tierra Media. De los Elfos de Eressëa, en los tiempos en que eran amigos, recibieron regalos en oro y plata y joyas; pero en los primeros siglos estas cosas fueron raras y muy apreciadas, hasta que el poder de los Reyes llegó a las costas orientales de la Tierra Media.

Algunos metales descubrieron en Númenor, y a medida que se hacían más hábiles en minería y fundición y herrería, los objetos de hierro y de cobre se convirtieron en cosas corrientes. También disponían de plomo. Lo que más necesitaban era hierro y acero para las herramientas de los artesanos y para las hachas de los leñadores.

Entre los artífices de los Edain se contaban forjadores de armas, e, instruidos por los Noldor, llegaron a forjar excelentes espadas, hojas de hacha y cabezas de lanza y cuchillos. (...) [Se comenta en otro lugar] que, si lo hubieran querido, podrían haber sobrepasado con facilidad a los malvados Reyes de la Tierra Media en estrategia de guerra y en la forja de armas; pero ahora eran hombres de paz.[11]

El Gremio de los Forjadores de Armas hacía todavía espadas para preservar la tradición artesanal, pero dedicaban casi todo el tiempo a la fabricación de herramientas de uso pacífico. El Rey y la mayor parte de los grandes capitanes tenían espadas, pero recibidas como herencia de familia[12]; y alguna vez todavía regalaban una espada a sus herederos. Se forjaba una espada nueva para dársela al Heredero del ReyRey el día en que se le confiriera el título. Pero ningún hombre llevaba espada en Númenor, ni siquiera en los días de las guerras de la Tierra Media, salvo cuando se trataba de armarse para una batalla. Por lo tanto, durante mucho tiempo apenas se fabricaban armas de guerra en Númenor. Naturalmente, muchas de las cosas que sí eran fabricadas podían ser usadas para tal fin: hachas, lanzas y arcos. El oficio de los maestros arqueros era importante. Fabricaban arcos de muchos tipos: arcos largos y más pequeños, sobre todo aquellos que los jinetes usaban para tirar desde el lomo de un caballo; y también inventaron ballestas, que al principio se usaban sobre todo contra las aves rapaces. El tiro con arco era uno de los grandes deportes y entretenimiento de los hombres; y uno en el que también participaban las mujeres. Estando de pie, los hombres númenóreanos, altos y poderosos, podían tirar con rapidez y precisión con grandes arcos largos, cuyas astas volaban grandes distancias (hasta unos 600 metros), y a distancias más cortas tenían gran poder de penetración.

De los deportes y pasatiempos

Númenor era una tierra de paz; en la isla no hubo guerras ni conflictos hasta los últimos años. Pero el pueblo descendía de gente de carácter duro y belicoso. La energía de los hombres quedó transferida principalmente a los diferentes oficios; pero también dedicaron mucho tiempo a los juegos y a practicar deportes físicos. A los niños y los jóvenes les encantaba vivir, cuando podían, en libertad bajo las estrellas, y viajar a pie a las partes más inhóspitas de la tierra. Muchos practicaban la escalada. No había grandes montañas en Númenor. La Montaña Sagrada del Meneltarma se encontraba cerca del centro de la isla; pero tenía poco más de 900 metros de altura, y se ascendía por un camino que lo circundaba como una espiral desde su base austral (cerca de la cual se encontraba el Valle de las Tumbas, donde estaban enterrados los Reyes) hasta su cumbre. Pero en el norte y el noroeste, y también en el suroeste, había regiones rocosas y montañosas, con algunas cimas que alcanzaban unos 600 metros de altura. Sin embargo, a los escaladores más intrépidos les atraían sobre todo los acantilados. Los acantilados de Númenor alcanzaban en algunos lugares grandes alturas, sobre todo en las costas occidentales, y eran el hábitat de innumerables aves.

El deleite principal de los hombres más fuertes era el mar: nadaban, se zambullían o competían en embarcaciones pequeñas propulsadas por remos o por el viento. Los más duros se dedicaban a la pesca: había abundancia de peces, una de las principales fuentes de alimentación en Númenor. Las ciudades grandes y medianas, donde se juntaban muchas personas, estaban en las costas. La clase especial de marineros, que fue ganando importancia y estima, provenía sobre todo de los pescadores. Al principio, las embarcaciones númenóreanas, que seguían dependiendo en gran medida de los modelos de los Eldar, solo eran usadas para pescar, o en viajes costeros de puerto en puerto. Pero gracias a sus estudios e inventos, los Númenóreanos no tardaron en mejorar su arte de construcción de barcos, hasta que ya eran capaces de viajar lejos, por el Gran Mar.

Las mujeres apenas tomaban parte en estas cosas, aunque por lo general se acercaban más a los hombres en estatura y fuerza de lo que suele ser habitual, y en su juventud eran ágiles y rápidas. Encontraban su mayor placer en la danza (en la que muchos hombres también tomaban parte) durante las celebraciones, o en su tiempo libre. Muchas mujeres conseguían gran fama como bailarinas, y la gente viajaría lejos para ver su arte. Sin embargo, no amaban mucho el mar. Si era necesario, viajaban en las embarcaciones costeras de puerto en puerto, pero no les gustaba pasar mucho tiempo a bordo de ellas, ni pasar una noche en un barco. Incluso en los pueblos de pescadores, las mujeres raras veces tomaban parte en la navegación. Sin embargo, casi todas sabían montar a caballo y los trataban con honor, proporcionándoles cobijo más noble que a cualquier otro animal doméstico. Los establos de un hombre poderoso a menudo eran tan grandes y tan hermosos de ver como su propia casa. Tanto los hombres como las mujeres montaban a caballo por placer. Además, era el principal medio de transporte rápido de un lugar a otro; en las ceremonias oficiales, tanto los hombres como las mujeres de cierta categoría, incluso las reinas, irían montados en medio de su escolta o comitiva.

Los caminos del interior de Númenor eran en su mayoría «caminos de herradura» no pavimentados, construidos y mantenidos para el transporte a caballo.

Los coches y carruajes de transporte se usaban poco en los primeros siglos; porque los transportes más pesados iban sobre todo por mar. El camino principal y más antiguo, adecuado para las ruedas, se extendía desde Rómenna, el puerto más grande en el este, en dirección al noroeste hasta la ciudad real de Armenelos (a unos 64 kilómetros), y de allí al Valle de las Tumbas y al Meneltarma. Pero este camino fue rápidamente alargado hasta Ondosto, al otro lado de la frontera de Forostar (o Tierras del Norte), y de allí en línea recta hacia el oeste, hasta Andúnië en Andustar (o las Tierras del Oeste); sin embargo, se usaba poco para carromatos hechos para viajar, sino que principalmente se empleaba para lo que estaba hecho: vagones cargados con madera, que abundaba en las Tierras del Oeste, o con piedra de las Tierras del Norte, la más apreciada para la construcción.

Los Númenóreanos usaban caballos para viajar y por el placer de montar, pero no tenían mucho interés en usarlos para carreras de velocidad. Había muestras deportivas de destreza, tanto del caballo como del jinete, pero las exhibiciones de entendimiento entre el amo y el animal eran las más apreciadas. Los Númenóreanos entrenaban a sus caballos para oír y comprender las llamadas (a viva voz o mediante silbidos) a una gran distancia; también, cuando había un fuerte amor entre los hombres o las mujeres y sus monturas preferidas, podían llamarlos (o eso dicen en los cuentos antiguos) mediante el pensamiento, en caso de necesidad.

Ocurría lo mismo con sus perros. Los Númenóreanos criaban perros, sobre todo en la campiña, en parte por tradiciones ancestrales, puesto que ya no tenían muchas funciones de utilidad. Los Númenóreanos no cazaban por motivos deportivos ni por conseguir comida; y sólo en algunos lugares, en las fronteras de las tierras salvajes, tenían necesidades reales de perros guardianes. En las regiones donde criaban ovejas, como la de Emerië, tenían perros adiestrados para ayudar a los pastores. En los primeros siglos, los hombres de la campiña también entrenaban a sus perros para ayudarles a ahuyentar o a seguir el rastro de depredadores o aves rapaces (que para los Númenóreanos no era más que una labor ocasional de necesidad, no un entretenimiento). Rara vez se veían perros en las ciudades. En las granjas nunca los encadenaban o ataban, pero tampoco dormían dentro de las casas de los hombres; eso sí, a menudo se les dejaba entrar en la *solma* o sala central, donde estaba el principal fuego de la casa: sobre todo los perros más viejos y fieles que llevaban sirviendo mucho tiempo, o a veces los cachorros. Los hombres, más que las mujeres, tenían afición por los perros como «amigos». A las mujeres les gustaban más las aves y los animales salvajes (o «libres»), especialmente las ardillas, muy numerosas en las tierras boscosas.

Mientras fueron obedientes [a la prohibición de los Valar de navegar hacia el oeste], los visitaba con frecuencia gente del Reino Bendecido, de modo que su conocimiento y su arte alcanzaron dimensiones casi élficas.[13]

[Desde] Avallónë, el puerto de los Eldar en Eressëa, (...) venían a veces los Primeros Nacidos a Númenor en naves sin remos, tan blancas como aves que volaran desde el sol poniente.[14] Por causa de la amistad que unía a ambos pueblos (...) llevaban a Númenor muchos regalos: aves cantoras, y flores fragantes, y hierbas de gran virtud. Y les llevaron un vástago de Celeborn, el Árbol Blanco que crecía en medio de Eressëa, y era a su vez vástago de Galathilion, el Árbol de Túna, la imagen de Telperion que Yavanna dio a los Eldar en el Reino Bendecido.[15] Y el árbol creció y floreció en los patios del Rey en Armenelos; le dieron el nombre de Nimloth, y las flores se abrían al atardecer, y una fragancia llenaba las sombras de la noche.

Nimloth fue el ancestro de lo que llegaría a ser conocido como el Árbol Blanco de Gondor y quedó conmemorado como un símbolo del linaje de los Reyes y los Senescales de Gondor. La genealogía del Árbol Blanco en sus diversas manifestaciones es larga. Comenzó en la Primera Edad y continuó hasta la Tercera Edad y el principio de la Cuarta Edad.[16] Se dice que durante muchos años, tras la fundación de Númenor, se refería a la vida de los Númenóreanos como los «días de la bendición».

Así transcurrieron los años, y mientras la Tierra Media retrocedía y la luz y la sabiduría menguaban, los Dúnedain vivían bajo la protección de los Valar y unidos en amistad con los Eldar, y crecían en altura, tanto de mente como de cuerpo. Porque, aunque este pueblo todavía hablaba su propio idioma, los Reyes y señores conocían y hablaban también la lengua élfica, que habían aprendido en los días de la alianza, y por tanto aún conversaban con los Eldar, tanto con los de Eressëa como con los del oeste de la Tierra Media. Y los maestros de la ciencia aprendieron también la lengua alto Eldarin del Reino Bendecido, en la que se preservaban muchas historias y cantos desde el principio del mundo, y aplicaron sus letras a pergaminos y libros, y en ellos escribieron muchas cosas de sabiduría y de maravilla durante el apogeo de su reino, todo lo cual está ahora olvidado.[17]

Estas descripciones de los primeros años de vida en Númenor terminan con un recordatorio de que la vida de los Númenóreanos, a pesar de toda su excelencia, estaba destinada a no durar para siempre.

Estas cosas son las que se comentan, a grandes rasgos, sobre los días de la bendición de Númenor, que duró cerca de dos mil años, aunque los primeros atisbos de las sombras que llegaron después ya habían aparecido antes. De hecho, su armamento para tomar parte en la defensa de los Eldar y los Hombres en el oeste de la Tierra Media contra el portador de la Sombra (que al final se reveló como Sauron el Grande) propició el final de sus días de paz y felicidad. La victoria fue el principio de su caída.[18]

c. 40 – MUCHOS ENANOS ABANDONAN SUS VIEJAS CIUDADES
EN LAS ERED LUIN, SE DIRIGEN A MORIA
Y AUMENTAN SU POBLACIÓN

Durin es el nombre que daban los Enanos al mayor de los Siete Padres de la raza, y el antecesor de todos los Reyes de los Barbiluengos. Dormía solo, hasta que, en las profundidades del tiempo y el despertar de aquel pueblo, se marchó a Azanulbizar, y moró en las cuevas sobre Kheled-zâram, al este de las Montañas Nubladas, donde las Minas de Moria fueron luego celebradas en cantos.

Allí vivió tanto tiempo que se lo conoció hasta muy lejos como Durin el Inmortal. No obstante, al fin murió, antes de que terminaran los Días Antiguos, y su tumba estaba en Khazad-dûm; pero su linaje no terminó nunca y cinco veces nació un heredero en la Casa, tan parecido al anterior que todos recibieron el nombre de Durin. Los Enanos sostenían en verdad que era el Inmortal que había vuelto; pues tienen muchos cuentos y creencias extraños acerca de sí mismos y del destino que les espera en el mundo.

Al cabo de la Primera Edad el poder y la riqueza de Khazad-dûm se habían acrecentado sobremanera, porque mucha gente y mucha ciencia y artesanías la habían enriquecido, cuando las antiguas ciudades de Nogrod y Belegost en las Montañas Azules se arruinaron con el quebrantamiento de Thangorodrim.[1]

En *La Comunidad del Anillo* se cuenta cómo, en el Concilio de Elrond de la Tercera Edad, Glóin el Enano habló del tiempo en que «en medio del esplendor de los trabajos manuales los Enanos de la Montaña Solitaria estaban bastante perturbados». Dijo: «Hace ya muchos años (...) una sombra de inquietud cayó sobre nuestro pueblo. Al principio no supimos decir de dónde venía. Hubo ante todo murmullos secretos: se decía que vivíamos encerrados en un sitio estrecho, y que en un mundo más ancho encontraríamos mayores riquezas y esplendores. Algunos hablaron de Moria: las poderosas obras de nuestros padres que en la lengua de los Enanos llamamos Khazad-dûm, y decían que al fin teníamos el poder y el número suficiente para emprender la vuelta».[2]

442 – MUERTE DE ELROS TAR-MINYATUR

Elros Tar-Minyatur gobernó a los Númenóreanos durante cuatrocientos diez años, porque a los Númenóreanos se les había otorgado una larga vida y se mantenían en pleno vigor durante tres veces la duración de la vida de los Hombres mortales de la Tierra Media; pero al hijo de Eärendil se le concedió la vida más larga nunca concedida a hombre alguno, y a sus descendientes una duración menor, aunque más prolongada que a los otros, aun entre los Númenóreanos; y así fue hasta la llegada de la Sombra, cuando los años de los Númenóreanos empezaron a menguar.[1]

Elros tuvo cuatro hijos: tres hijos varones, Vardamir Nólimon, Manwendil y Atanalcar, y una hija (la segunda de los hermanos), Tindómiel.

442 – REYES Y REINAS DE NÚMENOR II:

Tar-Vardamir

Nacimiento: 61 SE; Muerte: 471 SE (a la edad de 410)

Reinado: 442 SE

[Al mayor de los hijos de Elros Tar-Minyatur, Tar-Vardamir] se le dio el nombre de Nólimon porque sobre todas las cosas amaba las historias antiguas que reunía de Elfos y de Hombres. Cuando Elros partió, él tenía 381 años, y no ocupó el trono, y cedió el cetro a su hijo. Se lo considera no obstante el segundo de los Reyes, como si hubiera reinado un año. Fue costumbre en adelante hasta los días de Tar-Atanamir que el Rey pudiese ceder el cetro a su sucesor antes de morir; y los Reyes morían voluntariamente, todavía en pleno vigor mental.

Tar-Vardamir tuvo cuatro hijos: Amandil, Vardilmë (hija), Aulendil y Nolondil.

442 – REYES Y REINAS DE NÚMENOR III:

Tar-Amandil

Nacimiento: 192 SE; Muerte: 603 SE (a la edad de 411)
Reinado: 442-590 (148 años)[2]

Señalado como el tercer Rey de Númenor, Tar-Amandil fue en verdad el segundo Soberano del reino, ya que su padre, Vardamir Nólimon, había decidido no reinar. Amandil nació en el año 192, y su nombre viene de las palabras *Aman* y *-ndl*, y significa, en quenya, 'amante' o 'amigo' de Aman, el «Reino Bendecido».

Tar-Amandil tuvo dos hijos, Elendil y Eärendur, y una hija, Mairen.

c. 500 – SAURON COMIENZA A MOVERSE OTRA VEZ EN LA TIERRA MEDIA

En su larga carta a Milton Waldman en la que explica la cronología de los acontecimientos en las primeras Tres Edades de la Tierra Media, con toda probabilidad escrita en 1951, Tolkien esbozó una imagen del mundo en los días «oscuros» del comienzo de la Segunda Edad[1]: «En las grandes batallas contra el Primer Enemigo [Morgoth], las tierras quedaron deshechas y en ruinas, y el oeste de la Tierra Media fue una tierra de desolación. (…) Tampoco los Orcos (trasgos) y otros monstruos criados por el Primer Enemigo han sido del todo destruidos». Tal y como se relata al final de la *Quenta Silmarillion*,[2] aunque a través de la intervención de los Valar, a Morgoth «lo arrojaron por la Puerta de la Noche, más allá de los Muros del Mundo, al Vacío Intemporal (…). No obstante, las mentiras que Melkor el poderoso y maldito, Morgoth Bauglir, el Poder del Terror y del Odio, sembró en el corazón de los Elfos y de los Hombres son una semilla que no muere y no puede destruirse; y cada cierto tiempo germina de nuevo; y dará negro fruto aun hasta los últimos días». Aquellos odios y mentiras recién brotados fueron cuidados y cultivados por Sauron:

En tiempos antiguos estaba Sauron el Maia, a quien los Sindar en Beleriand llamaron Gorthaur. En el principio de Arda, Melkor lo sedujo y lo convirtió en aliado, y llegó a ser el más grande y el más leal de los servidores del Enemigo, y el más peligroso, porque podía asumir distintas formas, y durante mucho tiempo, si así lo quería, podía parecer hermoso y noble, de modo que era capaz de engañar a todos, salvo a los más precavidos.

Cuando Thangorodrim fue destruida y Morgoth vencido, Sauron asumió otra vez una forma hermosa, prometió obediencia a Eönwë, el Heraldo de Manwë, y abjuró de todo el mal que había hecho. Y dicen algunos que en un principio no lo hizo con falsedad, y que en verdad estaba arrepentido, aunque sólo por miedo, acongojado por la caída de Morgoth y la gran cólera de los Señores del Oeste. Pero Eönwë no tenía poder para perdonar a quienes eran sus pares, y mandó a Sauron que volviera a Aman para ser allí juzgado por Manwë. Entonces Sauron se avergonzó, y no quería regresar humillado, y aceptar quizá de los Valar una sentencia de larga servidumbre, cómo prueba de buena fe; porque había tenido mucho poder bajo Morgoth. Por tanto, cuando Eönwë partió, él se escondió en la Tierra Media; y recayó en el mal, porque las ligaduras con que Morgoth lo había atado eran muy fuertes.[3]

En su carta a Milton Waldman, Tolkien escribiría sobre Sauron: «Se demora en la Tierra Media. Se convierte muy lentamente, comenzando por buenos motivos: la reorganización y rehabilitación de las ruinas de la Tierra Media, "olvidada por los dioses", en la reencarnación del Mal y en una criatura que anhela el Completo Poder, y, por tanto, se consume por siempre jamás en un odio feroz (especialmente por los dioses y los Elfos)».[4]

Entre los últimos escritos de Tolkien, publicados póstumamente por Christopher Tolkien en su *Historia de la Tierra Media*,[5] las reflexiones de Tolkien acerca de las motivaciones de Sauron indican una sutil valoración de las características de su protagonista.

En verdad Sauron era «más grande» en la Segunda Edad que Morgoth al final de la Primera. ¿Por qué? Porque a pesar de ser por naturaleza mucho más pequeño, aún no había caído tan bajo. Con el tiempo él también disipó su poder (o ser) en el intento de obtener el control de otros. Pero no estaba obligado a consumirse tanto a sí mismo. Para obtener el dominio sobre Arda, Morgoth había dejado que la mayor parte de su ser pasara a los constituyentes *físicos* de la Tierra: de ahí que todas las criaturas que nacían y vivían en la Tierra y de la Tierra, bestias, plantas o espíritus encarnados, eran susceptibles de ser «mancilladas» (...).

Sauron, no obstante, heredó la «corrupción» de Arda, y sólo gastó su poder (mucho más limitado) en los Anillos; pues eran las criaturas de la tierra, en mente y voluntad, lo que deseaba dominar. En este sentido, Sauron era también más sabio que Melkor-Morgoth. Sauron no empezó la discordia; y probablemente supiera más de la «Música» [la Música de los Ainur, la gran canción de la creación antes del inicio del Tiempo] que Melkor, cuya mente siempre se había concentrado en sus propios planes y recursos, y prestaba poca atención a las otras criaturas.

Sauron nunca llegó a ese grado de locura nihilista. Él no apuntaba a la existencia del mundo, mientras pudiera hacer cuanto quisiera con él. Todavía conservaba rastros de buenas intenciones, procedentes del bien de la naturaleza con la que empezó: su virtud (y por tanto también la causa de su caída, y de su reincidencia) había sido su amor por el orden y la coordinación, y su disgusto por cualquier confusión y fricción excesiva. (...) Pero como todas las mentes de este tipo, el amor de Sauron (originalmente) o la mera comprensión (después) de otras inteligencias individuales era más débil en comparación; además, aunque el único verdadero bien, o motivo racional, de todo este ordenamiento, planes y organización era el bien de todos los habitantes de Arda (aun admitiendo el derecho de Sauron a ser su supremo señor, sus «planes», las ideas de su sola mente, se convirtieron en el único deseo de su voluntad, y un fin, el Fin, en sí mismo.*

En otros lugares de la Tierra Media hubo paz por muchos años; no obstante, las tierras eran casi todas salvajes y desoladas, salvo el sitio al que llegó el pueblo de Beleriand. Muchísimos Elfos moraron allí, como habían morado durante incontables años, errando libremente por las vastas tierras lejos del mar; pero eran Avari, que conocían los hechos de Beleriand sólo como rumores, y Valinor sólo como un nombre distante. Y en el sur y en el este lejano los Hombres se multiplicaron; y la mayor parte de ellos se inclinó al Mal, pues Sauron no descansaba.[6]

Al ver la desolación del mundo, Sauron se dijo que los Valar, después de haber derrocado a Morgoth, habían olvidado otra vez la Tierra Media; y su orgullo creció deprisa.[7]

*. No obstante, esta capacidad de corromper otras mentes, e incluso comprometerlas a su servicio, provenía del hecho de que su deseo original de «orden» pretendía de verdad el buen estado (especialmente el bienestar físico) de sus «súbditos».

521 – NACIMIENTO EN NÚMENOR DE SILMARIËN

590 – REYES Y REINAS DE NÚMENOR IV:

Tar-Elendil

Nacimiento: 350 SE; Muerte: 751 SE (a la edad de 401)
Reinado: 590-740 SE (150 años)

El nombre Elendil en quenya tenía el significado de 'Amante de las Estrellas' (alguien que ama o estudia las estrellas), a partir de las palabras *elen* ('estrella') y *-(n)dil* ('amigo, amante o devoto') con la interpretación adicional de 'Amigo de los Elfos', un apelativo común entre aquellos Edain que tenían una amistad cercana con los Eldar, de Eled ('Pueblo de las Estrellas') como referencia a los Elfos.[1]

[A Tar-Elendil] se lo llamó también Parmaitë, pues de su propia mano compuso muchos libros y leyendas con las historias recopiladas por su abuelo [Tar-Vardamir]. Se casó a edad avanzada, y su vástago mayor fue una niña, Silmarien, nacida en el año 521, cuyo hijo fue Valandil. De Valandil provinieron los Señores de

Andúnië, de los cuales el último fue Amandil, padre de Elendil el Alto, que fue a la Tierra Media después de la Caída.

Una segunda hija, Isilmë, nació en 532; y en el año 543, un hijo, Meneldur, quien, debido a que la ley de entonces estipulaba que una mujer no podía suceder al Rey, se convertiría en el sexto Rey de Númenor bajo el nombre de Tar-Meneldur.

Durante el reinado de Tar-Elendil los barcos de los Númenóreanos llegaron por primera vez a la Tierra Media.

600 – LAS PRIMERAS NAVES DE LOS NÚMENÓREANOS APARECEN EN LAS COSTAS

Por encima de todas las artes cultivaron la fabricación de barcos y la marinería, y se convirtieron en marineros como no volverán a verse desde que el mundo quedó menguado; y viajar por el ancho mar fue la hazaña y la aventura principal de esos hombres atrevidos en los días de esplendor de su juventud.

Pero los Señores de Valinor les ordenaron que no perdiesen de vista las costas de Númenor si viajaban hacia el oeste, y durante mucho tiempo los Dúnedain estuvieron contentos, aunque no comprendían del todo la finalidad de esta prohibición. Pero el designio de Manwë era que los Númenóreanos no tuvieran la tentación de buscar el Reino Bendecido, ni intentaran sobrepasar los límites de su propia bienaventuranza, para no enamorarse de la inmortalidad de los Valar y de los Eldar y las tierras en las que todo perdura.

Porque en aquellos días Valinor permanecía en el mundo visible, e Ilúvatar permitía que los Valar tuvieran en la Tierra una residencia permanente, un monumento a lo que podría haber sido si Morgoth no hubiera arrojado una sombra sobre el mundo. Esto lo sabían perfectamente los Númenóreanos; y en ocasiones, cuando el aire estaba claro y el sol en el este, miraban y avistaban allá lejos al oeste el blanco resplandor de una ciudad en una costa distante, y un gran puerto y una torre. Porque en aquellos días los Númenóreanos tenían la vista aguda; y aun así sólo los de ojos más penetrantes podían contemplar esta visión, desde el Meneltarma, o desde algún barco de alta arboladura que estuviese anclado tan lejos hacia el oeste como les estaba permitido. Porque no se atrevían a desobedecer la Prohibición de los Señores del Oeste. Pero los más sabios de ellos sabían que esa tierra distante no era en verdad el Reino Bendecido de Valinor, sino Avallónë, el puerto de los Eldar en Eressëa, el extremo oriental de las Tierras Imperecederas. (...)

Fue así como, a causa de la Prohibición de los Valar, los Dúnedain de aquellos días navegaban siempre hacia el este y no hacia el oeste, desde la oscuridad del norte hacia el caluroso sur, y más allá del sur hasta las Oscuridades Bajas; y se internaban aun en los mares interiores y viajaban alrededor de la Tierra Media, y atisbaban desde las elevadas proas las Puertas de la Mañana en el este.[1]

Cuando hubieron transcurrido seiscientos años a partir del principio de la Segunda Edad, Vëantur, capitán de las naves del Rey en tiempos de Tar-Elendil, viajó por primera vez a la Tierra Media. Llevó su barco *Entulessë* (que significa 'Retorno') a Mithlond con los vientos de la primavera que soplaban desde el oeste, y retornó en el otoño del siguiente año. En adelante los viajes por mar se convirtieron en la principal empresa para el atrevimiento y la osadía de los hombres de Númenor (...).[2]

Y los Dúnedain llegaban a veces a las costas de las Grandes Tierras, y se compadecían del mundo abandonado de la Tierra Media; y los Señores de Númenor pusieron pie otra vez en las costas occidentales en los Años Oscuros de los Hombres, y aún nadie se atrevía a oponerse a ellos. Porque bajo la Sombra, la mayor parte de los Hombres de esa época se habían vuelto débiles y temerosos.[3]

Pero durante mucho tiempo los tripulantes de las grandes naves númenóreanas andaban sin armas entre los Hombres de la Tierra Media; y aunque tenían hachas y arcos a bordo para derribar árboles e ir de caza en las salvajes costas que no tenían dueño, no los llevaban consigo cuando buscaban la compañía de los hombres del país.[4]

En una larga nota al pie en los *Cuentos inconclusos*, Christopher Tolkien cita «un ensayo filológico anterior» de su padre, quien ofrece «una descripción del primer encuentro de los Númenóreanos con los Hombres de Eriador por ese entonces»:

Habían transcurrido seiscientos años desde la partida de los supervivientes de los Atani [nombre en quenya para los Edain u Hombres] por mar hacia Númenor, cuando un barco vino otra vez del oeste a la Tierra Media y recorrió el golfo de Lhûn. El capitán y los marineros fueron bien recibidos por Gil-galad; y así empezó la amistad y la alianza entre Númenor y los Eldar de Lindon. La noticia cundió de prisa y los Hombres de Eriador se asombraron. Aunque en la Primera Edad habían vivido en el este, habían oído rumores de la terrible guerra «más allá de las Montañas del Oeste» [es decir, Ered Luin]; pero en las tradiciones de Eriador no se conservó una clara historia de estos acontecimientos, y creían que todos los Hombres que vivían en las tierras de más allá habían sido destruidos o se habían ahogado en los grandes tumultos del fuego y la invasión de los mares. Pero como se decía todavía entre ellos que en un pasado inmemorial habían estado emparentados con esos Hombres, enviaron mensajeros a

Gil-galad pidiendo autorización para ver a los marineros «que habían retornado de la muerte en las profundidades del mar». Así fue que hubo un encuentro entre ellos en las Colinas de la Torre; y a ese encuentro con los Númenóreanos sólo doce asistieron de los Hombres de Eriador, hombres de elevado corazón y coraje, pues la mayor parte de su pueblo temía que los recién llegados fueran peligrosos espíritus de los muertos. Pero cuando vieron a los marineros, ya no tuvieron miedo, aunque por un momento guardaron un silencio reverente; porque, aunque ellos mismos eran considerados hombres fuertes y poderosos, los marineros parecían más señores élficos que Hombres mortales en porte y atuendo. No obstante, no tuvieron duda alguna acerca de su antiguo parentesco; y de igual modo, los marineros contemplaron con complacida sorpresa a los Hombres de la Tierra Media, porque se creía en Númenor que los Hombres dejados atrás descendían de los malvados que Morgoth había convocado desde el este en los últimos días de la guerra. Pero en cambio contemplaban caras libres de la Sombra, y Hombres que podrían haberse paseado en Númenor sin que nadie los creyera forasteros, salvo por sus ropas y sus armas. Entonces, súbitamente, rompiendo el silencio, tanto los Númenóreanos como los Hombres de Eriador se saludaron con palabras de homenaje y bienvenida en sus propias lenguas, como si les hablaran a amigos y parientes después de una larga separación. En un principio se sintieron desilusionados, pues ninguna de las partes podía entender a la otra; pero cuando se unieron en amistad, descubrieron que compartían muchas palabras todavía claramente inteligibles, y otras que era posible comprender si prestaban atención, y lograron mantener conversaciones vacilantes sobre asuntos sencillos.[5]

Y estando entre [los Hombres de la Tierra Media], los Númenóreanos les enseñaron muchas cosas.[6]

Les enseñaron el habla, pues las lenguas de los Hombres de la Tierra Media, excepto en las viejas tierras de los Edain, habían decaído hasta la brutalidad, y gritaban como aves chillonas o gruñían como bestias salvajes.[7]

Grano y vino les llevaron, e instruyeron a los Hombres en la siembra y molienda de la semilla, en la tala de árboles y la talla de la piedra, y en el ordenamiento de la vida tal como tenía que ser en tierras de muerte rápida y dicha escasa.

Entonces los Hombres de la Tierra Media encontraron consuelo, y por aquí y por allá, en las costas occidentales los bosques deshabitados retrocedieron, y los Hombres se sacudieron el yugo de los descendientes de Morgoth y olvidaron el terror a las tinieblas. Y reverenciaron la memoria de los altos Reyes del Mar, y cuando hubieron partido, los llamaron dioses con la esperanza de que regresaran; porque por aquel tiempo los Númenóreanos nunca se demoraban mucho en la Tierra Media, ni edificaban allí morada. Por fuerza tenían que navegar hacia el este, pero sus corazones se volvían siempre hacia el oeste.[8]

Durante todo este tiempo, Sauron siguió esperando su momento, esperaba su momento.

Miraba con odio a los Eldar, y temía a los hombres de Númenor que volvían a veces en sus barcos a las costas de la Tierra Media; pero por mucho tiempo disimuló sus pensamientos y ocultó los oscuros designios que estaba tramando.[9]

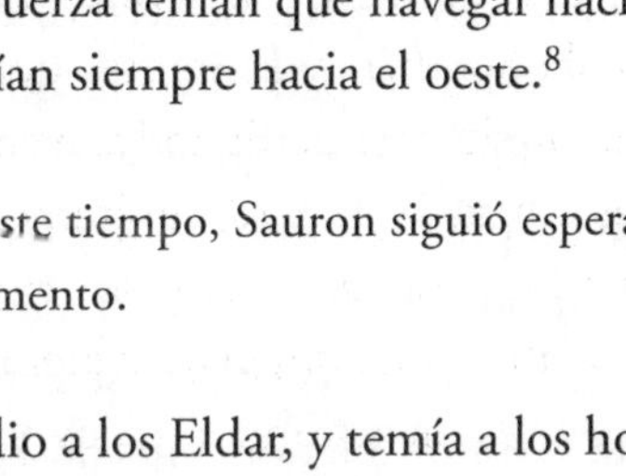

LOS VIAJES DE ALDARION[1]

[Meneldur, hijo de Tar-Elendil, se casó con] una mujer de gran belleza, de nombre Almarian. Era hija de Vëantur, capitán de las naves del Rey en los días de Tar-Elendil; y aunque no amaba el mar y los barcos más que la mayor parte de las mujeres del país, su hijo se asemejaba más a Vëantur, el padre de ella, que a Meneldur.

El hijo de Meneldur y Almarian era Anardil ['Amante del Sol'],[2] que alcanzó después renombre entre los Reyes de Númenor como Tar-Aldarion. Tenía dos hermanas menores que él: Ailinel y Almiel, de las cuales la mayor se casó con Orchaldor, descendiente de la Casa de Hador, hijo de Hatholdir, que era además íntimo amigo de Meneldur; y el hijo de Orchaldor y Ailinel era Soronto, que entra más tarde en la historia.[3]

Aldarion ['Hijo de los Árboles'],[4] porque así se le llama en todos los relatos, no tardó en convertirse en un hombre de gran estatura, fuerte y vigoroso de mente y de cuerpo, de cabellos dorados como su madre, pronto para la risa y generoso, pero más orgulloso que su padre y más inclinado a hacer su propia voluntad. Desde un principio amó el mar, y tenía afición al arte de la construcción de barcos. No le atraía la parte septentrional de la isla, y cuando el padre se lo permitía se pasaba todo el tiempo en las costas, especialmente cerca de Rómenna, donde se encontraban el puerto principal de Númenor, el más grande astillero y los más hábiles carpinteros de barcos. Su padre no le estorbó esta afición durante muchos años, complacido en que Aldarion hubiera encontrado un modo de ejercitar su vigor y trabajo para su mente y su mano.

Aldarion era muy querido de Vëantur, el padre de su madre, y se quedaba a menudo en casa de éste, en la orilla austral del estuario de Rómenna. Esa casa tenía su propio muelle, en el que había anclados muchos pequeños barcos, pues Vëantur nunca viajaba por tierra si podía hacerlo por mar; y allí, de niño, aprendió Aldarion a remar, y más adelante a manejar las velas. Y era todavía muy joven cuando ya capitaneaba un barco de muchos tripulantes y navegaba de puerto en puerto.

Sucedió una vez que Vëantur dijo a su nieto:

—Anardilya,[5] se acerca la primavera y también el día de tu mayoría de edad (porque ese abril Aldarion cumpliría veinticinco años). Tengo en mente un modo de celebrarlo de manera adecuada. Soy mucho mayor que tú y no creo que vaya a tener muchas veces el ánimo de abandonar mi hermosa casa y las bendecidas costas de Númenor; pero al menos quiero recorrer otra vez el Gran Mar y hacer frente al viento del norte y del este. Este año me acompañarás e iremos a Mithlond y veremos las altas Montañas Azules de la Tierra Media, y a sus pies la verde tierra de los Eldar. Una cálida bienvenida recibirás de Círdan el Carpintero de Barcos y del Rey Gil-galad. Habla de esto con tu padre.

Cuando Aldarion habló de esta aventura, y pidió licencia para partir en cuanto los vientos de primavera fueran favorables, no se sintió Meneldur inclinado a concederla. Tuvo un escalofrío, como si su corazón adivinara qué más había en eso de lo que su mente era capaz de prever. Pero cuando vio la cara ansiosa de su hijo, no dejó entrever nada de lo que sentía.

—Haz lo que tu corazón te dicte, *onya* ['hijo mío'] —dijo—. Te echaré mucho en falta; pero con Vëantur como capitán y la gracia de los Valar, viviré en la esperanza de tu retorno. Pero no te enamores de las Grandes Tierras, pues un día serás Rey y Padre de esta isla.

Así fue que una hermosa mañana de sol y viento blanco, en la brillante primavera del año 725 de la Segunda Edad, el hijo del Heredero del Rey de Númenor se hizo a la mar desde tierra; y antes de que el día acabara, la vio hundirse resplandeciente en el mar, y lo último de todo el pico del Meneltarma, como un dedo oscuro recortado sobre el cielo del atardecer.

Se dice que el mismo Aldarion escribió crónicas de todos sus viajes a la Tierra Media, y se preservaron largo tiempo en Rómenna, aunque después se perdieron. De este primer viaje poco se sabe, salvo que trabó amistad con Círdan y Gil-galad, y recorrió Lindon y el oeste de Eriador, y se maravilló de todo lo que veía. Tardó más de dos años en regresar, y Meneldur se sentía sumamente intranquilo. Se dice que retrasó la vuelta porque quiso aprender todo lo que pudiera de Círdan, tanto de la construcción y la administración de navíos como del levantamiento de muros que contuviesen el hambre del mar.

Hubo gran alegría en Rómenna y Armenelos cuando los hombres vieron el gran barco *Númerrámar* (que significa 'Alas del Oeste') adelantarse sobre las olas con velas doradas, enrojecidas por el sol poniente. El verano había terminado y la *Eruhantalë*[6] estaba cerca. Le pareció a Meneldur, cuando dio la bienvenida a su hijo en casa de Vëantur, que había crecido en estatura y que sus ojos eran más brillantes; pero miraba a lo lejos.

—¿Qué viste, *onya*, en tus largos viajes, que prevalece ahora en tu memoria?

Pero Aldarion, que miraba al este hacia la noche, guardó silencio. Por fin respondió, pero en voz baja, como quien se habla a sí mismo:

—¿El bello pueblo de los Elfos? ¿Las verdes costas? ¿Las montañas coronadas de nubes? ¿Las regiones de nieblas y de sombras más allá de toda conjetura? No lo sé. —Calló, y Meneldur supo que no había dicho todo. Porque Aldarion se había enamorado del Gran Mar y de un barco solitario que navegara lejos de la tierra, llevado con gorja espumosa por los vientos hacia costas y puertos insospechados; y este amor y este deseo no los abandonaría nunca hasta el fin de su vida.

Vëantur no volvió a alejarse de Númenor; pero regaló la *Númerrámar* a Aldarion. A los tres años, Aldarion pidió permiso para partir otra vez y se dirigió a Lindon. Estuvo tres años ausente; y no mucho después emprendió otro viaje que duró cuatro años, porque se dice que ya no le contentaba navegar a Mithlond, y que empezó a explorar las costas hacia el sur, más allá de las desembocaduras del Baranduin y el Gwathló y el Angren, y bordeó el cabo oscuro de Ras Morthil y vio la gran bahía de Belfalas, y las montañas del país de Amroth donde viven todavía los Elfos Nandor.[7]

Cuando ya tenía treinta y nueve años, Aldarion regresó a Númenor trayendo regalos de Gil-galad a su padre; porque al año siguiente, como por largo tiempo lo había proclamado, Tar-Elendil cedió el cetro en favor de su hijo, y Tar-Meneldur se convirtió en Rey. Entonces Aldarion decidió quedarse allí un tiempo para consuelo de su padre; y en esos días llevó a la práctica los conocimientos que había obtenido de Círdan sobre la construcción de navíos, concibiendo muchas cosas nuevas de su propia cosecha, y también puso hombres a trabajar en la mejora de puertos y de muelles, porque siempre tenía ganas de construir barcos cada vez más grandes.

Al año siguiente del retorno de Aldarion, Tar-Elendil cedió el cetro a su hijo Meneldur, el padre de Aldarion.

740 – REYES Y REINAS DE NÚMENOR V:

Tar-Meneldur

Nacimiento: 543 SE; Muerte: 942 SE (a la edad de 399)
Reinado: 740-883 SE (143 años)

[Meneldur era el tercer hijo de Tar-Elendil] porque tenía dos hermanas mayores llamadas Silmarien e Isilmë. La mayor estaba casada con Elatan de Andúnië, y su hijo era Valandil, Señor de Andúnië, de quien procedió mucho después el linaje de los Reyes de Gondor y Arnor en la Tierra Media.[8]

Su nombre de nacimiento era Írimon y tomó el nombre de Meneldur por «su amor por los conocimientos de las estrellas», de la palabra quenya *menel* ('los cielos') y *-(n)dur* ('sirviente').[9]

Meneldur era hombre de ánimo gentil, nada orgulloso,[10] que prefería los ejercicios del pensamiento a los del cuerpo. Amaba profundamente la tierra de Númenor y todas las cosas que había en ella, pero no hacía ningún caso del mar circundante, porque su mente miraba más allá de la Tierra Media: estaba enamorado de las estrellas y de los cielos. Estudiaba todas las tradiciones de los Eldar y los Edain acerca de Eä[11] y las profundidades que rodean el Reino de Arda,[12] y se deleitaba en la contemplación de las estrellas. Levantó una torre en la Forostar (la región septentrional de la isla), donde los aires eran más claros, y por la noche escrutaba desde esa torre el firmamento y observaba todos los movimientos de las luces que pueblan el cielo.[13]

Cuando Meneldur recibió el cetro, abandonó, porque estaba obligado a ello, la Forostar, y vivió en la gran casa de los Reyes en Armenelos. Fue un Rey bondadoso y sabio, aunque nunca dejó de echar en falta los días en que podía aprender algo nuevo de los conocimientos celestes.

750 – LOS NOLDOR FUNDAN EREGION

Pero finalmente Galadriel se dio cuenta de que habían vuelto a olvidarse de Sauron, como en los viejos días del cautiverio de Melkor [Morgoth].[1] O, más bien, como Sauron no tenía todavía un nombre singular, y no se había advertido que sus acciones procedieran de un único espíritu maligno, sirviente primordial de Melkor, Galadriel comprendió que cierta voluntad maléfica obraba en el mundo, y que parecía proceder de una fuente lejana del este, más allá de Eriador y las Montañas Nubladas.

Celeborn y Galadriel, por tanto, se dirigieron hacia el este en el año 700 aproximadamente, y fundaron el principal (pero en absoluto el único) reino noldorin de Eregion.[2] Puede que Galadriel eligiera este sitio porque sabía de los Enanos de Khazad-dûm (Moria). En la ladera oriental de Ered Lindon habían vivido y vivían aún algunos Enanos; allí se habían levantado las muy antiguas mansiones de Nogrod y Belegost, no lejos del Nenuial; pero la mayoría de ellos se había trasladado a Khazad-dûm.

Celeborn no sentía simpatía por los Enanos de raza alguna (como le mostró a Gimli en Lothlórien), y nunca les perdonó la parte que les cupo en la destrucción de Doriath; pero sólo el ejército de Nogrod había intervenido en aquel ataque, y había sido destruido en la batalla de Sarn Athrad. Los Enanos de Belegost se sintieron consternados ante esta calamidad, y temían sus consecuencias, y se apresuraron así a marchar hacia el este para llegar a Khazad-dûm.[4] De este modo, es posible suponer que los Enanos de Moria fueron inocentes de la ruina de Doriath, y que no eran hostiles a los Elfos. De cualquier modo, Galadriel fue más previsora en esto que Celeborn; y advirtió desde un comienzo que la Tierra Media no podía quedar a salvo del «residuo de mal» que Morgoth había dejado, a no ser que se unieran todos los pueblos, cada uno a su manera y en función de sus capacidades, para oponérsele. Miraba también a los Enanos con ojos de militar, y veía en ellos a los mejores soldados para oponerse a los Orcos. Además, Galadriel era una noldo, y sentía una natural simpatía por las mentes de los Enanos y por la pasión con que se dedicaban a distintas artesanías; una simpatía mucho más profunda que la que se daba en muchos de los Eldar: los Enanos eran «los Hijos de Aulë», y Galadriel, como muchos de entre los Noldor, había sido discípula de Aulë y Yavanna en Valinor.[3]

Galadriel y Celeborn tenían en su compañía a un artesano noldorin llamado Celebrimbor. Se dice (...) que era uno de los supervivientes de Gondolin, y que se había contado entre los más grandes artífices de Turgon (...). Celebrimbor tenía «por las artesanías una obsesión casi propia de los Enanos»; y pronto se convirtió en el principal artífice de Eregion, manteniendo una estrecha relación con los Enanos de Khazad-dûm, entre los cuales su mejor amigo fue Narvi. Tanto los Elfos como los Enanos obtuvieron gran provecho de esta asociación: de modo que Eregion se volvió mucho más fuerte, y Khazad-dûm, mucho más hermosa que lo que hubieran llegado a ser por sí mismas.[4]

La construcción de la ciudad principal de Eregion, Ost-in-Edhil, ['Fortaleza de los Eldar'] comenzó aproximadamente en el año 750 de la Segunda Edad [la fecha dada en «La Cuenta de los Años» para la fundación de Eregion por los Noldor].[5]

En el año 750, Celebrimbor estableció en Eregion una hermandad de maestros artesanos elfos llamada Gwaith-i-Mírdain, el Pueblo de los Orfebres de Joyas.[6]

Se dice en *El Silmarillion* que ellos «sobrepasaban en habilidad a todos cuantos se hubieran dedicado a la orfebrería, excepto a Fëanor; y en verdad el más hábil era Celebrimbor».[7]

Narvi fue un artesano enano, cuya obra en colaboración con Celebrimbor sería descubierta por la Comunidad del Anillo cuando buscaban un modo de atravesar Moria. Se les bloquea el paso con unas puertas cerradas y escondidas, cuya presencia finalmente queda revelada por la luz de la luna ascendente junto con emblemas inscritos de las Casas de Durin y Fëanor, «labrados en *ithildin* que sólo refleja la luz de las estrellas y la luna», junto con inscripciones «en una lengua élfica del oeste de la Tierra Media en los Días Antiguos»: «*Las Puertas de Dúrin, señor de Moria. Habla, amigo, y entra* (...). *Yo, Narvi, construí estas puertas. Celebrimbor de Acebeda grabó estos signos*».[8]

Los signos y las inscripciones fueron pruebas de la suprema fortuna que los Enanos de Khazad-dûm una vez habían poseído, tal y como Gandalf explicó: «La riqueza de Moria no eran el oro y las joyas, los juguetes de los Enanos; tampoco el hierro, su sirviente. Tales cosas hallaron aquí, es cierto, especialmente hierro; pero no necesitaban cavar para eso; todo lo que deseaban podían obtenerlo comerciando. Pues éste era el único sitio del mundo donde había plata de Moria, o plata auténtica como algunos la llamaban: *mithril* es el nombre élfico. Los Enanos le dan otro nombre, pero lo guardan en secreto. El valor del *mithril* era diez veces superior al del oro, y ahora ya no tiene precio, pues queda poco en la superficie, y ni siquiera los orcos se atreven a cavar aquí (...).

«¡Mithril! Todo el mundo lo deseaba. Podía ser trabajado como el cobre, y pulido como el vidrio; y los Enanos podían transformarlo en un metal liviano y sin embargo más duro que el acero templado. Tenía la belleza de la plata común, pero nunca se manchaba ni perdía el brillo. Los Elfos lo estimaban muchísimo, y lo empleaban entre otras cosas para crear *ithildin*, la estrella-luna que habéis visto en la puerta».[9]

ALDARION Y ERENDIS[1]

[La nostalgia del mar asaltó a Aldarion de nuevo, hijo de Tar-Meneldur, quinto Rey de Númenor] y partió una y otra vez de Númenor; y su mente concebía ahora aventuras que no podían alcanzarse con la tripulación de un solo barco. Por tanto, creó el Gremio de los Aventureros, que tuvo después mucho renombre; a esa hermandad se unieron los más audaces y los más ansiosos marineros, y aun los jóvenes de las regiones del interior de Númenor intentaban que se los admitiera en la hermandad, y a Aldarion lo llamaron el Gran Capitán. En ese tiempo, puesto que no tenía inclinación a vivir en tierra en Armenelos, hizo construir un barco que le sirviera de morada; y por tanto lo llamó *Eämbar* ['Morada del mar'];[2] y en ocasiones iba en él de un puerto de Númenor a otro, aunque la mayor parte del tiempo permanecía anclado en Tol Uinen: una pequeña isla en la bahía de Rómenna que había sido colocada allí por Uinen, la Señora de los Mares.[3] En *Eämbar* estaba la sede de los Aventureros, y allí se guardaban las crónicas de los grandes viajes;[4] porque Tar-Meneldur miraba con frialdad las empresas de su hijo y no le gustaba escuchar la historia de sus viajes, pues creía que sembraba las semillas de la inquietud y del deseo de posesión de otras tierras.

En ese tiempo, Aldarion se apartó de su padre, y dejó de hablar abiertamente de sus designios y deseos; pero Almarian, la Reina, apoyaba a su hijo en todo cuanto hacía, y Meneldur tuvo que tolerar por fuerza que las cosas siguieran su curso. Porque los Aventureros aumentaban en número y también en la estima de los hombres, y los llamaban *Uinendili*, los 'enamorados de Uinen'; y no fue ya fácil reprochar o estorbar a su capitán. Los barcos de los Númenóreanos se hicieron cada vez más grandes y de mayor calado en esos días, hasta que pudieron emprender largos viajes llevando a muchos hombres y vastos cargamentos; y Aldarion a menudo estaba largo tiempo ausente de Númenor. Tar-Meneldur siempre se oponía a su hijo y restringió la tala de árboles en Númenor destinados a la construcción de barcos; y se le ocurrió entonces a Aldarion encontrar madera en la Tierra Media y buscar allí un puerto para la reparación de sus barcos. En sus viajes a lo largo de las costas contemplaba con maravilla los grandes bosques; y en la desembocadura del río que los Númenóreanos llamaron Gwathir, el 'Río de Sombra', fundó Vinyalondë, el Puerto Nuevo.[5]

Pero cuando casi habían transcurrido ochocientos años desde el comienzo de la Segunda Edad, Tar-Meneldur ordenó a su hijo que permaneciera en Númenor e interrumpiera por un tiempo sus viajes hacia el este; porque deseaba proclamar a Aldarion Heredero del Rey, como lo habían hecho siempre los Reyes anteriores, cuando el Heredero alcanzaba esa edad. Entonces Meneldur y su hijo se reconciliaron por un tiempo, y hubo paz entre ellos; y entre fiestas y celebraciones, a los cien años de edad, Aldarion fue proclamado Heredero, y recibió de su padre el título y poder de Señor de las Naves y Puertos de Númenor. A los festejos de Armenelos acudió un tal Beregar, que vivía en el oeste de la isla, y con él iba su hija Erendis. Allí la Reina Almarian advirtió la belleza de Erendis, una belleza que rara vez se veía en Númenor; porque Beregar provenía de la Casa de Bëor por una antigua ascendencia, aunque no pertenecía al linaje real de Elros, y Erendis tenía cabellos oscuros, una gracia esbelta y los claros ojos grises de su familia.[6] Pero Erendis vio a Aldarion, cuando éste pasó cabalgando, y por la belleza y esplendor de su porte apenas pudo ver otra cosa. Luego Erendis se incorporó al séquito de la Reina y ganó también el favor del Rey; pero poco vio de Aldarion, quien estaba ocupado cuidando de los bosques, para asegurarse de que en el futuro no faltase madera en Númenor. Antes de que transcurriera mucho tiempo, los marineros del Gremio de los Aventureros empezaron a inquietarse, pues les disgustaba viajar más brevemente y con menos frecuencia al mando de capitanes menores; y cuando hubieron pasado seis años desde la proclamación del Heredero del ReyRey, Aldarion decidió navegar una vez más a la Tierra Media. Sólo a regañadientes obtuvo la licencia del Rey, quien pretendía que se quedara en Númenor y buscara esposa; y se hizo a la mar en la primavera de ese año. Pero al ir a despedirse de su madre, vio a Erendis en medio del séquito de la Reina; y al mirar su belleza, adivinó la fuerza que ella ocultaba.

Entonces Almarian le dijo:

—¿Es preciso que partas otra vez, Aldarion, hijo mío? ¿No hay nada que te retenga en la más bella de las tierras mortales?

—Aún no —respondió él—; pero hay cosas más bellas en Armenelos que las que puedan encontrarse en otros sitios, aun en las tierras de los Eldar. Pero los marineros somos gente desgarrada, siempre en guerra con nosotros mismos; y el deseo del mar todavía me posee.

Erendis creyó que esas palabras habían sido pronunciadas también para sus oídos; y desde ese momento su corazón se volcó en favor de Aldarion, aunque no con esperanzas. En esos días no era necesario, por ley o por costumbre, que los de la Casa Real, aun el Heredero del Rey, tuvieran que casarse sólo con los descendientes de Elros Tar-Minyatur; pero Erendis pensaba que la posición de Aldarion era demasiado alta. Sin embargo, nunca en adelante miró con interés a ningún otro hombre, y disuadía a quienes la pretendían.

Siete años transcurrieron antes de que Aldarion regresara trayendo consigo plata y oro; y habló con su padre de sus viajes y peripecias. Pero Meneldur dijo:

—Habría preferido tenerte a mi lado a cualquier noticia o regalo de las Tierras Brunas. Eso incumbe a los mercaderes o exploradores, no al Heredero del Rey. ¿De qué nos sirve el oro y la plata sino para sustituir con orgullo lo que igual serviría? Lo que la Casa del Rey necesita es un hombre que conozca y ame la tierra y el pueblo que ha de gobernar.

—¿No estudio yo a los hombres todos los días de mi vida? —dijo Aldarion—. Puedo conducirlos y gobernarlos a voluntad.

—Di más bien a algunos hombres, a los que son de tu mismo temple —respondió el Rey—. Hay también mujeres en Númenor, apenas más escasas que los hombres; y salvo tu madre, a la que sí puedes conducir a voluntad, ¿qué sabes de ellas? No obstante, un día tendrás que casarte.

—¡Un día! —dijo Aldarion—. Pero no antes de que quiera hacerlo; y aún más tarde si alguien pretendiera empujarme al matrimonio. Otras cosas tengo que hacer que me parecen más urgentes, y más necesarias. «Fría es la vida de la mujer de un navegante»; y el navegante decidido, que no está atado a la costa, va más lejos y aprende mejor a vérselas con el mar.

—Más lejos, pero no con mayor provecho —dijo Meneldur—. Y no hay que «vérselas con el mar». ¿Olvidas que los Edain vivimos aquí por gracia de los Señores del Oeste, que Uinen nos ayuda, que Ossë se contiene para favorecernos? Nuestros barcos están protegidos, y otras manos los guían, que no las nuestras. No seas tan orgulloso o nos abandonará la gracia; y no presumas que alcanzará a los que se arriesgan sin necesidad sobre las rocas de costas extrañas o en las tierras de hombres de mentes oscuras.

—¿De qué sirve entonces la gracia otorgada a nuestros barcos —dijo Aldarion— si no han de navegar hacia costa alguna, ni han de buscar nada no visto antes?

Ya no habló con su padre de esos asuntos, y desde entonces se pasó los días a bordo del barco *Eämbar* en compañía de los Aventureros, y en la construcción del navío más grande que se hubiera conocido nunca: a ese navío lo llamó *Palarran*, el 'Errante Lejano'. No obstante, ahora se encontraba frecuentemente con Erendis (y era así por designio de la Reina); y el Rey, al enterarse de estos encuentros, se preocupó, aunque no se sintió disgustado.

—Mejor sería curar a Aldarion de su inquietud —dijo— antes de que gane el corazón de alguna mujer.

—Pero ¿cómo pretendes curarlo si no es por amor? —dijo la Reina.

—Erendis es joven todavía —dijo Meneldur.

Pero la Reina respondió:

—El linaje de Erendis no es de vida tan larga como la que se concede a los descendientes de Elros; y el corazón de ella ya tiene dueño.

Ahora bien, cuando el gran barco *Palarran* estuvo terminado, Aldarion quiso partir otra vez. Entonces Meneldur se encolerizó, aunque, persuadido por la Reina, no recurrió al poder real para retenerlo. Ha de contarse aquí que era costumbre en Númenor que cuando un barco partía por el Gran Mar a la Tierra Media, una mujer, casi siempre del linaje del capitán, colocara en la proa del navío la Rama Verde del Retorno; y se cortaba del árbol *oiolairë*,[7] que significa 'Verano Eterno', que los Eldar dieran a los Númenóreanos, diciendo que ellos la ponían en sus propios barcos en señal de amistad con Ossë y Uinen. Las hojas de ese árbol eran siempre verdes, lustrosas y fragantes; y medraba en el aire del mar. Pero Meneldur prohibió que la Reina y las hermanas de Aldarion llevaran la rama de *oiolairë* a Rómenna, donde se encontraba el *Palarran*, diciendo que le negaba la bendición a su hijo, que partía en contra de su voluntad; y entonces Aldarion dijo:

—Si he de partir sin bendición ni rama, así lo haré.

Entonces la Reina se sintió apenada; pero Erendis le dijo:

—*Tarinya*, si cortáis la rama del árbol de los Elfos, yo la llevaré al puerto; porque el Rey no ha prohibido que yo lo haga.

A los marineros les parecía mala señal que el capitán debiera partir de ese modo; pero cuando todo estuvo dispuesto, y los hombres se preparaban para levar anclas, Erendis llegó allí, aunque poco le gustaban el ruido y la agitación del gran puerto y los gritos de las gaviotas. Aldarion la saludó con asombro y alegría; y ella dijo:

—He traído la Rama del Retorno, señor: de parte de la Reina.

—¿De parte de la Reina? —preguntó Aldarion con tono alterado.

—Sí, señor —dijo ella—; pero le pedí permiso para traerla yo misma. Otros además de vuestro linaje se alegrarán de vuestro regreso; ¡y que volváis pronto!

En esa ocasión miró Aldarion a Erendis por primera vez con amor; y largo tiempo se quedó en popa mirando atrás mientras el *Palarran* se adentraba en el mar. Se dice que se apresuró a regresar y estuvo ausente menos tiempo que el planeado; y al volver trajo regalos para la Reina y para las damas de su comitiva, pero el más rico regalo lo trajo para Erendis, y era un diamante. Fríos fueron los saludos intercambiados entre el Rey y su hijo; y Meneldur le reprochó que dar semejante regalo era impropio para el Heredero del Rey, a no ser que fuera un regalo de compromiso, y exigió que Aldarion pusiera en claro sus intenciones.

—En gratitud lo traje —dijo él— por un corazón cálido en medio de la frialdad de otros.

—Puede que los corazones fríos que van y vienen no animen a los otros a que den calor —dijo Meneldur; y una vez más instó a Aldarion a que pensara en el matrimonio, aunque no habló de Erendis. Pero Aldarion no quiso escucharlo, pues siempre cuando la gente más quería influir en él, más se oponía; y tratando ahora a Erendis con mayor frialdad, se decidió a abandonar Númenor y a continuar sus proyectos en Vinyalondë. La vida en tierra le era tediosa, pues a bordo de su barco no estaba sometido a ninguna voluntad ajena, y los Aventureros que lo acompañaban no conocían más que el amor y la admiración por el Gran Capitán. Pero ahora Meneldur prohibió que partiera; y Aldarion, antes de que el invierno hubiera acabado por completo, se hizo a la mar con una flota de siete navíos y la mayor parte de los Aventureros, desafiando al Rey. La Reina no se atrevió a enfrentar la cólera de Meneldur; pero por la noche una mujer envuelta en una capa fue al puerto con una rama y la puso en manos de Aldarion diciendo:

—Esto viene de parte de la Señora de las Tierras del Oeste (porque ése era el nombre que daban a Erendis) —y desapareció en la oscuridad.

Ante la abierta rebeldía de Aldarion, el Rey le quitó los poderes que le había concedido, como Señor de las Naves y los Puertos de Númenor; e hizo que se cerrara el Gremio de los Aventureros en *Eämbar*, y que se clausuraran los astilleros de Rómenna, y prohibió la tala de árboles para la construcción de barcos. Cinco años transcurrieron; y Aldarion regresó con nueve barcos, porque dos habían sido construidos en Vinyalondë, y estaban cargados de maderas preciosas cortadas en los bosques de la costa de la Tierra Media. La cólera de Aldarion fue grande cuando se enteró de lo que habían hecho; y a su padre le dijo:

—Si no soy bienvenido en Númenor, y no hay trabajo para mis manos y mis barcos no pueden ser reparados en sus puertos, me iré otra vez y muy pronto; porque los vientos han sido rudos,[8] y necesito reparar mis averías. ¿No tiene el hijo del Rey otra cosa que hacer más que examinar las caras de las mujeres en busca de una esposa? Emprendí el trabajo de la silvicultura y he sido prudente en él; habrá más madera en Númenor antes del fin de mis días que hoy bajo tu cetro. —Y fiel a su palabra, Aldarion partió otra vez ese mismo año con tres barcos y los más audaces de los Aventureros, y se fueron sin bendiciones ni ramas; porque Meneldur prohibió que las mujeres de su casa y las de los Aventureros se acercaran a los muelles, e implantó una guardia alrededor de Rómenna.

En ese viaje Aldarion estuvo tanto tiempo ausente que la gente empezó a temer por él; y el mismo Meneldur estaba intranquilo a pesar de la gracia de los Valar, que había protegido siempre los barcos de Númenor.[9] Cuando habían transcurrido diez años desde la partida, Erendis por fin desesperó, y creyendo que había ocurrido algún desastre o que Aldarion había decidido quedarse en la Tierra Media, y también para escapar al asedio de los pretendientes, pidió licencia a la Reina, y dejando Armenelos volvió a las Tierras del Oeste. Pero al cabo de otros cuatro años, Aldarion regresó por fin, y sus barcos habían sido castigados y maltratados por los mares. Había navegado primero hasta el puerto de Vinyalondë, y desde allí había emprendido un gran viaje a lo largo de la costa, hacia el sur, mucho más allá de sitio alguno alcanzado todavía por los barcos númenóreanos; pero al volver hacia el norte se topó con vientos contrarios y grandes tormentas, y escapando apenas del naufragio en el Harad, encontró Vinyalondë barrido por el mar y saqueado por hombres hostiles. Tres veces fuertes vientos venidos del oeste le impidieron que cruzara el Gran Mar, y su propio barco fue alcanzado por un rayo y desarbolado; y sólo con trabajo y fatiga en las aguas profundas logró al fin volver a puerto en Númenor. Muy grande fue el consuelo de Meneldur cuando volvió Aldarion; pero le reprendió que se hubiera rebelado contra su Rey y su padre y abandonara la protección de los Valar, arriesgando que la ira de Ossë despertara y se volviera no sólo contra él, sino también contra los hombres fieles que lo acompañaban. Entonces Aldarion enmendó su temple, y recibió el perdón de Meneldur, que le restituyó el Señorío de las Naves y los Puertos y le concedió además el título de Amo de los Bosques.

Aldarion lamentó que Erendis se hubiera marchado de Armenelos, pero era demasiado orgulloso para ir a buscarla; y en verdad no podía hacerlo, salvo para pedirla en matrimonio, y aún no estaba dispuesto a atarse a nadie. Trató de reparar el abandono en que habían caído tantas cosas durante su larga ausencia, porque había estado fuera casi veinte años; y en ese tiempo llevó a cabo grandes trabajos en los puertos, especialmente en Rómenna. Comprobó que se habían derribado muchos árboles para hacer casas y otras cosas, pero no habían pensado en el futuro, y poco habían plantado para reemplazar lo que faltaba; y viajó por Númenor de un extremo a otro examinando él mismo el estado de los bosques.

Cabalgando un día por los bosques de las Tierras del Oeste vio a una mujer de cabellos oscuros que flotaban al viento, envuelta en una capa verde abrochada al cuello con una joya brillante; y la tomó por una de los Eldar que iban a veces a esas partes de la isla. Pero ella se aproximó y él vio que era Erendis, y que la joya era la que él le había dado; entonces conoció de súbito el amor que tenía por ella, y sintió el vacío de sus días. Erendis palideció al verlo y quiso alejarse a la carrera, pero él fue demasiado veloz y le dijo:

—¡Bien merezco que huyas de mí, que he huido tanto y tan lejos! Pero ahora perdóname y quédate. —Entonces cabalgaron juntos a la casa de Beregar, el padre de ella, y allí Aldarion expuso claramente su deseo de comprometerse con Erendis; pero ahora Erendis se mostró renuente, aunque de acuerdo con las costumbres y la vida de su pueblo era ya tiempo de que se casase. El amor que sentía por él no había disminuido, y tampoco se negaba por coquetería; pero temía ahora que en la batalla que se libraría entre ella y el mar por la posesión de Aldarion, no saliera vencedora. Erendis nunca se conformaba con menos de todo, porque para ella era lo mismo que nada; y temerosa del mar y culpando a todos los barcos de la tala de árboles, decidió que tendría que infligir al mar una derrota definitiva o ella misma sería derrotada.

Pero Aldarion cortejó a Erendis con asiduidad, y dondequiera que fuera ella, allí iba también él; descuidó los puertos y los astilleros y todos los asuntos del Gremio de los Aventureros; no derribó árboles y se dedicó sólo a plantarlos, y tuvo más alegría en esos días que en cualquier tiempo del pasado, aunque no lo supo hasta que miró atrás cuando ya la vejez había empezado. Por fin intentó persuadir a Erendis para que navegara con él en un viaje alrededor de la isla en el barco *Eämbar*, porque habían transcurrido cien años desde que Aldarion fundara el Gremio de los Aventureros, y habría festejos en todos los puertos de Númenor. A esto consintió Erendis, ocultando su disgusto y su temor; y partieron desde Rómenna y llegaron a Andúnië, en el oeste de la isla. Allí Valandil, Señor de Andúnië y pariente cercano de Aldarion,[10] celebraba una gran fiesta; y en esa fiesta bebió a la salud de Erendis llamándola *Uinéniel*, 'Hija de Uinen', la nueva Señora del Mar. Pero Erendis, que estaba sentada al lado de la esposa de Valandil, dijo en voz alta:

—¡No me llaméis así! No soy hija de Uinen: ella es más bien mi enemiga.

Después, por un tiempo la duda asaltó otra vez a Erendis, porque Aldarion volvió a pensar en las obras de Rómenna y se dedicó a levantar grandes rompeolas y construir una torre en Tol Uinen: *Calmindon*, la Torre de la Luz. Pero cuando esos trabajos concluyeron, Aldarion volvió a Erendis y le pidió que se casara con él; no obstante, ella se disculpó diciendo:

—He viajado con vos en barco, señor. Antes que os dé mi respuesta, ¿no viajaréis conmigo en tierra a los sitios que amo? Conocéis muy poco de este país para alguien que ha de ser Rey. —Por tanto, partieron juntos y llegaron a Enerië, donde el viento mecía los prados de hierba y pastoreaban las ovejas de Númenor; y vieron las casas blancas de los granjeros y de los pastores, y oyeron el balido de los rebaños.

Allí Erendis habló a Aldarion y le dijo:

—¡Aquí estaría yo en paz!

—Viviréis donde queráis como esposa del Heredero del Rey —dijo Aldarion—. Y como Reina en muchas hermosas casas, según vuestros deseos.

—Cuando seáis Rey, yo seré vieja —dijo Erendis—. ¿Dónde vivirá entretanto el Heredero del Rey?

—Con su esposa —le dijo Aldarion— cuando sus trabajos se lo permitan, si ella no pudiera compartirlos.

—Yo no compartiré mi esposo con la Señora Uinen —dijo Erendis.

—Eso es hablar retorcido —replicó Aldarion—. Igualmente podría yo decir que no quiero compartir mi esposa con el Señor Oromë de los Bosques porque ella ama los árboles silvestres.

—Está claro que no —dijo Erendis—, porque talaríais cualquier bosque como regalo para Uinen, si se os ocurre.

—Nombrad el árbol que améis y se mantendrá en pie hasta morir.

—Amo todos los que crecen en esta isla —respondió Erendis.

Entonces siguieron cabalgando largo rato en silencio; y después de ese día se separaron, y Erendis volvió a la casa de su padre. A él no le dijo nada, pero a su madre Núneth le contó las palabras que había habido entre ella y Aldarion.

—Todo o nada, Erendis —dijo Núneth—. Así eras de niña. Pero amas a ese hombre, y es un gran hombre, aparte del rango que ocupa; y no destruirás en ti el amor que le tienes sin hacerte mucho daño. Una mujer ha de compartir el amor de su marido con su trabajo y el fuego que la habita, o bien convertirlo en algo que no se puede amar. Pero dudo que entiendas alguna vez tal consejo. Lo deploro, sin embargo, porque ya es tiempo de que estuvieras casada; y habiendo dado al mundo una hermosa hija, había concebido esperanzas de que me dieras hermosos nietos; tampoco me desagradaría que fueran criados en la Casa del Rey.

Este consejo no conmovió la mente de Erendis; no obstante, comprobó que el corazón no le obedecía, y que sus días estaban vacíos: más vacíos que en los tiempos en que Aldarion estaba ausente. Porque él residía todavía en Númenor, y sin embargo pasaban los días, y él no volvió nunca más al oeste.

Ahora bien, Almarian, la Reina, enterada por Núneth de lo ocurrido, y temiendo que Aldarion buscara consuelo en nuevos viajes (porque hacía ya mucho que estaba en tierra), envió un mensaje a Erendis diciéndole que volviera a Armenelos; y Erendis, instada por Núneth y por su propio corazón, hizo lo que se le pedía. Allí se reconcilió con Aldarion; y en la primavera de ese año, cuando había llegado el tiempo de la *Erukyermë*,[11] ascendieron con la comitiva del Rey a la cima del Meneltarma, que era el Monte Sagrado de los Númenóreanos. Cuando todos hubieron bajado otra vez, Aldarion y Erendis se demoraron en la cima; y miraron allá abajo toda la extensión de la isla de Oesternesse, verde en primavera, y contemplaron el resplandor de la luz en el oeste, donde se encontraba la lejana Avallónë, y las sombras en el este sobre el Gran Mar; y el Menel se levantaba azul sobre ellos. No hablaron, porque nadie, salvo el Rey, hablaba en la altura del Meneltarma; pero cuando descendieron, Erendis se detuvo un momento mirando hacia Emerië, y más allá, hacia los bosques de su patria.

—¿No amáis la Yôzâyan?[12] —preguntó.

—La amo, desde luego —contestó él—, aunque creo que vos lo ponéis en duda. Porque pienso también en lo que puede ser en tiempos por venir, y en la esperanza y el esplendor de su pueblo; y creo que un regalo no ha de mantenerse ocioso en el tesoro.

Pero Erendis lo contradijo diciendo:

—Regalos como los que vienen de los Valar y, por mediación de ellos, del Único, han de amarse por sí mismos ahora y en todos los ahoras. No han de darse en trueque para obtener más o algo mejor. Los Edain siguen siendo Hombres mortales, Aldarion, por más ilustres que parezcan, y no podemos vivir en el tiempo por venir, no sea que perdamos éste ahora por un fantasma de nuestra propia invención.

Y tomando bruscamente la joya que llevaba en la garganta, le preguntó:

— ¿Querrías que vendiera esto para comprarme otros bienes que deseo?

— ¡No! —dijo él—. Pero no lo tienes guardado en el tesoro. Sin embargo, creo que lo estimas demasiado; porque desluce junto a la luz de tus ojos.

Entonces le besó los ojos, y en ese momento ella dejó de tener miedo y lo aceptó; y se dieron palabra de matrimonio en el sendero empinado del Meneltarma.

Entonces volvieron a Armenelos, y Aldarion presentó a Erendis a Tar-Meneldur como la prometida del Heredero del Rey; y el Rey se regocijó y hubo alegría en la ciudad y en toda la isla. Como regalo de casamiento, Meneldur dio a Erendis una gran extensión de tierra en Emerië, y allí hizo construir para ella una casa blanca. Pero Aldarion le dijo:

—Otras joyas tengo yo atesoradas, regalos de Reyes de tierras lejanas a las que los barcos de Númenor han prestado ayuda. Tengo gemas tan verdes como la luz del sol en las hojas de los árboles que amas.

—¡No! —dijo Erendis—. He recibido ya mi regalo de casamiento, aunque llegó adelantado. Es la única joya que tengo o que quiero tener; y la pondré más alto todavía. —Entonces él vio que ella había engarzado la gema blanca en una redecilla de plata, como una estrella; y cuando ella se lo pidió, él se la sujetó en la frente. La llevó ella así muchos años, hasta que acaeció la desgracia; y alcanzó renombre en todas partes como Tar-Elestirnë, la Señora de la Frente Estrellada.[13] Así hubo por un tiempo paz y alegría en Armenelos, en la Casa del Rey y en toda la isla, y está registrado en los libros antiguos que los frutos abundaron en el verano tardío de aquel año, que fue el 854 de la Segunda Edad.

Pero de todas las gentes sólo los marineros del Gremio de los Aventureros no estaban contentos. Durante quince años Aldarion se había quedado en Númenor, y no condujo ninguna expedición al extranjero; y aunque había capitanes valientes que habían sido formados por él, estos capitanes no tenían ni la riqueza ni la autoridad del Heredero del Rey, y los viajes eran entonces menos frecuentes y más breves; y rara vez iban más allá de la tierra de Gil-galad. Además, la madera no abundaba ya en los astilleros, porque Aldarion descuidaba los bosques, y los Aventureros le rogaron que volviera a trabajar otra vez. Aldarion atendió este ruego, y al principio Erendis iba con él a los bosques; pero la entristecía ver cómo derribaban los árboles en su momento de mayor esplendor, y cómo luego los cortaban y aserraban. Por tanto, muy pronto Aldarion iba solo, y ya no estuvieron tanto juntos.

Ahora bien, llegó el año en que todos esperaban el casamiento del Heredero del Rey, porque no era costumbre que el compromiso durara mucho más de tres años. Una mañana de esa primavera, Aldarion cabalgó desde el puerto de Andúnië por el camino que llevaba a la casa de Beregar; porque había sido invitado a ir, y Erendis había ido antes que él por los caminos del interior. Cuando llegó a la cima del gran risco que dominaba la región y protegía el puerto desde el norte, se volvió y miró el mar. Soplaba un viento del oeste, como ocurría a menudo en esa estación, amado por los que soñaban con navegar a la Tierra Media, y unas olas de crestas blancas avanzaban hacia la costa. Entonces, de súbito, la nostalgia por el mar lo asaltó como si una gran mano le aferrara la garganta, y el corazón le latió con fuerza, y se quedó sin aliento. Luchó por dominarse y al fin se volvió y se puso otra vez en marcha, y decidió tomar el camino a través del bosque en que había visto cabalgar a Erendis y la había confundido con una Eldar, hacía ya quince años. Casi la buscó para verla una vez más; pero ella no estaba allí, y el deseo de verle la cara le apremió, de modo que llegó a la casa de Beregar antes de caer la noche.

Allí ella lo recibió de buen grado, y él estaba feliz, pero no dijo nada acerca de la boda, aunque todos pensaban que para eso había venido a las Tierras del Oeste. Con el paso de los días, Erendis observó que cuando estaban en compañía de gentes que hablaban y reían, Aldarion a menudo guardaba silencio; y si lo miraba de pronto, veía que él le clavaba los ojos. Entonces se le estremeció el corazón; porque los ojos azules de Aldarion le parecieron ahora grises y fríos, aunque con una especie de hambre en la mirada. Era una mirada que había visto antes, con demasiada frecuencia, y le dio miedo lo que parecía pronosticar; pero calló. Y Núneth, que había advertido todo lo que sucedía, se alegró; porque «las palabras pueden abrir heridas», como decía ella.

Al cabo de un tiempo, Aldarion y Erendis volvieron cabalgando a Armenelos, y a medida que se alejaban del mar, él se iba alegrando otra vez. Sin embargo, nada dijo a Erendis de aquello que lo perturbaba: porque en verdad estaba en guerra consigo mismo, y no sabía qué hacer.

Así avanzó el año, y Aldarion no decía nada, ni del mar ni de la boda; pero iba con frecuencia a Rómenna y pasaba el tiempo en compañía de los Aventureros. Por fin, cuando llegó el año siguiente, el Rey le pidió que lo visitara, y hubo paz entre ellos y ninguna nube empañó el afecto que se tenían.

—Hijo mío —dijo Tar-Meneldur—, ¿cuándo me darás la hija que desde hace tanto deseo? Más de tres años han pasado ya, y ése es tiempo más que suficiente. Me asombra que puedas soportar semejante demora.

Entonces Aldarion guardó silencio, pero finalmente dijo:

—Me ha dado otra vez esa nostalgia, Atarinya. Dieciocho años son un ayuno muy largo. Apenas puedo estarme quieto en la cama, o sostenerme sobre un caballo, y el pedregoso suelo duro me lastima los pies.

Entonces Meneldur se afligió, y compadeció a su hijo; pero no entendía por qué estaba perturbado, pues a él nunca le había gustado navegar, y le dijo:

— ¡Ay! Pero estás comprometido. Y por las leyes de Númenor y el recto juicio de los Eldar y los Edain, un hombre no puede tener dos esposas. No puedes desposarte con la mar, pues tu novia es Erendis.

Entonces a Aldarion se le endureció el corazón, porque esas palabras le recordaron su conversación con Erendis al pasar por

Emerië; y pensó (aunque no era cierto) que ella había hablado con el Rey. Tal era siempre el temple de Aldarion; si creía que otros se unían para incitarlo a tomar cierto camino, enseguida se apartaba de él.

—Los herreros pueden forjar, y los jinetes cabalgar, y los mineros cavar, aunque estén casados —dijo—. ¿Por qué no han de poder navegar los marineros?

—Si los herreros se pasaran cinco años sobre el yunque, no habría muchas esposas de herreros —dijo el Rey—. Y no son muchas las esposas de los marineros, y soportan lo que deben, porque tal es la vida y la necesidad que ellas tienen. El Heredero del Rey no es marinero de oficio ni por necesidad.

—Hay otras necesidades además de la de ganarse el pan cotidiano —dijo Aldarion—. Y aún tengo muchos años por delante.

—No, no —dijo Meneldur—, das por descontada la gracia; Erendis tiene menos esperanzas que tú, y los años son más rápidos para ella. No pertenece a la Línea de Elros; y ya hace mucho tiempo que viene amándote.

—Se mantuvo apartada casi doce años cuando yo sólo pensaba en ella —dijo Aldarion—. No pido un tercio de ese tiempo.

—Ella no estaba comprometida entonces —dijo Meneldur—. Pero ahora ninguno de los dos es libre. Y si se mantuvo apartada, no dudo de que fuera por miedo a lo que ahora parece probable que ocurra, si no consigues dominarte. De algún modo llegaste a acallar ese miedo; y aunque no hayas hablado con claridad, estás sin embargo obligado, creo yo.

Entonces Aldarion dijo con enojo:

—Sería mejor que yo mismo hablara con mi novia y no por interpósita persona. —Y dejó a su padre. No mucho después le habló a Erendis de su deseo de surcar de nuevo las vastas aguas, y de que había perdido el sueño y el descanso. Pero ella se mantuvo sentada, pálida y en silencio. Por fin dijo: —Creí que veníais a hablar de nuestra boda.

—Lo haré —dijo Aldarion—. Será no bien regrese, si aguardáis. —Pero al ver dolor en la cara de Erendis, se sintió conmovido, y tuvo un pensamiento—. Será ahora —dijo—. Será antes de que este año acabe. Y entonces haré una nave como nunca se ha hecho, la casa de una Reina sobre las aguas. Y navegaréis conmigo, Erendis, por gracia de los Valar, de Yavanna y de Oromë, a quienes amáis; navegaréis a tierras donde os mostraré florestas como no habéis visto nunca, donde aún ahora cantan los Eldar; o bosques más extensos que Númenor, libres y salvajes desde el principio de los días, donde todavía puede escucharse el gran cuerno de Oromë, el Señor.

Pero Erendis lloró.

—No, Aldarion —dijo—. Me alegro de que el mundo aún tenga cosas como esas de que habláis; pero yo nunca las veré. Porque no lo deseo: mi corazón pertenece a los bosques de Númenor. ¡Ay, ay!, si por amor a vos me embarcara, no volvería. Está más allá de mis fuerzas soportarlo; y si no viera la tierra, moriría. El mar me odia; y ahora se venga de que os apartara de él, aunque yo huyera de vos. ¡Idos, mi señor! Pero tened piedad, y no tardéis tantos años como ya antes perdí.

Entonces Aldarion se sintió desconcertado; porque había hablado con su padre dominado por la cólera, y ella le hablaba ahora con amor. No se hizo a la mar ese año; pero no tuvo paz ni alegría.

—Ella morirá si no ve la tierra —dijo—. Pronto moriré yo si la sigo viendo. Por tanto, si hemos de pasar algunos años juntos, es preciso que parta, y pronto. —Y se preparó para hacerse a la mar en primavera; y entre los que estaban enterados en la isla, los Aventureros fueron los únicos que se pusieron contentos.

Se tripularon tres navíos, y zarparon de la desembocadura del Víressë.[14] Erendis misma puso la rama verde de *oiolairë* en la proa del *Palarran* y ocultó sus lágrimas, hasta que la nave dejó atrás los nuevos rompeolas del puerto.

Seis años y más transcurrieron antes que Aldarion regresara a Númenor. Descubrió entonces que aún Almarian la Reina lo recibía fríamente, y que los Aventureros no eran estimados como antes; porque los hombres pensaban que Aldarion había tratado mal a Erendis. Pero en verdad había tardado más de lo que se había propuesto; porque había encontrado el puerto de Vinyalondë completamente en ruinas, y los mares desencadenados habían reducido a nada los trabajos de reparación. Los hombres de cerca de las costas estaban tomando miedo a los Númenóreanos, o se habían vuelto abiertamente hostiles; y Aldarion escuchó rumores de cierto señor de la Tierra Media que odiaba a los hombres de los barcos. Luego, cuando quiso volver, un gran viento se levantó del sur y fue arrastrado muy lejos hacia el norte. Se demoró un tiempo en Mithlond, pero cuando los barcos se hicieron a la mar, fueron arrastrados otra vez hacia el norte, a una región solitaria de hielos peligrosos, y tuvieron frío. Por fin el mar y el viento cedieron, pero cuando Aldarion miró nostálgico desde la proa del *Palarran* y vio a los lejos el Meneltarma, vio también la rama verde y advirtió que se había marchitado. Se sintió consternado entonces, pues una rama de *oiolairë* nunca se marchitaba, mientras la bañara el rocío.

—Se ha congelado, capitán —dijo un marinero que se encontraba a su lado—. Ha hecho demasiado frío. Me alegra volver a ver el Pilar.

Cuando Aldarion buscó a Erendis, ella lo miró profundamente, pero no se le acercó; y él estuvo un rato de pie sin saber qué decir, cosa que nunca le ocurría.

—Sentaos, mi señor —dijo Erendis—, y contadme primero todos vuestros hechos. ¡Mucho tenéis que haber visto en tan largos años!

Entonces Aldarion empezó a hablar, vacilando, y ella seguía sentada mientras él contaba la historia de sus pruebas y demoras; y cuando hubo acabado, ella dijo:

—Agradezco a los Valar por cuya gracia habéis vuelto al fin. Pero también les agradezco no haber ido con vos; porque me habría marchitado más pronto que cualquier rama verde.

—Tu rama verde no se acercó voluntariamente al frío glacial —respondió él—. Pero rechazadme ahora, si queréis, y creo que nadie os culpará. Aunque ¿no hay esperanzas de que tu amor sea más resistente que la bella *oiolairë*?

—Las hay, sí —dijo Erendis—. No se ha enfriado hasta encontrar la muerte, Aldarion. ¡Ay!, ¿cómo rechazaros cuando os veo retornar tan hermoso como el sol después del invierno?

—Pues que empiecen ahora la primavera y el verano —dijo Aldarion.

—Y que el invierno no vuelva —dijo Erendis.

LA BODA DE ALDARION Y ERENDIS

Entonces, con gran alegría de Meneldur y Almarian, la boda del Heredero del Rey se proclamó para la primavera próxima; y se celebró puntualmente. En el año ochocientos setenta de la Segunda Edad, Aldarion y Erendis se casaron en Armenelos, y en todas las casas hubo música; y en las calles cantaban los hombres y las mujeres. Y después el Heredero del Rey y su novia cabalgaron con gran placer por toda la isla, hasta que llegaron a Andúnië en el solsticio del verano, y allí Valandil, Señor de Andúnië, preparó la última fiesta; y toda la gente de las Tierras del Oeste estaba allí reunida por amor a Erendis y por el orgullo de que la Reina de Númenor hubiera nacido entre ellos.

En la mañana antes de la fiesta, Aldarion miró por la ventana del dormitorio que daba al mar del oeste.

—¡Mira, Erendis! —exclamó—. Un barco que viene hacia el puerto a toda vela; y no es un barco de Númenor, sino de una especie que ni tú ni yo abordaremos nunca, aun cuando lo deseáramos.

Entonces miró Erendis y vio una alta nave blanca, envuelta en una nube de aves blancas que volaban al sol; y las velas resplandecían de plata, y la proa se acercaba a puerto abriendo un surco de espuma. Así prestaban los Eldar su gracia a la boda de Erendis, por amor al pueblo de las Tierras del Oeste, a quienes tenían en particular amistad.[1] El barco venía cargado de flores para adorno de la fiesta, de modo que cuando todos estuvieron allí reunidos, llegada la noche, fueron coronados con el *elanor*[2] y la dulce *lissuin*, cuya fragancia apacigua el corazón. Y también habían traído trovadores que recordaban los cantos de los Elfos y los Hombres en los días de Nargothrond y Gondolin, en tiempos lejanos; y muchos de los Eldar, altos y bellos, se sentaron entre los Hombres a la mesa. Pero las gentes de Andúnië que los vieron dijeron que ninguno igualaba en belleza a Erendis; y dijeron que los ojos de Erendis eran tan brillantes como los ojos de Morwen Eledhwen de antaño,[3] o aun los de Avallónë.

Muchos regalos también trajeron los Eldar. A Aldarion, un árbol joven de corteza blanca como la nieve, y de tallo recto, fuerte y flexible como el acero; pero no tenía hojas todavía.

—Os lo agradezco —dijo Aldarion a los Elfos—. La madera de un árbol semejante ha de ser preciosa en verdad.

—Quizá, no lo sabemos —dijeron ellos—. Nunca hemos cortado ninguno. Da hojas refrescantes en verano y flores en invierno. Es por eso por lo que nosotros lo apreciamos.

A Erendis le habían traído un par de pájaros grises con picos y patas dorados. Cantaban dulcemente el uno para el otro con múltiples cadencias nunca repetidas en el largo trémolo de la canción; pero si se los separaba, volaban enseguida a encontrarse, y no cantaban si se los mantenía apartados.

—¿Cómo he de cuidarlos? —preguntó Erendis.

—Dejadlos volar en libertad —respondieron los Eldar—. Porque les hemos hablado y les hemos dicho vuestro nombre, y se quedarán allí donde esté vuestra casa. Se aparejan para toda la vida. Quizás así habrá muchos pájaros que canten en los jardines de vuestros hijos.

Esa noche Erendis despertó y una dulce fragancia entraba por la celosía entreabierta; pero la noche era clara, pues la luna llena se acercaba al oeste. Entonces, dejando el lecho, Erendis miró fuera y vio toda la tierra dormida en un baño de plata; pero los dos pájaros estaban allí, juntos, posados en el antepecho de la ventana.

Cuando los festejos acabaron, Aldarion y Erendis fueron por un tiempo a la casa de ella; y otra vez los pájaros volvieron a posarse en el antepecho de la ventana de Erendis. Por fin se despidieron de Beregar y Núneth, y volvieron cabalgando a Armenelos; porque allí deseaba el Rey que viviera el Heredero, y había una casa preparada para ellos en medio de un jardín de árboles. Allí plantaron el árbol de los Elfos, y en sus ramas cantaban los pájaros que ellos les regalaran.

Dos años más tarde Erendis concibió, y en la primavera del año siguiente dio a Aldarion una hija. Aun recién nacida era maravillosamente bella, y aumentó en belleza al crecer: la mujer más hermosa, según cuentan las historias de antaño, nunca nacida en la Línea de Elros, salvo Ar-Zimraphel, la última. Cuando tuvieron que darle nombre, la llamaron Ancalimë.

En el fondo, Erendis estaba complacida, porque pensaba: «Con seguridad Aldarion querrá ahora un hijo que lo herede; y se quedará conmigo mucho tiempo todavía». Porque en secreto tenía aún miedo del mar, y del poder que éste tenía sobre el corazón de Aldarion, y aunque se esforzaba por ocultarlo y no rehuía hablar con él de sus viejas aventuras y de sus esperanzas y designios, vigilaba celosamente si visitaba su casa en el barco, o si pasaba mucho tiempo en compañía de los Aventureros. Una vez le pidió Aldarion que subiera a bordo del *Eämbar*, pero al entrever fugazmente una expresión de reticencia en los ojos de ella, nunca más volvió a pedírselo. No era infundado el temor de Erendis. Cuando hubo pasado cinco años en tierra, Aldarion empezó a ocuparse otra vez del Señorío de los Bosques, y a menudo se pasaba muchos días fuera de la casa. Había ahora en verdad madera suficiente en Númenor (sobre todo como consecuencia de la prudencia de Aldarion); pero como la población era ahora más numerosa, siempre se necesitaba madera para la construcción y otros asuntos. Porque en aquellos días antiguos, aunque muchos tenían gran habilidad con la piedra y los metales (pues los Edain de antaño habían aprendido de los Noldor), a los Númenóreanos les encantaban los objetos hechos de madera, para utilizarlos en la vida cotidiana o por la belleza de la talladura. En ese tiempo, Aldarion volvió a pensar en el futuro, plantando cada vez que había tala, e hizo crecer nuevos bosques en todos los sitios en que la tierra era apta para el crecimiento de árboles de diferentes especies. Fue entonces cuando se lo conoció más ampliamente como Aldarion, nombre por el que se le recuerda entre los que tuvieron el cetro en Númenor. No obstante, a muchos, además de a Erendis, les parecía que no amaba demasiado a los árboles por sí mismos, y que los estimaba sobre todo por la madera que habría de servir a sus designios.

Algo bastante parecido le ocurría con el mar. Porque como le había dicho Núneth a Erendis mucho antes:

—A los barcos, puede que los ame, hija mía, como obras de la mente y la mano del hombre; pero no creo que sean los vientos ni las vastas aguas lo que así le quema el corazón, ni siquiera la vista de tierras extranjeras, sino un calor que tiene en la mente o algún sueño que lo persigue. —Y puede que en eso no estuviera muy lejos de la verdad, pues Aldarion era hombre de gran previsión y pensaba en los días futuros en que el pueblo necesitaría más espacio y mayor riqueza; y aunque no fuera plenamente consciente de ello, soñaba con la gloria de Númenor y el poder de sus Reyes, y buscaba los peldaños por los que podría ascender a un dominio más amplio.

Así fue como, al cabo de un tiempo, abandonó otra vez la silvicultura para dedicarse a la construcción de barcos, y tuvo la visión de un poderoso navío-castillo, con altos mástiles y grandes velas como nubes, capaz de cargar a hombres y provisiones como para una ciudad. Entonces en los astilleros de Rómenna se afanaron las sierras y los martillos, mientras que en medio de muchas naves más pequeñas las costillas de un enorme casco iban cobrando forma; y todos se asombraban y maravillaban. *Turuphanto*, la Ballena de Madera, lo llamaron, pero no era ése su nombre.

Erendis supo estas cosas, aunque Aldarion no se las había contado, y se sintió inquieta. Por tanto, un día le dijo:

—¿Qué es todo eso que se oye de barcos, Señor de los Puertos? ¿No tenemos suficientes? ¿A cuántos hermosos árboles se les ha quitado la vida este año? —Hablaba a la ligera y sonreía.

—El hombre en tierra en algo ha de ocuparse —respondió él—, aunque tenga una bella esposa. Los árboles crecen y los árboles caen. Planto más que los que son derribados. —También él hablaba en tono ligero, pero no la miraba a los ojos, y no volvieron a hablar de esas cosas.

Pero cuando Ancalimë tenía casi cuatro años, Aldarion le declaró por fin abiertamente a Erendis su deseo de volver a la mar. Ella se quedó sentada en silencio, pues él no había dicho nada que ella ya no supiera; y de nada servían las palabras. Aldarion se demoró hasta el cumpleaños de Ancalimë, y le prestó mucha atención ese día. La niña reía y estaba contenta, al contrario de lo que ocurría con otras gentes de la casa; y cuando la llevaron a la cama, le preguntó a su padre:

—¿Adónde iremos este verano, *tatanya* [padre mío]? Me gustaría ver la casa blanca del país de las ovejas, del que *mamil* [madre] me habla.

Aldarion no respondió; y al día siguiente abandonó la casa y se ausentó durante varios días. Cuando todo estuvo preparado, regresó y se despidió de Erendis. Y a pesar de ella, los ojos se le llenaron de lágrimas. Él se apenó, pero también se sintió incómodo, pues estaba decidido, y se le había endurecido el corazón.

—¡Vamos, Erendis! —dijo—. Ocho años me he quedado. No podéis retener para siempre con dulces lazos al hijo del Rey, que lleva la sangre de Tuor y Eärendil. Y no voy al encuentro de la muerte. Pronto volveré.

—¿Pronto? —dijo ella—. Pero los años son implacables y no los traeréis de vuelta con vos. Y los míos son menos que los vuestros. Mi juventud se va; y ¿dónde están mis hijos y dónde vuestro heredero? Durante mucho tiempo y demasiado a menudo ha estado frío mi lecho últimamente.[4]

—A menudo, últimamente, creí que así lo preferíais —dijo Aldarion—. Pero no nos enfademos, aunque no seamos del mismo parecer. Miraos en el espejo, Erendis. Sois hermosa, y la sombra de la vejez ni siquiera os ha tocado. Tenéis tiempo de sobra para mi profunda necesidad. ¡Dos años! ¡Dos años es todo lo que pido!

Pero Erendis respondió:

—Decid más bien: «Dos años es lo que me tomaré, lo queráis o no». ¡Tomad los dos años, pues! Pero no más. El hijo de un Rey de la sangre de Eärendil ha de ser también un hombre de palabra.

A la mañana siguiente Aldarion se fue deprisa. Levantó a Ancalimë en brazos y la besó, pero, aunque ella se le aferró al cuello, la dejó rápidamente y se alejó cabalgando a toda carrera. Poco después el gran barco abandonó Rómenna. *Hirilondë* lo llamó, el Descubridor de Puertos; pero abandonó Númenor sin la bendición de Tar-Meneldur; y Erendis no fue a poner la Rama Verde del Retorno, ni tampoco la envió al puerto. La cara de Aldarion estaba sombría y preocupada mientras en proa miraba la gran rama de *oiolairë* puesta allí por la esposa del capitán; pero no miró atrás hasta que el Meneltarma se perdió en el crepúsculo.

Todo ese día se quedó Erendis en su habitación a solas, entristecida; pero en lo profundo de su corazón sentía un dolor nuevo, de frío enojo, y su amor por Aldarion estaba gravemente herido. Odiaba al mar; y ahora, ni siquiera quería mirar a los árboles, que antes había amado, pues le recordaban los mástiles de los grandes navíos. Por tanto, antes de no mucho, abandonó Armenelos y fue a Emerië, en medio de la isla, donde siempre, lejos y cerca, el balido de las ovejas flotaba en el viento.

—Me es más dulce a los oídos que el chillido de las gaviotas —dijo sentada a la puerta de la casa blanca, el regalo del Rey que se levantaba sobre una cuesta de cara al oeste, con extensos prados en derredor que se unían sin muros ni setos con los pastizales. Allí llevó a Ancalimë, y no tenían otra compañía que ellas mismas. Porque los sirvientes de la casa de Erendis eran todos mujeres; y trataba siempre de amoldar la mente de su hija para que fuera como la suya, y se alimentase de la misma amargura que ella sentía hacia los hombres. Ancalimë en verdad rara vez veía a un hombre, pues Erendis no recibía a nadie, y sus pocos granjeros y pastores vivían en una casa apartada. Otros hombres no iban allí, salvo rara vez algún mensajero del Rey; y éste no tardaba en marcharse a la carrera, pues los hombres creían sentir en esa casa un frío que los impulsaba a alejarse, y mientras se encontraban dentro, se sentían obligados a hablar medio en susurros.

Una mañana, poco después de llegar Erendis a Emerië, despertó con el canto de unos pájaros, y allí, en el antepecho de la ventana, estaban los pájaros de los Elfos que durante mucho tiempo habían vivido en el jardín de Armenelos, pero que ella había dejado olvidados.

—Pobrecitos, tontos, ¡marchaos de aquí! —dijo—. Éste no es sitio para una alegría como la vuestra.

Entonces los pájaros dejaron de cantar y se alejaron volando hacia los árboles; tres veces revolotearon sobre los tejados y luego partieron hacia el oeste. Esa noche se posaron en el antepecho de la ventana de la cámara del padre de Erendis, donde ella había dormido con Aldarion después de la fiesta celebrada en Andúnië; y allí los encontraron Núneth y Beregar en la mañana del día siguiente. Pero cuando Núneth les tendió la mano, levantaron vuelo bruscamente y se alejaron deprisa, y ella se quedó mirándolos hasta que se convirtieron en unas motas a la luz del sol, precipitados hacia el mar, de regreso a la tierra de la que venían.

—Él se ha ido otra vez, entonces, y la ha dejado —dijo Núneth.

—¿Por qué no ha enviado un mensaje? —preguntó Beregar—. ¿O por qué no ha venido a casa?

—Este mensaje es más que suficiente —dijo Núneth—. Porque ha rechazado a los pájaros de los Elfos, lo que ha estado mal de parte de ella. No pronostica nada bueno. ¿Por qué, por qué, hija mía? Sin duda sabías a lo que tenías que enfrentarte. Pero déjala tranquila, Beregar, dondequiera que esté. Ésta ya no es su casa, y aquí no encontrará cura. Él volverá. Que entonces los Valar le den sabiduría a Erendis... ¡o al menos un poco de astucia!

Cuando llegó el segundo año de la partida de Aldarion, por deseo del Rey, Erendis ordenó que la casa de Armenelos fuera equipada y preparada; pero ella no hizo ningún preparativo para volver. Al Rey le envió una respuesta diciendo:

—Iré si me lo ordenáis, *atar aranya* [Padre Rey]. Pero ¿es mi deber ahora apresurarme? ¿No habrá tiempo bastante cuando la vela se divise en el este? Y a sí misma se dijo: «¿Hará el Rey que espere en los muelles como la novia de un marinero? Ojalá lo fuera, pero ya no lo soy. He desempeñado ese papel hasta el fin».

Pero transcurrió ese año y no se divisó vela alguna; y el año siguiente llegó y se desvaneció en el otoño. Entonces Erendis se volvió dura y silenciosa. Ordenó que cerraran la casa de Armenelos, y jamás se alejaba más que unas horas de la casa de Emerië. El amor que tenía lo daba todo a su hija, y se aferraba a ella, y no permitía que Ancalimë se alejase de su lado, ni siquiera para visitar a Núneth y al linaje de las Tierras del Oeste. Toda enseñanza la recibía Ancalimë de su madre; y aprendió a escribir, a leer y a hablar bien la lengua élfica con Erendis, según la manera en que la empleaban los hombres elevados de Númenor. Porque en las Tierras del Oeste, en casas como la de Beregar, era usada como lengua común, y Erendis hablaba rara vez númenóreano, que era la lengua preferida de Aldarion. Mucho también aprendió Ancalimë de Númenor y de los días antiguos en los libros y pergaminos que había en la casa y que ella podía entender; y a veces oía también historias de otra especie, de la gente y del país, en boca de las mujeres de la casa, aunque de esto Erendis nada sabía. Pero las mujeres hablaban con la niña con cautela, pues le tenían miedo a Erendis; y en la casa blanca de Emerië, Ancalimë apenas oía risas. Era una casa silenciosa y no había música en ella, como si allí hubiera muerto alguien poco tiempo atrás; porque era costumbre en Númenor, en aquellos días, que los hombres tocaran los instrumentos, y la música que escuchaba Ancalimë en su infancia era lo que cantaban las mujeres mientras trabajaban al aire libre, lejos de los oídos de la Blanca Señora de Emerië. Pero ahora Ancalimë tenía siete años, y cada vez que se lo permitían, salía de la casa e iba a los amplios prados donde podía correr en libertad;

y a veces iba en compañía de una pastora cuidando de las ovejas y comiendo bajo el cielo.

Un día del verano de ese año, un niño pequeño, aunque mayor que ella, fue a la casa con un recado de las granjas distantes; y Ancalimë se le acercó mientras él comía un pedazo de pan y bebía de una jarra de leche en el patio de atrás de la casa. Él la miró sin interés y siguió bebiendo. Luego dejó la jarra a un lado.

—Sigue mirando si quieres, ojazos —dijo—. Eres una niña bonita, pero demasiado delgada. ¿Quieres comer? —Sacó una hogaza de la bolsa.

—¡Vete, Îbal! —gritó una vieja que salía por la puerta de la lechería—. ¡Y usa tus largas piernas o habrás olvidado el mensaje que te di para tu madre, aun antes de llegar a casa!

—¡No hace falta un perro guardián donde tú estás, madre Zamîn! —gritó el niño, y con un ladrido y un salto pasó por sobre el portalón y bajó corriendo la colina. Zamîn era una vieja campesina de lengua suelta, a quien nadie amilanaba fácilmente, ni siquiera la Señora Blanca.

—¿Qué era esa criatura ruidosa? —preguntó Ancalimë.

—Un niño —dijo Zamîn—, si sabes qué es eso. Aunque ¿cómo habrías de saberlo? Son criaturas que comen y rompen cosas, más que nada. Ése está siempre comiendo… pero no en vano. Un magnífico muchachón encontrará el padre cuando regrese; aunque si tarda demasiado, apenas lo conocerá. Lo mismo podría decir de otros.

—¿Entonces el niño también tiene padre? —preguntó Ancalimë.

—Desde luego —dijo Zamîn—. Ulbar, uno de los pastores del gran señor del sur: el Señor de las Ovejas lo llamamos, un pariente del Rey.

—Entonces, ¿por qué el padre del niño no está en casa?

—¿Por qué, *hérinkë* [pequeña dama]? —dijo Zamîn—. Porque oyó hablar de esos Aventureros y se unió a ellos y se fue de viaje con tu padre, el Señor Aldarion, aunque sólo los Valar saben adónde o por qué.

Esa noche Ancalimë preguntó de pronto a su madre:

—¿Mi padre se llama también el Señor Aldarion?

—Así se llamaba —respondió Erendis—. Pero ¿por qué lo preguntas? —Hablaba en un tono tranquilo y desinteresado, pero por dentro estaba asombrada y perturbada, porque nunca hasta entonces habían intercambiado una palabra sobre Aldarion.

Ancalimë no contestó la pregunta.

—¿Y cuándo volverá? —dijo.

—¡No me lo preguntes! —dijo Erendis—. No lo sé. Nunca, quizá. Pero no te preocupes, porque tienes una madre y ella no te abandonará mientras tú la ames.

Ancalimë no volvió a hablar de su padre.

Los días pasaron trayendo otro año, y luego otro; esa primavera Ancalimë cumplió nueve años. Los corderos nacieron y crecieron; llegó el tiempo de la esquila y pasó; un verano ardiente quemó la hierba. El otoño se deshizo en lluvia. Y entonces, empujado sobre las aguas grises por un viento nuboso, volvió *Hirilondë* trayendo a Aldarion a Rómenna; y se envió la noticia a Emerië, pero Erendis no hizo ningún comentario. No había nadie en los muelles que saludara a los recién llegados. Aldarion cabalgó en la lluvia a Armenelos, y encontró la casa cerrada. Se sintió consternado, pero no preguntó nada a nadie; primero buscaría al Rey, porque, según creía, tenía mucho que decirle.

No encontró su bienvenida más cálida de lo que esperaba; y Meneldur le habló como un Rey que cuestiona la conducta de un capitán.

—Has estado fuera mucho tiempo —dijo fríamente—. Han pasado más de tres años desde la fecha en que prometiste volver.

—¡Ay! —dijo Aldarion—. Aun yo me he cansado del mar, y por mucho tiempo mi corazón echó de menos el Oeste. Pero me he demorado en contra de mi propia voluntad. Hay mucho por hacer. Y todo sale mal en mi ausencia.

—No lo dudo —dijo Meneldur—. Comprobarás que lo mismo sucede en tu propio país, me temo.

—Eso espero enderezarlo —dijo Aldarion—. Pero el mundo está cambiando otra vez. Han transcurrido cerca de mil años desde que los Señores del Oeste lucharon contra Angband; y esos días están olvidados o envueltos en confusas leyendas entre los Hombres de la Tierra Media. La inquietud y el miedo acosan otra vez a esos hombres. Tengo que hablar contigo y darte cuenta de mis hechos y de lo que debería hacerse.

—Y lo harás —dijo Meneldur—. En verdad, no espero menos. Pero hay otros asuntos que juzgo más importantes. «Que el Rey gobierne bien su propia casa antes de corregir a los demás», se dice. Eso es válido para todos los hombres. Te daré ahora un consejo, hijo de Meneldur. Tú también tienes una vida propia. Has descuidado siempre la mitad de ti mismo. A ti ahora te digo: ¡ve a tu casa!

Aldarion se quedó de súbito inmóvil y con el rostro grave.

—Si lo sabes, dímelo —dijo—. ¿Dónde está mi casa?

—Donde está tu esposa —dijo Meneldur—. No has cumplido la palabra que le diste, fuera por necesidad o no. Vive ahora en Emerië, en su propia casa, lejos del mar. Allí has de ir enseguida.

—Si me hubiera dejado algún mensaje diciéndome dónde encontrarla, habría ido directamente desde el puerto —dijo Aldarion—. Pero cuando menos, no tengo ahora que pedir noticias a los extraños.

Se volvió entonces para irse, pero enseguida dijo, deteniéndose un instante:

—El capitán Aldarion ha olvidado algo que pertenece a su otra mitad, y que en su confusión también considera urgente. Tiene una carta que ha de entregar al Rey en Armenelos. —Y dándosela a Meneldur, hizo una reverencia y abandonó la cámara; y en menos de una hora montó a caballo y emprendió el viaje, aunque ya caía la noche. Con él no llevaba sino dos compañeros, hombres de su barco: Henderch, de las Tierras del Oeste, y Ulbar, nativo de Emerië.

Cabalgando rápidamente, llegaron al caer la noche del siguiente día, y hombres y caballos estaban cansados. Fría y blanca lucía la casa sobre la colina al último resplandor del sol bajo las nubes. Cuando Aldarion la vio, a lo lejos, hizo sonar el cuerno para anunciarse.

Cuando saltó del caballo en el patio anterior, vio a Erendis: vestida de blanco esperaba en los escalones que ascendían hacia las columnas, delante de las puertas. Se mantenía erguida, pero al acercarse, él vio que estaba pálida, y que los ojos le brillaban demasiado.

—Llegáis tarde, mi señor —dijo—. Hacía ya mucho que había dejado de esperaros. Temo que no hay una bienvenida preparada para vos, como la hubiera habido en otro tiempo.

—Los marineros se contentan fácilmente —dijo Aldarion.

—Está bien que así sea —dijo ella; y se volvió a la casa y lo dejó.

Entonces dos mujeres avanzaron y una anciana descendió la escalinata. Cuando Aldarion entró, dijo ella en voz alta para que él pudiera oírla:

—No hay alojamiento para vosotros aquí. ¡Id a la casa al pie de la colina!

—No, Zamîn —le dijo Ulbar—, no me quedaré. Voy a mi casa con la venia del Señor Aldarion. ¿Está todo bien allí?

—Bastante bien —dijo ella—. Tu hijo ha comido hasta olvidarte. Pero ¡ve y encuentra tus propias respuestas! Estarás allí más abrigado que tu capitán.

Erendis no se hizo presente a la mesa donde unas mujeres sirvieron a Aldarion una cena tardía en una cámara apartada. Pero antes de que él hubiera acabado, ella entró y dijo delante de las mujeres:

—Estaréis cansado, mi señor, después de tanta prisa. Se os ha aprontado un cuarto de huéspedes, y está a vuestra disposición. Mis mujeres os asistirán. Si tenéis frío, pedidles que enciendan un fuego.

Aldarion no contestó. Fue temprano al dormitorio y como en verdad estaba cansado, se echó en la cama y olvidó pronto las sombras de la Tierra Media y de Númenor en un sueño profundo. Pero con el canto del gallo despertó con gran inquietud y enfado. Se levantó de inmediato y pensó en abandonar la casa sin ruido: encontraría a Henderch, su hombre de confianza, y a los caballos, e irían a casa de su pariente, Hallatan, el señor pastor de Hyarastorni. Más tarde convocaría a Erendis con su hija a Armenelos y ya no tendría más tratos en terreno de ella. Pero mientras iba hacia las puertas, Erendis se le acercó. No se había acostado esa noche y se detuvo ante él, en el umbral.

—Os vais más deprisa de lo que habéis venido, mi señor —dijo —. Espero que como marinero no hayáis encontrado demasiado fastidiosa esta casa de mujeres, y por eso os vais así antes de resolver vuestros asuntos. En verdad, ¿qué asunto os trajo aquí? ¿Puedo saberlo antes de que os vayáis?

—Se me dijo en Armenelos que mi esposa estaba aquí, y que había traído aquí a mi hija —respondió él—. En cuanto a mi esposa, estaba equivocado, según parece, pero ¿no tengo yo una hija?

—La teníais hace algunos años —dijo ella—. Pero mi hija no se ha levantado todavía.

—Que se levante entonces mientras voy en busca de mi caballo —dijo Aldarion.

Erendis habría querido evitar el encuentro de Aldarion y Ancalimë en esa ocasión, pero temía ir demasiado lejos y perder el favor del Rey, y el Consejo[5] ya había expresado su descontento por el hecho de que la niña fuera criada en el campo. Por tanto, cuando Aldarion volvió a caballo junto con Henderch, Ancalimë estaba junto a su madre en el umbral. Se mantenía erguida y rígida como su madre, y no lo saludó en ningún momento cuando él desmontó y subió por las escaleras hacia ella.

—¿Quién sois? —preguntó—. ¿Y por qué me ordenáis levantarme tan temprano, antes de que haya movimiento en la casa?

Aldarion la miró atentamente y, aunque tenía una expresión severa, se sonreía por dentro: porque veía en ella a su propia hija más que a la de Erendis, a pesar de la educación que había recibido.

—Me conocisteis una vez, Señora Ancalimë —le dijo—, pero no importa. Hoy no soy más que un mensajero venido de Armenelos para recordaros que sois la hija del Heredero del Rey; y (hasta donde alcanzo a verlo ahora) que seréis su heredera llegado el momento. No siempre viviréis aquí. Volved ahora a vuestro lecho, mi Señora, hasta que vuestra doncella se despierte, si queréis. Tengo prisa por ver al Rey. ¡Adiós! —Besó la mano de Ancalimë y descendió las escaleras; luego montó y se alejó a la carrera saludando con la mano.

Erendis, sola a la ventana, lo vio cabalgar colina abajo, y advirtió que se dirigía a Hyarastorni y no a Armenelos. Entonces lloró de pena, pero más todavía de rabia. Había esperado imponer alguna penitencia, que pudiera retirar después de que Aldarion le pidiera perdón; pero él la había tratado como si ella fuera la única culpable, y no la había tenido en cuenta delante de su hija. Demasiado tarde recordaba las palabras que le dijera Núneth mucho tiempo atrás, y veía a Aldarion ahora como a alguien grande e indomable, impulsado por una fiera determinación, aún más peligroso cuando actuaba con frialdad. Se levantó, apartándose de la ventana, pensando en sus agravios.

—¡Peligroso! —dijo—. Soy acero difícil de doblegar. Así lo comprobaría él, aun cuando fuera Rey de Númenor.

Aldarion cabalgó a Hyarastorni, la casa de Hallatan, su primo, porque tenía intención de descansar allí un tiempo y reflexionar. Cuando estuvo cerca, oyó el sonido de música y descubrió que los pastores celebraban alegremente el regreso a casa de Ulbar con muchas maravillosas historias y regalos; y la esposa de Ulbar, enguirnaldada, bailaba con él al son de los caramillos. En un principio nadie advirtió la presencia de Aldarion, aún a caballo, que los observaba con una sonrisa, pero de pronto Ulbar exclamó:

—¡El Gran Capitán! —e Îbal, su hijo, corrió hacia los estribos de Aldarion—. ¡Señor Capitán! —clamó.

—¿De qué se trata? Tengo prisa —dijo Aldarion, porque había cambiado de humor y sentía enfado y amargura.

—Sólo quiero preguntar —dijo el niño— qué edad ha de tener un hombre para que pueda hacerse a la mar en un barco como mi padre.

—La edad de las montañas y ninguna otra esperanza en la vida —dijo Aldarion—. ¡O cuando se lo diga el corazón! Pero tu madre, hijo de Ulbar, ¿no ha de darme la bienvenida?

Cuando la esposa de Ulbar se aproximó, Aldarion le tomó la mano.

—¿Querrás recibir esto de mí? —dijo—. No es más que una pequeña retribución por los seis años de ayuda de un buen hombre que tú me diste.

Y de un saquito bajo la capa sacó una joya roja como el fuego, engarzada sobre una banda de oro, y se la puso en la mano.

—Viene del Rey de los Elfos —dijo—. Pero la considerará en buenas manos cuando yo se lo diga.

Entonces Aldarion se despidió de la gente allí reunida y se alejó cabalgando, sin deseos ya de quedarse en aquella casa. Cuando Hallatan se enteró de la extraña llegada y la precipitada partida de Aldarion, se quedó perplejo, hasta que otras noticias recorrieron el campo.

Aldarion todavía no estaba muy lejos de Hyarastorni, cuando se detuvo de pronto y habló con Henderch, su compañero.

—Sea cual fuere la bienvenida que te espere en el Oeste, amigo, no te apartaré de ella. Ve a tu casa con mi agradecimiento. Deseo viajar solo.

—No es conveniente, Señor Capitán —dijo Henderch.

—Tienes razón —dijo Aldarion—. Pero así son las cosas. ¡Adiós!

Y prosiguió cabalgando solo hacia Armenelos, y nunca más puso el pie en Emerië.

Cuando Aldarion abandonó la cámara, Meneldur miró con asombro la carta que su hijo le había dado, porque vio que provenía del Rey Gil-galad de Lindon. Estaba sellada y tenía su emblema de estrellas blancas sobre un círculo azul. En el borde exterior estaba escrito:

> Entregada en Mithlond en manos del Señor Aldarion, Heredero del Rey de Númenor, para ser entregada personalmente al Alto Rey en Armenelos.

Entonces Meneldur rompió el sello y leyó:

> Ereinion Gil-galad, hijo de Fingon, a Tar-Meneldur de la Línea de Eärendil, salve: los Valar os guarden y que no haya sombras en la Isla de los Reyes.

Hace ya mucho que os debo agradecimiento por haberme enviado tantas veces a vuestro hijo Anardil Aldarion: a quien considero el más grande Amigo de los Elfos que hay ahora entre los Hombres. En esta ocasión os pido perdón por haberlo retenido demasiado; porque yo tenía gran necesidad del conocimiento de los Hombres y de sus lenguas que sólo él posee. Ha desafiado múltiples peligros para traerme su consejo. De mi necesidad, él os dirá algo; no obstante, no llega a advertir claramente el tamaño de esa necesidad, pues es joven y tiene muchas esperanzas. Por tanto, escribo esto sólo para los ojos del Rey de Númenórë.

Una nueva sombra se levanta en el Este. No se trata de la tiranía de Hombres malvados, como cree vuestro hijo; un servidor de Morgoth está moviéndose, y criaturas malignas han despertado otra vez. Cada año el Mal gana en fuerza, pues la mayor parte de los Hombres están dispuestos a servirlo. No pasará mucho tiempo, según mi parecer, antes de que la amenaza sea excesiva para los Eldar, que no podrán oponérsele sin ayuda. Por tanto, cada vez que veo una de las altas naves de los Reyes de los Hombres, mi corazón se apacigua. Y ahora tengo la audacia de solicitar vuestra asistencia. Si os sobran fuerzas de Hombres, prestádmelas, os lo ruego.

Vuestro hijo os informará, si queréis, de todas nuestras razones. Pero en resumen su consejo (siempre atinado) es que cuando sobrevenga el ataque, como sobrevendrá sin duda alguna, hemos de intentar la defensa de las Tierras del Oeste, donde moran los Eldar y los Hombres de vuestra raza cuyos corazones no están todavía oscurecidos. Cuando menos hemos de defender Eriador y las orillas de los largos ríos al oeste de las montañas que llamamos Hithaeglir: nuestra principal defensa. Pero en ese muro de montañas hay una gran brecha hacia el sur en la tierra de Calenardhon[6]; y por esa vía puede llegar la invasión del Este. Ya el enemigo se acerca arrastrándose hacia allí a lo largo de la costa. Podríamos defender Eriador e impedir el asalto si tuviéramos alguna plaza fuerte en la costa cercana.

Todo esto, el Señor Aldarion lo ha comprendido hace años. En Vinyalondë, junto a la desembocadura del Gwathló, trabajó mucho tiempo en la construcción de un gran puerto fortificado, seguro contra lo que venga por tierra y por mar; pero estas grandes obras han resultado inútiles. Conoce bien tales asuntos, porque mucho ha aprendido de Círdan, y comprende mejor que nadie las necesidades de vuestros grandes navíos. Pero nunca tuvo hombres suficientes; mientras que a Círdan no le sobran los artífices ni los albañiles.

El Rey conocerá sus propias necesidades; pero si escucha con favor al Señor Aldarion y lo apoya en todo lo posible, habrá un poco más de esperanza en el mundo. Los recuerdos de la Primera Edad no son claros, y todas las cosas están enfriándose en la Tierra Media. Que no se desvanezca también la vieja amistad de los Eldar y los Dúnedain.

¡Escuchad! La oscuridad que se acerca está cargada de odio hacia nosotros, y el odio que os tiene no es menor. El Gran Mar no será obstáculo para sus alas, si seguimos permitiéndole que crezca.

Manwë os mantenga al abrigo del Único y envíe buenos vientos a vuestros velámenes.

Meneldur dejó que el pergamino le cayera sobre las rodillas. Unas grandes nubes arrastradas por un viento del este habían precipitado el atardecer, y las altas candelas de su mesa parecían menguar en la penumbra que llenaba la cámara.

—¡Quiera Eru llevarme antes de que ese tiempo llegue! —exclamó. Luego se dijo a sí mismo:

«¡Ay!, qué desgracia que su orgullo y mi frialdad nos hayan mantenido apartados tanto tiempo. Pero será atinado cederle el cetro antes de lo que yo había pensado. Porque estas cosas están fuera de mi alcance.

«Cuando los Valar nos dieron la Tierra del Don, no nos dejaron allí como delegados: nos dieron el Reino de Númenor, no el del mundo. Ellos son los Señores. Aquí íbamos a apartarnos del odio y la guerra, porque la guerra había terminado y Morgoth había sido expulsado de Arda. Así lo creí y así se me enseñó.

»No obstante, si el mundo se oscurece otra vez, los Señores deben de saberlo, y no me han enviado ninguna señal. A menos que esto lo sea. Y entonces, ¿qué? Nuestros padres fueron recompensados por haber contribuido a la derrota de la Gran Sombra. ¿Se mantendrán sus hijos apartados si el Mal encuentra un nuevo liderazgo?

«Tengo demasiadas dudas para gobernar bien. ¿Nos prepararemos, o dejaremos que las cosas ocurran? Si nos preparamos para una guerra que por ahora es sólo una conjetura, ¿tendremos que sacar a artesanos y labradores de sus pacíficos trabajos y enseñarles a derramar sangre en el combate? ¿Habrá que poner hierros en manos de capitanes codiciosos, que no aman otra cosa que la conquista y piensan que los caídos en la batalla son para mayor gloria? ¿Y le dirán a Eru: "Al menos vuestros enemigos estaban entre ellos?". ¿O nos cruzaremos de brazos mientras los amigos mueren injustamente? ¿Permitiremos que los hombres vivan ciegos y en paz hasta que el expoliador esté a la puerta? ¿Qué harán entonces, oponer las manos desnudas al hierro y morir en vano, o huir dejando detrás los gritos de las mujeres? ¿Le dirán a Eru: "Al menos no he derramado ni una gota de sangre?".

«Cuando una u otra vía conducen al mal, ¿de qué sirve elegir? ¡Gobiernen los Valar bajo la égida de Eru! Cederé el cetro a Aldarion. Sin embargo, también esto es una elección, porque bien sé qué camino tomará. A no ser que Erendis...»

Entonces Meneldur pensó con inquietud en Erendis en Emeriё. «Pero poca es la esperanza allí (si puede llamársela esperanza).

Él no cederá en asuntos tan graves. Y sé bien lo que ella decidiría…, aun suponiendo que consintiera en escuchar, tanto como para poder entender. Porque su corazón no tiene alas que la lleven más allá de Númenor, y no sospecha lo que eso costaría. Si su decisión lo llevara cara a cara con la muerte, moriría valientemente. Pero ¿qué hará con la vida y la voluntad de otros? Todavía nos falta descubrirlo, a los Valar, y a mí mismo.»

Aldarion volvió a Rómenna el cuarto día después de regresar el *Hirilondë* a puerto. Estaba sucio por el polvo del camino y fatigado, y fue enseguida a bordo del *Eämbar*, donde pensaba instalarse. Comprobó con amargura que ya corrían muchos rumores por la ciudad. Al día siguiente reunió a unos hombres en Rómenna y los llevó a Armenelos. Allí ordenó a algunos que derribaran todos los árboles de su jardín, excepto uno, y los llevaran a los astilleros; a otros, que echaran la casa abajo. Sólo conservó con vida el árbol blanco de los Elfos; y cuando los leñadores hubieron partido, lo miró allí en pie en medio de la desolación y vio por primera vez que era hermoso en sí mismo. En su lento crecimiento élfico no tenía aún sino doce pies de altura, y era recto, esbelto, juvenil, cargado ahora de flores invernales en las ramas erguidas que apuntaban al cielo. Le recordó a su hija, y dijo:

—También a ti te llamaré Ancalimë. ¡Que los dos os mantengáis así por mucho tiempo, erguidos ante los vientos y otras voluntades, con todas las ramas intactas!

Al tercer día de su regreso de Emerië, Aldarion fue en busca del Rey. Tar-Meneldur lo aguardaba sentado, inmóvil en su silla. Al mirar a su hijo, tuvo miedo; porque Aldarion estaba cambiado: la cara se le había vuelto gris, fría y hostil, como el mar cuando una nube opaca vela de pronto la luz del sol. Erguido ante su padre, habló lentamente en un tono que parecía más de desprecio que de cólera.

—Tú sabrás mejor que nadie cuál ha sido tu parte en todo esto —dijo—. Pero un Rey ha de tener en cuenta lo que un hombre es capaz de soportar, aunque sea un súbdito, aunque sea su hijo. Si querías sujetarme a esta isla, elegiste mal las cadenas. No me queda ni esposa, ni amor por este país. Me iré de esta malhadada isla de sueños, donde la insolencia de las mujeres pretende humillar a los hombres. Dedicaré mis días a algún fin en otra parte, donde no se me desprecie y me reciban con honra. Que encuentres otro heredero más adecuado como sirviente doméstico. De mi heredad sólo te pido el barco *Hirilondë* y tantos hombres como puedan caber en él. También a mi hija me llevaría si fuera mayor; pero se la encomiendo a mi madre. A no ser que tengas predilección por las ovejas, no lo impedirás, y no toleraré que la niña crezca entre mujeres prácticamente mudas, despreciando y malqueriendo a los suyos. Pertenece a la Línea de Elros, y ningún otro descendiente tendrás por mediación de tu hijo. He cumplido. Me voy ahora a emprender negocios de mayor provecho.

Hasta entonces Meneldur había permanecido pacientemente sentado, con la mirada gacha, sin hacer signo alguno. Pero suspiró ahora y levantó la mirada:

—Aldarion, hijo mío —dijo con tristeza—, el Rey podría decir que tú también muestras insolencia y desprecio por los tuyos, y que condenas a otros sin haberlos escuchado; pero tu padre, que te ama y se apena por ti, lo pasará por alto. No es sólo mía la culpa de no haber comprendido antes tus propósitos. Pero de cuanto tú has sufrido, y de lo que, ¡ay!, muchos hablan ahora, soy inocente. A Erendis la he querido, y como nuestros corazones tienen inclinaciones parecidas, he llegado a pensar que ha tenido que soportar muchas dificultades. Tus propósitos ahora se me han vuelto claros, aunque si estás dispuesto a escuchar otra cosa que alabanzas, diría que en un principio también te guio tu propio placer. Y quizá las cosas habrían sido distintas si hubieras hablado más abiertamente mucho tiempo atrás.

—¡Puede que al Rey le haya provocado cierta tristeza —exclamó Aldarion, ahora más enardecido—, pero no esa de la que hablas! ¡A ella, cuando menos, le hablé largamente y a menudo, hablé a oídos fríos y sordos! ¡Yo me sentía como un niño que quiere trepar a un árbol y se lo dice a una niñera que sólo piensa en ropas desgarradas y horas de comidas! La amo, o no me importaría tanto. Al pasado lo guardaré en el corazón; el futuro está muerto. Ella no me ama, ni ama ninguna otra cosa. Sólo se ama a sí misma, con Númenor por decorado, y yo como perro doméstico que dormita junto al hogar hasta que ella tenga ganas de dar un paseo por sus propias tierras. Aunque ahora hasta los perros le parecen groseros, y pretende que Ancalimë trine en una jaula. Pero, basta. ¿Tengo autorización del Rey para partir? ¿O alguna orden?

—El Rey —respondió Tar-Meneldur— ha reflexionado mucho acerca de estos asuntos desde la última vez que estuviste en Armenelos, hace sólo unos días, que ahora parecen tan largos. Ha leído la carta de Gil-galad, que es seria y grave de tono. Por desdicha, a su ruego y a tus deseos el Rey de Númenor ha de responder *no*. No puede hacer otra cosa teniendo en cuenta los peligros inherentes a una u otra medida: prepararse para la guerra o no prepararse.

Aldarion contrajo los hombros y dio un paso como para partir. Pero Meneldur alzó la mano ordenando atención, y continuó:

—No obstante, el Rey, aunque viene gobernando Númenor desde hace ciento cuarenta y dos años, no está seguro de que su comprensión de un asunto de tanta importancia y peligro baste para adoptar una decisión justa.

Hizo una pausa y agarrando un pergamino escrito de su propia mano, leyó con voz clara:

Por tanto: primero, en honor de su hijo bienamado, y segundo, para el mejor gobierno del reino en circunstancias que su hijo entiende mejor, el Rey resuelve: ceder sin más demora el cetro a su hijo, que en adelante se llamará Tar-Aldarion, el Rey.

—Esto —dijo Meneldur—, cuando se proclame, explicará a todos lo que pienso sobre los presentes sucesos. Te librará de humillaciones y te dará nuevos poderes, de modo que otras pérdidas parecerán más fáciles de soportar. La carta de Gil-galad, cuando seas Rey, la contestarás como le parezca adecuado al portador del cetro.

Aldarion permaneció un momento inmóvil, asombrado. Estaba preparado para enfrentarse a la cólera del Rey, que intencionadamente había tratado de encender. Ahora se sentía confundido. Entonces, como quien es arrebatado de pronto por un viento repentino, cayó de rodillas ante su padre; pero al cabo de un momento levantó la cabeza inclinada y rio, como hacía siempre cuando se enteraba de un hecho cualquiera de gran generosidad, porque le alegraba el corazón.

—Padre —dijo—, pídele al Rey que perdone mi insolencia. Porque es un gran Rey y su humildad lo pone muy por encima de mi orgullo. Estoy vencido; me entrego por entero. Es inconcebible que un Rey semejante haya de renunciar a su cetro cuando es todavía vigoroso y sabio.

—No obstante, así está decidido —dijo Meneldur—. El Consejo será convocado sin demora.

Cuando el Consejo se reunió al cabo de siete días, Tar-Meneldur les dijo lo que había resuelto y puso el pergamino ante ellos. Entonces todos se asombraron, pues no conocían todavía las circunstancias de las que hablaba el Rey; y todos pusieron reparos rogándole que postergara su decisión, salvo Hallatan de Hyarastorni. Porque estimaba mucho a Aldarion, su pariente, aunque tenían costumbres y gustos muy distintos; y juzgaba que la resolución del Rey era noble y, si por fuerza la había tomado, también probablemente oportuna.

Pero a los otros que objetaban esto o aquello contra su resolución, Meneldur respondió:

—No sin meditación lo he decidido, y en mis meditaciones he considerado todas las razones que con tanto tino defendéis. Ahora, y no más tarde, es el momento adecuado para que se haga pública mi voluntad, por razones que todos sospechan sin duda, aunque nadie las haya mencionado aquí. Que este decreto, pues, sea proclamado cuanto antes. Pero si queréis, no entrará en vigor hasta el tiempo de la *Erukyermë*, en primavera. Mientras, conservaré el cetro.

Cuando la nueva de la proclamación del decreto llegó a Emerië, Erendis se sintió consternada, porque creyó ver en él una censura del Rey, en cuyo favor había confiado. Esto vio en verdad, pero que hubiera algo oculto de mayor importancia, no podía concebirlo. Poco después llegó un mensaje de Tar-Meneldur, una orden en verdad, aunque diplomáticamente redactada. Se la instaba a que fuera a Armenelos y que llevara con ella a Ancalimë, para que viviera allí por lo menos hasta la *Erukyermë* y la proclamación del nuevo Rey.

«Es rápido para asestar el golpe —pensó—. Debí haberlo previsto. Me despojará de todo. Pero a mí no ha de mandarme, ni aun en nombre del Rey.»

Por tanto, envió esta respuesta a Tar-Meneldur: «Rey y Padre, mi hija Ancalimë acudirá a Armenelos, si vos lo ordenáis. Ruego que tengáis en cuenta sus pocos años y que le busquéis un alojamiento tranquilo. En cuanto a mí, os ruego que me excuséis. Me dicen que mi casa de Armenelos ha sido destruida; y no querría en este momento ser huésped, menos que en ningún otro sitio, en una casa montada en un barco, entre marineros. Permitidme, pues, que permanezca aquí en mi soledad, a menos que sea también voluntad del Rey recuperar esta casa».

Esta carta leyó Meneldur con aire preocupado, pero no le tocó el corazón. Se la mostró a Aldarion, a quien parecía principalmente dirigida. Aldarion leyó la carta; y el Rey, que estaba observándolo, dijo entonces:

—Sin duda estás apenado. Pero ¿qué otra cosa esperabas?

—No esto, cuando menos —dijo Aldarion—. Está muy por debajo de lo que esperaba de ella. Ha quedado disminuida; y si ésta es mi obra, negra es entonces mi culpa. Pero ¿se reducen los grandes en la adversidad? ¡No era éste el modo, ni siquiera por odio o venganza! Debió haber exigido que se le preparara una casa grande, adecuada para la escolta de una Reina, y regresar a Armenelos toda engalanada, con la estrella en la frente; de ese modo hubiera ganado a casi todos en la Isla de Númenor, y en mí verían a un loco y un palurdo. Los Valar me sean testigos, lo habría preferido así: antes una hermosa Reina que me frustrara y escarneciera, que libertad para gobernar mientras la Señora Elestirnë languidece en su propio crepúsculo.

Entonces, riendo con amargura, devolvió la carta al Rey.

—Bien, que así sea —dijo . Pero si a alguien le disgusta vivir en un barco entre marineros, puede disculpársele a otro que no le guste vivir en una granja de ovejas, entre sirvientas. Pero no permitiré que mi hija se eduque de ese modo. Cuando menos, ella elegirá a conciencia. —Se puso de pie y pidió permiso para retirarse.

EL ASCENSO DE TAR-ALDARION

883 – REYES Y REINAS DE NÚMENOR VI:

Tar-Aldarion

Nacimiento: 700 SE; Muerte: 1098 SE (a la edad de 398)
Reinado: 883-1075 SE (192 años)

Tal y como escribe Christopher Tolkien en *Cuentos inconclusos*, p. 329: «A partir del punto en que Aldarion lee la carta de Erendis, que se niega a acudir a Armenelos, el relato no es más que una breve colección de notas y apuntes: y estos fragmentos no llegan nunca a constituir una trama coherente, pues fueron escritos en distintas épocas y se contradicen a menudo». Partiendo de estas fuentes diversas, Christopher continúa con su comentario editorial y concluye la historia de Aldarion bajo el título:

Según parece, cuando Aldarion recibió el cetro de Númenor en el año 883, decidió volver a la Tierra Media sin dilación, y partió hacia Mithlond ese mismo año o al año siguiente. Queda registrado que en la proa del *Hirilondë* no había puesto una rama de *oiolairë*, sino la imagen de un águila con pico de oro y ojos de brillantes, regalo de Círdan.

> Estaba allí puesta por arte de su hacedor, como si fuera a remontar vuelo directamente hacia una meta que hubiera divisado. —Este signo nos llevará a destino —dijo—. Que los Valar cuiden de nuestro retorno... si no les disgusta lo que hacemos.

También se dice que «no queda constancia escrita de los últimos viajes emprendidos por Aldarion», pero que «se sabe que viajó mucho por tierra, tanto como por mar, y remontó el curso del río Gwathló hasta Tharbad, y allí se encontró con Galadriel». No hay mención de este encuentro en ningún otro sitio; pero por ese entonces Galadriel y Celeborn vivían en Eregion, a no mucha distancia de Tharbad.

> Pero todas las obras de Aldarion fueron desbaratadas. Los trabajos que empezó otra vez en Vinyalondë nunca se terminaron, y el mar los fue comiendo. No obstante, puso los cimientos de la obra que Tar-Minastir concluiría muchos años después, durante la primera guerra contra Sauron, y si no hubiera sido por estos trabajos, las flotas de Númenor no podrían haber llegado a tiempo al lugar oportuno, como él lo había previsto. Ya la hostilidad crecía y hombres oscuros de las montañas invadían Enedwaith. Pero en los días de Aldarion, los Númenóreanos aún no buscaban nuevas

tierras, y sus Aventureros seguían siendo un pueblo pequeño, admirado, pero apenas emulado.

No hay mención de que se llevara adelante la alianza con Gil-galad o que se enviara la ayuda que éste había solicitado en la carta a Tar-Meneldur; en verdad, se dice que:

> Aldarion llegó demasiado tarde o demasiado temprano. Demasiado tarde: porque el poder que odiaba a Númenor ya había despertado. Demasiado temprano: porque el tiempo no estaba maduro todavía como para que Númenor manifestara su poder o interviniera en la batalla por el mundo.

Hubo cierta agitación en Númenor cuando Tar-Aldarion decidió volver a la Tierra Media en 883 u 884, pues ningún Rey había abandonado antes la isla. Se dice que se le ofreció la regencia a Meneldur, pero que éste la rechazó, y que el regente fue Hallatan de Hyarastorni, designado por el Consejo o por el mismo Tar-Aldarion.

De la historia de Ancalimë adolescente no hay datos ciertos. Hay menos dudas en lo que concierne a su carácter algo ambiguo y a la influencia que su madre ejerció sobre ella. Era menos recatada que Erendis y le gustó desde un principio la ostentación, las joyas, la música, la admiración y la deferencia; pero sólo cuando le convenía, y nunca de un modo constante, y a menudo escapaba con la excusa de ir a ver a su madre y la casa blanca de Emerië. Aprobaba, por así decir, tanto la manera en que Erendis había tratado a Aldarion tras su último regreso, como también la cólera y el orgullo impenitente de Aldarion, y su definitiva ruptura con Erendis, a quien había arrancado de su corazón y sus pensamientos. Sentía profundo disgusto por el matrimonio obligatorio y por cualquier cosa que constriñera su voluntad. Su madre siempre le había hablado mal de los hombres, y en verdad se conserva un notable ejemplo de las enseñanzas de Erendis al respecto:

> Los hombres de Númenor son medio Elfos (decía Erendis), en especial los encumbrados, pero en verdad no son ni una cosa ni otra. La larga vida que se les concedió los engaña, y se huelgan en el mundo con una mentalidad infantil, hasta que los alcanza la vejez... y entonces muchos de ellos abandonan los juegos al aire libre para seguir jugando dentro de sus casas. De los asuntos importantes hacen un juego, y del juego un asunto importante. Quisieran ser artesanos y maestros de la ciencia y héroes a la vez; y para ellos las mujeres son como el fuego del hogar, cuyo cuidado incumbe a otros, hasta que regresan por la noche, hartos de juegos. Todo ha sido hecho para servirlos: las montañas para minas, los ríos para sacar agua o hacer girar ruedas, los árboles para tablas, las mujeres para las necesidades corporales, y si son bellas para adorno de la mesa o el hogar; y los niños para bromear con ellos cuando no hay otra cosa que hacer... Pero lo mismo les daría jugar con una camada de perros. Con todos se muestran amables y bondadosos, alegres como la alondra en la mañana (si brilla el sol); porque nunca se enfadan si pueden evitarlo. Los hombres tienen que ser alegres, afirman, generosos como los ricos, repartiendo lo que les sobra. El enojo aparece sólo cuando advierten de pronto que hay otras voluntades en el mundo además de la de ellos. Entonces se vuelven tan despiadados como los vientos de los mares si algo se atreve a oponérseles.
>
> Así es, Ancalimë, y no podemos cambiarlo. Porque los hombres hicieron Númenor: los hombres, esos héroes de antaño de los que cantan tantas hazañas... De sus mujeres no oímos tanto, salvo que lloraban cuando los hombres morían en combate. Númenor iba a haber sido un descanso después de la guerra. Pero si se can-

san del descanso y de los juegos de la paz, vuelven otra vez al gran juego: la matanza de hombres, la guerra. Así es, y nosotras estamos entre ellos. Pero no tenemos que consentir. Si también amamos Númenor, disfrutemos de ella antes de que la arruinen. También nosotras somos hijas de los grandes, y tenemos voluntad y coraje propios. Por tanto, no te doblegues, Ancalimë. Si permites que te dobleguen un poco, te han de doblegar más todavía, hasta que te echen por tierra. ¡Echa raíces en la roca y da cara al viento aunque todas tus hojas vuelen!

Además, y con mayor contundencia, Erendis había acostumbrado a Ancalimë a la sociedad femenina: la serena, tranquila, complaciente vida de Emerië, sin interrupciones ni alarmas. Los niños, como Îbal, gritaban. Los hombres cabalgaban soplando cuernos a horas intempestivas y comían con gran ruido. Engendraban niños y los dejaban al cuidado de las mujeres cuando los encontraban molestos. Y aunque los partos no fueran tan dolorosos y peligrosos como en otras partes, Númenor no era un «paraíso terrenal», y no se evitaban las fatigas del trabajo y de todo lo que hubiere que hacer.

Ancalimë, como Aldarion, nunca se echaba atrás una vez que se había decidido; era terca como él, y a veces hacía lo contrario de lo que le aconsejaban. Tenía algo de la frialdad de su madre; y en lo profundo del corazón, casi pero no del todo olvidada, sentía aún la firmeza con que Aldarion le había soltado la mano y la había dejado en el suelo cuando tuvo prisa por partir. Amaba profundamente los prados de su patria, y nunca (como dijo una vez) pudo dormir en paz lejos del balido de las ovejas. Pero no rechazó la heredad, y decidió convertirse en una poderosa Soberana, cuando llegara el momento; y cuando así fuese, vivir como y donde le placiera.

Parece que durante unos dieciocho años, después de recibir el cetro de Númenor, Aldarion se ausentaba con frecuencia de Númenor; y durante ese tiempo Ancalimë pasaba sus días tanto en Emerië como en Armenelos, porque la Reina Almarian le había cobrado un gran cariño, y la consentía como había consentido a Aldarion en su juventud. En Armenelos todos la trataban con deferencia, y Aldarion el que más; y aunque al principio no se sentía a sus anchas y extrañaba los extensos horizontes de su país, con el tiempo dejó de sentirse abatida y advirtió que los hombres miraban asombrados su belleza, que ya había alcanzado su plenitud. A medida que crecía fue mostrándose cada vez más obstinada, y le resultaba fastidiosa la compañía de Erendis, que se comportaba como una viuda y no quería ser Reina; pero siguió volviendo a Emerië, tanto con el propósito de escapar de Armenelos como por el deseo de irritar a Aldarion. Era inteligente y maliciosa, y esperaba sacar algún provecho de la batalla que libraban sus padres.

Ahora bien, en el año 892, cuando Ancalimë tenía diecinueve años, fue proclamada Heredera del Rey (a una edad mucho más temprana que en el caso precedente); y en esa ocasión Tar-Aldarion hizo cambiar la ley de sucesión de Númenor. Se dijo específicamente que las razones de Tar-Aldarion eran «de índole privada más que política» y motivadas «por el viejo deseo de triunfar sobre Erendis». Este cambio de la ley se menciona en *El Señor de los Anillos,* Apéndice A (I, i):

> El sexto Rey [Tar-Aldarion] tuvo sólo una hija. Fue la primera Reina [esto es, Reina Regente]; pues fue entonces cuando se promulgó una ley de la casa real: el mayor de los hijos del Rey, cualquiera que fuera su sexo, recibiría el cetro.

Pero en otras partes la nueva ley se formula de manera diferente. La redacción más cabal y clara afirma en primer lugar que la «vieja ley», como se la llamó luego, no era en realidad una «ley» númenóreana, sino una costumbre heredada que las circunstancias aún no habían cuestionado; y de acuerdo con dicha costumbre, el hijo mayor del regente heredaba el cetro. Se entendía que si no había hijo, el pariente más cercano de *ascendencia masculina* de Elros Tar-Minyatur sería el heredero.[1] Así, si Tar-Meneldur no hubiera tenido un hijo, el heredero no habría sido Valandil, su sobrino (hijo de su hermana Silmarien), sino Malantur, su primo (nieto de Eärendur, hermano menor de Tar-Elendil). Pero de acuerdo con la «nueva ley», la hija (mayor) del regente heredaba el cetro en caso de no tener un hijo (esto, por supuesto, contradice lo que se cuenta en *El Señor de los Anillos*). Por sugerencia del Consejo, se añadía que ella era libre de rechazarlo.[2] En tal caso, de acuerdo con la «nueva ley», el heredero de la regencia sería el pariente de sexo masculino más cercano, fuera de ascendencia masculina o femenina.[3]

También se estableció a instancias del Consejo que la heredera tenía que renunciar si permanecía soltera al cabo de cierto tiempo; y a estas provisiones Tar-Aldarion añadió que el Heredero del Rey no debía casarse sino con alguien de la Línea de Elros, y quien así no lo hiciera ya no tendría derecho a recibir la heredad. Se dice que esta ordenanza tuvo su origen directamente en el desastroso matrimonio de Aldarion con Erendis, y a las conclusiones a las que él había llegado, porque ella no pertenecía a la Línea de Elros, y tenía menor esperanza de vida, y él creía que de ahí venía el origen de todos sus problemas.

Sin duda estas provisiones de la «nueva ley» se registraron con tanto detalle porque tenían estrecha relación con la historia posterior de estos reinos; pero, desdichadamente, muy poco puede decirse de ellas.

En una fecha posterior, Tar-Aldarion abrogó la ley según la cual la Reina Regente tenía que renunciar o casarse (y esto fue por cierto consecuencia del rechazo de Ancalimë a ambas cosas); pero el matrimonio del presunto heredero con otro miembro de la Línea de Elros fue desde entonces la costumbre aceptada.[4]

De cualquier modo, los pretendientes de la mano de Ancalimë no tardaron en aparecer en Emerië, y no sólo porque la posición de ella hubiese cambiado, sino también por lo que se decía de su belleza, de su altivez y desdén, y de la singularidad de su educación. En ese tiempo la gente empezó a llamarla Emerwen Aranel, la Princesa Pastora. Para escapar de los inoportunos, Ancalimë, con ayuda de la vieja Zamîn, fue a esconderse en una granja en los lindes de las tierras de Hallatan de Hyarastorni, donde llevó un tiempo la vida de una pastora. Los apresurados apuntes que se han conservado cuentan de distinto modo las reacciones de los padres. Según uno de ellos, Erendis sabía dónde se encontraba Ancalimë, y aprobaba que hubiese huido, mientras que Aldarion impidió que el Consejo la buscara, pues consideraba que su hija debía actuar con independencia. Según otro apunte, sin embargo, Erendis estaba preocupada por la huida de Ancalimë, y Aldarion, furioso; y en esta oportunidad Erendis intentó reconciliarse con él, al menos en lo que concernía a Ancalimë. Pero Aldarion se mantuvo inflexible, declarando que el Rey no tenía esposa, pero que tenía una hija y heredera, y que él no creía que Erendis ignorara el lugar donde se escondía Ancalimë.

Lo que sí es cierto es que Ancalimë se encontró con un pastor que cuidaba rebaños en la región; y este hombre le dijo que se llamaba Mámandil. Ancalimë no estaba acostumbrada a esa clase de compañía y le deleitaba oírle cantar, y él le cantó viejas historias de días remotos cuando los rebaños de los Edain pastaban en Eriador mucho tiempo atrás, incluso antes de que los Edain se encontrasen con los Eldar. Ancalimë y Mámandil se veían en los pastizales cada vez más a menudo, y él cambiaba las canciones de los amantes de antaño e incorporaba en ellas los nombres de Emerwen y Mámandil; y Ancalimë fingía no entender esos juegos de palabras. Pero por fin él le declaró abiertamente su amor, y ella se echó atrás y lo rechazó diciendo que el destino los separaba, pues ella era la Heredera del Rey. Pero Mámandil no se amilanó, y rio y le dijo que su verdadero nombre era Hallacar, hijo de Hallatan de Hyarastorni, de la Línea de Elros Tar-Minyatur.

—¿Y de qué otra manera habría de acercársete un pretendiente? —dijo.

Entonces Ancalimë se enfadó porque la había engañado sabiendo desde un principio quién era ella; pero él respondió:

—Eso es verdad sólo en parte. Es cierto que intenté conocer a la Señora, cuya personalidad era tan singular que quise saber más de ella. Pero entonces me enamoré de Emerwen, y no me importa ahora quién es ella. No creas que aspiro a la alta posición que ocupas; porque con mucho preferiría que fueras sencillamente Emerwen. Sólo me alegro de esto: también yo pertenezco a la Línea de Elros, porque de otro modo, creo, no podríamos casarnos.

—Podríamos —dijo Ancalimë—, si tuviera intención de abrazar ese estado. Podría renunciar a mi realeza y quedar en libertad. Pero si así lo hiciera, también podría casarme con quien quisiese; y ése sería Úner (que significa 'Nadie'), a quien preferiría por sobre todos los demás.

No obstante, fue con Hallacar con quien se casó Ancalimë finalmente. De acuerdo con una versión, parece que la persistencia del cortejo de Hallacar, a pesar de haber sido rechazado, y la insistencia del Consejo en que ella eligiera un marido para tranquilidad del reino, fueron causa de que se casaran no muchos años después de encontrarse por vez primera entre los rebaños en Emerië. Pero en otro sitio se dice que permaneció soltera tanto tiempo, que su primo Soronto, apoyándose en la provisión de la nueva ley, le exigió que cediera la heredad, y que ella entonces se casó con Hallacar para cortar así las ambiciones de Soronto. En otro breve apunte se da a entender que se casó con Hallacar después de que Aldarion abrogara la ley, para poner fin a las pretensiones de Soronto de ser Rey si Ancalimë moría sin haber tenido hijos.

Sea como fuere, resulta claro que Ancalimë no tenía deseos de amor, ni tampoco de tener un hijo, y decía:

—¿Tengo que volverme como la Reina Almarian y reírle las gracias?

La vida en común con Hallacar fue desdichada, y estaba resentida por causa de Anárion, el hijo que tuvo de él, y hubo guerra entre ambos en adelante. Ella intentó someterlo sosteniendo que era la dueña de las tierras de él y prohibiéndole habitar allí, pues no quería, dijo, que su marido fuera el senescal de una granja. De este tiempo proviene la última historia que habla de estos desdichados asuntos. Porque Ancalimë no permitía que ninguna de sus mujeres se casara, y aunque por temor de ella, casi todas le obedecieron, procedían de los campos de alrededor y tenían amantes con quienes deseaban casarse. Pero Hallacar dispuso en secreto el casamiento de todas ellas; y declaró que se celebraría una última fiesta en su propia casa antes de abandonarla. A esta fiesta invitó a Ancalimë, diciendo que era la casa de sus padres y que la cortesía obligaba a dar una fiesta de despedida.

Ancalimë asistió con todas sus mujeres, pues no quería un séquito de hombres. Encontró la casa toda iluminada y dispuesta como para una gran fiesta, y los hombres enguirnaldados como para la celebración de un matrimonio, todos con una guirnalda en la mano, destinada a una novia.

—¡Venid! —exclamó Hallacar—. Los matrimonios están preparados y prontas las cámaras nupciales. Pero como no es concebible que le pida a la Señora Ancalimë, la Heredera del Rey, que yazga con el senescal de una granja, ¡ay!, por desdicha esta noche tendrá que dormir sola.

Y Ancalimë fue obligada a quedarse allí, porque estaban muy lejos para volver sola cabalgando y no quiso ir sola. Ni los hombres ni las mujeres pudieron disimular una sonrisa; y Ancalimë no asistió a la fiesta, y se quedó en cama escuchando a lo lejos las risas que creía destinadas a ella. Al día siguiente partió a caballo, animada por una cólera fría, y Hallacar envió tres hombres para que le sirvieran de escolta. Así se vengó él, pues ella no volvió jamás a Emerië, donde hasta las ovejas parecían burlarse de ella. Pero desde entonces no dejó de perseguir con odio a Hallacar.

Se dice de Erendis que cuando le llegó la vejez, abandonada por Ancalimë, cayó en una amarga soledad, y echó de menos una vez más a Aldarion; y al enterarse de que había abandonado Númenor en el que sería su último viaje, aunque se esperaba que regresara pronto, partió de Emerië y viajó de incógnito al puerto de Rómenna. Allí, según parece, encontró su destino; pero sólo las palabras «Erendis pereció en el agua en el año 985» sugieren qué pudo ocurrirle.

> De la esperanza de vida otorgada a los Númenóreanos, Erendis había dicho una vez que las mujeres «se convirtieron en una especie de imitación de los Elfos, y sus hombres tenían tantas cosas en sus cabezas que siempre notaban la presión del tiempo, por lo que raras veces descansaban o celebraban el presente. Afortunadamente, sus esposas eran templadas y afanadas, pero Númenor no era un buen lugar para grandes amores.[5]

c. 1000 – SAURON, ANTE EL CRECIENTE PODER DE LOS NÚMENÓREANOS, ELIGE MORDOR COMO LA TIERRA DONDE CONSTRUIRÁ SU FORTALEZA. INICIA LAS OBRAS DE BARAD-DÛR

Estas nuevas [la fundación de Eregion y la amistad y artesanía compartida entre los Elfos que vivían allí, y los Enanos de Khazad-dûm] llegaron pronto a oídos de Sauron, y el temor que le inspiraba la venida de los Númenóreanos a Lindon y las costas más hacia el sur, y la amistad que los unía a Gil-galad, crecieron todavía más; y oyó también hablar de Aldarion, hijo de Tar-Meneldur, Rey de Númenor, ahora convertido en un gran carpintero de barcos, que llevaba sus navíos a puerto, muy al sur, aun hasta el Harad. Por tanto, Sauron dejó a Eriador en paz por un tiempo, y eligió la tierra de Mordor, como se la llamó luego, para instalar allí una fortaleza que contrarrestara la amenaza del desembarco de los Númenóreanos.[1]

La elección de Mordor como lugar para la construcción de su fortaleza probablemente estaba motivada por su ubicación geográfica. Estaba rodeado en tres lados de una pared rocosa más o menos rectangular que hacía de defensa natural, gracias a dos grandes cadenas montañosas: en el norte estaban las Ered Lithui o Montañas de la Ceniza; al oeste y al sur las Ephel Dúath, también conocidas como las Montañas de la Sombra o el Muro Exterior, dentro de cuyas estribaciones del noroeste había otra cresta adicional más baja, «de bordes mellados y dentados y rocas puntiagudas que a la luz roja del fondo parecían colmillos negros: era el siniestro Morgai, la más interior de las empalizadas naturales que defendían el país».[2]

Prácticamente rodeada de estas ponderosas barreras en el norte y el este había una llanura alta y desierta, la planicie de Gorgoroth, un nombre derivado de la palabra sindarin *gorgor* ('horror', 'espanto'), que estaba dominada por la presencia imponente del Monte del Destino, u Orodruin ('Montaña en Llamas'),[3] «una enorme mole de ceniza y escoria y roca calcinada, y en el centro un cono de flancos empinados que trepaba hasta las nubes».[4] Las tierras de alrededor estaban magulladas por las violentas erupciones volcánicas, «que no eran obra de Sauron, sino un vestigio de las devastadoras obras de Melkor en la larga Primera Edad».[5]

Esta aterradora tesitura duraría muchos años, incluso hasta la Tercera Edad:

> Una y otra vez los hornos encendidos en el fondo abismal del cono de ceniza [del Orodruin] se calentaban al rojo, y entonces la montaña se henchía y rugía como una marea tempestuosa, y derramaba por las grietas de los flancos ríos de roca derretida. Algunos corrían incandescentes hacia Barad-dûr a lo largo de canales profundos; otros se abrían paso a través de la llanura pedregosa, hasta que se enfriaban y yacían como retorcidas figuras de dragones vomitadas por la tierra atormentada.[6]

Como lugar para la fortaleza de Barad-dûr, la Torre Oscura, Sauron eligió el extremo de una estribación austral de las Ered Lithui que descendía hasta la parte septentrional de la planicie de Gorgoroth. Allí, durante un período de seiscientos años, y oculto de los ojos de los Eldar y los Edain durante mucho tiempo, Sauron levantó una poderosa estructura, una «fortaleza arsenal, prisión-horno (...) imbatible (...) que se burlaba de las lisonjas mientras esperaba a que el tiempo se cumpliera, sostenida por el orgullo y una fuerza inconmensurable».[7]

Tanto en la Segunda como en la Tercera Edades, Barad-dûr representaba «la terrible amenaza del Poder que aguardaba, abismado en profundas cavilaciones y en una malicia insomne detrás del velo oscuro que ocultaba el trono. (...) como un muro de tinieblas en el confín último del mundo».[8]

De los años posteriores de [el Rey de Númenor] Tar-Aldarion nada puede decirse ahora, salvo que parece haber continuado viajando a la Tierra Media, y que más de una vez dejó a Ancalimë como regente. Se hizo a la mar por última vez hacia el fin del primer milenio de la Segunda Edad.[9]

1075 – TAR-ANCALIMË SE CONVIERTE EN LA PRIMERA REINA GOBERNANTE DE NÚMENOR

REYES Y REINAS DE NÚMENOR VII:

Tar-Ancalimë

Nacimiento: 873 SE; Muerte: 1285 SE (a la edad de 412)
Reinado: 1075-1280 SE (205 años)

Tar-Ancalimë reinó durante doscientos cinco años, más que ningún otro Rey después de Elros (...). Permaneció largo tiempo soltera; pero cuando [su primo] Soronto le instó a ceder el cetro, por no darle ese gusto se casó en el año 1000 con Hallacar, hijo de Hallatan, descendiente de Vardamir. Después del nacimiento de su hijo Anárion, hubo muchas disputas entre Ancalimë y Hallacar. Ella era orgullosa y obstinada. Después de la muerte de

Aldarion, interrumpió todas sus políticas, y ya no prestó ninguna ayuda a Gil-galad.

Su hijo Anárion, que después fue el octavo Rey de Númenor, tuvo primero dos hijas. No les gustaba la Reina, a quien temían, y se negaron a heredar el cetro. Permanecieron solteras, ya que la Reina, como venganza, no les permitió casarse.[1] Súrion, el hijo de Anárion, fue el último en nacer, y [se convirtió más tarde] en el noveno Rey de Númenor.

1200 – SAURON SE PROPONE SEDUCIR A LOS ELDAR. GIL-GALAD SE NIEGA A TENER TRATO CON ÉL, PERO CONVENCE A LOS HERREROS DE EREGION. LOS NÚMENÓREANOS COMIENZAN A CONSTRUIR PUERTOS PERMANENTES

A lo largo de la Segunda Edad tuvieron lugar cambios muy importantes. Los primeros barcos de los Númenóreanos aparecieron en las costas de la Tierra Media en torno al 600 de la Segunda Edad, pero los rumores de este portento no llegaron al lejano norte. En la misma época, no obstante, Sauron salió de su escondite y se dejó ver en una forma hermosa. Durante mucho tiempo prestó poca atención a los Enanos y a los Hombres y se consagró a ganarse la amistad y la confianza de los Eldar. Pero lentamente fue recuperando la fidelidad a Morgoth y empezó a buscar poder por la fuerza: reunió tropas una vez más y dirigió a los Orcos y a las demás criaturas malignas de la Primera Edad, y construyó en secreto su gran fortaleza en una tierra del sur rodeada de montañas que después se conoció como Mordor.[1]

De todos los pueblos de la Tierra, le fue más fácil manipular a los Hombres; pero durante mucho tiempo trató de persuadir a los Elfos para que lo sirviesen, pues sabía que los Primeros Nacidos eran los que tenían mayor poder; y viajó mucho entre ellos, y tenía el aspecto de alguien que es a la vez hermoso y sabio. Sólo a Lindon no fue, porque Gil-galad y Elrond dudaban de él y de su hermoso aspecto, y aunque no sabían bien quién era, no quisieron admitirlo en el país.[2]

1280 – REYES Y REINAS DE NÚMENOR VIII:

Tar-Anárion

Nacimiento: 1003 SE; Muerte: 1404 SE (a la edad de 401)

Reinado: 1280-1394 SE (114 años)

Tar-Anárion tuvo dos hijas de cuyos nombres no queda constancia, y un hijo, Súrion, quien accedió al trono cuando sus hermanas rechazaron el cetro.

1394 – REYES Y REINAS DE NÚMENOR IX:

Tar-Súrion

Nacimiento: 1174 SE; Muerte: 1574 SE (a la edad de 400)

Reinado: 1394-1556 SE (162 años)

Tar-Súrion tuvo dos hijos: una hija, Telperien, y un hijo, Isilmo.

c. 1500 – LOS HERREROS ELFOS, INSTRUIDOS POR SAURON, ALCANZAN EL PUNTO CULMINANTE DE SU HABILIDAD. DAN INICIO A LA FORJA DE LOS ANILLOS DE PODER

Pero en otros sitios los Elfos [de Eregion] lo recibieron [a Sauron] de buen grado, y pocos de entre ellos escucharon a los mensajeros que llegaban de Lindon y les aconsejaban precaución; porque Sauron se dio a sí mismo el nombre de Annatar, el Señor de los Dones, y ellos recibieron en un principio múltiples beneficios de su amistad. Y él les decía:

—¡Ay de la debilidad de los grandes! Porque poderoso Rey es Gil-galad, y sabio en toda ciencia es el joven Elrond, y no obstante no me ayudan en mis trabajos. ¿Es posible que no quieran ver que otras tierras sean tan benditas como las suyas? Pero ¿por qué la Tierra Media ha de permanecer desolada y oscura cuando los Elfos podrían volverla tan hermosa como Eressëa, más aún, como Valinor? Y como no habéis vuelto allí, como podríais haberlo hecho, veo que amáis a esta Tierra Media como yo la amo. Siendo esto así, ¿acaso no es nuestra misión trabajar juntos para enriquecerla, y para elevar a todos los linajes élficos que yerran aquí ignorantes, a esa cima de poder y conocimiento a que han llegado los que viven más allá del mar?[1]

Era en Eregion donde los consejos de Sauron se recibían con mayor complacencia, porque en esa tierra los Noldor deseaban acrecentar cada vez más la ingeniosidad y la sutileza de sus obras. Además, no tenían paz en el corazón desde que se negaron a volver al Occidente, y a la vez querían permanecer en la Tierra Media, a la que amaban en verdad, y gozar de la bienaventuranza de los que habían partido. Por tanto, escucharon a Sauron y aprendieron de él muchas cosas, pues tenía grandes conocimientos. En aquellos días los herreros de Ost-in-Edhil superaron todo cuanto habían hecho antes; y concentraron sus esfuerzos, e hicieron los Anillos de Poder. Pero Sauron guiaba estos trabajos, y estaba enterado de todo cuanto hacían; porque lo que deseaba era someter a los Elfos y tenerlos bajo vigilancia.[2]

Sauron recurrió a todas sus artes con Celebrimbor y los demás herreros, que habían constituido una sociedad o hermandad muy poderosa en Eregion, los Gwaith-i-Mírdain; pero trabajó en secreto sin que Galadriel y Celeborn se enteraran. Antes de no mucho tiempo, Sauron se había ganado la confianza de los Gwaith-i-Mírdain, pues en un principio habían sacado gran provecho de lo que él les enseñara sobre los secretos de su oficio.[3]

En su carta a Milton Waldman, Tolkien escribió: «Sauron encontró su punto débil al sugerir que, ayudándose los unos a los otros, harían del oeste de la Tierra Media un lugar tan hermoso como Valinor. Era, en realidad, un ataque velado contra los dioses, una incitación a intentar hacer un paraíso separado e independiente. Gil-galad rechazó todas estas proposiciones y también lo hizo Elrond.

Pero en Eregion se iniciaron grandes obras, y nunca estuvieron los Elfos tan cerca de sucumbir ante la «magia» y las maquinarias. Con la ayuda de la ciencia de Sauron construyeron los *Anillos de Poder* («poder» es una palabra ominosa y siniestra en todos estos cuentos, salvo cuando se aplica a los dioses).

El principal poder (de todos los anillos por igual) era el de evitar o disminuir la velocidad del *deterioro* (es decir, el «cambio» visto como algo lamentable), la preservación de lo que se desea o se ama, o la de su apariencia: éste es más o menos el motivo élfico. Pero destacaban también los poderes naturales del poseedor, acercándose así a la «magia», un motivo que fácilmente puede corromperse y volverse malvado, como un deseo de dominio. Y finalmente tenían otros poderes más directamente derivados de Sauron («el Nigromante»: así se lo llama cuando arroja una sombra flotante de malos augurios en las páginas de *El Hobbit*), tales como volver invisible el cuerpo material o volver visibles las cosas del mundo invisible.

1556 – REYES Y REINAS DE NÚMENOR X:
Tar-Telperien

Nacimiento: 1320 SE; Muerte: 1731 SE (a la edad de 411)

Reinado: 1556-1731 SE (175 años)

Fue la segunda Reina Gobernante de Númenor. Vivió largo tiempo (porque las mujeres de los Númenóreanos eran más longevas o se resistían a abandonar la vida) y no quiso casarse.

Durante el reinado de Tar-Telperien tienen lugar acontecimientos trascendentales en la Tierra Media.

c. 1590 – SE COMPLETAN LOS TRES ANILLOS EN EREGION

Gandalf el Gris, en una conversación con Frodo Bolsón sobre el Anillo de Bilbo en la primavera del Año 3018 de la Tercera Edad, resumió sucintamente la historia de la forja de los Anillos de Poder: «En tiempos remotos fueron fabricados en Eregion muchos anillos de Elfos, anillos mágicos como vosotros los llamáis; eran, por supuesto, de varias clases, algunos más poderosos y otros menos. Los menos poderosos fueron solo ensayos, anteriores al perfeccionamiento de este arte: bagatelas para los herreros de los Elfos, aunque a mi entender peligrosos para los mortales. Pero los realmente peligrosos eran los Grandes Anillos, los Anillos de Poder».[1]

Del tiempo en que aquellos Anillos de Poder fueron forjados, en «La historia de Galadriel y Celeborn» se dice lo siguiente:

[En los días de la Segunda Edad en los que Sauron se había retirado a Mordor, y antes del tiempo en que comenzara a enviar emisarios a Eregion][2] el poder de Galadriel y Celeborn había crecido, y Galadriel, asistida por la amistad que la unía a los Enanos de Moria, había tenido contacto con el país Nandorin de Lórinand [llamado posteriormente «Lórien» y «Lothlórien»] al otro lado de las Montañas

Nubladas.[3] Éste estaba poblado por los Elfos que habían abandonado a los Eldar de Cuiviénen[4] en el Gran Viaje, instalándose en los bosques del valle del Anduin;[5] y se extendía hacia las zonas boscosas a ambos lados del Río Grande, e incluía a la región donde se levantó después Dol Guldur. Estos Elfos no tenían príncipes ni gobernantes y vivían libres de cuidados mientras el poder de Morgoth se concentraba en el noroeste de la Tierra Media;[6] Galadriel, que intentaba contrarrestar las maquinaciones de Sauron, tuvo éxito en Lórinand; mientras que en Lindon, Gil-galad expulsó a los emisarios de Sauron y aun a éste mismo. Pero Sauron tuvo mejor fortuna con los Noldor de Eregion, y en especial con Celebrimbor, que en su corazón deseaba alcanzar la habilidad y la fama de Fëanor.[7]

En Eregion, Sauron se presentó como emisario de los Valar, enviado a la Tierra Media («anticipándose así a los Istari») con la orden de permanecer allí para dar ayuda a los Elfos. Advirtió enseguida que Galadriel sería su principal adversario y obstáculo, e intentó aplacarla soportando el desdén que ella le mostraba con un exterior de paciencia y cortesía.[8] (...) Tanto fue su poder sobre los [Gwaith-i-Mírdain] que por fin los convenció de que se rebelaran contra Galadriel y Celeborn y les arrebataran el mando en Eregion; y eso sucedió en un tiempo incierto entre 1350 y 1400 de la Segunda Edad. Galadriel entonces abandonó Eregion y pasó por Khazad-dûm a Lórinand, llevando consigo a Amroth y a Celebrían; pero Celeborn no quiso entrar en las mansiones de los Enanos y se quedó atrás en Eregion, sin ser tenido en cuenta por Celebrimbor. En Lórinand, Galadriel tomó el mando y organizó la defensa contra Sauron.[9]

Sauron, por su parte, abandonó Eregion alrededor del año 1500, cuando los [Gwaith-i-Mírdain] habían empezado a forjar los Anillos de Poder.[10]

c. 1600 – SAURON FORJA EL ANILLO ÚNICO
EN ORODRUIN. TERMINA LA CONSTRUCCIÓN
DE BARAD-DÛR. CELEBRIMBOR PERCIBE
LOS DESIGNIOS DE SAURON

Ahora bien, los Elfos hicieron muchos anillos, pero Sauron hizo en secreto un Anillo Único, para gobernar a todos los otros, cuyos poderes estarían atados a él, sujetos por completo a él, y durarían mientras él durase. Y gran parte de la fuerza y la voluntad de Sauron pasó a ese Anillo Único; porque el poder de los anillos élficos era muy grande, y el del que habría de gobernarlos tendría por fuerza que ser aún más poderoso; y Sauron lo forjó en la Montaña de Fuego en la Tierra de la Sombra. Y mientras llevaba el Anillo Único, era capaz de ver todo lo que se hacía por medio de los anillos menores, y podía leer y gobernar los pensamientos mismos de quienes los llevaban.[1]

En su carta a Milton Waldman, Tolkien habla de la fuente y el efecto del poder del Anillo Único: '[Sauron] Gobierna un imperio creciente desde la gran torre oscura de Barad-dûr, en Mordor, cerca de la Montaña de Fuego, esgrimiendo el Anillo Único. Pero para lograr esto, se había visto obligado a permitir que gran parte de su propio poder inherente (un motivo frecuente y muy significativo en el mito y en el cuento de hadas) pasara al Único Anillo. Mientras lo llevaba, su poder en la tierra de hecho aumentaba. Pero aun si no lo llevaba puesto, ese poder existía y estaba en "relación" con él: no quedaba "disminuido". A no ser que otro lo agarrara y fuera su poseedor. Si eso sucedía, el nuevo poseedor (si era lo bastante fuerte y de naturaleza heroica) podía retar a Sauron, volverse amo de todo lo que había aprendido o hecho desde la fabricación del Único Anillo y, por tanto, derrocarlo y ocupar su lugar. Ésta era la debilidad esencial que había introducido en su situación en el esfuerzo (en gran parte inútil) por esclavizar a los Elfos y en el deseo de establecer el control de las mentes y las voluntades de sus sirvientes. Había otra debilidad: si el Único Anillo realmente se *deshacía*, era aniquilado, su poder entonces se disolvería, el mismo ser de Sauron disminuiría hasta convertirse en un punto de fuga y quedaría reducido a una sombra, al mero recuerdo de una voluntad maliciosa. Pero nunca contempló esa posibilidad, ni la temía. El Anillo no era destructible por herrería alguna que no fuera la suya. Ningún fuego podía disolverlo, salvo el inmortal fuego subterráneo en el que había sido forjado… y era imposible aproximarse a él, pues estaba en Mordor. Además, tan grande era el poder de deseo del Anillo, que cualquiera que lo llevara puesto quedaba dominado por él; estaba más allá de la fuerza de cualquier voluntad (aun la suya propia) dañarlo, deshacerse de él o no tenerlo en cuenta. Así lo creía. De cualquier modo, estaba en su dedo».

Aunque solo podía verse cuando se le aplicaba fuego, el Anillo Único tenía una inscripción.[2] Las letras eran élficas, «antiguos caracteres», pero la lengua era la de Mordor, que, traducida a la «lengua común», decía:

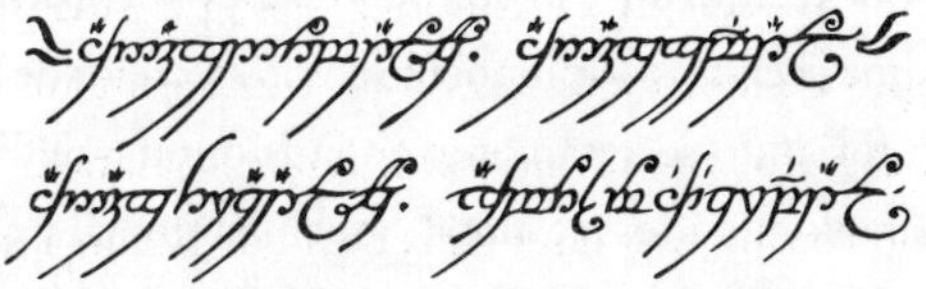

Un Anillo para gobernarlos a todos, un Anillo para encontrarlos,
Un Anillo para atraerlos a todos y atarlos a las tinieblas.

Esta rima era «solo dos versos de una estrofa muy conocida en la tradición élfica»:

Tres Anillos para los Reyes Elfos bajo el cielo.
Siete para los Señores Enanos en palacios de piedra.
Nueve para los Hombres Mortales condenados a morir.
Uno para el Señor Oscuro, sobre el trono oscuro
en la Tierra de Mordor donde se extienden las Sombras.
Un Anillo para gobernarlos a todos. Un Anillo para encontrarlos,
Un Anillo para atraerlos a todos y atarlos en las tinieblas
En la Tierra de Mordor donde se extienden las Sombras.

Y este mismo Anillo, hacia el final de la Tercera Edad, sería el objeto de una revelación alarmante por parte de Gandalf en Bolsón Cerrado: «Este es el Dueño de los Anillos, el Anillo Único que los gobierna. Éste es el Anillo Único que el Señor Oscuro perdió en tiempos remotos, junto con parte de su poder. Lo desea terriblemente, pero es necesario que no lo consiga».

Seis meses más tarde en Rivendel, el Señor Elrond el Medio Elfo habla sobre el Anillo ante los representantes de los Pueblos Libres que han acudido al Concilio, hablando «de los herreros elfos de Eregion y la amistad que tenían con las gentes de Moria, y de cómo deseaban conocerlo todo, y de cómo esa quietud los hizo caer en manos de Sauron. Pues en aquel tiempo nadie había sido testigo de maldad alguna, de modo que recibieron la ayuda de Sauron y se hicieron muy hábiles, mientras que él en tanto aprendía todos los secretos de la herrería y los engañaba forjando secretamente en la Montaña de Fuego el Anillo Único, para dominarlos a todos»[3] Sin embargo, tal y como queda relatado en «De los Anillos de Poder y la Tercera Edad' y «La historia de Galadriel y Celeborn", Sauron subestimó a los Elfos de Eregion.

Pero no era tan fácil atrapar a los Elfos. No bien Sauron se puso el Anillo Único en el dedo, se dieron cuenta; y supieron quién era, y que quería adueñarse de todos ellos y de todo cuanto hiciesen. Entonces, con enfado y temor, se quitaron los anillos.[4]

Ahora bien, Celebrimbor era leal de corazón, y había aceptado a Sauron como lo que decía que era; y cuando por fin descubrió la existencia del Anillo Único, se rebeló contra Sauron y fue a Lórinand para que Galadriel le aconsejara. Tenían que haber destruido todos los Anillos de Poder en esa oportunidad, pero no eran lo suficientemente fuertes para hacerlo. Galadriel le aconsejó que ocultara los Tres Anillos de los Elfos en lugares diferentes, lejos de Eregion, donde Sauron podía buscarlos, y que no se usaran nunca. Fue entonces cuando Celebrimbor le dio Nenya, el Anillo Blanco, y por el poder de este anillo el país de Lórinand se fortaleció y embelleció; pero la influencia que tuvo sobre ella fue grande también e imprevista, porque le acrecentó el deseo de hacerse a la mar y de volver al Oeste, de modo que ya no se sintió tan feliz en la Tierra Media. Celebrimbor, siguiendo el consejo de Galadriel, envió el Anillo de Aire y el Anillo de Fuego lejos de Eregion; y los confió a Gil-galad en Lindon.[5]

En este momento, tras seiscientos años de labores de parte de las criaturas a las que Sauron había esclavizado, y también ayudado por el poder del Anillo Único, la poderosa estructura de Barad-dûr fue terminada, siendo la fortaleza más tremenda construida en la Tierra Media desde la Caída de Angband, la Prisión de Hierro (o «Infierno de Hierro») en las profundidades de las Montañas de Hierro que, en la Primera Edad, había servido como Fortaleza de Melkor.[6] Más tarde, en la Tercera Edad, poco antes de la disolución de la Comunidad del Anillo, Frodo, sentado en el Sitial de la Vista en Amon Hen, llevando el Anillo Único, tuvo una visión de la terrible magnificencia de Barad-dûr: «(...) los ojos se le detuvieron y entonces la vio: muro sobre muro, almena sobre almena, negra, inmensamente poderosa, montaña de hierro, puerta de acero, torre de diamante: Barad-dûr, la Fortaleza de Sauron. Frodo perdió toda esperanza».[7]

Se podría preguntar por qué, en la Segunda Edad, Sauron no fue atacado por una alianza de Elfos y Hombres nada más descubrir que estaba reuniendo y equipando a sus fuerzas, en lugar de esperar que finalmente atacase. Es un asunto que Tolkien trató en enero de 1970, en un texto titulado:

NOTA SOBRE EL RETRASO DE GIL-GALAD Y LOS NÚMENÓREANOS, QUE NO ATACARON A SAURON ANTES DE QUE PUDIERA REUNIR SUS FUERZAS[8]

Ya no tiene sentido, y de hecho resulta injusto, acusarles de insensatez por no haber reunido rápidamente sus fuerzas y atacar a Sauron, ya que al final se vieron obligados a hacerlo. (Véase el *Debate de los sabios acerca de la prohibición de Manwë* y su conducta como Señor de Arda.) No podían tener una idea clara y definitiva de las intenciones de Sauron, ni de su poder, y el hecho de que no fueran conscientes de su debilidad real, ni de su necesidad de dedicar mucho tiempo a reunir los ejércitos suficientes para atacar a una alianza de Elfos y Hombres del Oeste, fue uno de los éxitos de

Sauron derivados de su astucia y sus engaños. Él, sin duda, habría mantenido en secreto su ocupación de Mordor si hubiera podido, y por lo que aconteció después parece que se había asegurado la lealtad de los Hombres que vivían en las tierras contiguas, incluso en las tierras al oeste del Anduin, en aquellas regiones donde Gondor se estableció después en las Ered Nimrais y Calenardhon. Pero los Númenóreanos que ocupaban las Bocas del Anduin y el litoral de Lebennin habían descubierto sus planes, y los revelaron a Gil-galad. Sin embargo, hasta el 1600 [SE] Sauron aún estaba usando su disfraz de amigo benevolente, y a menudo viajaba a su antojo por Eriador con un séquito reducido, por lo que no podía permitirse ningún rumor sobre su intención de reunir soldados para sus ejércitos. En esta época se vio obligado a desatender el Este (donde había estado el antiguo poder de Morgoth), y aunque había enviado emisarios a las tribus, cada vez más numerosas, de los Hombres del Este, no se atrevió a permitir que estos se acercasen lo suficiente como para atraer la atención de los Númenóreanos ni de los Hombres del Oeste.*

Los diferentes tipos de Orcos (criaturas de Morgoth) resultaron ser los más numerosos y terribles de sus soldados y sirvientes; pero muchos habían perecido en la guerra contra Morgoth y en la destrucción de Beleriand. Algún vestigio de ellos se había escapado a escondites en las partes septentrionales de las Montañas Nubladas

*. Es decir, de las numerosas tribus de Hombres, que los Elfos llamaban Hombres de Buena Voluntad, que vivían en Eriador y Calenardhon y en el valle del Anduin y en el Gran Bosque, y en las llanuras entre el bosque y Mordor y el mar de Rhûn. De hecho, en Eriador quedaban algunos vestigios de las Tres Casas de Hombres que habían luchado con los Elfos contra Morgoth. Otros eran parientes suyos que (igual que los Elfos Silvanos) nunca habían atravesado las Ered Luin, y otros eran parientes más lejanos. Pero casi todos eran descendientes de antiguos rebeldes contra Morgoth. (También había algunos hombres malvados allí.)

y las Montañas Grises, y ahora estaban multiplicándose de nuevo. Sin embargo, más al este había otras variedades más fuertes, descendientes del reinado de Morgoth, pero como habían estado privados de su amo durante el largo tiempo que duró su ocupación de Thangorodrim, aún eran salvajes e indómitos, atacándose unos a otros, y también atacaban a los Hombres (buenos o malos). Pero no fue hasta la compleción de Mordor y de Barad-dûr cuando dejó que salieran de sus escondites, mientras que los Orcos del Este, que no habían conocido el poder y el terror de los Eldar, ni el valor de los Edain, no servían a Sauron. Durante el tiempo en que se veía obligado, con el fin de embaucar a los Hombres del Oeste y a los Elfos a llevar una forma y una vestimenta lo más hermosas posible, ellos lo despreciaban y se reían de él. Así fue cómo, a pesar de emplear todo su tiempo y su energía en reunir y entrenar a sus ejércitos, desde el momento en que su verdadera identidad fue descubierta y lo reconocieron como un enemigo, transcurrieron unos noventa años hasta que se sintió preparado para declarar la guerra. Y lo calculó mal, como podemos ver por su derrota final, cuando el gran ejército de Minastir de Númenor desembarcó en la Tierra Media. No había creado sus ejércitos sin oposición, y su éxito había sido menor de lo esperado.

1693 – COMIENZA LA GUERRA ENTRE LOS ELFOS Y SAURON. LOS TRES ANILLOS SON ESCONDIDOS

Pero [Sauron], al ver que lo habían descubierto, y que los Elfos no habían sido engañados, se llenó de cólera, y los enfrentó exigiéndoles que le entregaran todos los anillos, ya que los herreros elfos no podrían haberlos forjado sin la ciencia y el consejo que él les había prestado. Pero los Elfos huyeron de él; así salvaron tres de los anillos, y se los llevaron, y los ocultaron.

Ahora bien, estos Tres eran los últimos que se habían hecho, y los que tenían el poder más grande. Narya, Nenya y Vilya se llamaban, los Anillos del Fuego, y del Agua, y del Aire, que tenían engarzados un rubí y un diamante y un zafiro; y de todos los anillos élficos eran los que Sauron más deseaba, pues quienes los poseyeran podrían protegerse contra el deterioro y demorar la fatiga del mundo. Pero Sauron nunca los encontró porque fueron dados a los Sabios, que los ocultaron y nunca más se los pusieron abiertamente, en tanto Sauron tuviera el Anillo Regente. De ese modo los Tres permanecieron inmaculados, pues habían sido forjados por Celebrimbor en solitario, y la mano de Sauron

ILUSTRACIONES DE ALAN LEE

I

II

III

IV

V

VI

VII

VIII

IX

X

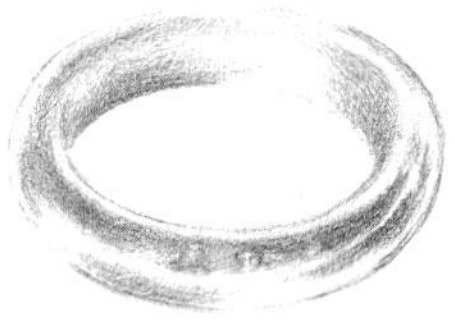

no los había tocado; y sin embargo también estaban sometidos al Único.

Desde esos días siempre hubo guerra entre Sauron y los Elfos (…).[1]

1695 – LAS FUERZAS DE SAURON INVADEN ERIADOR. GIL-GALAD ENVÍA A ELROND A EREGION

Cuando Sauron se enteró del arrepentimiento y la rebelión de Celebrimbor, se quitó la máscara y mostró abiertamente su ira; y reuniendo grandes fuerzas avanzó sobre Calenardhon (Rohan) para invadir Eriador, en el año 1695. Cuando Gil-galad se enteró, envió una fuerza al mando de Elrond Medio Elfo; pero Elrond estaba lejos, y Sauron se volvió hacia el norte y marchó hacia Eregion. Los exploradores y la vanguardia del ejército de Sauron ya estaban cerca, cuando Celeborn hizo una salida y los rechazó; pero, aunque llegó a unirse a las fuerzas de Elrond, no les fue posible volver a Eregion, pues las huestes de Sauron eran mucho más numerosas, suficientes tanto para mantenerlos a distancia como para cercar Eregion.[1]

1697 – EREGION ASOLADO. MUERTE DE CELEBRIMBOR. LAS PUERTAS DE MORIA SE CIERRAN. ELROND SE RETIRA CON LOS SUPERVIVIENTES DE LOS NOLDOR Y FUNDA EL REFUGIO DE IMLADRIS

Por fin los atacantes irrumpieron en Eregion destruyendo y devastando, y se apoderaron del principal objetivo del ataque de Sauron: la Casa de los Mírdain, donde se encontraban las herrerías y sus tesoros. Celebrimbor, desesperado, resistió personalmente a Sauron en la escalinata frente a las grandes puertas de los Mírdain; pero lo atraparon y lo llevaron cautivo, y la casa fue saqueada. Allí Sauron se apoderó de los Nueve Anillos y algunos otros trabajos de los Mírdain; pero los Siete y los Tres, no pudo encontrarlos. Entonces Celebrimbor fue sometido a tormento, y Sauron averiguó por él dónde habían sido guardados los Siete. Esto lo reveló Celebrimbor porque para él ni los Siete ni los Nueve valían tanto como los Tres; los Siete y los Nueve habían sido creados con la ayuda de Sauron, mientras que los Tres los había hecho él solo, con un poder y un propósito diferentes. Sobre los

Tres Anillos, Sauron no pudo arrancarle nada a Celebrimbor; e hizo que lo mataran. Pero alcanzó a adivinar la verdad, que los Tres habían sido puestos al cuidado de guardianes elfos, y que éstos, por fuerza, no podían ser otros que Galadriel y Gil-galad.

Arrastrado por una cólera negra, volvió a la batalla; y llevando como estandarte el cadáver de Celebrimbor colgado de una pértiga, atravesado de las flechas de los Orcos, se volvió sobre las fuerzas de Elrond. Elrond había reunido a los pocos Elfos de Eregion que habían conseguido escapar, pero no bastaban para resistir el ataque. Hubiera sido aplastado sin duda si el ejército de Sauron no hubiera sido atacado por la retaguardia; porque Durin había enviado una fuerza de Enanos desde Khazad-dûm, y con ellos vinieron los Elfos de Lórinand conducidos por Amroth. Elrond logró librarse del ataque, pero tuvo que alejarse hacia el norte, y fue en ese tiempo [el año 1697 de acuerdo con «La Cuenta de los Años»] cuando construyó un refugio fortificado en Imladris (Rivendel). Sauron abandonó la persecución de Elrond, y se volvió contra los Enanos y los Elfos de Lórinand, a quienes obligó a retroceder; pero las Puertas de Moria se cerraron y no consiguió entrar. Desde entonces Sauron odió siempre a Moria, y los Orcos tuvieron orden de hostilizar a los Enanos cada vez que pudieran.[2]

1699 – SAURON ARRASA ERIADOR

Fue así que Sauron intentó conquistar Eriador: Lórinand podía esperar. Pero mientras él devastaba las tierras, matando o expulsando a todos los Hombres, que vivían allí en pequeños grupos, y persiguiendo a los Elfos que aún no se habían ido, muchos huyeron a engrosar las filas del ejército de Elrond en el norte. Ahora bien, el propósito inmediato de Sauron era apoderarse de Lindon, donde, según creía, parecía más probable que pudiera apoderarse de uno o más de los Tres Anillos; y por tanto convocó allí a sus fuerzas y marchó hacia el oeste, a la tierra de Gil-galad, asolando todo lo que encontraba. Pero sus fuerzas habían menguado, pues había tenido que dejar atrás un fuerte destacamento para contener a Elrond e impedirle que cayera sobre su retaguardia.[1]

Como consecuencia de esto, no solo se convirtió la gran ciudad de Khazad-dûm en morada de los Orcos de Sauron, los Enanos también despertaron a un Balrog debido a sus afanosas excavaciones. Muchos años más tarde, en el Concilio de Elrond, Glóin el Enano reflexionó sobre esta catástrofe en los siguientes términos: «Allí cavamos demasiado hondo, y despertamos el miedo sin nombre. Mucho tiempo han estado vacías esas grandes mansiones desde la huida de los niños de Durin (…) ningún Enano se ha atrevido a cruzar las puertas de Khazad-dûm durante muchas generaciones de Reyes, excepto Thrór, que pereció».[2]

Un antiguo lamento enano habla del esplendor perdido de Khazad-dûm:

El mundo era joven y las montañas verdes,
y aún no se veían manchas en la luna,
y los ríos y piedras no tenían nombre,
cuando Durin despertó y echó a caminar.
Nombró las colinas y los valles sin nombre;
bebió de fuentes ignoradas;
se inclinó y se miró en el lago Espejo,
y sobre la sombra de la cabeza de Durin
apareció una corona de estrellas
como joyas engarzadas en un hilo de plata.

El mundo era hermoso en los días de Durin,
en los Días Antiguos antes de la caída
de Reyes poderosos en Nargothrond y Gondolin
que desaparecieron más allá de los mares del oeste.
El mundo era hermoso y las montañas altas.

Fue Rey en un trono tallado
y en salas de piedra de muchos pilares,
y runas poderosas en la puerta,
de bóvedas de oro y de suelo de plata.
La luz del sol, la luna y las estrellas
en centelleantes lámparas de vidrio

que las nubes y la noche jamás se oscurecían
para siempre brillaban.

Allí el martillo golpeaba el yunque,
el cincel esculpía y el buril escribía,
se forjaba la hoja de la espada,
y se fijaban las empuñaduras;
cavaba el cavador, el albañil edificaba.
Allí se acumulaban el berilo, la perla
y el pálido ópalo y el metal en escamas,
y la espada y la lanza brillantes,
el escudo, la malla y el hacha.

Incansable era entonces la gente de Durin;
bajo las montañas despertaba la música;
los arpistas tocaban, cantaban los cantantes,
y en la puerta las trompetas sonaban.

El mundo es gris ahora y vieja la montaña;
el fuego de la forja es sólo unas cenizas;
el arpa ya no suena, el martillo no cae;
la sombra habita en las salas de Durin,
y la oscuridad ha cubierto la tumba
en Moria, en Khazad-dûm.
Pero todavía aparecen las estrellas ahogadas
en la oscuridad y el silencio del lago Espejo,
y hasta que Durin despierte de nuevo
en el agua profunda la corona descansa.[3]

1700 – TAR-MINASTIR ENVÍA UNA GRAN FLOTA DE NÚMENOR A LINDON. SAURON ES DERROTADO[1]

Ahora bien, durante largos años los Númenóreanos habían llevado sus barcos a los Puertos Grises, y eran allí bienvenidos. No bien Gil-galad empezó a temer que las tropas de Sauron avanzarían en guerra abierta sobre Eriador, envió mensajes a Númenor; y en las costas de Lindon los Númenóreanos prepararon un ejército y juntaron pertrechos de guerra. En 1695, cuando Sauron invadió Eriador, Gil-galad solicitó la ayuda de Númenor. Entonces Tar-Minastir, el Rey, envió una gran flota; pero el viaje se retrasó, y los barcos no llegaron a las costas de la Tierra Media hasta 1700. Para entonces, Sauron dominaba todo Eriador, salvo sólo la sitiada Imladris, y había llegado al río Lhûn. Había convocado otras fuerzas, que se aproximaban desde el sureste, y que estaban ya en Enedwaith en el Cruce de Tharbad, apenas defendido. Gil-galad y los Númenóreanos guardaban el Lhûn, en un intento desesperado de defender los Puertos Grises, cuando las grandes fuerzas de Tar-Minastir llegaron justo a tiempo; y las huestes de Sauron fueron derrotadas por completo y rechazadas. El almirante númenóreano Ciryatur ['Maestro de barcos'] envió parte de sus navíos a un punto de desembarco más hacia el sur.

Sauron fue rechazado hacia el sureste al cabo de una gran matanza en el Vado de Sarn (el cruce del Baranduin); y aunque otras tropas se le unieron en Tharbad, se encontró otra vez con un ejército númenóreano en la retaguardia, pues Ciryatur había desembarcado una gran fuerza en la desembocadura del Gwathló (Aguada Gris), «donde había un pequeño puerto númenóreano». [Éste era Vinyalondë de Tar-Aldarion, llamado después Lond Daer.] En la Batalla del Gwathló, la derrota de Sauron fue completa, y él mismo apenas logró escapar.[2]

1701 – SAURON ES EXPULSADO DE ERIADOR.
LAS TIERRAS OCCIDENTALES TIENEN PAZ
DURANTE MUCHO TIEMPO

Las escasas fuerzas que le quedaban [a Sauron] fueron atacadas en el este de Calenardhon, y él, acompañado únicamente por su guardia personal, huyó a la región llamada después Dagorlad (Llanura de la Batalla), y de allí, quebrantado y humillado, regresó a Mordor, y juró venganza contra Númenor. El ejército que sitiaba a Imladris, atrapado ente Elrond y Gil-galad, fue completamente destruido. Ya no quedaban más enemigos en Eriador, pero la mayor parte de la tierra había quedado destrozada y arruinada.

Por este tiempo se celebró el primer Concilio, y se decidió en él que se mantendría una fortaleza élfica al este de Eriador, antes en Imladris que en Eregion. Por ese tiempo también, Gil-galad dio Vilya, el Anillo Azul, a Elrond, y lo designó como vicerregente de Eriador; pero el Anillo Rojo lo conservó, hasta que se lo dio a Círdan cuando partió de Lindon en los días de la Última Alianza. Durante muchos años las Tierras del Oeste tuvieron paz y tiempo para curar sus heridas.

Se dice de Galadriel que en este tiempo creció en ella un fuerte «anhelo por el mar».

(Aunque [Galadriel] pensaba que debía permanecer en la Tierra Media en tanto que Sauron no estuviera definitivamente vencido), decidió abandonar Lórinand e ir a vivir cerca del mar. Dejó Lórinand a cargo de Amroth, y pasando nuevamente por Moria con Celebrían, llegó a Imladris en busca de Celeborn. Allí, según parece, lo encontró, y allí vivieron juntos largo tiempo; y fue entonces cuando Elrond vio por primera vez a Celebrían y se enamoró de ella, aunque no dijo nada.

Y mientras Galadriel se encontraba en Imladris, se celebró el Concilio ya mencionado. Pero algo después [no hay indicación de fecha] Galadriel y Celeborn, junto con Celebrían, abandonaron Imladris y se dirigieron a las tierras poco habitadas que se extienden entre la desembocadura del Gwathló y Ethir Anduin. Allí vivieron en Belfalas, en el lugar que se llamó después Dol Amroth; allí a veces los visitó Amroth, su hijo, y los Elfos nandorin de Lórinand engrosaron sus filas. Galadriel no volvió allí hasta muy avanzada la Tercera Edad (cuando Amroth se perdió, y el peligro amenazó a Lórinand), en el año 1981.[1]

1731 – REYES Y REINAS DE NÚMENOR XI:

Tar-Minastir

Nacimiento: 1474 SE; Muerte: 1873 SE (a la edad de 399)

Reinado: 1731-1869 SE (138 años)

Tenía este nombre porque levantó una alta torre sobre la colina de Oromet, cerca de Andúnië y las costas occidentales, y allí pasaba largo tiempo contemplando el oeste. Porque la nostalgia había crecido en el corazón de los Númenóreanos. Amaba a los Eldar, pero los envidiaba. Él fue quien envió una gran flota para ayudar a Gil-galad en la primera guerra contra Sauron.

c. 1800 – DESDE ESTE MOMENTO EN ADELANTE,
LOS NÚMENÓREANOS COMIENZAN A ESTABLECER
SUS ASENTAMIENTOS EN LAS COSTAS.
SAURON EXTIENDE SU PODER HACIA EL ESTE.
LA SOMBRA CAE SOBRE NÚMENOR

Los Númenóreanos habían conocido el placer del poder en la Tierra Media, y desde entonces en adelante establecieron colonias permanentes en las costas occidentales, y se hicieron allí poderosos, y Sauron no intentó avanzar hacia el oeste de Mordor durante largo tiempo.[1]

Los Númenóreanos se habían convertido por entonces en grandes marineros, habían explorado todos los mares hacia el este y empezaban a añorar las aguas prohibidas del Occidente; y cuanto más dichosa era su vida, tanto más deseaban la inmortalidad de los Eldar.[2]

1869 – REYES Y REINAS DE NÚMENOR XII:

Tar-Ciryatan

Nacimiento: 1634 SE; Muerte: 2035 SE (a la edad de 401)

Reinado: 1869-2029 SE (160 años)

El primer signo de la sombra que habría de caer sobre ellos apareció en los días de Tar-Minastir, undécimo Rey (…)[3]

[Su hijo, Ciryatan,] despreció las nostalgias de su padre, y calmó su propia inquietud emprendiendo viajes hacia el este, el norte y el sur, hasta que obtuvo el cetro. Se dice que obligó a su padre a cedérselo antes de que él lo considerara oportuno. Y de este modo (se dice) apareció la primera manifestación de la Sombra en la dicha de Númenor. [Tar-Ciryatan] hizo construir una gran flota de barcos reales, y sus sirvientes le trajeron grandes cantidades de metales y de piedras preciosas, y oprimieron a los hombres de la Tierra Media.[4]

Además, después de Minastir, los Reyes se hicieron codiciosos, y buscaban la riqueza y el poder. En un principio los Númenóreanos habían llegado a la Tierra Media como maestros o amigos de los Hombres menos afortunados, afligidos por Sauron; pero luego sus puertos se convirtieron en fortalezas, y dominaron vastas tierras costeras. Atanamir y sus sucesores impusieron altos tributos, y los barcos de los Númenóreanos volvían cargados de botín.[5]

Estas cosas sucedieron en los días de Tar-Ciryatan el Carpintero de Barcos, y de Tar-Atanamir, su hijo; y eran hombres de mucho orgullo, y codiciosos, e impusieron tributo a los hombres de la Tierra Media, tomando ahora, antes que dando.[6]

2029 – REYES Y REINAS DE NÚMENOR XIII:

Tar-Atanamir el Grande

Nacimiento: 1800; Muerte: SA 2221 (a la edad 421)

Reinado: 2029-2221 SE (192 años)

Mucho se dice de este Rey en los Anales que sobrevivieron a la Caída. Porque era, como su padre, orgulloso y sediento de riquezas, y los Númenóreanos que lo servían exigieron alto tributo a los hombres de las costas de la Tierra Media. En sus días la Sombra descendió sobre Númenor; y el Rey, y otros que lo seguían, criticaban abiertamente la prohibición de los Valar, y se volvieron contra los Valar y los Eldar.[7]

Fue Tar-Atanamir quien primero habló abiertamente en contra de la Prohibición y declaró que la vida de los Eldar le pertenecía por derecho. Así, la Sombra creció y el pensamiento de la muerte oscurecía el corazón de la gente.[8]

Ahora bien, [el anhelo de los Númenóreanos] crecía con los años; y [ellos] empezaron a mirar con deseo la ciudad inmortal que asomaba en la distancia; y el sueño de una vida perdurable, para escapar de la muerte y del fin de la alegría, se fortaleció en ellos; y a medida que crecían en poder y en gloria, estaban más intranquilos. Y aunque los Valar habían recompensado a los Dúnedain con una larga vida, no podían quitarles la fatiga del mundo que sobreviene al fin, y morían, aun los Reyes de la simiente de Eärendil; y tenían una vida breve ante los ojos de los Eldar. Así fue que una sombra cayó sobre ellos: en la que tal vez obrara la voluntad de Morgoth que aún operaba en el mundo. Y los Númenóreanos empezaron a murmurar, en secreto al principio, y luego con palabras manifiestas, en contra del destino de los Hombres, y sobre todo contra la Prohibición que les impedía navegar hacia el Oeste.

Y decían entre sí:

—¿Por qué los Señores del Oeste disfrutan de una paz imperecedera, mientras que nosotros tenemos que morir e ir a no sabemos dónde, abandonando nuestros hogares y todo cuanto hemos hecho? Y los Eldar no mueren, aun los que se rebelaron contra los Señores. Y puesto que hemos dominado todos los mares, y no hay aguas que resistan nuestros barcos, por anchas y salvajes que sean, ¿por qué no podemos ir a Avallónë y saludar allí a nuestros amigos?

Y había otros que decían:

—¿Por qué no podemos ir a Aman y saborear allí, aunque fuera solo un día, la bienaventuranza de los Poderes? ¿Acaso no somos ya importantes entre los pueblos de Arda?

Los Eldar transmitieron estas palabras a los Valar, y Manwë se entristeció, pues veía que una nube se cernía ahora sobre el mediodía de Númenor. Y envió mensajeros a los Dúnedain, que hablaron gravemente con el Rey, y a todos cuantos estaban dispuestos a escucharlos, acerca del destino y los modos del mundo.

—El Destino del Mundo —dijeron— sólo uno puede cambiarlo, el que lo hizo. Y si navegarais de tal manera que, burlando todos los engaños y las trampas, llegaseis en verdad a Aman, el Reino Bendecido, de escaso provecho os sería. Porque no es la tierra de Manwë lo que hace inmortal a la gente, sino que la Inmortalidad que allí habita ha santificado la tierra; y allí os marchitaríais y os fatigaríais más pronto, como las polillas bajo una luz demasiado fuerte y constante.

Pero el Rey le preguntó:

— ¿Y no vive acaso Eärendil, mi antepasado? ¿O no está en la Tierra de Aman?

A lo cual ellos respondieron:

— Sabéis que tiene un destino aparte, y fue adjudicado a los Primeros Nacidos, que no mueren; pero también se ha ordenado que nunca pueda volver a las tierras mortales. Mientras que vos y vuestro pueblo no sois de los Primeros Nacidos, sino Hombres mortales, como os hizo Ilúvatar. Parece sin embargo que deseáis los bienes de ambos linajes, navegar a Valinor cuando se os antoje y volver a vuestras casas cuando os plazca. Eso no puede ser. Ni pueden los Valar quitar los dones de Ilúvatar. Los Eldar, decís, no son castigados, y ni siquiera los que se rebelaron mueren. Sin embargo, eso no es para ellos ni recompensa ni castigo, sino el cumplimiento de su ser. No pueden escapar, y están sujetos a este mundo para no abandonarlo jamás mientras dure, pues tienen su propia vida. Y vosotros sois castigados por la rebelión de los Hombres, decís, en la que poco participasteis. Pero en un principio no se pensó que eso fuera un castigo. De modo que vosotros escapáis y abandonáis el mundo y no estáis sujetos a él, con esperanza o con fatiga. ¿Quién por lo tanto tiene que envidiar a quién?

Y los Númenóreanos respondieron:

— ¿Por qué no hemos de envidiar a los Valar o aun al menor de los Inmortales? Pues a nosotros se nos exige una confianza ciega y una esperanza sin garantía, y no sabemos lo que nos aguarda en el próximo instante. Pero también nosotros amamos la Tierra y no quisiéramos perderla.

Entonces los mensajeros dijeron:

—En verdad los Valar no conocen qué ha decidido Ilúvatar sobre vosotros, y él no ha revelado todas las cosas que están por venir. Pero esto sabemos de cierto: que vuestro hogar no está aquí, ni en la Tierra de Aman, ni en ningún otro sitio dentro de los Círculos del Mundo. Y el Destino de los Hombres, que han de abandonar el Mundo, fue en un principio un don de Ilúvatar. Se les convirtió en sufrimiento sólo porque los cubrió la sombra de Morgoth y les pareció que estaban rodeados por una gran oscuridad, de la que tuvieron miedo; y algunos se volvieron obstinados y orgullosos, y no estaban dispuestos a ceder, hasta que la vida les abandonara por la fuerza. Nosotros, que soportamos la carga siempre creciente de los años, no lo comprendemos claramente; pero si ese dolor ha vuelto a perturbaros, como decís, tememos que la Sombra se levante una vez más y crezca de nuevo en vuestros corazones. Por tanto, aunque seáis los Dúnedain, los más hermosos de los Hombres, que escapasteis de la Sombra de antaño y luchasteis valientemente contra ella, os decimos: ¡Cuidado! No es posible oponerse a la voluntad de Eru; y los Valar os piden gravemente mantener la confianza en aquello a que estáis llamados, no sea que pronto se convierta otra vez en una atadura y os sintáis constreñidos. Tened más bien esperanzas de que el menor de vuestros deseos dará su fruto. Ilúvatar puso en vuestros corazones el amor por Arda, y él no siembra sin propósito. No obstante, muchas edades de Hombres aún no nacidos pueden transcurrir antes de que ese propósito se dé a conocer; y a vosotros os será revelado y no a los Valar.

Fue a Tar-Atanamir al que hablaron los mensajeros; y era el decimotercer Rey, y en sus días el Reino de Númenor tenía más de dos mil años y había alcanzado el cénit de la bienaventuranza, si aún no su máximo poder.

Pero a Atanamir le disgustó el consejo de los Mensajeros y le hizo poco caso, y la mayor parte de su pueblo lo imitó porque deseaban escapar a la muerte mientras aún estaban con vida, sin dejar nada a la esperanza. Y Atanamir vivió hasta muy avanzada edad, aferrándose a la existencia más allá del fin de toda alegría; y fue en esto el primero de los Númenóreanos, rehusándose a partir hasta que perdió el juicio y la virilidad, y negando a su hijo la corona del reino en el tiempo adecuado. Porque los Señores de Númenor acostumbraban casarse tarde, y partían y dejaban el mandato a sus hijos cuando éstos alcanzaban la edad de la plenitud, de cuerpo y de mente.[9]

[Así, Tar-Atanamir] fue también llamado el Renuente, por ser el primero de los Reyes que rehusó a dejar la vida o renunciar al cetro; y vivió hasta que la muerte se lo llevó por la fuerza en plena decrepitud.[10]

En esta Edad, como se cuenta en otra parte, Sauron se alzó de nuevo en la Tierra Media, y creció y retomó el mal en que Morgoth lo había criado, ganando en poder mientras lo servía. Ya en los días de Tar-Minastir, el undécimo Rey de Númenor, había fortificado la tierra de Mordor y había construido la Torre de Barad-dûr, y en adelante luchó siempre por el dominio de la Tierra Media, para convertirse en el Rey de Reyes y en un dios para los Hombres. Y Sauron odiaba a los Númenóreanos a causa de los hechos de sus padres y de su antigua alianza con los Elfos y su fidelidad a los Valar; tampoco olvidaba la ayuda que Tar-Minastir había prestado a Gil-galad tiempo atrás, cuando el Anillo Único fue forjado y hubo guerra entre Sauron y los Elfos en Eriador. Ahora se enteró de que el poder y el esplendor de los Reyes de Númenor habían aumentado; y los odió todavía más; y tuvo miedo de que invadieran sus territorios y le arrebataran el dominio del Este. Pero por largo tiempo no se atrevió a desafiar a los Señores del Mar, y se retiró de las costas.[11]

2251 – MUERTE DE TAR-ATANAMIR.
TAR-ANCALIMON TOMA EL CETRO. COMIENZA
LA REBELIÓN Y LA DIVISIÓN DE LOS NÚMENÓREANOS.
EN ESTA ÉPOCA APARECEN POR PRIMERA VEZ
LOS NAZGÛL, O ESPECTROS DEL ANILLO,
ESCLAVOS DE LOS NUEVE ANILLOS

REYES Y REINAS DE NÚMENOR XIV:

Tar-Ancalimon

Nacimiento: 1986 SE; Muerte: 2386 SE (a la edad de 400)
Reinado: SA 2221-2386 (165 años)

Entonces Tar-Ancalimon, hijo de Atanamir, fue el Rey, y era de igual temple; y en sus días el pueblo de Númenor se dividió. La mayor de las dos partes fue llamada los Hombres del Rey, y eran gente orgullosa, y se apartaban de los Eldar y los Valar. Y la parte menor se llamó los Elendili, los Amigos de los Elfos, porque, aunque en verdad se mantenían fieles al Rey y a la Casa de Elros, deseaban conservar la amistad de los Eldar, y escucharon el consejo de los Señores del Oeste. No obstante, ni siquiera ellos, que se daban a sí mismos el nombre de los Fieles, escaparon por entero a la aflicción común, y la idea de la muerte los perturbaba.

De este modo la bienaventuranza de Oesternesse menguó; aunque continuó aumentando en poder y esplendor. Porque los Reyes y el pueblo no habían perdido aún el buen juicio, y si ya no amaban a los Valar, al menos aún los temían; y no se atrevían a quebrantar abiertamente la Prohibición ni a navegar más allá de los límites que habían sido designados. Los altos navíos iban todavía hacia el este. Pero el miedo que tenían a la muerte era cada vez mayor, y la retrasaban por cualquier medio que estuviera a su alcance; y empezaron a construir grandes casas para los muertos, mientras que los hombres sabios trabajaban incesantemente tratando de descubrir el secreto de la recuperación de la vida, o al menos la prolongación de los días de los Hombres. No obstante, sólo alcanzaron el arte de preservar incorrupta la carne muerta de los Hombres, y llenaron toda la tierra de tumbas silenciosas en las que la idea de la muerte se confundía con la oscuridad.[2]

Y algunos promulgaban que había una tierra de sombras con los espectros de las cosas que habían conocido y amado en las tierras mortales, y que a ella acudirían los muertos ensombrecidos con las sombras de sus posesiones.[3]

Pero los que vivían se volcaban con mayor ansia al placer y a las fiestas, siempre codiciando más riquezas y bienes; y después de los días de Tar-Ancalimon, la ofrenda de las primeras cosechas a Eru fue desatendida, y los hombres iban rara vez al Santuario en las alturas de Meneltarma, en medio de la tierra.[4]

Muchos de los Hombres del Rey empezaron a dejar de hablar las lenguas élficas y ya no se las enseñaron a sus hijos. Pero los títulos reales seguían todavía designándose en quenya, más por costumbre que por amor, ya que temían que el quebrantamiento de un viejo hábito acarreara desgracia.[5]

Pero Sauron agarró todos los Anillos de Poder que quedaban, y los repartió entre los otros pueblos de la Tierra Media, con la esperanza de tener así sometidos a todos los que desearan contar con un poder secreto, fuera de los alcances de su propia especie. Siete Anillos dio a los Enanos; pero a los Hombres les dio Nueve; porque en este asunto, al igual que en otros, le resultó más fácil someter a los Hombres a su voluntad.[6]

> En su carta a Milton Waldman, Tolkien escribiría: A lo largo del crepúsculo de la Segunda Edad, la Sombra crece en el este de la Tierra Media y avanza más y más sobre los Hombres, que se multiplican a medida que los Elfos empiezan a debilitarse.[7]

Y Sauron pervertía con mucha facilidad todos los anillos que estaban bajo su poder, pues él mismo había tomado parte en su creación, y estaban malditos, y traicionaron al final a todos quienes los llevaban. Los Enanos demostraron ser muy firmes y nada dóciles; no soportan de buen grado el dominio de los demás, y es difícil saber lo que en verdad piensan, y tampoco se puede convertirlos en sombras. Sólo llevaban los anillos para la adquisición de riquezas; pero despertaron la ira y una abrumadora codicia de oro en sus corazones, cuyos efectos posteriores fueron suficientemente nocivos para servir a los propósitos de Sauron. Se dice que cada uno de los Siete Tesoros de los Reyes Enanos de antaño comenzó con un anillo de oro; pero hace ya mucho que todos esos tesoros fueron saqueados, y los dragones los devoraron, y de los Siete Anillos algunos fueron consumidos por el fuego y otros recuperados por Sauron.

Fue más fácil engañar a los Hombres. Los que llevaron los Nueve Anillos alcanzaron gran poder en su época; eran Reyes, hechiceros y guerreros de antaño. Ganaron riqueza y gloria, aunque al final los Anillos los consumieron. Parecía que para ellos la vida no tenía término, pero se les hacía insoportable. Podían andar, si así lo querían, sin que nadie de este mundo bajo el sol llegara a descubrirlos, y podían ver cosas en mundos invisibles para los hombres mortales; pero demasiado a menudo veían sólo los fantasmas y los engaños que Sauron les imponía. Y tarde o temprano, de acuerdo con la fuerza original de cada uno y con la buena o mala voluntad que habían tenido desde un principio, iban cayendo bajo el dominio del anillo que llevaban, y bajo la servidumbre del Único, que era propiedad de Sauron. Y se volvieron para siempre invisibles, salvo para el que llevaba el Anillo Regente, y entraron en el reino de las sombras. Eran ellos los Nazgûl, los Espectros del Anillo, los más terribles servidores del Enemigo; les acompañaba la oscuridad, y clamaban con las voces de la muerte.[8]

Sin embargo, Sauron fue siempre taimado, y se dice que entre los que sedujo con los Nueve Anillos, tres eran grandes señores de raza númenóreana.[9]

En *La Comunidad del Anillo*, Tolkien crea una vívida imagen de los Nazgûl, tales como aparecerían ante Frodo siglos más tarde, en la

Tercera Edad, cuando llevaba el Anillo Único en el dedo: «Tan negras eran [sus figuras] que parecían agujeros negros en la sombra oscura que los circundaba. Frodo creyó oír un débil siseo, como un aliento venenoso, y sintió que se le helaban los huesos. (...)

Aunque todo lo demás continuó como antes, distinto y sombrío, las sombras se hicieron terriblemente nítidas. Podía verlas ahora bajo las negras envolturas (...) En las caras blancas ardían unos ojos penetrantes y despiadados; bajo los mantos llevaban unas vestiduras largas y grises; yelmos de plata cubrían las cabelleras canosas, y las manos macilentas sostenían espadas de acero. Los ojos cayeron sobre Frodo y lo traspasaron, las figuras se precipitaron hacia él.»[10]

«Se dice que sus señores eran hombres de Númenor que se habían entregado a una maldad oscura; el Enemigo les había dado anillos de poder, y los había devorado: se habían convertido en espectros vivientes, terribles y nefastos.»[11]

2280 – UMBAR SE CONVIERTE EN UNA FORTALEZA IMPORTANTE DE NÚMENOR

2350 – SE CONSTRUYE PELARGIR. SE CONVIERTE EN EL PUERTO PRINCIPAL DE LOS NÚMENÓREANOS FIELES

Así fue como en aquel tiempo los Númenóreanos establecieron sus primeros asentamientos en las costas occidentales de las tierras antiguas; porque su propia tierra les parecía ahora empequeñecida, y no encontraban allí reposo ni contento, y deseaban ahora las riquezas y el dominio de la Tierra Media, puesto que les era negado el Oeste. Construyeron grandes puertos, y fuertes torres, y muchos moraron en ellas, pero eran ahora señores y amos y recolectores de tributos antes que ayudantes y maestros. Los vientos llevaban a los grandes barcos de los Númenóreanos, que volvían siempre cargados, y el poder y la majestad de los Reyes se acrecentaban, y bebían y celebraban fiestas y se vestían de plata y oro.

En todo esto los Amigos de los Elfos participaron muy poco. Sólo ellos iban ahora al norte y a la tierra de Gil-galad, conservando la amistad con los Elfos y ayudando en contra de Sauron; pero los Hombres del Rey avanzaban muy lejos hacia el sur, y aunque los señoríos y las fortalezas que construyeron dejaron muchas huellas en las leyendas de los Hombres, los Eldar nada sabían de ellos. Sólo recordaban Pelargir, pues allí estaba el puerto de los Amigos de los Elfos en la desembocadura de Anduin el Grande.[1]

Los Númenóreanos, que habían ido primero a la Tierra Media «buscando riquezas y dominio», fueron empujados a construir fortificaciones y defensas en sus regiones costeras como consecuencia de la incesante ambición de Sauron y la llegada de los Úlairi, tal y como se llaman los Nazgûl en quenya.

Y cuando se levantaron los Úlairi, que eran los Espectros del Anillo, sus sirvientes [de Sauron], y cuando consiguió acrecentar en exceso la fuerza del terror y el dominio que tenía sobre los Hombres, emprendió el asalto de las fortalezas de los Númenóreanos en las costas del mar.[2]

Los Amigos de los Elfos viajan sobre todo al noroeste, pero su fortaleza principal se encuentra en Pelargir, en las Bocas del Anduin. El Pueblo del Rey establece señoríos en Umbar y Harad y en muchos otros lugares de las costas de las Grandes Tierras.

Mientras tanto, Sauron amplía su dominio lentamente sobre gran parte de la Tierra Media; pero su poder se extiende hacia el este, puesto que los Númenóreanos resisten en las costas.[3]

En los años sucesivos se harían más profundas las divisiones entre los Númenóreanos conocidos como «el Pueblo del Rey» o «los Hombres del Rey» y aquellos que eran «Amigos de los Elfos» y conservaban una lealtad inquebrantable a los Eldar.

Los Reyes y sus seguidores fueron abandonando poco a poco el empleo de las lenguas Eldarin; y por último el vigésimo Rey tomó un nombre real de la lengua númenóreana, y se llamó a sí mismo Ar-Adûnakhôr, 'Señor del Occidente'. Esto les pareció a los fieles de mal agüero, porque hasta entonces sólo le habían dado ese título a uno de los Valar, o al mismo Rey Antiguo.[4]

Ahora bien, la codicia y el orgullo de Sauron crecieron, hasta volverse inmensurables, y decidió convertirse en el amo de todas las cosas de la Tierra Media, y destruir a los Elfos, y maquinar, si le era posible, la Caída de Númenor. No toleraba libertad ni rivalidad alguna, y se designó a sí mismo Señor de la Tierra. Aún podía llevar una máscara, con el fin de engañar a los Hombres, si así lo deseaba, con una apariencia sabia y hermosa. Pero prefería dominar por la fuerza y el miedo, si se lo permitían, y los que advirtieron cómo su sombra se extendía sobre el mundo lo llamaron el Señor Oscuro, y le dieron el nombre de Enemigo; y Sauron reunió otra vez bajo su poder a todas las criaturas malignas de los días de Morgoth que aún quedaban sobre la tierra o debajo de ella, y los Orcos le obedecían, y se multiplicaron como moscas. Así empezaron los Años Oscuros, que los Elfos llaman los Días de la Huida. En ese tiempo muchos Elfos de la Tierra Media huyeron a Lindon, y desde allí se fueron por el mar para no volver más; y muchos fueron destruidos por Sauron y sus servidores. Pero en Lindon, Gil-galad se mantenía firme, y Sauron no se atrevía aún a cruzar las Montañas de Ered Luin ni a atacar los puertos; y Gil-galad recibía ayuda de los Númenóreanos. En todos los demás lugares reinaba Sauron, y los que querían librarse de él se refugiaban en escondites protegidos de bosques y montañas, y el miedo los perseguía de continuo. En el este y el sur Sauron dominaba a casi todos los Hombres, que se volvieron fuertes en aquellos tiempos y levantaron ciudades y muros de piedra, y eran numerosos y feroces en la guerra y estaban armados de hierro. Para ellos Sauron era Rey y dios; y le tenían mucho miedo, porque rodeaba su morada con un círculo de llamas.[5]

2386 – REYES Y REINAS DE NÚMENOR XV:

Tar-Telemmaitë

Nacimiento: 2136 SE; Muerte: 2526 SE (a la edad de 390)
Reinado: 2386-2526 SE (140 años)

A partir de este momento, los Reyes gobernaban nominalmente desde la fecha de muerte de su padre hasta su propia muerte, aunque a menudo el poder real pasaba a sus hijos o consejeros; y los días de los descendientes de Elrond se hicieron más cortos bajo la Sombra. Se dice que el decimoquinto Rey de Númenor era llamado [Telemmaitë] ('Mano de Plata') debido a su amor por la plata, y ordenaba a sus servidores que le trajeran *mithril*.[6]

2526 – REYES Y REINAS DE NÚMENOR XVI:

Tar-Vanimeldë

Nacimiento: 2277 SE; Muerte: 2637 SE (a la edad de 360)
Reinado: 2526-2637 SE (111 años)

[Tar-Vanimeldë] fue la tercera Reina Gobernante (…). Prestaba poca atención a la gobernanza, ya que prefería la música y la danza; y el que gobernaba en su lugar era su marido Herucalmo, más joven que ella, pero descendiente en el mismo grado de Tar-Atanamir.

2637 – REYES Y REINAS DE NÚMENOR [USURPADOR]

Tar-Anducal (Herucalmo)

Nacimiento: 2286 SE; Muerte: 2657 SE (a la edad de 371)

Reinado: (ilegal) 2637-2657 SE (20 años)

Herucalmo tomó el cetro cuando murió su mujer, y se hizo llamar Tar-Anducal, impidiendo que su hijo Alcarin gobernase; aunque algunos no lo cuentan entre los Reyes en la Línea de los Reyes como el decimoséptimo, y pasan directamente a Alcarin.

2657 – REYES Y REINAS DE NÚMENOR XVII:

Tar-Alcarin

Nacimiento: 2406 SE; Muerte: 2737 SE (a la edad de 331)

Reinado: (legítimo) 2637-2737 SE (100 años)

(de facto) 2657-2737 SE (80 años)

Debido a la usurpación de poder de Herucalmo, su padre (el así llamado Tar-Anducal), Tar-Alcarin sólo gobernó como Rey durante ochenta años.

2737 – REYES Y REINAS DE NÚMENOR XVIII:

Tar-Calmacil (Ar-Belzagar)

Nacimiento: SA 2516; Muerte: SA 2825 (a la edad de 309)

Reinado: 2737-2825 SE (88 años)

Se dio ese nombre [Tar-Calmacil] porque en su juventud fue un gran capitán y conquistó vastas tierras a lo largo de las costas de la Tierra Media. De este modo avivó el odio de Sauron, quien no obstante se retiró y estableció su poder en el Este, lejos de las costas, en espera de su oportunidad. En los días de Tar-Calmacil el nombre del Rey se pronunció por primera vez en adûnaico; y los Hombres del Rey lo llamaron Ar-Belzagar.

2825 – REYES Y REINAS DE NÚMENOR XIX:

Tar-Ardamin (Ar-Abattârik)

Nacimiento: 2618 SE; Muerte: 2899 SE (a la edad de 281)

Reinado: 2825-2899 SE (74 años)

Tar-Ardamin fue el último de los Reyes númenóreanos que tomó el cetro usando un nombre real basado en el quenya.[7]

2899 – AR-ADÛNAKHÔR TOMA EL CETRO

2899 – REYES Y REINAS DE NÚMENOR XX:

Ar-Adûnakhôr (Tar-Herunúmen)

Nacimiento: 2709 SE; Muerte: 2962 SE (a la edad de 253)
Reinado: 2899-2962 SE (63 años)

En aquellos días la Sombra se hizo más densa sobre Númenor; y las vidas de los Reyes de la Casa de Elros empezaron a menguar por causa de su rebelión, pero tanto más se les endureció el corazón en contra de los Valar. Y el decimonoveno Rey recibió el cetro de sus padres y ascendió al trono con el nombre de Adûnakhôr, 'Señor del Oeste', y abandonó las lenguas élficas y prohibió que se emplearan delante de él. No obstante, en el Pergamino de los Reyes el nombre Herunúmen se inscribió en alto élfico, por causa de una antigua costumbre que los Reyes nunca quebrantaban del todo, para prevenir el infortunio. Ahora bien, este título pareció a los Fieles demasiado orgulloso, pues era el título de los Valar; y sus corazones fueron duramente puestos a prueba entre la lealtad a la Casa de Elros y la reverencia debida a los Poderes. Pero lo peor aún estaba por llegar.[1]

En este reinado dejaron de ser usadas las lenguas élficas y se prohibió que se enseñaran, pero los Fieles las hablaron en secreto; y a partir de entonces los barcos de Eressëa visitaron las costas occidentales de Númenor con menos frecuencia y en secreto.[2]

Y en verdad, Ar-Adûnakhor empezó a perseguir a los Fieles y a castigar a los que empleaban las lenguas élficas abiertamente; y los Eldar ya no fueron a Númenor.

No obstante, el poder y la riqueza de los Númenóreanos siguieron aumentando, pero la edad que alcanzaban iba decreciendo a medida que crecía el temor a la muerte, y la alegría los abandonó.[3]

2962 – REYES Y REINAS DE NÚMENOR XXI:

Ar-Zimrathôn (Tar-Hostamir)

Nacimiento: 2798 SE; Muerte: 3033 SE (a la edad de 235)

Reinado: 2962-3033 SE (71 años)

3033 – REYES Y REINAS DE NÚMENOR XXII:

Ar-Sakalthôr (Tar-Falassion)

Nacimiento: 2876 SE; Muerte: 3102 SE (a la edad de 226)

Reinado: 3033-3102 SE (69 años)

3102 – REYES Y REINAS DE NÚMENOR XXIII:

Ar-Gimilzôr (Tar-Telemnar)

Nacimiento: 2960 SE; Muerte: 3175 SE (a la edad de 215)
Reinado: 3102-3175 SE (73 años)[4]

Porque Ar-Gimilzôr, el [vigésimo tercer] Rey, fue el más grande de los enemigos de los Fieles. En sus días el Árbol Blanco fue desatendido y empezó a declinar; y prohibió por completo el empleo de las lenguas élficas, y castigaba a quienes daban la bienvenida a los barcos de Eressëa, que aún llegaban en secreto a las costas occidentales.[5]

No reverenciaba nada y jamás subía al Sagrario de Eru.[6]

Ahora bien, los Elendili [los Fieles] vivían principalmente en las regiones occidentales de Númenor; pero Ar-Gimilzôr ordenó a todos los que pudo descubrir de esa partida que abandonaran el oeste y fueran al este de la tierra; y allí eran vigilados. Y de este modo la principal morada de los Fieles en días posteriores estaba cerca de Rómenna; desde allí muchos navegaron a la Tierra Media en busca de las costas septentrionales, donde aún podían hablar con los Eldar en el reino de Gil-galad. Esto fue sabido por los Reyes, pero no lo impidieron, en tanto los Elendili partieran de aquellas tierras y no regresaran; porque deseaban poner fin a toda amistad entre su pueblo y los Eldar de Eressëa, a quienes llamaban los Espías de los Valar, esperando así poder ocultar a los Señores del Oeste todas sus empresas y designios. Pero Manwë se enteraba siempre de lo que hacían, y los Valar estaban enojados con los Reyes de Númenor, y ya no les dieron consejo ni protección; y los barcos de Eressëa no volvieron nunca más del poniente, y los puertos de Andúnië quedaron abandonados.

Los de más alto honor después de la casa de los Reyes eran los Señores de Andúnië, porque pertenecían a la estirpe de Elros, y descendían de Silmarien, hija de Tar-Elendil, el cuarto Rey de Númenor. Y estos señores eran leales a los Reyes, y los reverenciaban; y el Señor de Andúnië se contaba siempre entre los principales consejeros del cetro. No obstante, también desde un principio tuvieron un amor especial por los Eldar y reverencia por los Valar; y cuando la Sombra creció, ayudaron a los Fieles como les fue posible. Pero por mucho tiempo no se manifestaron abiertamente, sino que antes intentaron rectificar el corazón de los Señores del Cetro con más atinados consejos.

Había una señora, Inzilbêth, de renombrada belleza, hija de Lindórië, hermana de Eärendur, el Señor de Andúnië en los días de Ar-Sakalthôr, padre de Ar-Gimilzôr. Gimilzôr la tomó por esposa, aunque a ella esto le fue de poco agrado, porque en verdad era uno de los Fieles, como su madre le había enseñado; pero los Reyes y sus hijos se habían vuelto orgullosos y nadie podía oponerse a lo que ellos deseaban. No había amor entre Ar-Gimilzôr y su Reina, ni entre sus hijos. Inziladûn, el mayor, era como su madre en mente y cuerpo; pero Gimilkhâd, el menor, imitó a su padre, aunque era aún más obstinado y orgulloso. A él Ar-Gimilzôr le habría cedido el cetro y no al hijo mayor, si las leyes se lo hubieran permitido.[7]

3175 – ARREPENTIMIENTO DE TAR-PALANTIR. GUERRA CIVIL EN NÚMENOR

REYES Y REINAS DE NÚMENOR XXIV:

Tar-Palantir (Ar-Inziladûn) [1]

Nacimiento: 3035 SE; Muerte: 3255 SE (a la edad de 220)

Reinado: 3175-3255 SE (80 años)[2]

Pero cuando Inziladûn recibió el cetro, se dio un título en lengua élfica como antaño, y se llamó Tar-Palantir, pues veía lejos, tanto con los ojos como con la mente, y aun aquellos que lo odiaban temían sus palabras como las de quien conoce la verdad.[3]

Tar-Palantir lamentó la conducta de los Reyes que lo antecedieron y hubiera querido recobrar la amistad de los Eldar y los Señores del Oeste.[4]

Dio paz por un tiempo a los Fieles; y volvió a ascender en los días señalados al Santuario de Eru en el Meneltarma, que Ar-Gimilzôr había abandonado. Al Árbol Blanco cuidó otra vez con reverencia; y profetizó diciendo que cuando el árbol pereciese, también entonces llegaría a su fin la estirpe de los Reyes. Pero este arrepentimiento llegó demasiado tarde para que los Valar perdonaran la insolencia de los padres de Inziladûn, de la que no se arrepentía la mayor parte del pueblo. Y Gimilkhâd [el hermano del Rey] era fuerte y brutal, y [siguiendo el ejemplo de Ar-Gimilzôr], tomó el liderazgo de los que habían sido llamados los Hombres del Rey, y [...]a veces se oponía a la voluntad de su hermano incluso abiertamente, y aún más en secreto. De este modo, la pena oscureció los días de Tar-Palantir; y solía pasar gran parte del tiempo en el oeste, y allí a menudo subía a la antigua Torre del Rey Minastir sobre la colina de Oromet, cerca de Andúnië, desde donde miraba hacia el oeste con nostalgia, quizás esperando ver alguna vela sobre el mar. Pero ningún barco vino ya nunca desde el Oeste a Númenor, y las nubes velaban Avallónë.[5]

Gran parte del tiempo lo pasaba en Andúnië, ya que Lindórië, la madre de su madre, era pariente de los Señores, hermana en verdad de Eärendur, el decimoquinto Señor y abuelo de Númendil, que fuera Señor de Andúnië en los días de Tar-Palantir, su primo.[6]

[El hermano de Tar-Palantir] Gimilkhâd murió dos años antes de cumplir los doscientos (muerte temprana para alguien del linaje de Elros, incluso en su decadencia), pero esto no trajo paz al Rey. Porque Pharazôn hijo de Gimilkhâd [...] era ahora un hombre aún más inquieto y más codicioso de riquezas y poder que su propio padre.[7]

[Ar-Pharazôn] era un hombre de gran belleza y fuerza/estatura, parecido a los primeros Reyes, y de hecho en su juventud se asemejaba a los antiguos Edain también en temple, aunque tenía más [valor y] fuerza de voluntad que sabiduría, como después se vio, cuando fue corrompido por los consejos de su padre y la aclamación de su pueblo. En sus primeros días era muy amigo de Amandil, que después fue Señor de Andúnië, y amaba al pueblo de la Casa de Valandil, con quien estaba emparentado (a través de Inzilbeth, la madre de su padre). Era su huésped con frecuencia, y también los visitaba Zimraphel [...], su prima, hija de Inziladûn, que después fue el Rey Tar-Palantir.[8]

Ahora bien, Zimraphel, a quien su padre llamo Míriel, hija única de Tar-Palantir, era una mujer de gran belleza, de menor [? ...estatura] que la mayoría de las mujeres de aquella tierra, ojos brillantes (...). Era un año mayor que Pharazôn, pero parecía menor (...).

Elentir, el hermano de Amandil, la amaba, pero cuando vio a Pharazôn (...) en el esplendor de su juventud (...) y cuando saludaron a Pharazôn en las escaleras de la casa (...) los ojos y el corazón de ella se volvieron hacia él, por causa de su belleza y también de su riqueza.

[Y Pharazôn] se marchó y Zimraphel permaneció soltera.[9]

[Pharazôn] había estado fuera a menudo, como jefe de las guerras que los Númenóreanos libraban en las costas de la Tierra Media con la intención de extender su dominio sobre los Hombres; y de ese modo había ganado gran renombre como capitán, tanto en el mar como en la tierra. Por tanto, cuando regresó a Númenor, y la gente se enteró de la muerte de su padre, los corazones de todos se volcaron hacia Tar-Palantir; porque traía consigo grandes riquezas, y era por ese entonces pródigo en dádivas.[10]

Y sucedió que los pesares fatigaron a Tar-Palantir, que al fin murió. [Se había casado tarde y no tenía ningún hijo] no tenía hijos, sino sólo una hija [nacida en el año 3117], a la que había llamado Míriel en lengua élfica; y por derecho propio y por las leyes de los Númenóreanos a ella le correspondió el cetro. Pero Pharazôn la tomó por esposa contra la voluntad de ella, e hizo mal en esto, e hizo mal también porque las leyes de Númenor no permitían el matrimonio, ni siquiera en la casa real, entre parientes más cercanos que primos en segundo grado. Y cuando se celebró la boda, él se apoderó del cetro y adoptó el título de Ar-Pharazôn (Tar-Calion en lengua élfica); y el nombre de la Reina lo cambió por el de Ar-Zimraphel.

3255 – AR-PHARAZÔN EL DORADO TOMA
EL CETRO POR LA FUERZA

REYES Y REINAS DE NÚMENOR:

Tar-Míriel (Ar-Zimraphel)

Nacimiento: 3117 SE

Murió en la caída: 3319 SE (a la edad de 202)

Reinado: Aunque fuera legalmente la vigesimoquinta soberana de Númenor, no sucedió a su padre por haber cedido el cetro a Ar-Pharazôn.

Sería Reina Gobernante por un breve período en el año 3319 SE, entre la partida de la Armada de Ar-Pharazôn para atacar Valinor y el hundimiento final de Númenor.

3255 – REYES Y REINAS DE NÚMENOR XXV:

Ar-Pharazôn (Tar-Calion)

Nacimiento: 3118 SE;

Murió en la Caída: 3319 SE (a la edad de 201)

Reinado (por usurpación): 3255-3319 SE (64 años)

De todos cuantos tuvieron el cetro de los Reyes del Mar desde la fundación de Númenor, el más poderoso y el más orgulloso fue Ar-Pharazôn el Dorado, y veinticuatro Reyes y Reinas habían regido a los Númenóreanos en tiempos anteriores, y dormían ahora en sus tumbas profundas bajo el monte de Meneltarma, tendidos en lechos de oro.[1]

No deseaba nada menos que llegar a gobernar al mundo.[2]

Sólo los Elendili ['Amigos de los Elfos', 'Los Fieles'] no se subordinaron a [Ar-Pharazôn] y se atrevían a hablar en contra de sus deseos, y en aquel entonces todo el mundo sabía que Amandil, el Señor de Andúnië, era el jefe del grupo, aunque no se decía abiertamente. Por tanto, Ar-Pharazôn persiguió a los Fieles, despojándolos de todas sus riquezas, y privó de sus señoríos a los herederos de Valandil.[3]

Entonces tomó Andúnië y la convirtió en el puerto principal de los barcos del Rey, y a Amandil, el Señor, le ordenó que se fuera a vivir a Rómenna. Sin embargo, no lo molestó más, ni lo echó de su Consejo. Porque en los días de su juventud (antes de que su padre lo corrompiera) Amandil había sido un buen amigo suyo.[4] Y Amandil también era amado por mucha gente que no pertenecía a los Elendili.[5]

Describiendo el cambio que había sobrevenido a los Númenóreanos, J. R. R. Tolkien escribió en su carta a Milton Waldman, redactada en 1951:[6]

Entretanto, *Númenor* ha crecido en riqueza, sabiduría y gloria bajo el linaje de grandes Reyes de larga vida, descendientes directos de Elros, el hijo de Eärendil, hermano de Elrond. *La Caída de Númenor*, la Segunda Caída del Hombre (o el Hombre rehabilitado, pero todavía mortal), es causa del final catastrófico no sólo de la Segunda Edad, sino del Viejo Mundo, el mundo primordial de la leyenda (concebido plano y limitado). Después de lo cual empezó la Tercera Edad, una Edad Crepuscular, un Médium Aevum, el primero del mundo quebrantado y cambiado; el último del prolongado dominio de Elfos visibles, plenamente encarnados, y también el último en el que el Mal asume una única forma dominante encarnada.

La Caída [que sigue] es en parte el resultado de una debilidad interior de los Hombres, consecuencia, si se quiere, de la primera Caída (sin registro en estos cuentos), sobre la que hubo arrepentimiento, pero no curación definitiva. ¡En la tierra es más peligrosa la recompensa que el castigo! La Caída es consecuencia de la astucia de Sauron, capaz de explotar esta debilidad. El tema central es (inevitablemente, creo, en una historia acerca de Hombres) una Proscripción, una Prohibición.

Los Númenóreanos moran apenas a la vista de la tierra «inmortal» del más extremo oriente, Eressëa; y como los únicos hombres que hablan una lengua élfica (aprendida en los días de su Alianza), están en constante comunicación con sus antiguos amigos y aliados, sea en la beatitud de Eressëa o en el reino de Gil-galad, en las costas de la Tierra Media. Se vuelven así, en apariencia y aun en las capacidades de la mente, apenas distinguibles de los Elfos, pero siguen siendo mortales, aunque recompensados por un triple, o aún más de un triple, número de años. Esta recompensa es su ruina o, al menos, el medio por el que son tentados. Su larga vida contribuye a los logros que obtienen en arte y sabiduría, pero alimenta la actitud posesiva que adquieren en relación con esas cosas, y se les despierta el deseo de disponer de más *tiempo* para disfrutar de ellas. Previendo esto en parte, los dioses impusieron a los Númenóreanos desde un principio la Proscripción de no navegar nunca hacia Eressëa, ni hacia el oeste hasta perder de vista su propia tierra. Podían ir a su gusto en cualquier otra dirección. No debían poner pie en las tierras «inmortales» y de ese modo enamorarse de una inmortalidad (en el mundo) que estaba en contra de la ley que los regía, el hado o el don especial de Ilúvatar (Dios), y que su naturaleza, de hecho, no podía soportar.*

Hay tres fases en su caída del estado de gracia. Primero, consentimiento, obediencia que es libre y voluntaria, aunque sin cabal comprensión. Luego, durante largo tiempo, obedecen de forma involuntaria, murmurando cada vez más abiertamente. Por último, se revelan, y se produce una pequeña fisura entre los rebeldes Hombres del Rey y la pequeña minoría de los Fieles perseguidos.

En la primera etapa, siendo hombres de paz, su coraje se consagra a los viajes por mar. Como descendientes de Eärendil, se

*. Se adopta el punto de vista (como claramente reaparece más tarde en el caso de los Hobbits que tienen el Anillo en su poder por un tiempo) de que cada «Especie» tiene sus esperanzas de vida, que se integran en su naturaleza biológica y espiritual. Ésta no puede *incrementarse* cualitativa o cuantitativamente; de modo que la prolongación en el tiempo es como estirar un alambre que se vuelve cada vez más tenso o «extender la mantequilla cada vez más delgada»: se convierte en un tormento intolerable.

convierten en supremos marineros, y por estar proscritos del Oeste, navegan hasta el máximo posible hacia el norte, el sur y el este. Sobre todo llegan a las costas occidentales de la Tierra Media, donde ayudan a los Elfos y a los Hombres en contra de Sauron e incurren en su odio imperecedero. En aquellos días llegaban al encuentro de los Hombres Salvajes casi como benefactores divinos, cargados de obras de arte y conocimientos, que se marchaban luego otra vez y dejaban tras de sí muchas leyendas de Reyes y dioses salidos del crepúsculo.

En la segunda etapa, durante los días de Orgullo y Gloria y de rencor por la Proscripción, empiezan a buscar la riqueza antes que la beatitud. El deseo de escapar de la muerte dio origen a un culto a los muertos, y prodigaron riqueza y arte sobre tumbas y monumentos recordatorios. Se asentaron entonces en las costas occidentales, pero éstas fueron más bien fortificaciones y «fábricas» de señores en busca de riqueza, y los Númenóreanos se convirtieron en recolectores de impuestos que transportaban por mar en sus grandes barcos cada vez mayor número de bienes. Los Númenóreanos empezaron la forja de armas y maquinarias.

Esta fase acabó, y empezó la última con el ascenso al trono del [vigesimoquinto] Rey del linaje de Elros, Tar-Calion el Dorado [Ar-Pharazôn], el más poderoso y orgulloso de todos los Reyes.

3261 – AR-PHARAZÔN SE HACE A LA MAR
Y DESEMBARCA EN UMBAR

Ahora bien, Sauron, que conocía las disensiones de Númenor, pensó cómo utilizarlas para cumplir su venganza. En consecuencia, empezó a atacar los puertos y las fortalezas de los Númenóreanos, e invadió las tierras costeras que se encontraban bajo su dominio. Tal como preveía, aquello despertó la gran ira del Rey, que decidió desafiar a Sauron el Grande por el dominio de la Tierra Media.[1]

Y los marineros de Númenor trajeron rumores de él. Algunos decían que era un Rey más grande que el Rey de Númenor; otros, que era uno de los Dioses o de sus hijos designado para gobernar en la Tierra Media. Unos pocos decían que era un espíritu maligno, quizás el mismo Morgoth, que había regresado. Pero esto fue tenido sólo por una fábula estúpida de los hombres salvajes. (...) Los Señores enviaron mensajes al Rey y hablaron a través de la boca de hombres sabios y le aconsejaron que no emprendiera tal misión; porque decían que Sauron obraría el mal si fuera a Númenor.[2]

Y sentado en el trono tallado de la ciudad de Armenelos, en el apogeo de su poder, las oscuras cavilaciones de Ar-Pharazôn se centraban en la guerra. Porque se había enterado en la Tierra Media de la fuerza del reino de Sauron y de cómo odiaba a Oesternesse.

Y acudieron a él capitanes del mar y de la tierra que regresaban del Este y le informaron de que Sauron estaba manifestando su poder y que ya acosaba las ciudades de las costas; y había adoptado ahora el título de Rey de los Hombres, y se disponía a arrojar a los Númenóreanos al mar, y aun destruir Númenor, si podía.

Grande fue la ira de Ar-Pharazôn al oír estas nuevas, y mientras meditaba largamente en secreto, se le encendió en el corazón un deseo de poder ilimitado, y de imponer su voluntad por encima de todos los demás. Y decidió sin pedir consejo a los Valar, ni recurrir a la ayuda de otra sabiduría que la propia, que él mismo reclamaría el título de Rey del Mundo, y que a Sauron lo convertiría en vasallo y sirviente; porque movido por el orgullo, Ar-Pharazôn pensaba que ningún Rey había de ser tan poderoso como para rivalizar con el Heredero de Eärendil. Por tanto, empezó en ese tiempo a forjar una gran cantidad de armas, y construyó muchos barcos de guerra y los guardó junto con las armas; [cinco años se preparó Ar-Pharazôn] y cuando todo estuvo dispuesto, él mismo se hizo a la mar con su flota hacia el Este.

Y los hombres vieron las velas [de Ar-Pharazôn] que asomaban en el poniente, teñidas de escarlata, resplandecientes de oro rojo, y los habitantes de las costas se amedrentaron, y huyeron lejos. Pero la flota llegó por último a ese sitio llamado Umbar, donde los Númenóreanos tenían un puerto poderoso, que no era obra de ninguna mano. Desiertas y en silencio estaban todas las tierras en derredor cuando el Rey del Mar avanzó sobre la Tierra Media. Durante siete días marchó con trompetas y estandartes, y llegó a una colina y subió a ella, y levantó allí su pabellón y su trono; y se sentó en medio, y las tiendas de las huestes se ordenaron alrededor, doradas y blancas y azules como un prado de flores altas. Entonces envió heraldos, y ordenó a Sauron que se presentara ante él y le jurara fidelidad.

Y Sauron acudió. Desde su poderosa torre de Barad-dûr acudió, pero no a presentar batalla. Porque advirtió que el poder y la majestad de los Reyes del Mar sobrepasaban todos los rumores, y que ni siquiera los más grandes de sus vasallos podrían hacerles frente; y se dio cuenta de que aún no había llegado el momento de imponer su voluntad a los Dúnedain. Y era taimado, muy hábil para salirse sutilmente con la suya cuando la fuerza no le valía. Así que se humilló ante Ar-Pharazôn y pronunció dulces palabras, y los hombres se asombraron, pues todo cuanto decía parecía justo y sabio.

Pero Ar-Pharazôn de momento no se dejó engañar, y se le ocurrió que para asegurarse mejor la fidelidad de Sauron tenía que llevarlo a Númenor, y que allí viviera como rehén del Rey y de todos sus sirvientes en la Tierra Media. A esto consintió Sauron como quien está obligado, pero en secreto se sintió complacido, pues en verdad encajaba con sus deseos.[4]

—Es este un destino cruel —dijo Sauron—, pero los grandes Reyes deben hacer su voluntad. —Y se sometió como por la fuerza, ocultando su deleite, pues las cosas habían sucedido según sus designios.[5]

3262 – SAURON ES TOMADO PRISIONERO
EN NÚMENOR; 3262–3310 SAURON SEDUCE AL REY
Y CORROMPE A LOS NÚMENÓREANOS

Con la esperanza de ganar por la astucia lo que no podía ganar por la fuerza[1] (...) Sauron cruzó el mar y contempló la tierra de Númenor y la ciudad de Armenelos en sus días de gloria y quedó perplejo; pero en lo íntimo de su corazón la envidia y el odio crecieron todavía más.

Sin embargo, tan astuto era de mente y de palabra, tan firmes sus propósitos ocultos, que antes de que hubieran pasado tres años se había convertido en el confidente más íntimo del Rey; pues tenía siempre en la lengua palabras dulces como la miel, y conocía muchas cosas que aún no habían sido reveladas a los Hombres.[2]

Ahora bien, Sauron tenía mucha sabiduría y conocimiento, y sabía encontrar las palabras aparentemente razonables que persuadían a todos salvo a los más cautos; y aún podía adoptar un aspecto hermoso cuando lo deseaba.

«Los grandes Reyes deben hacer su voluntad»: ése era el contenido de todos sus consejos; y de todo cuanto el Rey deseaba decía que le pertenecía por derecho, y trazaba planes para obtenerlo.[3]

Y al advertir el trato que el Rey le dispensaba, todos los consejeros empezaron a lisonjearlo, excepto uno, Amandil, Señor de Andúnië. Entonces, lentamente un cambio sobrevino en la tierra, y en el corazón de los Amigos de los Elfos hubo una gran perturbación, y muchos huyeron de miedo; y aunque quienes se quedaron se daban todavía el nombre de Fieles, sus enemigos los llamaron rebeldes. Porque ahora que Sauron tenía cerca los oídos de los hombres, contradecía con muchos argumentos todo lo que habían enseñado los Valar; e hizo que los hombres pensaran que, en el mundo, en el este y aun también en el oeste, había muchos mares y muchas tierras no conquistadas aún, en las que abundaban las riquezas. Y si llegaban aun al fin al extremo de esas tierras, encontrarían más allá la Antigua Oscuridad.

—Y de ella se hizo el mundo. Porque sólo la Oscuridad es digna de veneración, y el Señor Oscuro puede hacer otros mundos todavía, como dones para aquellos que lo sirven, de modo que el acrecentamiento de su poder no tendrá fin.

Ar-Pharazôn preguntó:

—¿Quién es el Señor Oscuro?

Entonces, tras las puertas cerradas Sauron habló al Rey, y mintió diciendo:

—Es aquel cuyo nombre no se pronuncia; porque los Valar os han engañado, proponiendo el nombre de Eru, un fantasma concebido en la locura de sus corazones con el fin de encadenar a los hombres y obligarlos a que los sirvan. Porque ellos mismos son el oráculo de Eru, que sólo dice lo que ellos quieren. Pero el verdadero Señor prevalecerá, y os liberará de este fantasma; y su nombre es Melkor, Señor de Todos, Dador de la Libertad, y él os hará más fuertes todavía que ellos.

Entonces Ar-Pharazôn se volvió a la veneración de la Oscuridad, y de Melkor, el Señor Oscuro, en secreto al principio, pero abiertamente y delante de todos poco después; y la mayoría del pueblo lo siguió. No obstante, quedaba aún un resto de Fieles, como se dijo, en Rómenna y en el campo cercano, y otros había aquí y allá en la tierra. El principal de ellos, al que acudieron en busca de consejo y coraje en los días aciagos, era Amandil, consejero del Rey; y también su hijo Elendil, padre de Isildur y Anárion, jóvenes por entonces de acuerdo con las cuentas de Númenor. Amandil y Elendil eran grandes capitanes de navío; y pertenecían al linaje de Elros Tar-Minyatur, pero no a la casa regente que heredaba la corona y el trono en la ciudad de Armenelos. En los días en que ambos eran jóvenes, Amandil había sido caro a Pharazôn, y aunque se contaba entre los Amigos de los Elfos, permaneció en el Consejo del Rey hasta la llegada de Sauron. Entonces fue destituido, pues Sauron lo odiaba más que a ningún otro en Númenor. Pero era tan noble y había sido un capitán de mar tan poderoso, que todavía lo honraban muchos del pueblo, y ni el Rey ni Sauron se atrevían a ponerle las manos encima.

Por tanto, Amandil se retiró a Rómenna, y a todos aquellos que parecían mantenerse fieles los convocó junto a él en secreto; porque temía que el mal creciera ahora de prisa, y que los Amigos de los Elfos estuviesen en peligro. Y así sucedió muy pronto. Porque el Meneltarma quedó totalmente desierto en aquellos días; y aunque ni siquiera Sauron se atrevía a mancillar el elevado sitio, el Rey no permitía que hombre alguno, bajo pena de muerte, lo ascendiera, ni siquiera aquellos de entre los Fieles que aún veneraban a Ilúvatar. Y Sauron instó al Rey a que cortara el Árbol Blanco, Nimloth el Bello, que crecía en el patio de la corte, porque estaba allí en recuerdo de los Eldar y de la Luz de Valinor.

En un principio el Rey no consintió, pues creía que la fortuna de la casa estaba ligada al Árbol, como lo había presagiado Tar-Palantir. Así, preso de la locura, él, que ahora odiaba a los Eldar y a los Valar, se aferraba en vano al último vestigio de la vieja lealtad de los Númenóreanos. Pero cuando Amandil se enteró de los malvados propósitos de Sauron, el corazón se le apenó, pues sabía que al final Sauron sin duda se saldría con la suya. Entonces habló con Elendil y con los hijos de Elendil, recordándoles la historia de los árboles de Valinor; e Isildur no dijo nada, pero salió por la noche y llevó a cabo una hazaña por la que más tarde tuvo renombre. Porque acudió disfrazado a Armenelos y a los patios del Rey, que estaban ahora prohibidos a los Fieles; y se acercó al sitio del Árbol, que estaba prohibido a todos por orden de Sauron, cuyos guardianes vigilaban el Árbol de noche y de día. En ese tiempo Nimloth se había oscurecido y no lucía flores, pues era el final del otoño y el invierno se acercaba; e Isildur pasó entre los guardianes y tomó un fruto del Árbol, y se volvió para marcharse. Pero los guardianes se dieron cuenta, y se le echaron encima, e Isildur se abrió camino luchando, recibiendo muchas heridas, y escapó, y como estaba disfrazado no llegó a saberse quién había puesto las manos en el Árbol. Pero Isildur llegó por fin a duras penas a Rómenna, y dejó el fruto en manos de Amandil antes de que las fuerzas le faltaran. Luego el fruto se plantó en secreto, y fue bendecido por Amandil; y un vástago salió de él y brotó en la primavera. Pero cuando se abrió la primera hoja, Isildur, que había yacido mucho tiempo próximo a la muerte, se incorporó, y las heridas no lo atormentaron más.

No se hizo esto demasiado pronto; porque después del ataque, el Rey cedió ante Sauron y derribó el Árbol Blanco, y se apartó entonces por entero de la fidelidad de sus padres. Pero Sauron logró que se levantara un poderoso templo en la colina en medio de la ciudad de los Númenóreanos, Armenelos la Dorada; y tenía forma de círculo en la base con un diámetro de quinientos pies, y allí las paredes eran de cincuenta pies de espesor, y se alzaban del suelo quinientos pies, y estaban coronadas por una gran cúpula, y esa cúpula estaba techada de plata y resplandecía al sol, de modo que la luz se divisaba desde lejos; pero pronto la luz se oscureció y la plata se ennegreció. Porque había un altar de fuego en medio del templo, y en la parte más alta de la cúpula había una reja, de donde salía una espesa humareda. Y el primer fuego sobre el altar lo encendió Sauron con leños de Nimloth, y éstos crepitaron y se consumieron; pero el humo que salió asombró a los hombres, y una nube cubrió la tierra durante siete días, hasta que lentamente se trasladó hacia el oeste.

En adelante el fuego y el humo subieron de continuo; porque el poder de Sauron crecía diariamente, y en este templo, con derramamiento de sangre y tormentos y gran maldad, los hombres hacían sacrificios a Melkor para que los librara de la Muerte. Y la mayoría de sus víctimas eran de los Fieles; aunque nunca se los acusaba abiertamente de que no veneraran a Melkor, el Liberador; antes motivaban el castigo por odio al Rey y rebelión contra él, o por haber conspirado contra el pueblo inventando venenos y mentiras. Estos cargos eran casi siempre falsos; no obstante, fueron días amargos, y el odio engendra más odio.

Pero a pesar de todo esto, la Muerte no abandonaba la tierra; en lugar de ello llegaba más pronto y con mayor frecuencia, y bajo muchas espantosas guisas. Porque antes los hombres envejecían lentamente, y por último se acostaban como para dormir, cuando al final estuviesen cansados del mundo; pero ahora en cambio eran asaltados por la enfermedad y la locura; y no obstante tenían miedo a morir y a salir a la oscuridad, el reino del señor que habían adoptado; y en su agonía se maldecían a sí mismos. Y entonces había hombres que se alzaban en armas, y se daban muerte unos a otros por una nadería; porque ahora montaban en cólera con facilidad, y Sauron y aquellos a los que él había sometido iban por la tierra sembrando la discordia entre las personas, de modo que el pueblo empezó a murmurar contra el Rey y los señores, o contra cualquiera que tuviera algo que ellos no tuvieran; y la venganza de los poderosos fue cruel.

No obstante, durante mucho tiempo les pareció a los Númenóreanos que prosperaban, y si no tenían más felicidad eran al menos más fuertes, y los ricos todavía más ricos. Porque con la ayuda y el consejo de Sauron, multiplicaron sus posesiones e inventaron máquinas y construyeron barcos cada vez más grandes. Y navegaban ahora con fuerzas y pertrechos de guerra a la Tierra Media, y ya no iban llevando regalos, ni siquiera acudían como soberanos, sino como feroces guerreros. Y perseguían a los Hombres de la Tierra Media y les arrebataban los bienes y los esclavizaban, y a muchos los mataban cruelmente en sus altares. Porque levantaban en sus fortalezas templos y grandes tumbas en aquellos días; y los hombres los temían, y el recuerdo de los bondadosos Reyes de antaño se borró y fue oscurecido por muchas historias de espanto.

De este modo Ar-Pharazôn, Rey de la Tierra de la Estrella, se convirtió en el tirano más poderoso del mundo desde el reinado de Morgoth, aunque Sauron era en verdad quien gobernaba todas las cosas a la sombra del Rey.[4]

Tan grande era su poder sobre los corazones de la mayor parte del pueblo que, de haberlo deseado, tal vez hubiera podido tomar el cetro; pero lo único que quería era llevar Númenor a la ruina. Por tanto, le dijo al Rey: «Sólo una cosa te falta para ser el Rey más grande del mundo, la vida imperecedera que los Poderes mentirosos te niegan por miedo y envidia en el Oeste. Pero los grandes Reyes toman lo que les corresponde por derecho». Y Ar-Pharazôn meditó sobre estas palabras, pero durante largo tiempo el miedo lo retuvo.[5]

Pero los años pasaron y el Rey sintió que la sombra de la muerte se aproximaba a medida que se alargaban los días; y el miedo y la cólera se apoderaron de él. Llegaba ahora la hora que Sauron había dispuesto y que llevaba mucho tiempo esperando. Y Sauron habló al Rey diciendo que era ya tan fuerte que bien podría imponer su voluntad en todo, sin estar sometido a prohibiciones o mandatos.

Y le dijo:

—Los Valar se han apoderado de la tierra donde no hay muerte; y te mienten sobre ella, ocultándola todo lo posible, por avaricia, y porque temen que los Reyes de los Hombres les arrebaten el reino inmortal y gobiernen el mundo en su lugar. Y aunque no cabe duda de que el don de la vida interminable no es para todos, sino sólo para quienes son dignos, como hombres de poder y de orgullo y de alto linaje, este don se le ha quitado contra toda justicia al Rey de Reyes, Ar-Pharazôn, el más poderoso de los hijos de la Tierra, con quien sólo Manwë puede ser comparado, y quizá ni siquiera él. Pero los grandes Reyes no toleran negativas y toman lo que se les debe.

Entonces Ar-Pharazôn, infatuado, y ya amenazado por la sombra de la muerte, pues el curso de sus días estaba acercándose al fin, escuchó a Sauron; y se puso a pensar en cómo hacer la guerra a los Valar.[6]

3310 – AR-PHARAZÔN INICIA LA CONSTRUCCIÓN DE LA GRAN ARMADA[1]

[Ar-Pharazôn] empezó a preparar una gran armada para atacar Valinor que superara la que había utilizado para tomar Umbar como un gran galeón de Númenor superaba la barca de un pescador.[2]

Dedicó mucho tiempo a la preparación de este designio, y no habló de sus planes abiertamente; no obstante, no podía ocultárselo a todos. Y Amandil, al advertir las intenciones del Rey, sintió tristeza y mucho miedo, pues sabía que los Hombres no podían vencer a los Valar, y la ruina caería sobre el mundo si esta guerra no se impedía. Por tanto, llamó a su hijo Elendil y le dijo:

—Los días se han oscurecido y ya no hay esperanzas en los Hombres, pues los Fieles son pocos. Por ello, estoy decidido a tomar el mismo rumbo que nuestro antepasado Eärendil tomó otrora, y navegaré hacia el Oeste, esté prohibido o no, y hablaré con los Valar, aun con el mismo Manwë si es posible, y le rogaré que nos ayude antes de que todo esté perdido.[3]

—¿Traicionarías entonces al Rey? —preguntó Elendil—. Porque sabes bien que se nos acusa de traidores y espías; falso cargo hasta el día de hoy.

—Si creyera que Manwë está necesitado de un mensajero semejante —dijo Amandil—, sí traicionaría al Rey. Porque existe sólo una lealtad a la que ningún hombre ha de renunciar, por causa alguna. Pero lo que pediría es clemencia para los Hombres y que se los libere de los engaños de Sauron, pues al menos algunos se han mantenido fieles. En cuanto a la Prohibición, yo solo sufriré las consecuencias, no sea que la culpa recaiga en todo mi pueblo.

—Pero ¿qué crees, padre mío, que les ocurrirá a los de tu casa cuando se sepa lo que has hecho?

—No ha de saberse —dijo Amandil—. Prepararé mi partida en secreto, y me haré a la mar hacia el este, a donde los barcos parten todos los días desde nuestros puertos; y ya allí, cuando el viento y la suerte lo permitan, volveré por el norte o por el sur hacia el oeste, y buscaré lo que pueda encontrar. Pero a ti y a los tuyos, hijo mío, os aconsejo que preparéis otros barcos, y pongáis a bordo todas aquellas cosas de las que vuestros corazones no puedan apartarse; y cuando los barcos estén preparados, os reuniréis en el puerto de Rómenna y diréis a los hombres, cuando llegue el momento oportuno, que vuestro propósito es seguirme hacia el este. Amandil ya no es tan caro a nuestro pariente en el trono como para que se lamente si intentamos partir, por una temporada o para siempre. Pero que no advierta que intentas llevar contigo un número crecido de hombres, o empezará a preocuparse a causa de la guerra que está planeando, para la que necesitará todas las fuerzas de que pueda disponer. Busca a los Fieles que son todavía sinceros y que se unan a ti en secreto si están dispuestos a partir contigo y a compartir tu misión.

—¿Y cuál será esa misión? —preguntó Elendil.

—No os mezcléis en la guerra y permaneced vigilantes —respondió Amandil—. No diré más hasta que regrese. Pero es muy probable que tengáis que huir de la Tierra de la Estrella sin estrella que os guíe; porque esa tierra está mancillada. Entonces perderéis todo lo que habéis amado, y tendréis un atisbo de la muerte en vida, mientras buscáis una tierra de exilio en otro sitio. Si en el este o en el oeste, sólo los Valar lo saben.

Entonces Amandil se despidió de todos los de su casa como quien va a morir.

—Porque —dijo— es muy posible que no volváis a verme; y que no os envíe una señal como la que Eärendil nos envió hace mucho tiempo. Pero permaneced atentos, pues el fin del mundo conocido se aproxima.

Se dice que Amandil se hizo a la mar por la noche, en una pequeña embarcación, y fue hacia el este, y luego dio media vuelta y navegó hacia el oeste. Y llevó consigo a tres sirvientes muy queridos, y nunca hubo noticia ni señal de ellos en este mundo, ni hay cuento ni conjetura sobre la suerte que corrieron. Los Hombres no podían ser salvados una segunda vez por una embajada semejante, y para la traición de Númenor no había absolución fácil.

Pero Elendil hizo todo lo que su padre le había mandado, y sus barcos permanecieron anclados en la costa oriental de la tierra; y los Fieles embarcaron a las esposas y a los hijos, y una gran cantidad de bienes. Y había entre ellos objetos bellos y poderosos, obras de los Númenóreanos realizadas en tiempos de sabiduría: vasijas y joyas, y rollos de ciencia escrita en escarlata y negro. Y también tenían Siete Piedras, regalo de los Eldar; pero en el barco de Isildur se guardaba el árbol joven, el retoño de Nimloth el Bello. Así Elendil permaneció atento, y no se mezcló en las malvadas acciones de aquellos días; y no dejaba de buscar una señal que no llegaba. Entonces navegó en secreto a las costas occidentales, y escrutaba el mar, dominado por el dolor y la nostalgia, pues tenía gran amor por su padre. Pero nada veía salvo las flotas de Ar-Pharazôn que se agrupaban en los puertos del oeste.

Ahora bien, antiguamente, en la isla de Númenor, el tiempo cambiaba de acuerdo siempre con las necesidades y el agrado de los Hombres: había lluvia en la estación oportuna y en la medida justa; y un sol resplandeciente, ora cálido, ora no tanto, y vientos que llegaban desde el mar. Y cuando el viento venía del oeste, a muchos les parecía que traía una fragancia, efímera pero dulce, que estremecía el corazón, como de flores que lucen para siempre en prados imperecederos y que no tienen nombre en las costas mortales. Pero todo esto había cambiado; porque el cielo mismo se había oscurecido y en aquellos días había tormentas de lluvia y granizo y vientos huracanados; y de vez en cuando una gran nave de los Númenóreanos naufragaba y no volvía a puerto, aunque semejante desgracia no había ocurrido hasta entonces desde el levantamiento de la Estrella. Y al atardecer venía a veces del oeste una gran nube que parecía un águila, con las puntas de las alas extendidas hacia el norte y el sur; y asomaba lentamente ocultando la puesta de sol, y entonces Númenor se sumía en la más negra de las noches. Y algunas de las águilas llevaban relámpagos bajo las alas, y el trueno resonaba entre el mar y las nubes.

Entonces los Hombres sentían miedo.

—¡Mirad las Águilas de los Señores del Oeste! —exclamaban—. ¡Las Águilas de Manwë vuelan sobre Númenor! —Y caían de bruces.

Entonces algunos se arrepentían por una temporada, pero a otros se les endurecía el corazón, y alzaban los puños al cielo diciendo:

—Los Señores del Oeste nos desafían. Son ellos los que dan el primer golpe. ¡El próximo lo daremos nosotros!

Estas palabras las pronunciaba también el Rey, pero habían sido concebidas por Sauron.

Pues bien, los relámpagos se hicieron cada vez más frecuentes, y mataban a los hombres en las colinas, y en los campos, y en las calles de la ciudad; y un rayo ardiente cayó sobre la cúpula del Templo y la partió, y la coronó de llamas. Pero el Templo mismo quedó intacto; y erguido sobre la cúspide Sauron desafió al rayo y el rayo no lo hirió; y entonces los Hombres lo llamaron dios e hicieron todo lo que él quería. Fue así que apenas prestaron atención al último portento cuando llegó. Porque la tierra se estremeció, y un rugido como de trueno subterráneo se mezcló con los bramidos del mar, y salió humo de la cima del Meneltarma. Y Ar-Pharazôn se apresuró a preparar sus armamentos.

3319 – AR-PHARAZÔN ATACA VALINOR. CAÍDA DE NÚMENOR. ELENDIL Y SUS HIJOS SE ESCAPAN[1]

En ese tiempo las flotas de los Númenóreanos oscurecieron el mar hacia el occidente de la tierra y parecían un archipiélago de mil islas; los mástiles eran como un bosque sobre las montañas, y las velas como una nube amenazadora, y los estandartes eran negros y dorados. Y todas las cosas aguardaban la palabra de Ar-Pharazôn; y Sauron se retiró al círculo central del Templo, y los hombres le llevaban víctimas para ser quemadas.

Entonces las Águilas de los Señores del Oeste llegaron desde el poniente, en formación de combate, avanzando en una línea cuyo extremo disminuía hasta borrarse a lo lejos; y al acercarse dominaban el cielo extendiendo las alas cada vez más amplias. Pero el Oeste ardía rojo detrás, y ellas fulguraban por debajo, como si estuvieran inflamadas por una gran llama de ira, y toda Númenor fue iluminada como por un incendio; y los hombres se miraban las caras, y les parecía que estaban rojas de cólera.

Entonces Ar-Pharazôn endureció el corazón y se hizo a la mar con su poderosa nave, *Alcarondas*, 'Castillo del Mar'. Tenía muchos remos y muchos mástiles dorados y negros; y sobre ella estaba montado el trono del Rey. Y Ar-Pharazôn se vistió con el traje de ceremonia y la corona, y mandó que izaran el estandarte y dio la señal de levar anclas; y en ese momento las trompetas de Númenor se impusieron al sonido del trueno.

Las flotas de los Númenóreanos avanzaron entonces contra la amenaza del Oeste; y había escaso viento, pero tenían muchos remos, y muchos esclavos fuertes que remaban bajo el látigo. El sol se puso, y un gran silencio sobrevino. La oscuridad descendió sobre la tierra, y el mar estaba quieto mientras el mundo aguardaba lo que había de acaecer. Lentamente, los que miraban desde los puertos fueron perdiendo de vista a las flotas, y las luces de las naves se debilitaron, y se las tragó la noche; y por la mañana habían desaparecido. Porque se levantó un viento en el este que los empujó; y quebrantaron la Prohibición de los Valar, y navegaron por mares vedados, avanzando con intención de guerra contra los Inmortales, para arrancarles una vida eterna en los Círculos del Mundo.

Pero las flotas de Ar-Pharazôn llegaron de alta mar y rodearon Avallónë y toda la isla de Eressëa, y los Eldar se lamentaron, porque la nube de los Númenóreanos cubrió la luz del sol poniente. Y por último Ar-Pharazôn llegó al Reino Bendecido de Aman, y las costas de Valinor; y todo estaba todavía en silencio, y el hado pendía de un hilo. Porque Ar-Pharazôn titubeó en ese momento y estuvo a punto de volverse. Dudó al contemplar las costas silenciosas, donde vio resplandecer Taniquetil, más blanco que la nieve, más frío que la muerte, silencioso, inmutable, terrible como la sombra de la luz de Ilúvatar. Pero el orgullo ya lo dominaba, y

Ar-Pharazôn abandonó por fin el barco, y puso pie en la costa y reclamó esa tierra como suya si nadie se lo disputaba con armas. Y una poderosa hueste de Númenóreanos acampó alrededor de Túna, de donde todos los Eldar habían huido.

Entonces Manwë, desde su montaña, invocó a Ilúvatar, y durante ese tiempo los Valar ya no gobernaron Arda. Pero Ilúvatar mostró su poder, y cambió la forma del mundo; y un enorme abismo se abrió en el mar entre Númenor y las Tierras Inmortales, y las aguas se precipitaron por él, y el ruido y los vapores de las cataratas se levantaron hacia el cielo, y el mundo se sacudió. Y todas las flotas de los Númenóreanos se hundieron en la sima, y se ahogaron, y fueron tragadas para siempre. Pero Ar-Pharazôn el Rey y los guerreros mortales que habían desembarcado en las tierras de Aman quedaron sepultados bajo un derrumbe de colinas: se dice que allí yacen, en las Cavernas de los Olvidados, y que allí estarán hasta la Última Batalla del Día del Juicio.

Pero las tierras de Aman y Eressëa de los Eldar fueron retiradas y llevadas para siempre más allá del alcance de los Hombres. Y Andor, la Tierra del Don, Númenor de los Reyes, Elenna de la Estrella de Eärendil, fue destruida por completo. Porque estaba al este, junto a la enorme grieta, y los cimientos se derrumbaron, y cayó y se hundió en las sombras, y ya no existe. Y no hay ahora sobre la Tierra lugar alguno donde se preserve la memoria de un tiempo en el que no había mal. Porque Ilúvatar hizo retroceder los Grandes Mares al oeste de la Tierra Media, y las Tierras Vacías, al este, y se hicieron nuevas tierras y nuevos mares, y el mundo quedó disminuido, pues Valinor y Eressëa fueron transportadas al reino de las cosas escondidas.

En una hora que los Hombres no previeron, se consumó este destino, el trigésimo noveno día después de la desaparición de las flotas. Entonces, un fuego súbito irrumpió desde el Meneltarma, y sopló un viento poderoso, y hubo un tumulto en la tierra, y el cielo giró, y las colinas se deslizaron, y Númenor se hundió en el mar, junto con todos sus niños y esposas y doncellas y orgullosas señoras; y los jardines y salas y torres, y las tumbas y los tesoros, y las joyas y telas y cosas pintadas y talladas, y la risa y la alegría y la música, y la sabiduría y la ciencia de Númenor desaparecieron para siempre. Y por último la ola creciente, verde, y fría y coronada de espuma, levantándose sobre la tierra, se llevó a la Reina Tar-Míriel, más hermosa que las perlas, la plata o el marfil. Demasiado tarde trató de subir por los senderos empinados del Meneltarma hasta el sitio sagrado, pues las aguas la alcanzaron, y el grito de ella se perdió en los bramidos del viento.

Pero sea o no verdad que Amandil llegara a Valinor, y que Manwë escuchara su ruego, la ruina de aquel día no alcanzó por gracia de los Valar a Elendil y a sus hijos. Porque Elendil se había quedado en Rómenna sin responder a la llamada del Rey, que partía para la guerra; y esquivando a los soldados de Sauron cuando quisieron prenderlo y arrastrarlo a los fuegos del Templo, se embarcó en su nave y se apartó de la costa esperando que llegara el momento. Allí la tierra lo protegió de la gran corriente del mar que se precipitaba arrastrando a todos al abismo, y luego de la primera furia de la tormenta. Mas cuando la ola devoradora avanzó sobre la tierra y Númenor se derrumbó, la aniquilación hubiera sido una pena menor para Elendil, pues el arrebato de la muerte no le parecía más amargo que la pérdida y la agonía de aquel día; pero el viento huracanado lo alcanzó, más salvaje que ningún otro conocido por los Hombres, y avanzó bramando desde el oeste, y empujó muy lejos a los barcos, y desgarró velas y partió mástiles, persiguiendo a los Hombres infelices como briznas de hierba sobre el agua.

Eran nueve los barcos: cuatro para Elendil, y tres para Isildur, y dos para Anárion; y huyeron de la negra tempestad, desde el crepúsculo de la condenación a la oscuridad del mundo. Y las aguas profundas se levantaban debajo en una furia gigantesca, y olas como montañas avanzaron coronadas de nieve desgarrada, y cargaron a los Hombres entre jirones de nubes, y al cabo de muchos días los arrojaron a las costas de la Tierra Media. Y en aquel tiempo todas las costas y las regiones marinas del oeste del mundo cambiaron y se arruinaron; porque los mares invadieron las tierras, y las costas se derrumbaron, y antiguas islas fueron anegadas, y otras islas se alzaron en el mar; y las colinas se desmoronaron y los ríos se desviaron en extraños cursos.

De los cambios que provocó «el tumulto de los vientos y mares que siguió a la Caída se dice en «La Cuenta de los Años [Segunda Edad]», y en ningún otro sitio:

En algunos lugares el mar invadió la tierra, y en otros formó nuevas costas. Así, mientras Lindon sufrió grandes pérdidas, la bahía de Belfalas creció en el este y el sur, de modo que Pelargir, que sólo estaba a unas pocas millas del mar, quedó lejos de la costa, y el Anduin se abrió paso por muchas bocas hasta la bahía. Pero la isla de Tolfalas fue casi destruida, y al fin quedó como una montaña desnuda y solitaria en el agua, no lejos de la desembocadura del río.[2]

Porque el mismo Sauron sintió gran temor ante la ira de los Valar, y el hado que Eru había impuesto a la tierra y al mar. No había imaginado nada semejante, pues sólo había esperado la muerte de los Númenóreanos y la derrota del orgulloso Rey. Y Sauron, sentado en la silla negra en medio del Templo, había reído cuando oyó las trompetas de Ar-Pharazôn que llamaban al combate, y otra vez había reído cuando oyó el trueno de la tormenta; y una tercera vez, pensando en lo que haría en el mundo, ahora que se había desembarazado de los Edain para siempre, fue sorprendido mientras se regocijaba, y el asiento y el Templo cayeron al abismo. Pero Sauron no era de carne mortal, y aunque había sido despojado de la forma en que hiciera tanto daño, de modo que ya nunca podría lucir una hermosa figura ante los ojos de los Hombres, su espíritu se alzó desde las profundidades, y pasó como una sombra y un viento negro sobre el mar (...).

Pero estas cosas no pertenecen a la historia de la Caída de Númenor, de la cual todo se ha dicho ahora. E incluso el nombre de esa tierra pereció, y desde entonces los Hombres ya no hablaron de Elenna, ni de Andor, el Don que había sido arrebatado, ni de Númenórë en los confines del mundo; pero los exiliados en las costas del mar volcaban el anhelo de sus corazones hacia el Oeste, hablaban de Mar-nu-Falmar, que se hundió bajo las olas, Akallabêth, la Caída, Atalantë en lengua Eldarin.[3]

Así llegó a su fin la gloria de Númenor.[4]

¡Entre los Exiliados, muchos creían que la cima del Meneltarma, el Pilar del Cielo, no fue anegada para siempre, sino que se levantó otra vez por encima de las olas, una isla perdida en las grandes aguas; porque había sido un sitio consagrado y nadie lo había mancillado nunca, aun en días de Sauron. Y algunos hubo de la simiente de Eärendil que después lo buscaron, porque se decía entre los sabios que en otro tiempo los Hombres de vista penetrante alcanzaban a atisbar desde el Meneltarma las Tierras Inmortales. Porque aún después de la ruina los corazones de los Dúnedain se volcaban hacia el oeste; y aunque en verdad sabían que el mundo había cambiado, decían: «Avallónë ha desaparecido de la faz de la Tierra y la Tierra de Aman ha sido arrebatada, y nadie puede encontrarlas en la oscuridad que ahora domina. No obstante, una vez fueron, y por tanto todavía son, y en la forma completa del mundo tal como fue concebido al principio».

Porque los Dúnedain sostenían que aun los Hombres mortales, si habían recibido el don, podrían ver otros tiempos que el de la vida de sus cuerpos; y anhelaban siempre escapar de las sombras del exilio y contemplar de algún modo la luz que no muere; porque el dolor del pensamiento de la muerte los había perseguido por encima de los abismos del mar. Por ese motivo, los grandes marineros que había entre ellos exploraban todavía los mares vacíos, con la esperanza de llegar a la isla del Meneltarma, y tener allí una visión de las cosas que una vez fueron. Pero no la encontraban. Y los que viajaban hasta muy lejos, sólo llegaban a las tierras nuevas, y las encontraban semejantes a las tierras viejas, y también sometidas a la muerte. Y los que viajaban más lejos todavía sólo trazaban un círculo alrededor de la Tierra para volver fatigados por fin al lugar de partida; y decían:

—Todos los caminos son curvos ahora.

De este modo, en parte por los viajes de los barcos, en parte por la ciencia y la lectura de las estrellas, los Reyes de los Hombres supieron que el mundo era ahora redondo, y sin embargo aún se permitía que los Eldar partieran y navegaran hacia el Antiguo Oeste y a Avallónë, si así lo querían. Por tanto, los sabios de entre los Hombres decían que tenía que haber un Camino Recto, para aquellos a quienes se les permitiese descubrirlo. Y enseñaban que, aunque el nuevo mundo estuviese torcido, el viejo camino y el sendero del recuerdo del Occidente seguían allí, una especie de poderoso puente invisible que atravesara el aire del aliento y del vuelo (y que ahora eran curvos, como el mundo), y cruzara el

Ilmen, que ninguna carne puede soportar sin ayuda, hasta llegar a Eressëa, la Isla Solitaria, y quizás aún más allá, hasta Valinor, donde habitan todavía los Valar y observan el desarrollo de la historia del mundo. Y cuentos y rumores nacieron a lo largo de las costas del mar acerca de marineros y hombres abandonados en las aguas, que por algún destino o gracia o favor de los Valar habían encontrado el Camino Recto y habían visto cómo se hundía por debajo de ellos la faz del mundo, y de ese modo habían llegado a los muelles, iluminados por lámparas, del puerto de Avallónë, o en verdad a las últimas playas en el extremo de Aman; y allí habían contemplado la Montaña Blanca, terrible y hermosa, antes de morir.[5]

En su carta a Milton Waldman, escrita tres años antes de la publicación de *La Comunidad del Anillo*, el autor escribió lo siguiente sobre el desastre: «La misma Númenor, al borde de la hendedura, se derrumba y desaparece para siempre en el abismo con toda su gloria. Desde entonces no hay morada visible divina o inmortal en la tierra. Valinor (o el Paraíso) y aun Eressëa desaparecen, y sólo quedan en la memoria de la tierra. Los hombres pueden navegar ahora hacia el oeste si quieren, tan lejos como les sea posible sin acercarse jamás a Valinor o al Reino Bendecido, para volver siempre al este; porque el mundo es redondo y finito, y un círculo inevitable... salvo por mediación de la muerte. Sólo los "inmortales", los Elfos demorados, pueden todavía, si así lo quieren, fatigados del círculo del mundo, embarcarse y encontrar el «camino recto» que lleva al antiguo o Verdadero Oeste, y permanecer allí en paz.[6]

La huida de Elendil y los Exiliados tras la Caída fue inmortalizada en una canción sobre los Reyes altos y sus nueve naves altas. Fue una rima que Gandalf recordó cuando él y Pippin cabalgaban en Sombragrís hacia Minas Tirith:

Altos navíos y altos Reyes
tres veces tres.
¿Qué trajeron de las tierras sumergidas
sobre las olas del mar?
Siete estrellas y siete piedras
y un árbol blanco.[7]

Los calamitosos acontecimientos de la Caída perdurarían durante mucho tiempo en la memoria de los pueblos de la Tierra Media. En la Tercera Edad, cuando todo el mundo esperaba el resultado final de la Guerra del Anillo, Faramir y Éowyn estaban en lo alto de los muros de Minas Tirith, la Ciudad de Gondor, mirando hacia el este y Mordor:

Les pareció que por encima de las crestas de las montañas distantes se alzaba otra enorme montaña de oscuridad envuelta en relámpagos, se agigantaba y ondulaba como una marea que quisiera devorar el mundo. Un temblor semejante a un suspiro se elevó desde los campos de alrededor, y de pronto los corazones les latieron de nuevo.

—Esto me recuerda a Númenor —dijo Faramir, y le asombró oírse hablar.

—¿Númenor? —repitió Éowyn.

—Sí —dijo Faramir—, el país de Oesternesse que se hundió en los abismos, y la enorme ola oscura que inundó todos los prados verdes y todas las colinas, y que avanzaba como una oscuridad inexorable. A menudo sueño con ella.[8]

3320 – FUNDACIÓN DE LOS REINOS EN EL EXILIO: ARNOR Y GONDOR. LAS PIEDRAS QUEDAN REPARTIDAS. SAURON REGRESA A MORDOR

De modo que la Segunda Edad avanza por una fundamental catástrofe, pero no ha terminado del todo todavía. Hay sobrevivientes del cataclismo (...).[1]

Los últimos conductores de los Fieles, Elendil y sus hijos, escaparon de la Caída en nueve barcas llevando consigo un vástago de Nimloth y las siete Piedras Videntes (que los Eldar les habían regalado); y fueron arrastrados por un huracán y arrojados a las costas de la Tierra Media.[2]

Et Earello Endorenna utúlien. Sinome maruvan ar Hildinyar tenn'Ambar-metta!

Eran las palabras que había pronunciado Elendil al llegar del mar en alas del viento: «Del Gran Mar he llegado a la Tierra Media. Y esta será mi morada, y la de mis descendientes, hasta el fin del mundo».[3]

LOS REYES NÚMENÓREANOS EN EL EXILIO:

Elendil de Númenor, Alto Rey de Gondor y Arnor4

Nacimiento: 3119 SE; Muerte: 3441 SE (a la edad de 322)

Reinado: 3320-3441 SE (121 años)

En aquel tiempo los Númenóreanos que se salvaron de la destrucción huyeron hacia el este, como se cuenta en la *Akallabêth*. Los principales de ellos eran Elendil el Alto y sus hijos, Isildur y Anárion. Eran parientes del Rey, como descendientes de Elros, pero no habían querido escuchar a Sauron, y se habían negado a combatir contra los Señores del Oeste. Tripulando los barcos con todos los que se habían mantenido fieles, abandonaron la tierra de Númenor antes de que fuera destruida. Eran hombres poderosos, y las naves, resistentes y altas, pero las tempestades los alcanzaron y unas montañas de agua los levantaron hasta las mismas nubes, y descendieron sobre la Tierra Media como pájaros de tormenta.

Elendil fue arrojado por las olas a la tierra de Lindon, y tuvo la amistad de Gil-galad. Desde allí cruzó el río Lhûn, y más allá de Ered Luin estableció su reino, y el pueblo habitó en muchos lugares de Eriador en torno a los cursos del Lhûn y el Baranduin; pero la ciudad principal se encontraba en Annúminas, junto a las aguas del lago Nenuial. Los Númenóreanos también vivían en Fornost, en las colinas del Norte, y en Cardolan, y en las colinas de Rhudaur; y levantaron torres sobre Emyn Beraid y sobre Amon Sûl; y en esos sitios quedan muchos montículos y obras en ruinas, pero las torres de Emyn Beraid todavía miran al mar.

Isildur y Anárion fueron transportados hacia el sur, y por último navegaron río arriba por el Gran Anduin, que fluye desde

Rhovanion hacia el mar Occidental y desemboca en la bahía de Belfalas, y establecieron un reino en esas tierras que se llamó después Gondor, mientras que el Reino del Norte se llamó Arnor. Mucho antes, en los días de poder, los marineros de Númenor habían establecido un puerto y fortalezas en ambos lados de la desembocadura del Anduin, desafiando la Tierra Negra de Sauron, que no estaba lejos hacia el este. En días posteriores, sólo llegaban a ese puerto los Fieles de Númenor, y por tanto muchos de los habitantes de las costas de esa región eran parientes directos o indirectos de los Amigos de los Elfos y del pueblo de Elendil, y dieron la bienvenida a sus hijos. La principal ciudad del reino austral era Osgiliath, a través de la cual fluía el Río Grande; y los Númenóreanos levantaron allí un gran puente sobre el que había torres y casas de piedra de admirable aspecto, y altas naves venían del mar a los muelles de la ciudad. Otras fortalezas construyeron también sobre ambas márgenes: Minas Ithil, la Torre de la Luna Naciente, al este, sobre un risco de las Montañas de la Sombra, como amenaza a Mordor; y hacia el oeste, Minas Anor, la Torre del Sol Poniente, al pie del Monte Mindolluin, como escudo contra los hombres salvajes de los valles. En Minas Ithil se alzaba la casa de Isildur, y en Minas Anor la casa de Anárion, pero compartían entre ambos el reino, y sus tronos estaban juntos en la Gran Sala de Osgiliath. Ésas eran las principales moradas de los Númenóreanos en Gondor, pero construyeron otras obras maravillosas y fuertes en la tierra durante sus días de poder, en las Argonath, y en Aglarond, y en Erech; y en el círculo de Angrenost, que los Hombres llamaron Isengard, levantaron el Pináculo de Orthanc de piedra inquebrantable.

Muchos tesoros y grandes reliquias[5] virtuosas y maravillosas trajeron los Exiliados de Númenor; y de éstos los más renombrados eran las Siete Piedras y el Árbol Blanco. El Árbol Blanco había nacido de un fruto de Nimloth el Bello, que crecía en los patios del Rey de Armenelos, en Númenor, antes de que Sauron lo abrasara; y Nimloth a su vez descendía del Árbol de Tirion, que era una imagen del Más Anciano de los Árboles, el Blanco Telperion, que hizo crecer Yavanna en la tierra de los Valar. El Árbol, recuerdo de los Eldar y de la luz de Valinor, se plantó en Minas Ithil ante la casa de Isildur, puesto que fue él quien salvó el fruto de la destrucción; pero las Piedras fueron repartidas.

Elendil, Isildur y Anárion dividieron entre sí las siete Piedras Videntes:

Tres tomó Elendil, y dos cada uno de sus hijos. Las de Elendil fueron guardadas en torres sobre Emyn Beraid, y sobre Amon Sûl y en la ciudad de Annúminas. Pero las de los hijos estaban en Minas Ithil y Minas Anor, y en Orthanc y en Osgiliath. Ahora bien, estas piedras tenían una virtud: quien las mirara vería en ellas la imagen de cosas distantes, fuera en el espacio o en el tiempo. Casi siempre revelaban sólo cosas que ocurrían cerca de otra Piedra emparentada, porque las Piedras se llamaban entre sí; pero quienes eran fuertes de voluntad y de mente podían aprender a dirigir su mirada a donde quisieran. De este modo los Númenóreanos llegaban a conocer muchas cosas que el Enemigo pretendía ocultar, y poco escapó a esta vigilancia en sus días de poder.

Se dice que las torres de Emyn Beraid no fueron construidas en verdad por los Exiliados de Númenor, sino que las levantó Gil-galad para su amigo Elendil; y la Piedra Vidente de Emyn Beraid estaba guardada en Elostirion, la más alta de las torres. Allí acudiría Elendil, y desde allí solía contemplar los mares divisorios cuando lo afligía la nostalgia del exilio; y se cree que de este modo a veces alcanzaba a ver la Torre de Avallónë sobre Eressëa, donde la Piedra Maestra habitaba, y habita todavía. Estas Piedras eran un regalo de los Eldar a Amandil, padre de Elendil, para consuelo de los Fieles de Númenor en los días de oscuridad, cuando los Elfos no podían ir ya a esa tierra bajo la sombra de Sauron. Se llamaban las *palantíri*, 'las que vigilan desde lejos'; pero todas las que habían sido llevadas a la Tierra Media hacía mucho tiempo se perdieron.[7]

> Hablando de las Piedras Videntes, Gandalf dijo: «Las *palantíri* provienen de Eldamar, de más allá de Oesternesse. Las hicieron los Noldor, quizá fue el propio Fëanor el artífice que las forjó, en días tan remotos que el tiempo no puede medirse en años. Pero nada hay que Sauron no pueda utilizar para el mal (…). Los artilugios creados por un arte superior al que nosotros poseemos son siempre peligrosos (…)».[8]
>
> En los últimos días de la Segunda Edad «Los Exiliados de Númenor establecieron sus reinos en Arnor y en Gondor; pero antes de que hubieran transcurrido muchos años se hizo evidente que el Enemigo, Sauron, también había regresado».[9]

[La ruina de Númenor] fue más terrible de lo previsto por Sauron, porque había olvidado el poder de los Señores del Oeste cuando montaban en cólera.[10]

Este bien al menos, creían [los Exiliados] había resultado de la ruina: que Sauron hubiera perecido también.

Pero no era así. Sauron, por cierto, había sido atrapado en la destrucción de Númenor, y la forma corpórea en que había andado tanto tiempo pereció entonces; pero huyó a la Tierra Media como un espíritu de odio transportado por un viento oscuro. Le fue imposible recobrar otra vez una forma que pareciera adecuada a los ojos de los hombres y se volvió negro y espantoso, y de ahí en adelante sólo mediante el terror conservó su poder.[11]

Había venido en secreto, como ya se ha dicho, a su viejo reino de Mordor, más allá de Ephel Dúath, las Montañas de la Sombra, y ese país limitaba con el este de Gondor. Allí, sobre el valle de Gorgoroth levantó Barad-dûr, la Torre Oscura; su fortaleza, vasta y resistente; y había una montaña de fuego en esa tierra que los Elfos llamaban Orodruin. En verdad, por esa razón Sauron había instalado allí su morada desde hacía mucho tiempo; porque el fuego que manaba allí desde el corazón de la tierra lo utilizaba para brujerías y forjas; y en medio de la Tierra de Mordor había fabricado el Anillo Regente. Allí meditó en la oscuridad, hasta que se hubo dado a sí mismo una forma nueva; y era terrible, ya que había perdido para siempre su hermoso semblante, cuando fue arrojado al abismo en el hundimiento de Númenor. Tomó otra vez el Gran Anillo y se vistió de poder; y pocos había aún entre los grandes de los Elfos y de los Hombres que pudieran soportar la Mirada de Sauron.[12]

Pero mucha fue su cólera [de Sauron] cuando se enteró de que Elendil, a quien odiaba por sobre todos, se le había escapado y gobernaba ahora un reino fronterizo.[13]

Ahora bien, Sauron preparaba la guerra contra los Eldar y los Hombres de Oesternesse y los fuegos de la montaña despertaron otra vez. Por esta razón, al ver el humo de Orodruin y entender que Sauron había regresado, los Númenóreanos pusieron a la montaña un nuevo nombre, Amon Amarth, el 'Monte del

Destino'. Y Sauron reunió una gran fuerza de servidores venidos del este y del sur; y entre ellos no pocos eran de la elevada estirpe de Númenor. Porque en los días de la estadía de Sauron en esa tierra, el corazón de casi todo ese pueblo se había inclinado hacia la oscuridad. Por ello, muchos de los que navegaron hacia el este en ese tiempo y levantaron fortalezas y viviendas en las costas estaban ya sometidos a la voluntad de Sauron, y lo servían de buen grado en la Tierra Media. Pero a causa del poder de Gil-galad, estos renegados, señores a la vez poderosos y malignos, moraron casi todos lejos al sur; dos había, sin embargo, Herumor y Fuinur, que crecieron en poder entre los Haradrim, un pueblo grande y cruel que habitaba en las amplias tierras al sur de Mordor más allá de las Bocas del Anduin.[14]

3429 – SAURON ATACA GONDOR, TOMA MINAS ITHIL
Y QUEMA EL ÁRBOL BLANCO. ISILDUR SE ESCAPA
BAJANDO POR EL ANDUIN Y ACUDE A ELENDIL EN EL NORTE.
ANÁRION DEFIENDE MINAS ANOR Y OSGILIATH

Por lo tanto, cuando Sauron vio la oportunidad, avanzó con una gran fuerza contra el nuevo Reino de Gondor, y tomó Minas Ithil, y destruyó el Árbol Blanco de Isildur que allí crecía. Pero Isildur escapó, y llevando consigo un vástago del Árbol viajó en barco río abajo, con su esposa y sus hijos, y navegaron desde las Bocas del Anduin en busca de Elendil. Entretanto, Anárion resistió en Osgiliath contra el Enemigo y por un tiempo lo rechazó hacia las montañas; pero Sauron volvió a reunir sus fuerzas, y Anárion se dio cuenta de que, a menos que le llegara ayuda, el reino no podría resistir mucho tiempo.[1]

Como Gandalf le dijo a Frodo: «El poder de resistencia de los Elfos era mayor mucho tiempo atrás; y no todos los Hombres se habían apartado de ellos. Los Hombres de Oesternesse acudieron entonces a ayudarlos. Éste es un capítulo de historia antigua que sería bueno recordar, pues en aquella época había también aflicción y oscuridad crecientes, pero asimismo había mucho valor, y grandes hazañas que no fueron totalmente vanas».[2]

3430 – SE CONSTITUYE LA ÚLTIMA ALIANZA DE ELFOS Y HOMBRES

Ahora bien, Elendil y Gil-galad buscaron mutuo consejo, porque percibían que Sauron se volvería demasiado fuerte, y que vencería a todos sus enemigos uno por uno si no se unían todos contra él. Por esta razón establecieron la Liga que recibió el nombre de la Última Alianza.[1]

Durante el viaje de los hobbits hacia Rivendel, Trancos alude brevemente a Elendil, Gil-galad y su Alianza con referencia a la Cima de los Vientos, la más alta y austral de las Colinas del Viento en el norte de Eriador, que dominaba el Gran Camino del Este construido por los Enanos:

En los primeros tiempos del Reino del Norte, edificaron una torre de observación en lo más alto de la Cima de los Vientos, y la llamaron Amon Sûl. Fue incendiada y demolida, y nada queda de ella excepto un círculo de piedras desparramadas, como una tosca corona en la cabeza de la vieja colina. Sin embargo, en un tiempo fue alta y hermosa. Se dice que Elendil subió allí a observar la llegada de Gil-galad que venía del Oeste, en los días de la Última Alianza.[2]

3431 – GIL-GALAD Y ELENDIL

MARCHAN AL ESTE, A IMLADRIS

Gil-galad y Elendil marcharon hacia el este a la Tierra Media reuniendo una gran hueste de Elfos y de Hombres; e hicieron alto por un tiempo en Imladris. Se dice que el ejército allí reunido era más gallardo y más espléndido en armas que ningún otro visto desde entonces en la Tierra Media, y el más numeroso desde que el ejército de los Valar avanzara sobre Thangorodrim.[1]

Años más tarde, durante el Concilio de Elrond, el Señor de Rivendel recordaría esa alianza: «Luego Elendil el Alto y sus poderosos hijos, Isildur y Anárion, llegaron a ser grandes señores, y fundaron en Arnor el Reino del Norte, y en Gondor, cerca de las bocas del Anduin, el Reino del Sur. Pero Sauron de Mordor los atacó, y convinieron la Última Alianza de los Elfos y los Hombres, y las huestes de Gil-galad y Elendil se reunieron en Arnor.

En este punto Elrond hizo una pausa y suspiró.

—Todavía veo el esplendor de los estandartes —dijo— . Me recordaron la gloria de los Días Antiguos y las huestes de Beleriand, tantos grandes príncipes y capitanes estaban allí presentes. Y sin embargo no tantos, no tan hermosos que cuando destruyeron a Thangorodrim, y los Elfos pensaron que el Mal había terminado para siempre, lo que no era cierto.[2]

3434 – EL EJÉRCITO DE LA ALIANZA CRUZA LAS MONTAÑAS NUBLADAS. LA BATALLA DE DAGORLAD Y DERROTA DE SAURON. SE INICIA EL ASEDIO DE BARAD-DÛR

Sauron se preparó para defenderse. Una de las consecuencias de los preparativos de Sauron para la guerra fue la desaparición de la Tierra Media de las Ent-mujeres, esposas de los Ents, 'Los Pastores de los Árboles', que, en la Tercera Edad, desempeñarían un papel importante en la toma de Isengard. En una carta de 1954, J. R. R. Tolkien escribió:

Creo que, de hecho, las Ents-mujeres desaparecieron para siempre, destruidas junto con sus jardines en la Guerra de la Última Alianza (Segunda Edad, 3429-3441), cuando Sauron adoptó una política de tierra arrasada y quemó sus campos para impedir el avance de los Aliados corriente abajo por el Anduin (vol. II, p. 99, se refiere al hecho). Sobrevivieron sólo en la «agricultura» transmitida a los Hombres (y a los Hobbits). Puede que algunas, por supuesto, hayan huido hacia el este o aun que se hayan convertido en esclavas: en tales cuentos, incluso los tiranos deben tener un marco económico y agrícola para sus soldados y obreros del metal. Si algunas sobrevivieron así, por cierto habrían quedado separadas de los Ents, y cualquier contacto entre ellos habría resultado difícil, a no ser que la experiencia de la agricultura industrializada y militarizada las hubiera vuelto más anárquicas. Así lo espero. No lo sé.[1]

Las fuerzas de la Alianza permanecieron tres años en Imladris, sin duda preparándose para la batalla y equipándose de cara a la futura contienda.

Desde Imladris cruzaron las Montañas Nubladas por muchos pasos, y bajaron por la orilla del río Anduin, y así se encontraron al fin con las huestes de Sauron en Dagorlad, la Llanura de la Batalla, que se extiende por delante de las puertas de la Tierra Negra.[2]

La Batalla de Dagorlad fue librada en una planicie polvorienta y llana, y se convertiría en el conflicto más importante de la Segunda Edad, involucrando a representantes de la mayoría de las razas de la Tierra Media.

Todas las criaturas vivientes estaban divididas ese día, y algunas de la misma especie, aun animales y aves, se encontraban en distintos bandos; excepto los Elfos. Sólo ellos no estaban divididos y seguían a Gil-galad. De los Enanos, pocos eran los que luchaban en los dos bandos; pero el clan de Durin de Moria luchaba contra Sauron.[3]

Entre las fuerzas que componían la Alianza había dos ejércitos de Elfos que habían decidido mantenerse apartados durante mucho tiempo y que, en consecuencia, disfrutaron de «largos años de paz y oscuridad (...) hasta la Caída de Númenor y el brusco retorno de Sauron a la Tierra Media»: los Elfos de Lórien y los Elfos Silvanos al norte del Gran Bosque Verde.[4]

[El reino de los Elfos Silvanos se dice que estaba] en el Gran Bosque Verde al este del Anduin. En la Segunda Edad, su Rey, Oropher [padre de Thranduil, padre de Legolas], se había retirado hacia el norte, más allá de los Campos Gladios. Esto hizo para librarse del poder y la intrusión de los Enanos de Moria, que habían crecido hasta convertirse en la más grande de las mansiones de los Enanos de las que queda constancia histórica; y también lo ofendían las intrusiones de Celeborn y Galadriel en Lórien. Pero por el momento había poco que temer entre el Bosque Verde y las montañas, y el pueblo tenía constante contacto con sus parientes del otro lado del río, y así fue hasta la Guerra de la Última Alianza.

A pesar de que los Elfos Silvanos deseaban mezclarse lo menos posible en los asuntos de los Noldor y los Sindar, o de cualquier otro pueblo de Enanos, Hombres u Orcos, Oropher tuvo la sabiduría de prever que nunca habría paz si Sauron no era derrotado. Por tanto, reunió un gran ejército de su ya numeroso propio pueblo y, uniéndose al ejército menor del Rey Malgalad [Amdír] de Lórien, condujo las huestes de los Elfos Silvanos a la guerra. Los Elfos Silvanos eran robustos y valientes, pero estaban mal equipados en armaduras y armas, comparados con los Elfos del Oeste; también eran independientes, y no estaban dispuestos a someterse al mando supremo de Gil-galad. Las pérdidas que tuvieron fueron así más numerosas de lo necesario, aun en esa guerra terrible. Malgalad [Amdír] y más de la mitad de los suyos perecieron en la gran Batalla de Dagorlad, habiendo quedado separados del grueso del ejército y empujados hacia la Ciénaga de los Muertos. Oropher murió en el primer ataque a Mordor, avanzando a la cabeza de sus más bravos guerreros, antes de que Gil-galad alcanzara a dar la señal de ataque. Thranduil, su hijo, sobrevivió, pero cuando la guerra terminó y Sauron murió al fin (como parecía), volvió a su patria con apenas la tercera parte del ejército que había partido a la guerra.[5]

Se cuenta que la Batalla de Dagorlad fue larga y dura, y había una multitud de caídos que fueron engullidos por la Ciénaga de los Muertos. Más de tres mil años más tarde, la ciénaga seguía siendo un lugar de entierro visitado por los fantasmas de aquellos que habían caído en la batalla, tal y como descubrieron Frodo y Sam cuando Gollum los llevó a través de la ciénaga en su viaje hacia Mordor, y fueron embrujados por fuegos fatuos, como de velas, que flotaban en el aire sobre las aguas estancadas: «Yacen en todos los pantanos» [dijo Frodo], «rostros pálidos, en lo más profundo de las aguas tenebrosas. Yo las vi: caras horrendas y malignas, y caras nobles y tristes. Una multitud de rostros altivos y hermosos, con algas en los cabellos de plata. Pero todos inmundos, todos putrefactos. En ellos brilla una luz tétrica (...)».

[A lo que Gollum respondió:] «Sí, sí (...). Fue una gran batalla. Hombres altos con largas espadas, y Elfos terribles, y Orcos que aullaban. Pelearon en el llano durante días y meses delante de las Puertas Negras. Pero las ciénagas crecieron desde entonces, engulleron las tumbas; reptando, reptando siempre.»[6]

Aunque la Batalla de Dagorlad fue costosa y se perdieron muchas vidas en ella, la Alianza acabó triunfando:

El ejército de Gil-galad y Elendil obtuvo la victoria, porque el poder de los Elfos era aún grande por aquel entonces, y los Númenóreanos eran fuertes y altos, y terribles en la cólera. A Aeglos, la espada de Gil-galad, nadie podía resistirse; y la espada de Elendil estremecía de miedo a Orcos y Hombres, porque resplandecía a la luz del sol y de la luna, y se llamaba Narsil.[7]

Más tarde, Elrond recordaría: «Fui heraldo de Gil-galad y marché con su ejército. Estuve en la Batalla de Dagorlad frente a la Puerta Negra de Mordor, donde llevábamos ventaja, pues nada podía resistirse a la lanza de Gil-galad y a la espada de Elendil: Aiglos y Narsil».[8]

Con la batalla ganada, la Alianza entró en la meseta del Gorgoroth, circundada por las paredes rocosas de las Ered Lithui y las Ephel Dúath, con el objetivo de derrotar de una vez por todas a Sauron tras asediar su poderosa torre-fortaleza de Barad-dûr.

Entonces Gil-galad y Elendil entraron en Mordor y rodearon la fortaleza de Sauron; y la sitiaron durante siete años, y sufrieron dolorosas pérdidas por el fuego, los dardos y las saetas del Enemigo; y Sauron enviaba muchas misiones de ataque contra ellos.[9]

3440 – ANÁRION MUERTO

Allí, en el valle de Gorgoroth, Anárion, hijo de Elendil, fue muerto, y también otros muchos.[1]

En otro lugar se dice:

La forma de la corona de Gondor provenía del yelmo de guerra númenóreano. En un principio fue de hecho un simple yelmo; y se dice que fue el que llevó Isildur a la Batalla de Dagorlad (porque el yelmo de Anárion fue aplastado por la piedra arrojada desde Barad-dûr que le causó la muerte).[2]

3441 – SAURON DERROCADO POR ELENDIL Y GIL-GALAD, QUE PERECEN. ISILDUR TOMA EL ANILLO ÚNICO. SAURON SE DIFUMINA Y LOS ESPECTROS DEL ANILLO ENTRAN EN LAS SOMBRAS. FIN DE LA SEGUNDA EDAD

Pero por último el sitio fue tan riguroso, que el mismo Sauron salió; y luchó con Gil-galad y Elendil, y los mató a ambos, y cuando Elendil cayó, la espada se le quebró bajo el cuerpo.[1]

La caída de Gil-galad, el Rey elfo, quedaría recordada mucho tiempo en leyendas y en rimas:

Gil-galad era un Rey de los Elfos;
los trovadores lamentaban la suerte
del último reino libre y hermoso
entre las montañas y el océano.

La espada del Rey era larga, y afilada la lanza,
y el casco brillante se veía de lejos;
y en el escudo de plata se reflejaban
los astros innumerables de los campos del cielo.

Pero hace mucho tiempo se alejó a caballo,
y nadie sabe dónde habita ahora;
la estrella de Gil-galad cayó en las tinieblas
de Mordor, el país de las sombras.[2]

Muchos de los Elfos, y muchos de los Númenóreanos y de los Hombres que eran aliados, habían perecido en la batalla y en el sitio; y Elendil el Alto y Gil-galad el Alto Rey ya no existían. Nunca volvió a reunirse un ejército semejante, ni volvió a haber alianza parecida entre Elfos y Hombres; porque después de los días de Elendil ambos linajes se distanciaron.[3]

La pérdida de Gil-galad y Elendil en la lucha contra Sauron de las pendientes del Orodruin fue un golpe trágico para los ejércitos de la Alianza, pero para su enemigo, su triunfo duró poco:

Pero Sauron también fue derribado, y con el fragmento que quedaba junto a la empuñadura de Narsil, Isildur cortó el Anillo de la mano de Sauron, y lo tomó para sí. Entonces Sauron quedó vencido por el momento; y su espíritu abandonó el cuerpo, y huyó a espacios distantes y se escondió en sitios baldíos; y durante largos años no volvió a tener forma visible.[4]

Tal y como se cuenta en *La Comunidad del Anillo*, mucho tiempo después de la batalla en la que se produjo no sólo la caída de Sauron, sino también la de Gil-galad y Elendil, Elrond Medio Elfo habló de aquellos días en el Concilio de Rivendel: «¿Dije que la victoria de la Última Alianza había sido estéril? No del todo, pero no conseguimos lo que esperábamos. Sauron fue debilitado, pero no destruido. El Anillo se perdió, y no alcanzamos a fundirlo. La Torre Oscura fue demolida, pero quedaron los cimientos; pues habían sido puestos con el poder del Anillo, y mientras haya Anillo nada podrá desenterrarlos. Muchos Elfos y muchos Hombres poderosos y muchos otros amigos habían perecido en la guerra. Anárion había muerto, e Isildur había muerto, y Gil-galad y Elendil no estaban más con nosotros. Nunca jamás habrá otra alianza semejante de Elfos y Hombres, pues los Hombres se multiplican y los Primeros Nacidos disminuyen, y las dos familias están separadas. Y desde ese día la raza de Númenor ha declinado, y ya tiene menos años por delante».[5]

EPÍLOGO

LOS REYES NÚMENÓREANOS EN EL EXILIO:

Isildur, Alto Rey de Gondor y Arnor

Nacimiento: 3209 SE; Muerte: 2 TE (a la edad de 234)
Reinado: 3441 SE - 2 TE (2 años)

Nadie supo más del Anillo Regente en esa época, ni siquiera los Sabios; no obstante, no fue deshecho. Porque Isildur no estuvo dispuesto a cederlo a Elrond ni a Círdan, que estaban junto a él. Le aconsejaron arrojarlo al fuego de Orodruin en las cercanías, donde había sido forjado, para que pereciera y el poder de Sauron quedara disminuido por siempre, y no fuera sino una sombra de malicia en el desierto. Pero Isildur rechazó este consejo diciendo: «Esto lo conservaré como indemnización por la muerte de mi padre y por la de mi hermano. ¿No fui yo el que asestó al Enemigo el golpe de muerte?». Y contemplando el Anillo que tenía en la mano, le pareció sumamente hermoso, y no permitió su destrucción. Por tanto, con él volvió primero a Minas Anor, y allí plantó el Árbol Blanco en memoria de su hermano Anárion.[1]

Entre los «pergaminos y libros guardados» en los archivos de la Ciudad de Gondor, había «muchos documentos de los días antiguos» que «ya pocos son capaces de leer, ni siquiera los maestros», porque «la escritura y la lengua» se habían vuelto «oscuras para los hombres más recientes». Entre estos documentos de Minas Tirith había un pergamino que se refería al Anillo Único, escrito por Isildur tras la guerra en Mordor y antes de su partida hacia el Norte:

El Gran Anillo pasará a ser ahora una adherencia del Reino del Norte; pero los documentos sobre él serán dejados en Gondor, donde también viven los herederos de Elendil, para el tiempo en el que el recuerdo de estos importantes asuntos pudiera debilitarse.

Y tras estas palabras Isuldur describe el Anillo, tal como lo encontró.

Estaba caliente cuando lo tomé, caliente como una brasa, y me quemé la mano, tanto que dudo que pueda librarme alguna vez de ese dolor. Sin embargo, se ha enfriado mientras escribo y parece que se achicara, aunque sin perder belleza ni forma. Ya la inscripción que lleva el Anillo, que al principio era clara como una llama, se ha borrado y ahora apenas puede leerse. Los caracteres son élficos, de Eregion, pues no hay letras en Mordor para un trabajo tan delicado, pero el lenguaje me es desconocido. Pienso que se trata de una lengua del País Tenebroso, pues es grosera y bárbara. Ignoro qué mal anuncia, pero la he copiado aquí, para que no caiga en el olvido. El Anillo perdió, quizás, el calor de la mano de Sauron, que era negra y sin embargo ardía como el fuego, y así Gil-galad fue destruido; qui-

zá si el oro se calentara de nuevo, la escritura reaparecería. Pero por mi parte no me arriesgaré a dañarlo: de todas las obras de Sauron, la única hermosa. Me es muy preciado, aunque lo he obtenido con mucho dolor.[2]

Pero [Isildur] no tardó en partir, y después de haberle dado consejo a Meneldil, el hijo de su hermano, y encomendarle el Reino del Sur, se llevó el Anillo para que fuera heredad de su casa, y se marchó de Gondor hacia el norte por el camino por donde Elendil había venido; y abandonó el Reino del Sur, porque se proponía hacerse cargo del reino de su padre en Eriador, lejos de la Sombra de la Tierra Negra.

Pero Isildur fue abrumado por una hueste de Orcos que acechaba en las Montañas Nubladas; y sin que él lo notara, cayeron sobre el campamento entre el Bosque Verde y el río Grande, cerca de Loeg Ningloron, los 'Campos Gladios', porque era descuidado y no había montado guardia alguna, creyendo derrotados a todos los enemigos. Allí casi todos los suyos recibieron muerte, y entre ellos sus tres hijos mayores, Elendur, Aratan y Ciryon; pero cuando partiera a la guerra había dejado en Imladris a su esposa y a su hijo menor, Valandil. Isildur escapó en cambio por mediación del Anillo, porque cuando se lo ponía se volvía invisible a todas las miradas; pero los Orcos le dieron caza por el olfato y el rastro hasta que llegó al río y se zambulló en él. Allí el Anillo lo traicionó y vengó a su hacedor, porque se le deslizó del dedo mientras nadaba, y se perdió en el agua. Entonces los Orcos lo vieron mientras se esforzaba contra la corriente, y le dispararon muchas flechas y ése fue su fin.

Apéndices

APÉNDICE A
UNA BREVE CRÓNICA DE LA TERCERA EDAD DE LA TIERRA MEDIA [1]

Sólo tres de los [soldados de Isildur] volvieron por encima de las montañas después de mucho errar de un lado a otro; y de ellos uno era Ohtar, el escudero, a cuyo cuidado había puesto Isildur los fragmentos de la espada de Elendil.

De este modo llegó Narsil, a su debido tiempo, a manos de Valandil, heredero de Isildur, en Imladris; pero la hoja estaba quebrada y su brillo se había extinguido, y no se la volvió a forjar. Y el Señor Elrond anunció que no lo haría en tanto no se reencontrara el Anillo Regente y Sauron volviera; pero la esperanza de Elfos y Hombres era que estas cosas no ocurrieran nunca.

Valandil estableció su residencia en Annúminas, pero su pueblo había disminuido, y de los Númenóreanos y de los Hombres de Eriador quedaban muy pocos como para poblar la tierra o mantener todos los lugares que Elendil había edificado; muchos habían caído en Dagorlad, y en Mordor, y en los Campos Gladios. Y sucedió al cabo de los días de Eärendur [TE 640-861], el séptimo Rey que siguió a Valandil, que los Hombres de Oesternesse, los Dúnedain del Norte, se dividieron en mezquinos reinos y señoríos, y sus enemigos los devoraron uno por uno. Siguieron menguando con los años, hasta que pasó su gloria dejando tan sólo montículos verdes en la hierba. Al final nada quedó de ellos salvo un pueblo extraño que erraba secretamente por tierras deshabitadas, y los demás Hombres nada sabían de dónde moraban ni del propósito de sus viajes, y salvo en Imladris, en la Casa de Elrond, el linaje quedó olvidado. Sin embargo, durante muchas vidas de Hombres los herederos de Isildur siguieron atesorando los fragmentos de la espada; y la línea de padre a hijo nunca se quebró.

En el sur, Gondor perduró, y durante un tiempo creció en esplendor, hasta que la riqueza y majestad del reino hizo recordar a Númenor antes de la Caída. Altas torres levantó el pueblo de Gondor, y fortalezas, y puertos de muchos barcos; y la Corona Alada de los Reyes de los Hombres fue reverenciada por gentes de muchas tierras y de muchas lenguas. Porque durante largos años creció el Árbol Blanco ante la Casa del Rey en Minas Anor, descendiente de aquel árbol que Isildur rescatara de las profundidades del mar de Númenor; y la simiente anterior provenía de Avallónë, y antes de Valinor, en el Día que precedió a los días, cuando el mundo era joven.

Sin embargo, al final, con el desgaste de los rápidos años de la Tierra Media, Gondor decayó, y el linaje de Meneldil hijo de Anárion se interrumpió. Porque la sangre de los Númenóreanos se mezcló demasiado con la de otros hombres, y perdieron poder y sabiduría, y tuvieron una vida más breve, y la vigilancia de Mordor languideció. Y en los días de Telemnar [Reinado: TE

1634-36], el vigésimo tercero del linaje de Meneldil, una peste llegó desde el oriente, llevada por vientos oscuros, y atacó al Rey y a sus hijos, y perecieron muchos del pueblo de Gondor. Entonces los fuertes de las fronteras de Mordor quedaron abandonados, y Minas Ithil se vació de gente; y el mal penetró otra vez en secreto en la Tierra Negra, y las cenizas de Gorgoroth fueron removidas como por un viento frío, pues allí se agolpaban unas formas oscuras. Se dice que éstas eran en verdad los Úlairi, que Sauron llamaba los Nazgûl, los Nueve Espectros del Anillo, que durante mucho tiempo habían permanecido de los anillos de poder y la tercera edad ocultos, pero que retornaban ahora para preparar la llegada del Amo, que había empezado a crecer otra vez.

Y en días de Eärnil [TE 1945-2043] asestaron el primer golpe, y vinieron durante la noche desde Mordor por los pasos de las Montañas de la Sombra, y tomaron Minas Ithil como morada; y lo convirtieron en un lugar tan espantoso que nadie se atrevía a mirarlo. En adelante se llamó Minas Morgul, la Torre de la Hechicería; y Minas Morgul estaba siempre en guerra con Minas Anor, en el oeste. Entonces Osgiliath, que con la decadencia de su gente hacía ya mucho que estaba desierta, se convirtió en lugar de ruinas y una ciudad de fantasmas. Pero Minas Anor resistió, y fue llamada nuevamente Minas Tirith, la Torre de la Guardia; porque allí los Reyes hicieron construir en la ciudadela una torre blanca, muy alta y muy hermosa, cuya mirada abarcaba muchas tierras. Esa ciudad era orgullosa aún, y fuerte, y en ella el Árbol Blanco floreció por un tiempo ante la Casa de los Reyes; y allí el resto de los Númenóreanos aún defendía el pasaje del río contra los terrores de Minas Morgul, y contra todos los enemigos del oeste, Orcos y monstruos, y Hombres malvados; y de ese modo las tierras a espaldas de ellos, al oeste del Anduin, quedaron protegidas de la guerra y la destrucción.

Minas Tirith aún se mantenía en pie tras los días de Eärnur [TE 2043-2050] hijo de Eärnil, último Rey de Gondor. Eärnur fue quien cabalgó solo hasta las puertas de Minas Morgul para contestar al desafío del Señor de Morgul; y se enfrentó con él en combate singular, pero fue traicionado por los Nazgûl y llevado vivo a la ciudad del tormento, y ningún hombre volvió a verlo. Ahora bien, Eärnur no dejó heredero, pero cuando la línea de los Reyes se extinguió, los Senescales de la Casa de Mardil el Fiel gobernaron la ciudad y el reino, cada vez más menguado; y los Rohirrim, los Jinetes del Norte, llegaron y moraron en la verde tierra de Rohan que se llamó antes Calenardhon y fue parte del Reino de Gondor; y los Rohirrim ayudaron a los Señores de la Ciudad en la guerra. Y al norte, más allá de los Saltos del Rauros y las Puertas de Argonath, había todavía otras defensas, poderes más antiguos de los cuales poco sabían los Hombres, y que las criaturas malignas no se atrevían a molestar, mientras el Señor Oscuro, Sauron, no volviera, madurado el momento.

Y hasta que esto no sucedió, los Nazgûl nunca se atrevieron a cruzar otra vez el río tras los días de Eärnil, ni salieron de la ciudad como Hombres visibles.

Durante todos los días de la Tercera Edad, después de la caída de Gil-galad, el Señor Elrond vivió en Imladris, y reunió allí a muchos Elfos, y otras criaturas sabias y poderosas entre todos los linajes de la Tierra Media, y preservó a través de muchas vidas de Hombres el recuerdo de todo lo que había sido hermoso; y la Casa de Elrond fue un refugio para los fatigados y los oprimidos, y un cúmulo de buenos consejos y sabiduría. En esa casa se albergaron los Herederos de Isildur, en la infancia y la vejez, pues estaban emparentados por lazos de sangre con el mismo Elrond, y también porque él sabía que a uno de su linaje le estaba asignada una parte principal en los últimos hechos de esa Edad. Y en tanto ese momento no llegara, los fragmentos de la espada de Elendil se encomendaron al cuidado de Elrond, cuando en días oscuros los Dúnedain se convirtieron en un pueblo errante.

En Eriador, Imladris era la más importante morada de los Altos Elfos; pero en los Puertos Grises de Lindon moraba también un resto del pueblo de Gil-galad el Rey de los Elfos. A veces erraban por tierras de Eriador, pero la mayoría vivía cerca de las costas del mar, donde construían y cuidaban las naves élficas en que aquellos de los Primeros Nacidos que estaban cansados del mundo se hacían a la mar rumbo al más extremo Occidente. Círdan el Carpintero de Barcos era el Señor de los Puertos y muy poderoso entre los Sabios.

De los Tres Anillos que los Elfos habían preservado sin mancha nada se decía abiertamente entre los Sabios, y aun de los Eldar, pocos sabían a quién habían sido confiados. No obstante, después de la caída de Sauron, el poder de los Tres Anillos continuaba obrando, y donde ellos estaban, estaba también la alegría, y los dolores del tiempo no mancillaban cosa alguna. Así ocurrió que, antes de que la Tercera Edad concluyera, los Elfos advirtieron que el Anillo de Zafiro estaba con Elrond, en el hermoso valle de Rivendel, pues sobre su casa las estrellas del cielo eran más brillantes; mientras que el Anillo de Diamante estaba en la Tierra de Lórien, donde vivía la Dama Galadriel. Era Reina de los Elfos del Bosque, y esposa de Celeborn de Doriath, pero Galadriel pertenecía a los Noldor, y guardaba recuerdos del día anterior a los días en Valinor, y era la más poderosa y la más bella de los Elfos que aún quedaban en la Tierra Media. Pero el Anillo Rojo permaneció oculto hasta el final, y nadie, salvo Elrond y Galadriel y Círdan, sabía a quién había sido entregado.

Fue así que en dos dominios la bienaventuranza y la belleza de los Elfos permanecieron intactas mientras duró esa Edad: en Imladris y el Lothlórien, la tierra escondida entre el Celebrant y el Anduin, donde los árboles daban flores de oro, y adonde no se atrevían a entrar los Orcos y las criaturas malignas. No obstante, muchas voces de entre los Elfos predecían que, si Sauron volviera, o bien encontraría el Anillo Regente perdido, o bien sus enemigos lo descubrirían y lo destruirían; pero en ambos casos terminaría el poder de los Tres, y todas las cosas mantenidas por ellos tendrían que marchitarse: de ese modo llegaría el crepúsculo de los Elfos y empezaría el Dominio de los Hombres.

(...) En ese tiempo los Noldor andaban todavía en las Tierras de Aquende, los más aguerridos y hermosos de entre los hijos del mundo, y los oídos mortales todavía podían oír las lenguas que hablaban. Muchas cosas bellas y maravillosas había aún en la tierra en aquel tiempo, y también muchas cosas malignas y horribles: Orcos, y trolls, y dragones, y bestias salvajes, y extrañas criaturas de los bosques, viejas y sabias, cuyos nombres se han olvidado; los Enanos trabajaban aún en las montañas, y labraban con paciente artesanía obras de metal y de piedra que hoy nadie puede igualar. Pero el Dominio de los Hombres estaba llegando, y todas las cosas estaban cambiando, hasta que el Señor Oscuro despertó otra vez en el Bosque Negro.

Ahora bien, antaño el nombre del bosque era el Gran Bosque Verde, y sus amplios espacios y senderos eran frecuentados por muchos animales y pájaros de canto alegre; y allí estaba el reino del Rey Thranduil bajo el roble y el haya. Pero al cabo de muchos años, cuando hubo transcurrido casi un tercio de esa edad, una oscuridad invadió lentamente el bosque desde el sur, y allí caminaba el miedo por claros umbríos; bestias salvajes venían cazando y criaturas malignas y crueles tendían sus trampas.

Entonces el nombre del bosque cambió y se llamó Bosque Negro, pues la noche era allí profunda, y pocos osaban atravesarlo, salvo sólo por el norte, donde el pueblo de Thranduil aún mantenía el mal a raya. Pocos podían decir de dónde venía, y pasó mucho tiempo antes de que los Sabios lo descubrieran. Era la sombra de Sauron y el signo de su retorno. Porque cuando vino de los yermos del este, eligió como morada el sur del bosque, y allí creció lentamente y cobró forma otra vez; en una colina oscura levantó su morada, y allí obró su hechicería, y todos temieron al Hechicero de Dol Guldur, y sin embargo al principio todavía no conocían la magnitud del peligro.

Mientras aún las primeras sombras empezaban a invadir el Bosque Negro, en el oeste de la Tierra Media aparecieron los Istari, a quienes los Hombres llamaron los Magos. Nadie sabía en aquel tiempo de dónde eran, salvo Círdan de los Puertos, y sólo a Elrond y a Galadriel les reveló que venían de allende el mar. Pero luego se dijo entre los Elfos que eran mensajeros enviados por los Señores del Oeste para contrarrestar el poder de Sauron, si éste despertaba de nuevo, y para incitar a los Elfos y a los Hombres y a todas las criaturas vivientes de buena voluntad a que emprendiesen valerosas hazañas. Tenían aspecto de Hombres, viejos pero vigorosos, y cambiaban poco con los años, y sólo envejecían lentamente, aunque llevaban la carga de muchas preocupaciones; y eran de gran sabiduría y poderosos de mente y manos. Durante mucho tiempo viajaron a lo largo y a lo ancho entre los Elfos y los Hombres, y conversaban también con los pájaros y las bestias; y los pueblos de la Tierra Media les dieron muchos nombres, pues ellos no revelaron cómo se llamaban en verdad. Los principales de ellos fueron los que los Elfos llamaron Mithrandir y Curunír, pero los Hombres del Norte los llamaron Gandalf y Saruman. De éstos, Curunír era el mayor y el que llegó primero, y después de él llegaron Mithrandir y Radagast, y otros de los Istari que fueron al este de la Tierra Media, y no aparecen en estas historias. Radagast fue amigo de todos los animales y pájaros; pero Curunír anduvo sobre todo entre los Hombres, y era sutil de palabra, y hábil en obras de herrería. Mithrandir era quien tenía más íntimo trato con Elrond y los Elfos. Erró muy lejos por el norte y por el oeste, y nunca en tierra alguna tuvo morada permanente; pero Curunír viajó hacia el este, y cuando regresó vivió en Orthanc en el Anillo de Isengard, que construyeron los Númenóreanos en los días de poder.

Siempre el más vigilante fue Mithrandir, y él era quien más sospechaba de la oscuridad del Bosque Negro porque, aunque muchos creían que era obra de los Espectros del Anillo, él temía en verdad que fuera el primer atisbo de la sombra de Sauron que regresaba; y marchó a Dol Guldur, y el Hechicero huyó de él; y hubo una paz cautelosa durante un largo tiempo. Pero al fin regresó la Sombra, creciendo en poder; y en ese tiempo se celebró por primera vez el Concilio de los Sabios, llamado luego el Concilio Blanco, y en él estaban Elrond, y Galadriel, y Círdan, y otros Señores de los Eldar, y también Mithrantir y Curunír. Y Curunír (que era Saruman el Blanco) fue elegido como jefe, pues era quien más había estudiado las estratagemas de Sauron en tiempos remotos. Galadriel había deseado en verdad que Mithrandir fuera el cabeza del Concilio, y Saruman se lo reprochó, pues su orgullo y su deseo de dominio se habían acrecentado mucho; pero Mithrandir rehusó el cargo, pues no quería pactos ni trabas excepto con aquellos que lo habían enviado, y no habitaba en sitio alguno ni se sometía a convocatorias. Y Saruman se puso a estudiar la ciencia de los Anillos de Poder, cómo habían sido fabricados, y qué les había ocurrido.

Ahora bien, la Sombra se hacía cada vez más grande, y los corazones de Elrond y Mithrandir se oscurecieron. Por tanto, en una ocasión, Mithrandir fue de nuevo con gran peligro a Dol Guldur y a los abismos del Hechicero, donde descubrió que sus miedos eran fundados, y escapó. Y volviendo ante Elrond, dijo:

—Ciertas, ay, son nuestras sospechas. Éste no es uno de los Úlairi, como muchos lo creyeron largo tiempo. Es el mismo Sauron que otra vez ha cobrado forma y crece ahora de prisa; y está juntando otra vez todos los Anillos; y busca siempre noticias acerca del Único y de los Herederos de Isildur, si viven aún sobre la tierra.

Y Elrond contestó:

—En la hora en que Isildur tomó el Anillo y no quiso cederlo, se obró este hado: que Sauron volvería.

—No obstante, el Único se perdió —dijo Mithrandir—, y mientras no se encuentre, podemos dominar al Enemigo, si unimos nuestras fuerzas y no nos demoramos demasiado.

Entonces se convocó el Concilio Blanco; y allí Mithrandir los instó a rápidos procederes, pero Curunír se opuso, y aconsejó esperar y vigilar.

—Porque no creo —dijo— que volvamos a encontrar el Único en la Tierra Media. Cayó en el Anduin, y pienso que habrá sido arrastrado al mar hace ya tiempo. Allí quedará hasta el fin, cuando todo este mundo se haya roto y los abismos se vacíen.

Por tanto, nada se hizo en esa ocasión, aunque había recelo en el corazón de Elrond, quien dijo a Mithrandir:

—No obstante, presagio que el Único llegará a encontrarse, y habrá guerra otra vez, y en esa guerra esta Edad llegará a su fin. Sin duda terminará con una segunda oscuridad, a no ser que nos libere alguna extraña casualidad, que mis ojos no alcanzan a ver.

—Muchas son las extrañas casualidades del mundo —dijo Mithrandir— y el socorro a menudo llega de manos de los débiles, cuando los Sabios fracasan.

Los Sabios se sintieron perturbados, pero nadie percibió que la mente de Curunír se había tornado oscura, ni que ya era un traidor en su corazón, pues deseaba encontrar el Gran Anillo en solitario con el fin de ponérselo y doblegar a todo el mundo a su voluntad. Durante demasiado tiempo había estudiado los pasos de Sauron con la esperanza de derrotarlo, y ahora le tenía más envidia como rival que odio por lo que había hecho. Y creía que el Anillo, que pertenecía a Sauron, buscaría a su amo cuando éste reapareciese; pero si volvían a expulsarlo, entonces el Anillo permanecería oculto. Por eso estaba dispuesto a jugar con el peligro y dejar tranquilo a Sauron por un tiempo, pues esperaba prevalecer mediante artilugios, tanto sobre la gente amiga como sobre el Enemigo, cuando el Anillo apareciera.

Montó una guardia en los Campos Gladios, pero pronto descubrió que los sirvientes de Dol Guldur registraban todos los caminos del río en esa región. Entonces advirtió que también Sauron estaba enterado de cómo había muerto Isildur, y tuvo miedo, y se retiró a Isengard y la fortificó; y se enfrascó cada vez más profundamente en la ciencia de los Anillos de Poder y en los métodos de su forja. Pero no dijo nada de esto en el Concilio, esperando ser el primero en oír nuevas del Anillo. Reunió a todo un ejército de espías, y muchos de entre ellos eran pájaros; porque Radagast no adivinó la traición de Curunír, y lo ayudó creyendo que estaban vigilando al Enemigo.

Pero la sombra del Bosque Negro era cada día más profunda, y unas criaturas malignas concurrieron a Dol Guldur desde todos los lugares oscuros del mundo; y se unieron nuevamente bajo una sola voluntad, y volvieron su malicia contra los Elfos y los supervivientes de Númenor. Por tanto, al fin el Concilio fue convocado nuevamente, y se debatió mucho la ciencia de los Anillos; pero Mithrandir habló al Concilio diciendo:

—No es necesario que encontremos el Anillo, porque mientras permanezca en la tierra y no se deshaga, mantendrá vivo su poder; y Sauron crecerá y confiará. El poder de los Elfos y de los Amigos de los Elfos es menor ahora de lo que fue. Sauron será pronto demasiado fuerte para vosotros, aun sin el Gran Anillo; porque gobierna los Nueve, y de los Siete ya ha recuperado Tres. Tenemos que atacar.

A esto asintió ahora Curunír, deseando que Sauron fuera arrojado de Dol Guldur, que estaba cerca del río, y no tuviera oportunidad de continuar la búsqueda. Así dio por última vez ayuda al Concilio, y las fuerzas se unieron; y atacaron Dol Guldur, y expulsaron a Sauron de su baluarte, y durante un corto tiempo el Bosque Negro volvió a ser un lugar sano.

Pero el golpe que asestaron llegó demasiado tarde. Porque el Señor Oscuro lo había previsto, y él estaba esperándolo desde hacía mucho, y los Úlairi, los Nueve Sirvientes, habían ido delante de él para prepararle el camino. Así que la huida fue sólo un engaño, y Sauron pronto volvió, y antes de que los Sabios pudieran prevenirlo, regresó a su reino de Mordor, y levantó una vez más las torres oscuras de Barad-dûr. Y en ese año se convocó el Concilio Blanco una última vez, y Curunír se retiró a Isengard, y ya no escuchó consejo alguno, salvo el suyo propio.

Los Orcos estaban reuniéndose; y lejos, al este y al sur, los pueblos salvajes se armaban. Entonces en mitad del miedo creciente y los rumores de guerra, el presagio de Elrond se cumplió, y el Anillo Único fue encontrado en verdad, por una casualidad más extraña todavía que la prevista por Mithrandir; y permaneció oculto de Curunír y de Sauron. Porque había sido tomado del Anduin mucho antes de que ellos lo buscaran; y lo había encontrado un pequeño pescador que vivía junto al río, antes de la caída de los Reyes de Gondor; y quien lo encontró lo llevó a un oscuro escondrijo bajo las raíces de las montañas, a donde nadie podía encontrarlo. Allí quedó hasta que en el mismo año del ataque a Dol Guldur fue nuevamente encontrado por un viajero que huía perseguido por los Orcos a las profundidades de la Tierra, y el Anillo pasó a un país distante, a la tierra de los Periannath, la Gente Pequeña, los Medianos, que habitaban al oeste de Eriador. Y antes de ese día poco habían interesado a los Elfos y a los Hombres, y en los consejos de Sauron o de los Sabios nadie excepto Mithrandir los había tenido en cuenta.

Ahora bien, por fortuna y por haber prestado atención, Mithrandir fue el primero en tener noticias del Anillo, antes de que Sauron se enterase; no obstante, se sintió afligido e inquieto. Porque muy grande era el poder maligno de esa cosa como para que la tuviera cualquiera de los Sabios, a no ser que, como Curunír, deseara convertirse en un tirano y en otro señor oscuro; pero no era posible ocultárselo por siempre a Sauron, ni deshacerlo mediante las artes de los Elfos. De modo que, con ayuda de los Dúnedain del norte, Mithrandir hizo vigilar la tierra de los Periannath, y aguardó la ocasión oportuna. Pero Sauron tenía muchos oídos, y no tardó en enterarse del rumor del Anillo Único, que deseaba por encima de todas las cosas, y envió a los Nazgûl a que lo buscaran. Entonces estalló la guerra, y en la batalla con Sauron la Tercera Edad acabó como había empezado.

LA HISTORIA CONTINÚA EN

EL SEÑOR DE LOS ANILLOS

APÉNDICE B
LOS CAPÍTULOS NÚMENÓREANOS
DE *EL CAMINO PERDIDO*

Entre los manuscritos pertenecientes a *El camino perdido*, la novela inacabada de J. R. R. Tolkien que fue comenzada en algún momento antes de 1937, hay muchas prefiguraciones de temas que más tarde se manifiestan en sus escritos acerca de la Caída de Númenor. En el segundo capítulo hay unos versos, traducidos del anglosajón, que claramente describen lugares parecidos a las tierras de Númenor y el Reino Bendecido, y la nostalgia de los Hombres por el Oeste:

«Hay muchas cosas en las regiones del Oeste desconocidas para los hombres, maravillas y criaturas extrañas, una tierra bella y encantadora, el hogar de los Elfos, y la beatitud de los Dioses. Poco sabe el hombre del anhelo de aquel a quien la vejez impide regresar».

En otros lugares aparecen los nombres de «Númenor», «Sauron», «Morgoth», «Melko» [Melkor] y «Eärendel» [Eärendil]. El recurso del viaje temporal, de múltiples capas, es complejo, y sin duda fue la razón por la que Tolkien abandonó la novela, ya que resultó ser, tal y como Tolkien lo expresó más tarde, «un rodeo demasiado vasto para lo que yo quería hacer realmente: una nueva versión de la leyenda de la Atlántida».

En 1987, cuando Christopher Tolkien publicó los fragmentos que habían sobrevivido de los manuscritos de su padre en *El camino perdido y otros escritos*, separó del resto lo que denominó «Los capítulos númenóreanos», como una sección distintiva que quería destacar de un modo apropiado al analizar la historia.

No es fácil incorporarlos de forma cronológica en este volumen, pero estos capítulos merecen ser incluidos por contener un resumen magistral de la Primera Edad, la creación de Númenor, el auge de Sauron y la llegada de la Sombra, presentado como un diálogo socrático ricamente ornamentado con el estilo más majestuoso y épico de Tolkien.

Si hablamos de dónde se podría situar tentativamente dentro de la cronología, su lugar más natural parece ser el punto en la Akallabêth donde Ar-Pharazôn está promulgando sus planes para asaltar el Reino Bendecido y Amandil, el consejero fiel del Rey, ha abandonado su casa en Rómenna para viajar rumbo al Oeste para pedir ayuda a los Valar, dejando a su hijo Elendil esperando el regreso de su padre.

En esta versión es Orontor, no Amandil, el que se ha embarcado en esta misión. El hijo de Elendil se llama aquí «Herendil» (a diferencia de la elección posterior de Tolkien de llamarlo Isildur), mientras que se dice del propio Elendil que es el hijo de «Valandil» y no de «Amandil»; más tarde, Tolkien otorgó el nombre de Valandil al hijo más joven de Isildur. Aquí se refiere a

Ar-Pharazôn como a «Tarkalion», una repetición anterior de su nombre númenóreano, Tar-Calion.

Los capítulos númenóreanos

Christopher Tolkien proporciona la siguiente introducción:

En su carta de 1964 mi padre dijo que «en mi cuento *íbamos a llegar por fin* a Amandil y Elendil, conductores del partido leal en Númenor, cuando cayó bajo el dominio de Sauron». No obstante, es evidente que no llegó a esa concepción hasta después de la redacción de la mayor parte de la narrativa, o incluso hasta después de que fuera abandonada. Al final del Capítulo II no hay duda de que la historia númenóreana está a punto de empezar, y los capítulos númenóreanos seguían originalmente a los iniciales. Por otra parte, la decisión de posponer Númenor y hacer de ella la conclusión y punto culminante del libro ya se había tomado cuando *El camino perdido* se envió a Alien and Unwin en noviembre de 1937.

Teniendo en cuenta que el episodio númenóreano se dejó inconcluso, es un punto adecuado para mencionar una interesante nota que data presumiblemente de la época de escritura del texto. En ella se dice que cuando acaba la primera «aventura» (es decir, Númenor) «Alboin está sentado en la silla y Audoin acaba de cerrar la puerta».

[Esto se refiere a los capítulos precedentes, tal y como fueron publicados en *El camino perdido y otros escritos*.]

Al posponer Númenor, la numeración de los capítulos fue cambiada, pero esto carece de importancia, por lo que los enumero «III» y «IV», respectivamente; no llevan títulos. En este caso me ha parecido conveniente anotar el texto con notas enumeradas.

Elendil caminaba por el jardín, pero no para contemplar su belleza a la luz del anochecer. Estaba preocupado y tenía la mente vuelta hacia dentro. La casa con la torre blanca y el tejado dorado brillaban detrás de él en la puesta de sol, pero sus ojos estaban fijos en el sendero ante sus pies. Bajaba a la orilla para bañarse en los estanques azules de la cala que había más allá del final del jardín, como acostumbraba a hacer a esa hora. También esperaba encontrar allí a su hijo Herendil. Había llegado el momento de hablar con él.

Al cabo llegó al gran seto de *lavaralda*[1] que cercaba el jardín en su extremo inferior, en la parte occidental. Era una vista familiar, pero los años no podían empañar su belleza. Habían transcurrido siete docenas de años[2] o más desde que él mismo lo plantara cuando proyectaba el jardín antes de su matrimonio; y había bendecido su buena fortuna. Porque las semillas habían llegado de Eressëa, en el lejano oeste, de donde los barcos venían rara vez ya en aquellos días, y ahora ya nunca. Pero el espíritu de esa tierra bendecida y de su hermosa gente permanecía en los árboles que habían crecido de aquellas semillas: las largas hojas verdes tenían el reverso dorado, y cuando la brisa marina las agitaba susurraban con un sonido de muchas voces dulces, y relucían como rayos de sol en las aguas ondeantes. Las flores eran pálidas con un rubor amarillo, y brotaban rápidamente en las ramas como la nieve iluminada por el sol; y su aroma llenaba toda la parte inferior del jardín, suave pero claro. Los marineros de los días antiguos decían que la fragancia del *lavaralda* podía sentirse en el aire mucho antes de que la tierra de Eressëa estuviera a la vista, y que provocaba un deseo de reposo y una gran alegría. Él había visto los árboles floridos día tras día, porque sólo dejaban de florecer en escasos intervalos. Pero ahora, de pronto, al pasar, el aroma lo golpeó con una fragancia penetrante, conocida y a la vez completamente extraña. Por un momento le pareció que no la había olido nunca: horadaba las preocupaciones de su mente, de un modo desconcertante, sin ocasionarle un placer familiar, sino una nueva inquietud.

—¡Eressëa, Eressëa! —dijo—. Ojalá estuviera allí, y ojalá no fuera mi destino vivir en Númenor,[3] a medio camino entre los mundos. ¡Sobre todo en estos días de confusión!

Pasó bajo un arco de hojas brillantes y descendió con rapidez los eslabones tallados en la roca, hacia la playa blanca. Elendil miró en torno, pero no encontró a su hijo. En su mente surgió una imagen del cuerpo blanco de Herendil, fuerte y hermoso en el umbral de una pronta virilidad, surcando las aguas o tumbado en la arena, resplandeciente al sol. Pero Herendil no estaba allí, y la playa parecía extrañamente vacía.

Elendil examinó la cala y los muros de piedra una vez más; y mientras miraba, sus ojos se dirigieron por casualidad a su propia casa, entre los árboles y las flores de las pendientes sobre la orilla, blanca y dorada, brillante en el sol poniente. Y se detuvo y miró: de repente la casa se erguía en el lugar como algo real e imaginario a la vez, como algo de otro tiempo y otra historia, hermosa, amada, pero extraña, despertando el deseo como si perteneciera a un misterio todavía sin desvelar. No fue capaz de interpretar la sensación.

Suspiró. «Supongo que es la amenaza de la guerra lo que me hace contemplar las cosas hermosas con tanta inquietud —pensó—. La sombra del miedo se interpone entre nosotros y el sol, y todas las cosas parecen ya perdidas. Pero son extrañamente hermosas, vistas así. No lo sé. Me lo pregunto. ¡Ah, Númenórë! Espero que los árboles den flor en tus colinas en los años venideros igual que ahora, y que tus torres se alcen blancas a la luna y amarillas al sol. Ojalá no hubiera esperanza, sino certeza… la certeza que teníamos antes de la Sombra. Pero ¿dónde está Herendil? Debo verlo y hablar con él, más claramente que nunca. Antes de que sea demasiado tarde. El tiempo se está acabando.»

—¡Herendil! —llamó, y su voz resonó en la orilla cóncava sobre el sonido suave de las olas que caían dulcemente—. ¡Herendil!

Y mientras llamaba le pareció oír su propia voz, y advertir que era fuerte y curiosamente melódica. — ¡Herendil! —volvió a llamar.

Al cabo hubo una llamada que respondía: una joven voz muy clara llegó de cierta distancia, como una campana de una caverna profunda.

—*Man-ie, atto, man-ie*?

Durante un breve instante Elendil creyó que las palabras eran extrañas. «*Man-ie, atto*? ¿Qué pasa, padre?» Entonces la sensación pasó.

—¿Dónde estás?

—¡Aquí!

—No te veo.

—Estoy sobre el muro, mirándote.

Elendil levantó la vista; subió entonces otro tramo de escalones de piedra en el extremo septentrional de la cala. Salió a un espacio plano allanado y nivelado en la cumbre del pináculo saliente de roca. Había sitio para yacer al sol, o para sentarse en un gran sitial de piedra con la espalda apoyada en el acantilado, en cuya cara caía una cascada de tallos trepadores con guirnaldas azules y flores de plata. Tumbado en la piedra, con la barbilla en las manos, había un joven. Estaba contemplando el mar y no volvió la cabeza cuando su padre llegó y se sentó en el sitial.

—¿Con qué estás soñando, Herendil, para que tus oídos no oigan?

—Estoy pensando, no soñando. Ya no soy ningún niño.

—Lo sé —dijo Elendil—, y por esa razón quería encontrarte y hablar contigo.

Estás tan a menudo fuera y lejos, y tan poco en casa en estos días…

Contempló el cuerpo blanco que tenía delante. Era querido para él, y hermoso.

Herendil estaba desnudo: había estado zambulléndose desde la elevación, porque era un buceador osado y orgulloso de su habilidad. De pronto le pareció a Elendil que el muchacho había crecido de la noche, casi del conocimiento.

—¡Cómo creces! —dijo—. Tienes la hechura de un hombre fuerte, y casi la has acabado.

— ¿Por qué te burlas de mí? — dijo el muchacho—. Sabes que soy oscuro y más pequeño que la mayoría de los otros de mi año. Y eso me preocupa. Apenas le llego al hombro a Almáriel, la de los cabellos de oro brillante, y es una doncella de mi edad. Sostenemos que tenemos sangre de Reyes, pero te digo que los hijos de tus amigos hacen bromas sobre mí y me llaman *Terendul*,[4] esbelto y oscuro; y afirman que tengo sangre eressëana, o que soy medio noldo. Y no es algo que se diga con amor en estos días. Es casi ser llamado medio gnomo o Temeroso de Dios; y eso es peligroso.[5]

Elendil suspiró.

—Entonces debe de ser peligroso ser hijo de quien se llama *Elendil* porque lleva a Valandil, Amigo de Dios, que fue el padre de tu padre.[6]

Hubo un silencio. Al cabo Herendil volvió a hablar:

—¿De quién dices que desciende Tarkalion, nuestro Rey?

—De Eärendel el marino hijo de Tuor el fuerte, quien se perdió en estos mares.[7]

— ¿Por qué no puede hacer el Rey lo que hizo Eärendel, de quien desciende? Dicen que debe seguirlo y completar su obra.

— ¿Qué crees que quieren decir? ¿Adónde debe ir, y qué obra debe completar?

— Tú lo sabes. ¿Acaso no viajó Eärendel al extremo oeste, y puso pie en la tierra que nos está prohibida? Él no muere, o eso dicen las canciones.

— ¿A qué llamas tú la Muerte? Eärendel no regresó. Abandonó a todos a quienes amaba, antes de pisar esa orilla.[8] Salvó a su linaje renunciando a él.

— ¿Se enojaron los Dioses con él?

— ¿Quién lo sabe? Porque no regresó. Pero no emprendió tal hazaña para servir a Melko, sino para derrotarlo; para liberar a los hombres de Melko, no de los Señores; para obtener la tierra para nosotros, no la tierra de los Señores. Y los Señores escucharon su súplica y se alzaron contra Melko. Y la tierra es nuestra.

—Ahora dicen que los Eressëanos, esclavos de los Señores, alteraron la historia: que en verdad Eärendel fue un aventurero que nos mostró el camino, y que los Señores lo tomaron cautivo por esa razón; y su obra está forzosamente inconclusa. Por tanto, el hijo de Eärendel, nuestro Rey, tiene que completarla. Desean hacer lo que no se ha hecho durante largo tiempo.

— ¿Qué es?

—Ya lo sabes: poner pie en el lejano oeste, y no abandonarlo. Conquistar nuevos reinos para nuestra raza, y aflojar la presión sobre esta isla poblada, donde todos los caminos están muy trillados, y todos los árboles y briznas de hierba están contados. Ser libres y amos del mundo. Escapar de la sombra de la monotonía, y del final. Haríamos a nuestro Rey Señor del Oeste: *Nuaran*

Númenóren.[9] La muerte llega aquí despacio y rara vez, pero llega. La tierra es sólo una jaula adornada para que parezca el Paraíso.

—Sí, eso he oído decir a otros —dijo Elendil—. Pero ¿qué sabes tú del Paraíso? He aquí que nuestras palabras distraídas nos han llevado a donde me proponía. Pero me apena advertir que piensas de ese modo, aunque temía que podía ser así. Eres mi único hijo varón, y mi hijo más querido, y me gustaría que estuviéramos de acuerdo en todas nuestras decisiones. Y debemos elegir, tú y yo, porque en tu último cumpleaños entraste en el ejército y al servicio del Rey. Debemos elegir entre Sauron y los Señores (o Uno Más Elevado). Eres consciente, supongo, de que Sauron no se ha atraído a todos los corazones de Númenor.

—Sí. Hay tontos aun en Númenor —dijo Herendil, bajando la voz—. Pero ¿por qué hablamos de estas cosas en un lugar abierto? ¿Deseas acaso causarme perjuicio?

—No causo perjuicio —dijo Elendil—. Ya se nos ha impuesto: la elección entre los males, el primer fruto de la guerra. Pero he aquí, Herendil, que nuestra casa es sabia y atesora el conocimiento, y durante mucho tiempo ha sido reverenciada por esa razón. Yo seguí a mi padre, como me fue posible. ¿Me sigues tú a mí? ¿Qué sabes de la historia del mundo o de Númenor? No tienes más que cuatro docenas de años,[10] y eras sólo un niño pequeño cuando llegó Sauron. No entiendes cómo eran los días antes de entonces. No puedes elegir en ignorancia.

—Pero ya han elegido otros de mayor edad y conocimientos que los míos, o los tuyos —dijo Herendil—. Y dicen que la historia les da la razón, y que Sauron ha arrojado una nueva luz sobre ella. Sauron conoce la historia, toda la historia.

—Sauron la conoce, es cierto, pero tuerce el conocimiento. ¡Sauron miente! —La furia creciente hizo que Elendil subiera la voz al hablar. Las palabras sonaron como un desafío.

—Estás loco —dijo su hijo, volviéndose al fin sobre un costado y mirando cara a cara a Elendil, con horror y miedo en los ojos—. *¡No me digas esas cosas!* Podrían, podrían…

—¿*Quiénes* podrían, y qué podrían hacer? —dijo Elendil, pero un temor glacial pasó de los ojos de su hijo a su propio corazón.

—¡No preguntes! Y no hables tan alto. —Herendil se volvió y yació postrado con el rostro entre las manos—. Sabes que es peligroso, para todos nosotros. Sea como sea, Sauron es poderoso y tiene oídos. Temo las mazmorras. Y te quiero, padre, te quiero. *Atarinya tye-meláne.*

Atarinya tye-meláne, padre mío, te quiero: las palabras sonaron extrañas, pero dulces, y se clavaron en el corazón de Elendil. —*A yonya inye tye-méla*: y yo también, hijo mío, te quiero —dijo, sintiendo cada sílaba extraña pero vivida según la pronunciaba—. ¡Pero vamos dentro! Es demasiado tarde para bañarse. El sol se ha ido. Hay resplandor hacia el oeste, en los jardines de los dioses. Pero el crepúsculo y la oscuridad se acercan, y la oscuridad ya no es sana en esta tierra. Vamos a casa. Tengo que decir y preguntarte muchas cosas esta noche, a puerta cerrada, donde quizá te sientas más seguro. —Volvió la vista al mar, al que amaba, deseando bañar su cuerpo en él, como para librarse del agotamiento y las preocupaciones. Pero la noche se acercaba.

El sol había desaparecido y se hundía rápidamente en el mar. Había fuego en las olas lejanas, pero se desvanecía apenas encendido. Del Oeste se levantó de pronto un viento frío, agitando el agua amarilla de la orilla. Por sobre el borde iluminado por el fuego se levantaron unas nubes oscuras, que extendieron grandes alas, al sur y al norte, y parecieron amenazar la tierra.

Elendil se estremeció. —Mira, las águilas del Señor del Oeste llegan con amenaza a Númenor —murmuró.

—¿Qué estás diciendo? —dijo Herendil—. ¿Acaso no se ha decretado que el Rey de Númenor será llamado Señor del Oeste?

—Lo ha decretado el Rey, pero eso no hace que sea así —repuso Elendil—. Pero no diré en voz alta lo que presagia mi corazón. ¡Vamos!

La luz decaía rápidamente cuando subieron los senderos del jardín entre las flores, pálidas y luminosas en el crepúsculo. Los árboles esparcían dulces fragancias nocturnas. Un *lömelindë* [ʻruiseñorʼ] empezó su canto conmovedor junto a un estanque.

Delante de ellos se alzaba la casa. Las paredes blancas resplandecían como si la luz de la luna estuviera aprisionada en su sustancia; sin embargo, no había luna, sólo una luz fría, difusa y sin sombra. En el cielo claro como frágil cristal unas pequeñas estrellas clavaban sus llamas blancas. Una voz caía de una ventana alta, como la plata en el estanque del crepúsculo en que caminaban. Elendil la conocía: era la voz de Fíriel, una doncella de su casa, hija de Orontor. El alma se le cayó a los pies, porque Fíriel vivía en su casa debido a que Orontor había partido. Los hombres decían que había emprendido un largo viaje. Otros afirmaban que había huido del desagrado del Rey. Elendil sabía que estaba en una misión de la que quizá no volviera nunca, o volviera demasiado tarde.[11] Y él amaba a Orontor, y Fíriel era hermosa.

Ahora la voz cantaba una canción crepuscular en la lengua eressëana, pero compuesta por los hombres mucho tiempo atrás. El ruiseñor calló. Elendil se quedó quieto para escuchar, y las palabras le llegaron lejanas y extrañas, como una melodía en una lengua arcaica entonada tristemente en un crepúsculo olvidado, al principio del viaje del hombre por el mundo.

Ilu Ilúvatar en káre eldain a fírimoin
ar antaróta marinar Valion: númessier...

El Padre hizo el Mundo para Elfos y mortales, y lo dejó en manos de los Señores, que están en el Oeste.

Así cantaba Fíriel en lo alto, hasta que su voz cayó tristemente en la pregunta con que acaba la canción: *man táre antáva nin Ilúvatar, Ilúvatar, enyáre tar i tyel íre Anarinya qeluva?*, '¿Qué me dará Ilúvatar, oh, Ilúvatar, en el día más allá del fin, cuando mi sol se apague?'.[12]

—*E man antaváro*? ¿Qué me dará en verdad? —dijo Elendil, con sombríos pensamientos.

—No debería cantar esa canción en una ventana —dijo Herendil, rompiendo el silencio—. Ahora la cantan de otra manera. Melko regresa, dicen, y el Rey nos dará el sol para siempre.

—Sé lo que dicen —dijo Elendil—. No se lo digas a tu padre, ni en esta casa. — Entró por una puerta oscura y Herendil lo siguió, contrayendo los hombros.

Capítulo IV

Herendil yacía en el suelo, estirado a los pies de su padre en una alfombra tejida en un diseño de pájaros dorados y plantas trepadoras con flores azules. Tenía la cabeza apoyada en las manos. Su padre estaba sentado en su sillón tallado, con las manos inmóviles sobre los brazos, los ojos fijos en el fuego que lucía en el hogar. No hacía frío, pero el fuego llamado «el corazón de la casa» (*hon-maren*)[13] estaba siempre encendido en esa habitación. Además, era una protección contra la noche, que los hombres ya habían empezado a temer.

No obstante, un aire fresco entraba por la ventana, dulce, con la fragancia de las flores. A través podía verse, tras las agujas de oscuras de los árboles callados, el océano occidental, plateado bajo la luna, que ahora seguía rápidamente al sol a los jardines de los dioses. En el silencio nocturno las palabras de Elendil caían dulcemente. Escuchaba al hablar, como a otro que narrara una historia largo tiempo olvidada.[14]

—Está[15] Ilúvatar, el Único; y están los Poderes, de quienes el mayor en el pensamiento de Ilúvatar fue Alkar el Radiante;[16] y están los Primeros Nacidos de la Tierra, los Eldar, que no mueren mientras perdure el Mundo; y están también los Nacidos Después, los Hombres mortales, que son los hijos de Ilúvatar, y sin embargo se encuentran bajo el gobierno de los Señores. Ilúvatar diseñó el Mundo, y reveló su diseño a los Poderes; y dispuso que algunos de éstos fueran los Valar, Señores del Mundo y gobernadores de las cosas que hay en él. Pero Alkar, que había viajado solo en el Vacío anterior al Mundo, buscando la libertad, deseó que el Mundo fuera su propio reino. Por tanto descendió hasta él como un fuego que cae, y les hizo la guerra a los Señores, sus hermanos. Pero ellos establecieron sus mansiones en el Oeste, en Valinor, y lo dejaron fuera; y lo atacaron en el Norte, y lo ataron, y el Mundo tuvo paz y se hizo muy hermoso.

«Al cabo de una larga edad sucedió que Alkar pidió perdón, y se sometió a Manwë, Señor de los Poderes, y fue puesto en libertad. Pero intrigó en contra de sus hermanos, y engañó a los Primeros Nacidos que moraban en Valinor, de modo que muchos se rebelaron y fueron exiliados del Reino Bendecido. Y Alkar destruyó las luces de Valinor y huyó a la noche; y se convirtió en un enemigo oscuro y terrible, y fue llamado Morgoth, y estableció su dominio en la Tierra Media. Pero los Valar hicieron la luna para los Primeros Nacidos y el sol para los Hombres para acabar con la Oscuridad del Enemigo. Y cuando subió el sol los Nacidos después, que son los Hombres, surgieron en el Este del mundo, pero cayeron bajo la sombra del Enemigo. En aquellos días los exiliados de los Primeros Nacidos lucharon contra Morgoth, y tres casas de los Padres de los Hombres se unieron a ellos: la Casa de Bëor, y la Casa de Haleth, y la Casa de Hador. Porque éstas no se habían sometido a Morgoth. Pero Morgoth obtuvo la victoria, y causó la ruina de todos.

«Eärendel era hijo de Tuor, hijo de Huor, hijo de Gumlin, hijo de Hador; y su madre pertenecía a los Primeros Nacidos, hija de Turgon, último Rey de los Exiliados. Partió para el Gran Mar y llegó al fin al reino de los Señores, y a las Montañas del Oeste. Y allí renunció a todos a quienes amaba, a su esposa y a su hijo, y a todo su linaje, fuera de los Primeros Nacidos o de los Hombres; y lo abandonó todo.[17] Y se entregó a Manwë, Señor del Oeste, y se sometió y le suplicó. Y fue aceptado y nunca regresó entre los Hombres. Pero los Señores se apiadaron, y utilizaron su poder y hubo de nuevo guerra en el Norte, y la tierra se rompió; pero Morgoth fue derrotado. Y los Señores lo expulsaron al Vacío exterior.

«Y se acordaron de los Exiliados de los Primeros Nacidos y los perdonaron; y los que regresaron viven desde entonces en beatitud en Eressëa, la Isla Solitaria, que es Avallon, porque está a la vista de Valinor y la luz del Reino Bendecido. Y para los hombres de las Tres Casas hicieron Vinya, la Nueva Tierra, al oeste de la Tierra Media en medio del Gran Mar, y la llamaron Andor, la Tierra del Don; y otorgaron a la tierra y a los que vivían en ella bienes superiores a los de otras tierras de los mortales. Pero en la Tierra Media moraban los hombres menores, que no conocían a los Señores o a los Primeros Nacidos salvo por rumores; y entre ellos había algunos que antaño sirvieron a Morgoth, y estaban malditos. Y había también criaturas malignas sobre la tierra, que Morgoth había creado en los días de su dominio, demonios y dragones y mofas de las criaturas de Ilúvatar.[18] Y también yacían ocultos muchos de sus siervos, espíritus del mal, a quienes seguía gobernando aun sin estar presente entre ellos. Y de éstos Sauron era el principal, y su poder aumentó. Por tanto, la mayoría de los hombres de la Tierra Media eran malvados, porque los Primeros Nacidos que permanecían entre ellos menguaban o partían al Oeste, y su linaje, los hombres de Númenor, estaba lejos y sólo llegaban a sus costas en barcos que cruzaban el Gran Mar. Pero Sauron supo de los barcos de Andor, y los temió, por miedo a que los hombres libres se hicieran señores de la Tierra Media y liberaran a su linaje; e impulsado por la voluntad de Morgoth planeó destruir Andor, y llevar la ruina (si le era posible) a Avallon y Valinor.[19]

«Pero ¿por qué habría de engañarnos, y convertirnos en instrumentos de su voluntad? No fue él, sino Manwë el justo, Señor del Oeste, quien nos otorgó las riquezas que poseemos. Nuestro saber proviene de los Señores, y de los Primeros Nacidos que los ven cara a cara; y hemos crecido hasta ser más altos y grandes que otros de nuestra raza, los que antaño sirvieron a Morgoth. Tenemos sabiduría, poder, y una vida más larga que ellos. Aún no hemos caído. Por tanto, el dominio del mundo es nuestro, o lo será, desde Eressëa hasta el Este. Más no pueden tener los mortales.

—Excepto una escapatoria de la Muerte —dijo Herendil, alzando el rostro hacia el de su padre—. Y de la monotonía. Dicen que Valinor, donde moran los dioses, no tiene límites.

—No dicen la verdad. Porque todas las cosas del mundo tienen un final, ya que el mundo mismo está limitado, y no puede ser el Vacío. Pero la Muerte no fue decretada por los Señores: es el don del Único, y un don que hasta los mismos Señores del Oeste envidiarán con el paso del tiempo.[20] Así lo han dicho los sabios de antaño. Y aunque quizá ya no podamos comprender sus palabras, al menos tenemos el conocimiento suficiente para saber que no podemos escapar, excepto a un destino peor. —Pero el decreto de que los de Númenor no pongamos pie en las orillas de los Inmortales, o caminemos por su tierra, ése sólo es un decreto de Manwë y sus hermanos. ¿Por qué no podemos? El aire de allí da larga vida, dicen.

—Quizá lo haga —dijo Elendil—; y quizá no es más que el aire que necesitan quienes ya tienen larga vida. Para nosotros tal vez sea muerte, o locura.

—Pero ¿no podríamos intentarlo? Los Eressëanos van allí, y en los días antiguos nuestros marineros solían visitar Eressëa sin sufrir mal alguno.

—Los Eressëanos no son como nosotros. No tienen el don de la muerte. Pero ¿de qué sirve debatir el gobierno del mundo? No tenemos ninguna certeza. No se canta que la tierra se hiciera para nosotros, sino que no podemos deshacerla, y si no nos gusta podemos recordar que la abandonaremos. ¿Acaso los Primeros Nacidos no nos llaman los Huéspedes? Mira la inquietud de espíritu que ha provocado ya. Cuando yo era joven no había pensamientos malignos. La muerte llegaba tarde y sin más dolor que el agotamiento. De los Eressëanos obtuvimos tantas cosas de belleza que nuestra tierra se hizo más hermosa que la de ellos, y quizá más hermosa para los corazones mortales. Se dice que antaño los mismos Señores caminaban a veces por los jardines que llamábamos en su honor. Allí poníamos sus imágenes, modeladas por los Eressëanos que los habían contemplado, como las imágenes de amigos amados.

«No había templos en esta tierra. Pero en la Montaña nos dirigíamos al Único, que no tiene imagen. Era un lugar sagrado, intacto por el arte mortal. Entonces llegó Sauron. Habíamos oído rumores de él a través de los marineros que volvían del Este. Las historias diferían: algunos decían que era un Rey más grande que el Rey de Númenor; otros, que se trataba de uno de los Poderes o sus vástagos designado para gobernar la Tierra Media. Unos pocos afirmaban que era un espíritu maligno, quizá Morgoth, que había regresado; pero de éstos nos reíamos.[21]

«Al parecer, a él también le llegaron rumores acerca de nosotros. No hace muchos años que llegó aquí, tres docenas y ocho,[22] pero lo parece. Tú eras un niño pequeño entonces, no sabías lo que estaba pasando en el este de esta tierra, lejos de nuestra casa occidental. A Tarkalion, el Rey, le impresionaron los rumores acerca de Sauron, y envió una misión para que descubriera qué había de verdad en las historias de los marineros. Muchos consejeros intentaron disuadirlo. Mi padre me dijo, y él era uno de ellos, que los más sabios e instruidos del Oeste recibieron mensajes de los Señores advirtiéndoles de que tuvieran cuidado. Porque los Señores decían que Sauron obraría el mal; pero que no podía venir aquí si no era convocado.[23] Tarkalion se había vuelto orgulloso y no quería que hubiera un poder en la Tierra Media mayor que el suyo propio. Por tanto, se enviaron los barcos, y Sauron fue convocado para que rindiera homenaje.

«En el puerto de Moriondë, al este de la tierra,[24] donde las rocas son oscuras, los guardias aguardaban incesantemente por orden del Rey el regreso de los barcos. Era de noche, pero la luna estaba brillante. Divisaron los barcos a lo lejos, que parecían navegar hacia el oeste a mayor velocidad que la tormenta, aunque había poco viento. De pronto el mar se agitó; se alzó hasta convertirse en una montaña e invadió la tierra. Los barcos fueron elevados y arrojados tierra adentro, y se quedaron en los campos. En el barco situado a más altura, que yacía sin agua en una colina, había un hombre, o alguien con forma humana pero de mayor estatura que cualquiera, aun de la raza de Númenor.

«Se irguió en la roca[25] y dijo: "Esto se ha hecho como signo de poder. Porque yo soy Sauron el poderoso, siervo del Fuerte (aquí habló oscuramente). Alegraos, hombres de Númenor, porque tomaré vuestro Rey como Rey y tendrá el mundo en las manos".

«Y creyeron los hombres que Sauron era grande, aunque temían la luz de sus ojos. A muchos les pareció hermoso, a otros terrible, y malvado a algunos. Pero lo condujeron hasta el Rey, y Sauron se humilló ante Tarkalion.

«Y he aquí lo que ha pasado desde entonces, paso a paso. Al principio sólo reveló secretos de artesanía, y nos enseñó a hacer muchas cosas poderosas y maravillosas que parecían buenas. Nuestros barcos navegan ahora sin necesidad de viento, y muchos están hechos de metal extraído de rocas ocultas, y no se hunden ni en la calma ni en la tormenta; pero ya no son de hermosa apariencia. Las torres se hacen cada vez más fuertes y altas, pero la belleza se queda en la tierra. Nosotros, que no tenemos enemigos, estamos sitiados con fortalezas inexpugnables, sobre todo en el Oeste. Los ejércitos se han multiplicado como para una larga guerra, y los hombres están dejando de amar o cuidar la hechura de otras cosas para su disfrute y deleite. Pero tenemos escudos impenetrables, espadas a las que nada puede oponer resistencia, sactas como el trueno que vuelan leguas sin errar el blanco. ¿Dónde están los enemigos? Hemos empezado a matamos unos a otros. Porque Númenor, que era tan grande, parece estrecha ahora. Por tanto, los hombres codician tierras que han sido propiedad de otras familias durante mucho tiempo. Se consumen de inquietud, como hombres encadenados.

«Por tanto, Sauron ha predicado liberación; ha ordenado al Rey que extienda la mano y haga un Imperio. Ayer era en el Este. Mañana, será en el Oeste.

«No teníamos templos, Pero ahora la Montaña esta expoliada. Los árboles han sido derribados y está desnuda; sobre la cumbre hay un Templo. Está hecho de mármol, y de oro, y de vidrio y acero, y es maravilloso, pero terrible. Nadie reza allí. Espera. Durante mucho tiempo Sauron no llamó a su amo por el nombre que aquí está maldito desde antaño. Al principio hablaba del Fuerte, del Poder Mayor, del Amo. Pero ahora habla abiertamente de Alkar,[26] de Morgoth. Ha profetizado su regreso. El Templo ha de ser su casa. Númenor ha de ser la sede del dominio del mundo. Mientras tanto, Sauron vive allí. Vigila la tierra desde la Montaña, y se alza por encima del Rey, aun del orgulloso Tarkalion, del linaje elegido por los Señores, la simiente de Eärendel.

«Pero Morgoth no viene. Ha venido su sombra; yace sobre el corazón y la mente de los hombres. Se interpone entre ellos y el sol, y todo lo que está debajo.

—¿Hay una sombra? —dijo Herendil—. No la he visto. Pero he oído a otros hablar de ella, y dicen que es la sombra de la Muerte. Pero Sauron no la trajo; prometió que nos liberaría de ella.

—Hay una sombra, pero es la sombra del temor a la Muerte, y la sombra de la avaricia. Pero también hay una sombra de un mal más oscuro. Ya no vemos al Rey. Su desagrado recae en los hombres, y parten; están por la tarde, y por la mañana, no. El aire libre no es seguro, los muros son peligrosos. Aun en el corazón de la casa puede haber espías. Y hay prisiones, y cámaras subterráneas. Hay tormentos, hay ritos malignos. Los bosques de noche, que antaño fueron hermosos —los hombres vagaban y dormían allí por placer, cuando tú eras un bebé— están ahora llenos de horror. Aun los jardines no están por completo limpios, después de la caída del sol. Y ahora incluso de día el humo surge del templo: las flores y la hierba se marchitan allí donde cae. Las viejas canciones han sido olvidadas o alteradas, torcidas a otros significados.

—Sí, que uno aprende día a día —dijo Herendil—. Pero algunas de las nuevas canciones son fuertes y alentadoras. No obstante, oigo ahora que algunos nos aconsejan que abandonemos la antigua lengua. Dicen que deberíamos dejar el eressëano, y recuperar el habla ancestral de los Hombres. Sauron la enseña. Creo que en esto al menos no hace bien.

—Sauron nos engaña doblemente. Porque los hombres aprendieron el habla de los Primeros Nacidos, y por tanto si retrocediéramos en verdad a los comienzos no encontraríamos los dialectos rotos de los hombres salvajes, ni el habla sencilla de nuestros padres, sino simplemente el habla de los Primeros Nacidos. Pero el eressëano es la más hermosa de las lenguas de los Primeros Nacidos, y la utilizan para conversar con los Señores, y une sus diversos linajes unos con otros, y a ellos con nosotros. Si la abandonamos nos separaremos de ellos, y nos empobreceremos.[27] Esa es su intención, sin duda. Pero su maldad no tiene fin. Escucha, Herendil, y presta atención. Se acerca el momento en que toda su maldad dará amargo fruto, si no la derribamos. ¿Esperaremos a que el fruto madure o talaremos el árbol y lo arrojaremos al fuego?

Herendil se puso en pie de pronto, y se dirigió hacia la ventana.

—Hace frío, padre —dijo—, y la luna se ha ido. Confío en que el jardín esté vacío. Los árboles crecen demasiado cerca de la casa.

Cubrió la ventana con una pesada tela bordada y luego volvió, acurrucándose junto al fuego como golpeado por un frío repentino, Elendil se inclinó en la silla y continuó en voz baja.

—El Rey y la Reina envejecen, aunque no todos lo saben, porque rara vez son vistos. Quieren saber dónde está la vida eterna que Sauron les prometió si construían el Templo para Morgoth. El Templo está construido, pero ellos han envejecido. Pero Sauron lo había previsto así, y he oído (ya ha cundido el rumor) que ha afirmado que los Señores retienen la recompensa de Morgoth, y que no es posible otorgarla mientras ellos obstruyan el camino. Para tener la vida, Tarkalion debe tener el Oeste.[28] Vemos ahora el propósito de las torres y las armas. De la guerra se habla ya, aunque no nombran al enemigo. Pero yo te digo que muchos sabemos que la guerra se hará en el Oeste, en Eressëa, y más allá. ¿Te das cuenta de adonde llegan nuestro peligro y la locura del Rey? Y el destino se acerca con rapidez. Los barcos están siendo llamados a casa desde los [? rincones] del mundo. ¿Acaso no te has preguntado por qué hay tanta gente ausente, sobre todo entre los jóvenes, y por qué en el Sur y el Oeste de nuestra tierra languidecen tanto el trabajo como el entretenimiento? Mensajeros de confianza me han informado de que en un puerto secreto del Norte hay construcciones y forjas.

—¿Te han informado? ¿Qué quieres decir, padre? —preguntó Herendil como asustado.

—Lo que estoy diciendo. ¿Por qué me miras con tanta extrañeza? ¿Acaso pensaste que al hijo de Valandil, caudillo de los hombres sabios de Númenor, lo engañarían las mentiras de un siervo de Morgoth? No quisiera faltar a la palabra que le di al Rey, ni tengo la intención de causarle perjuicio. Seré fiel a la Casa de Eärendel mientras viva. Pero si he de elegir entre Sauron y Manwë, todo lo demás es secundario. No me inclinaré ante Sauron, ni ante su amo.

—Pero hablas como si dirigieras este asunto... Lo lamento, porque te quiero; y aunque jures fidelidad no te salvará del peligro de traición. Aun desaprobar a Sauron se considera rebelión.

—Lo dirijo, hijo mío. Y he considerado el peligro tanto para mí mismo como para todos los que amo. Hago lo correcto y lo que debo hacer, pero no puedo seguir ocultándotelo. Tienes que elegir entre tu padre y Sauron. Pero te doy la libertad de elegir y no te impongo la obediencia como hijo, si no he convencido tu mente y tu corazón. Serás libre de ir o de quedarte, sí, aun de informar a quien consideres oportuno de todo cuanto te he dicho. Pero si te quedas y aprendes más cosas, que atañerán planes más secretos y otros [? nombres] además del mío estarás obligado por el honor a mantener tu palabra, suceda lo que suceda. ¿Te quedarás?

—*Atarinya tye-meláne* —dijo Herendil de pronto, y aferrándose a las rodillas de su padre apoyó la [? cabeza en ellas] y lloró.

—Mala es la hora que te [? impone] semejante elección —dijo su padre, poniéndole una mano sobre la cabeza—. Pero el destino obliga a algunos a hacerse hombres antes de tiempo. ¿Qué dices?

—Me quedo, padre.

Christopher Tolkien apunta: «La narrativa acaba aquí. No hay razones para pensar que llegara a escribirse algo más. El manuscrito, que hacia el final se hace cada vez más rápido, termina en un garabato». Después continúa con su estimación de cuáles serían los planes de su padre, en aquel momento, para continuar la historia:

Hay algunas páginas de notas que dan una idea de lo que pensaba mi padre —en cierta medida— acerca de la continuación de la historia después del punto en que la abandonó. A veces resultan bastante difíciles de leer, y en cualquier caso demuestran la rapidez con la que cambiaban las ideas: se trata de vestigios de pensamientos, no de afirmaciones o de concepciones formuladas. Lo que es más importante: es evidente que al menos algunas de estas notas precedieron a la narrativa real que se escribió y se incorporaron en ella, o se sustituyeron por algo diferente, y es muy posible que éste sea el caso de todas ellas, aun las que se refieren a la última parte de la historia que no llegó a escribirse. No obstante, de ellas se desprende que mi padre estaba preocupado sobre todo por la relación entre el padre y el hijo, que tenía una importancia fundamental. En Númenor había creado una situación en la que hacía posible un conflicto angustioso entre ellos, que contrastaba completamente con la tranquila armonía con que empezaron —o acabaron— los Errol [La familia de los Errol —ancestros y descendientes— son los protagonistas de la narrativa proyectada de *El camino perdido*]. La relación de Elendil y Herendil estaba sometida a una gran amenaza. El conflicto podría haber tenido muchas soluciones narrativas dentro del marco del acontecimiento conocido, el ataque a Valinor y la Caída de Númenor, y en estas notas mi padre se limitaba a esbozar algunas de ellas, de las que no llegó a desarrollar o recuperar ninguna.

Una cuestión, aparentemente sin importancia, se encuentra en las palabras «las Águilas del Señor del Oeste»: ¿qué significaban, y qué lugar tienen en la historia? Al parecer mi padre estaba tan intrigado como Alboin Errol cuando las utilizó ([*Camino*] pp. 47, 58). Se pregunta si «Señor del Oeste» se refiere al Rey de Númenor, o a Manwë, o si el título corresponde a Manwë pero se lo apropió el Rey a su pesar; y concluye: «probablemente lo último». Sigue un «guion» en que Sorontur, Rey de las Águilas, es enviado por Manwë, y al volar contra el sol arroja una gran sombra en el suelo. Fue entonces cuando Elendil pronunció la frase, pero alguien lo oyó e informó a Tarkalion, quien lo mandó llamar y declaró que el título era suyo. En la historia escrita Elendil dirige las palabras a Herendil ([*Camino*] p. 75 [En este volumen, p. 333]), cuando contempla las nubes levantándose en el oeste en el cielo del anochecer que extienden «grandes alas»: la misma visión que inspiró a Alboin Errol, y a los hombres de Númenor en la *Akallabêth* (p. 376 [En este volumen p. 267]); y Herendil replica que el título corresponde al Rey por decreto. Las consecuencias del arresto de Elendil no se explican claramente en las notas, pero se dice que

Herendil recibió el mando de uno de los barcos, que Elendil mismo se unió a la gran expedición porque seguía a Herendil, que cuando llegaron a Valinor, Tarkalion dejó a Elendil como rehén en el barco de su hijo, y que cuando desembarcaron en la orilla, Herendil fue golpeado. Elendil lo rescató y lo subió a bordo, y «perseguidos por los proyectiles de Tarkalion» navegaron de nuevo hacia el este. «Cuando se aproximan a Númenor el mundo se curva; contemplan que la tierra se desliza hacia ellos»; y Elendil cae en el abismo y se ahoga.* Este grupo de notas acaba con referencias a la llegada de los Númenóreanos a la Tierra Media y a las «historias posteriores»; «los barcos voladores», «las cavernas pintadas», «cómo el Amigo de los Elfos caminaba por el Camino Recto».

Hay otras notas que se refieren a unos planes de los «anti-Saurianos» para atacar el Templo, planes que desvela Herendil «con la condición de que Elendil sea perdonado»; el ataque fracasa y Elendil es capturado. Sea en relación con esto o no, se indica que Herendil es arrestado y encarcelado en las mazmorras de Sauron, y que Elendil renuncia a los Dioses para salvar a su hijo.

En mi opinión todo esto había sido desechado cuando se escribió la narrativa, y las palabras finales de Herendil demuestran que mi padre tenía en mente una solución muy distinta,

*. Sería interesante saber si una nota tentadoramente oscura, garabateada aparte, se refiere a esta historia apenas atisbada: «Si uno le falta al otro perecen y no regresan. Así pues, en el último momento Elendil debe convencer a Herendil de que se quede atrás; de otro modo habrían muerto. En ese momento se ve a sí mismo como Alboin y se da cuenta de que Elendil y Herendil habían muerto».

en la que Elendil y su hijo se enfrentaron unidos a cualesquiera acontecimientos que les acaecieron.*

En los primeros textos no se indica la duración del reino de Númenor desde su fundación a su ruina, y solo se menciona un Rey. En su conversación con Herendil, Elendil atribuye todos los males que han sucedido a la llegada de Sauron: surgieron por tanto en un período bastante breve (cuarenta y cuatro años, p. 80); mientras que en la *Akallabêth*, cuando se había desarrollado gran parte de la historia númenóreana, los males empezaron mucho antes, y de hecho se remontan al duodécimo regente, Tar-Ciryatan el Constructor de Barcos, que tomó el cetro casi mil quinientos años antes de la Caída (*Akallabêth* p. 360, *Cuentos inconclusos*, p. 282 [En este volumen p. 218]).

De las palabras de Elendil al final de *El camino perdido* se desprende un cuadro siniestro: el ocultamiento del Rey entontecido y viejo a la gente, la desaparición inexplicada de la gente impopular para el «gobierno», informadores, prisiones, torturas, secretos, miedo a la noche; propaganda en forma de «revisión de la historia» (ejemplificada por las palabras de Herendil acerca de lo que se decía ahora de Eärendil, p. 73); multiplicación de las armas de guerra, cuyo propósito está oculto pero se adivina; y detrás de todo la figura terrible de Sauron, el verdadero poder vigilando la tierra entera desde la Montaña de Númenor. Las enseñanzas de Sauron llevaron

*. Yo supuse ([Camino] p. 40) que, al aparecer Elendil de Númenor en CNII (§14 [Camino, p. 40]) como Rey de Beleriand, debe de haber estado entre los que no tomaron parte en la expedición de Tarkalion, sino que «se habían quedado en los barcos en la costa oriental de la tierra» (CN §9 [Camino, p. 29]).

a la construcción de barcos de metal que surcan los mares sin velas, pero que son horribles a los ojos de quienes no han abandonado u olvidado Eressëa; a la construcción de fortalezas inexorables y feas, y misiles que pasan con un ruido como de trueno y que golpean sus objetivos a muchas millas de distancia. Además, los jóvenes ven a Númenor superpoblada, aburrida, «demasiado conocida»: «todos los árboles y briznas de hierba están contados», en palabras de Herendil; y al parecer Sauron utiliza este descontento para fomentar la política de expansión «imperial» y de ambición con la que presiona al Rey. Cuando en ese entonces mi padre retrocedió al mundo del primer hombre que se llamó «Amigo de los Elfos» encontró allí la imagen de lo que él más condenaba y temía.

NOTAS

INTRODUCCIÓN

1 *Cartas de J. R. R. Tolkien* [*Cartas*] carta 131, p. 170.

2 *Ibíd.* Carta 91, p. 126.

3 *Cartas*, carta 131, p. 179. Tolkien escribió esta carta a Milton Waldman, editor de William Collins, Sons & Co Ltd, tratando de interesarlo en *El Silmarillion* y *El Señor de los Anillos* porque sus editores en ese momento, George Allen and Unwin (a pesar de que consiguieron mucho éxito con *El Hobbit*), estaban nerviosos por encargarle dos libros largos en una época en que la industria editorial sufría dificultades derivadas de la escasez de papel tras la guerra. Para más información sobre este difícil período del nacimiento de una obra maestra, ver Carpenter, H. (1990) *J. R. R. Tolkien: una biografía*, pp. 231-242, y Unwin, R. (2021) *George Allen & Unwin: A Remembrancer*, pp. 71-104.

4 *Los pueblos de la Tierra Media* [*Pueblos*], p. 170.

5 *Cartas*, carta 257, p. 403.

6 *Ibíd.*, carta 294, p. 439.

7 *Lejos del planeta silencioso*, el primer libro de la «trilogía espacial» de C.S. Lewis, se publicó en 1938, seguido en 1943 por *Perelandra* (llamado también *Viaje a Venus*) y por *Esa horrible fuerza* de 1945.

8 *Cartas*, carta 257, p. 404.

9 *Ibíd.*, carta 294, p. 439.

10 En enero de 1961 Tolkien escribió (*Cartas*, carta 227, p. 354): «Númenor, abreviatura de Númenórë, es de mi propia invención; se compone de *numé-n*, 'descender' (√ndū, nu), atardecer, oeste, y *nōrë*, 'tierra, país' = Oesternesse. Las leyendas de Númenórë figuran sólo en el marco de *El Señor de los Anillos*, aunque (por supuesto) fueron escritas primero y sólo aparecen resumidas en el Apéndice A. Están ahora a mi propia disposición para ser utilizadas en la leyenda de Atlantis, pero no se basan en un conocimiento especial, sino en una preocupación personal particular por esta tradición de la cultura de los hombres centrada en el mar, que tan profundamente afectó a la imaginación de los pueblos de Europa con costas occidentales.

11 *Ibíd.*, carta 131, p. 183.

12 *Ibíd.*, carta 24, p. 41.

ANTES DE LA SEGUNDA EDAD

1 Las citas de este capítulo están todas tomadas de *Cartas,* carta 131, pp. 170 y ss.

2 Tolkien añade en una nota al pie: «En la medida en que todo esto tiene significación simbólica o alegórica, la luz es un símbolo fundamental de tal índole en la naturaleza del Universo, que apenas puede analizarse. La Luz de Valinor (derivada de la luz antes de que tuviera lugar caída alguna) es la luz del arte no divorciado de la razón, que ve las cosas a la vez de manera científica (o filosófica) e imaginativa (o subcreativa) y dice que son buenas... y hermosas. La luz del sol (o de la luna) deriva de los Árboles sólo después de haber sido estos mancillados por el Mal».

3 En otro lugar de su carta a Milton Waldman, Tolkien se refiere a lo que veía como los temas primarios de sus escritos sobre la Tierra Media, uno de los cuales era el concepto de «la caída», que normalmente se relaciona con creencias judeocristianas que surgen de la narración bíblica de Adán y Eva (Génesis: capítulo 3), pero a los que Tolkien proporciona una aplicabilidad más amplia:

«En la cosmogonía hay una caída: una caída de Ángeles, deberíamos decir. Aunque, por supuesto, muy distinta en cuanto a la forma de la del mito cristiano. Estos cuentos son "nuevos", no derivan en forma directa de otros mitos y leyendas, pero inevitablemente deben contener en gran medida motivos o elementos antiguos ampliamente difundidos. Después de todo, creo que las leyendas y los mitos encierran no poco de "verdad"; por cierto, presentan aspectos de ella que sólo pueden captarse de ese modo; y hace ya mucho se descubrieron ciertas verdades y modos de esta especie que deben siempre reaparecer. No puede haber ningún "cuento" sin caída —todos los cuentos son en última instancia acerca de la caída—, cuando menos, no para las mentes humanas tal como las conocemos y las tenemos. Así pues, prosiguiendo, los Elfos tienen una caída antes de que su "historia" pueda volverse histórica. (La primera caída del Hombre, por las razones explicadas, no se registra en parte alguna; los Hombres no aparecen en escena hasta mucho después de que eso haya sucedido, y sólo se rumorea que, por algún tiempo, cayeron bajo el dominio del Enemigo, y que algunos se arrepintieron de ello.)».

4 Tolkien añade como nota: «Por supuesto, en realidad esto sólo significa que mis "elfos" son una representación o aprehensión de una parte de la naturaleza humana, pero ése no es el modo legendario de hablar».

5 *Los hijos de Húrin* y *La Caída de Gondolin*, editados por Christopher Tolkien como obras independientes, fueron publicados, respectivamente, en 2007 y 2018.

I. FUNDACIÓN DE LOS PUERTOS GRISES Y DE LINDON

1 *El Señor de los Anillos*, apéndice B [Apéndice B], p. 1179.

2 *Pueblos*, p. 199.

3 *El Silmarillion*, «De los anillos de poder» [*Anillos*], p. 418.

4 *Cartas*, carta 131, p. 179. Para comprender la evolución de la narrativa que se incluye en *El Silmarillion* como «Akallabêth», los lectores

deberían consultar *Los pueblos de la Tierra Media*, «Primera parte: El prólogo y los apéndices de *El Señor de los Anillos*, V, «La historia de la Akallabêth», pp. 170 y ss.

5 Eressëa, también conocida como la Isla Solitaria, estaba situada al este de Aman ('el reino bendecido') que incluía a Valinor, hogar de los Valar. Su historia se cuenta en el capítulo 5 de *El Silmarillion*.

6 La etimología del nombre *Avallónë* se comenta en *El camino perdido y otros escritos*, «Las Etimologías' pp. 405 y 427, pero queda claro que esto proporcionó a Tolkien una feliz coincidencia para unir la isla del *legendarium* de la Tierra Media con la isla de Avalon que aparece en las leyendas artúricas y que Tolkien cita como influencia literaria, trazando un paralelismo entre el fallecimiento del moribundo Rey Arturo y la partida del portador del Anillo hacia las Tierras Imperecederas: «A Bilbo y Frodo se les concede la gracia especial de ir con los Elfos que aman; un final artúrico, en el que, por supuesto, no se hace explícito si se trata de una "alegoría" de la muerte o de un modo de cura y restauración que conducirá al retorno». (*El fin de la Tercera Edad*, «El epílogo», p. 155).

7 *El Silmarillion*, «Akallabêth' [*Akallabêth*], p. 381. Ver la nota 4 más arriba. También son de interés las versiones tempranas de Tolkien de la idea sobre la Atlántida: *El camino perdido y otros escritos*, I «La historia temprana de la leyenda», pp. 13-6, y II «La Caída de Númenor», pp. 17 y ss.; y *La Caída de Númenor*, Segunda parte, «El hundimiento de Anadûnê", pp. 217 y ss

8 *Anillos*, p. 418.

9 Apéndice B, p. 1180. En los escritos de Tolkien, varios linajes se adscriben a Gil-galad, pero cuando editó *El Silmarillion*, Christopher Tolkien optó por quedarse con la opción de su padre en la que Gil-galad es hijo de Fingon. Su parentesco se comenta brevemente en *Pueblos*, Segunda parte, Escritos tardíos, XI, «La marca de Fëanor» [*Marca*], p. 405. [Gil-galad, cuya historia posterior está inextricablemente unida con el destino de la Segunda Edad, fue llamando entonces en quenya] «estrella de resplandor» (...) en referencia al yelmo y la malla, y al escudo cubierto de plata y con estrellas blancas, que brillaban desde lejos como una estrella a la luz del sol o de la

luna y podía ser visto por los ojos de los Elfos a una gran distancia cuando estaba sobre una colina.

10 *Cuentos inconclusos* [*CI*], pp. 371-2.

11 *CI*, pp. 365-6. Parte de una descripción mucho más larga proporcionada en «un ensayo muy posterior y principalmente filológico citado por Christopher Tolkien en *CI*, véase también la nota 14.

12 *Comunidad*, Libro segundo, 8. «El espejo de Galadriel», p. 381. En *La naturaleza de la Tierra Media*, p. 381 nota 8, que contiene comentarios etimológicos posteriores de Tolkien sobre el nombre de Galadriel, se dice: «El nombre de "Galadriel" viene, en esta forma, del sindarin. Su sentido original era "señora de la corona centelleante", con referencia al lustre resplandeciente de sus cabellos dorados, que en su juventud llevaba en tres trenzas largas, con la del medio colocada alrededor de su cabeza. Celeborn también proviene de esta forma del sindarin, pero originalmente significaba "alto y plateado"».

13 El texto completo de Christopher Tolkien dice: «En ninguna parte de la historia de la Tierra Media hay más dificultades y problemas que en la historia de Galadriel y Celeborn, y es preciso admitir que graves incoherencias "impregnan las tradiciones"; o, para examinar la cuestión desde otro punto de vista, que el papel desempeñado por Galadriel y su importancia sólo fueron emergiendo lentamente, y que su historia se fue rehaciendo de continuo». Véase *CI* Parte dos: La Segunda Edad, IV, «La historia de Galadriel y Celeborn» pp. 362 y ss.; véase también *Naturaleza*, Parte tres: El mundo, sus tierras y sus habitantes, XVI, «Galadriel y Celeborn», pp. 374 y ss.

14 *Anillos*, p. 418.

15 *El Señor de los Anillos*, Apéndice A [*Apéndice A*], p. 1129.

16 Apéndice A, p. 1129.

32- LOS EDAIN LLEGAN A NÚMENOR

1 En los borradores tempranos para «La Cuenta de los Años», Tolkien había fijado «La fundación de Númenor» en el año 50 de la Segunda Edad (véase *Pueblos*, Parte uno, VI, p. 207); esta fecha fue enmenda-

da más tarde al año 32 SE, pero mientras preparaba «La Cuenta de los Años» para ser incluido en *Retorno*, Apéndice B, se afirma que el año 32 es la fecha en que «Los Edain llegan a Númenor». Se desprende de ello que el autor consideraba que estos dos hechos —la Fundación de Númenor y la llegada de los Edain— habían tenido lugar en el mismo arco de fechas.

2 Véase *El Silmarillion*: 12 «De los Hombres»; 17 «De la llegada de los Hombres al Oeste»; las Genealogías (III «La Casa de Bëor»; IV y V «La Casa de Hador y El pueblo de Haleth»).

3 Apéndice A, p. 1129.

4 *El Silmarillion*, Valaquenta [*Valaquenta*], p. 34.

5 Un jefe de los Maiar descrito en *Valaquenta*, pp. 34-5 como «el portador del estandarte y el heraldo de Manwë, cuyo poderío con las armas nadie supera en Arda».

6 Un Maia descrito en *Valaquenta*, p. 35, como «amo de los mares que bañan las costas de la Tierra Media».

7 Un Vala descrito en *Valaquenta*, p. 30, como señor de «todas las sustancias de las que Arda está hecha. (...) fue él quien dio forma a todas las tierras (...) herrero y maestro de todos los oficios».

8 Una Valie esposa de Aulë, descrita en *Valaquenta*, p. 31, como «la Dadora de Frutos. (...) amante de todas las cosas que crecen en la tierra, y conserva en la mente todas sus innumerables formas».

9 De las palabras *anna* ('don') y *dor* ('tierra').

10 *Akallabêth*, p. 381.

11 Como Christopher Tolkien apunta, en *Pueblos*, p. 175 §5, el pasaje original de «El hundimiento de Anadûnê» se cita en *La Caída de Númenor*, p. 248: «Entonces los Edain reunieron todos los barcos, grandes y pequeños, que habían construido con la ayuda de los Elfos, y los que quisieron partir tomaron a sus esposas y a sus hijos y todo cuanto poseían y se hicieron a la mar sobre las aguas profundas, en dirección a la Estrella».

12 *Akallabêth*, pp. 381-2.

13 Publicado por primera vez en *Pueblos*, p. 175 §5 continuando en p. 176, no fue incluido en los extractos presentes en *CI*. Se dice de Círdan el Carpintero de Barcos que «veía a más distancia y profundidad en el futuro que nadie en la Tierra Media» (*Pueblos*, pp. 441 y ss.) y fue

a él a quien Celebrimbor confió el anillo Élfico Narya, el Anillo de Fuego. Círdan después le traspasaría el anillo a Gandalf a su llegada a la Tierra Media, diciendo: «Toma este anillo, Maestro (...) porque tus trabajos serán pesados; pero te dará consuelo en la fatiga que te has impuesto. Pues éste es el Anillo de Fuego, y con él podrás reanimar los corazones en un mundo que se enfría. En cuanto a mí, mi corazón está con el mar, y habitaré junto a las costas grises hasta que parta el último barco. Te esperaré». (*Retorno*, Apéndice B, p. 1182). Círdan luchó en la Última Alianza de Elfos y Hombres y, más tarde, como Maestro de los Puertos Grises, recibió a Galadriel, Celeborn, Elrond, Gandalf, Frodo y Bilbo cuando los portadores del Anillo se preparaban para embarcar hacia las Tierras Imperecederas en el barco que había construido para su viaje final.

14 Apéndice A, p. 1129. En otro lugar se lee: «Al pueblo númenóreano en general se le atribuye una duración máxima de vida unas cinco veces más larga que la de los otros Hombres»; véase el comentario de Christopher Tolkien, *CI*, p. 357 nota 1.

15 La fuente de los extractos citados en esta nota editorial es *Akallabêth*, p. 384. En otro lugar (*Cartas*, carta 156, pp. 204-5) Tolkien escribió: «Según el punto de vista de esta mitología, la "mortalidad", o una breve extensión de vida, y la "inmortalidad", o una extensión de vida indefinida, eran parte de lo que podríamos llamar la *naturaleza* biológica y espiritual de los Hijos de Dios, los Hombres y los Elfos (los primogénitos), respectivamente, que *no* podía ser alterada por nadie (ni siquiera por un Poder o Dios); y el Único no la alteraba tampoco, salvo quizá por una de esas extrañas excepciones a todas las reglas y ordenanzas que parecen darse en la historia del Universo y manifiestan el Dedo de Dios, como la única Voluntad y Agente enteramente libre».

Añade en una nota: «La historia de Beren y Lúthien es la única gran excepción, pues constituye el modo por el cual lo "élfico" se entreteje con la historia humana».

Tolkien entonces continúa: «[A los Edain] se les prohibió navegar hacia el Oeste más allá de su propia tierra porque no se les permitía ser o tratar de ser "inmortales"; y en este mito el Reino Bendecido se representa con una existencia física concreta como región del mundo real, a la que podrían haber llegado por barco, pues eran grandes marineros».

16 En el borrador de una carta para un lector, Tolkien escribió (*Cartas*, carta 244, p. 377): «Un Rey númenóreano era *monarca*, con poder de decisión incuestionable en el debate; pero gobernaba el reino dentro del marco de la antigua ley, de la que él era el administrador (e intérprete), pero no el hacedor». La genealogía de los Reyes y Reinas de Númenor (tres mujeres) que se sigue en este libro se toma de *CI* Parte dos: La Segunda Edad, III «La Línea de Elros: Reyes de Númenor», pp. 348-56. Una lista abreviada aparece en *El Señor de los Anillos*, Apéndice A, «Anales de los Reyes y los Gobernantes», I «Los Reyes númenóreanos», pp. 1127-31, incluyendo (pp. 1129-30) la siguiente anotación:

Estos son los nombres de los Reyes y las Reinas de Númenor: Elros Tar-Minyatur, Vardamir, Tar-Amandil, Tar-Elendil, Tar-Meneldur, Tar-Aldarion, Tar-Ancalimë (la primera Reina Regente), Tar-Anárion, Tar-Súrion, Tar-Telperiën (la segunda Reina), Tar-Minastir, Tar-Ciryatan, Tar-Atanamir el Grande, Tar-Ancalimon, Tar-Telemmaitë, Tar-Vanimeldë (la tercera Reina), Tar-Alcarin, Tar-Calmacil, Tar-Ardamin.

Tras Ardamin, los Reyes recibieron el cetro adoptando nombres en lengua númenóreana (o adûnaica): Ar-Adûnakhôr, Ar-Zimrathôn, Ar-Sakalthôr, Ar-Gimilzôr, Ar-Inziladûn. Inziladûn se arrepintió de la actitud de los Reyes y adoptó el nombre de Tar Palantir «El de vista penetrante». La hija de Inziladûn tuvo que haber sido la cuarta Reina, Tar-Míriel, pero el sobrino del Rey usurpó el cetro y se convirtió en Ar-Pharazôn el Dorado, último Rey de los Númenóreanos. En los días de Tar-Elendil, los primeros barcos de los Númenóreanos volvieron a la Tierra Media. La hija mayor de Tar-Elendil se llamaba Silmariën. El hijo de Silmariën fue Valandil, primero de los Señores de Andúnië en el oeste de la tierra, y fue renombrado por su amistad con los Eldar. De él descendieron Amandil, el último señor, y su hijo Elendil el Alto.

El sexto Rey tuvo solo una hija. Ella fue la primera Reina; pues fue entonces cuando se promulgó una ley para la casa real: el mayor de los hijos del Rey, cualquiera fuera su sexo, recibiría el cetro.

17 Elros (en Élfico «Espuma de la estrella») y su hermano gemelo Elrond («Cúpula de las estrellas») nacieron en el año 532 de la Primera Edad, hijos de Eärendil y su esposa Elwing. Seis años más tarde los niños fueron capturados por Maglor y Maedhros (dos de los hijos de Fëanor) durante la tercera y más cruel de las matanzas de hermanos causada por su intento de recuperar el Silmaril que tenía Elwing. A pesar de la terrible masacre, Maglor y Maedhros perdonaron la vida de los niños y Maglor los crio en su propio hogar.

Inmediatamente después de la Tercera Matanza de Hermanos, Eärendil y Elwing viajaron a Valinor para convencer a los Valar de ayudar a los Humanos y los Elfos de la Tierra Media en sus luchas contra el Vala rebelde, Morgoth («Enemigo Oscuro del mundo»), el primer Señor Oscuro y raíz de toda la maldad en la Tierra Media. Aunque quebrantaron la prohibición de los Valar de que un mortal pisara el suelo sagrado de las Tierras Imperecederas, la vida de Eärendil fue perdonada, pues había rogado por los Elfos y los Hombres de la Tierra Media. Como Medio Elfo, se les dio a él y a Elwing la elección de ser contados entre los Elfos o los Hombres, una elección que más adelante se les prometió a sus hijos. Eärendil siguió la elección de su esposa y fue contado entre el pueblo de los Elfos. De sus hijos, Elrond tomó la misma elección, mientras que Elros eligió vivir como un Hombre y se convirtió en el primer Rey de Númenor. El relato completo de estos hechos se cuenta en *El Silmarillion*, 24 «Del viaje de Eärendil y la Guerra de la Cólera», pp. 361 y ss. Bilbo narra en verso el final de la historia de Eärendil en Rivendel, y Frodo lo escucha mientras iba «largamente de un lado a otro en un sueño de música que se transformaba en agua corriente, y luego en una voz». *Comunidad*, Libro segundo, 2 «Muchos encuentros», pp. 252-5.

18 Apéndice A, I (iii), p. 1138, nota 1.

19 Elros tomó el nombre Tar-Minyatur, que significa en quenya «El primero y más elevado», de las palabras *tar* ('Rey'), *minya* ('primero') y *ture* ('señor' o 'maestro'). Por tradición, los siguientes gobernantes de Númenor adoptaron el prefijo «Tar-' en sus títulos reales hasta, como hemos comentado, el reinado del vigésimo Rey,

Ar-Adûnakhôr (Tar-Herunúmen), quien tomó su título del adûnaico, la lengua de los hombres de Númenor.

20 *CI*, p. 353

LA GEOGRAFÍA DE NÚMENOR

1 Las descripciones geográficas de la isla de Númenor están tomadas de *CI* (Segunda parte: La Segunda Edad, I: «Una descripción de la isla de Númenor», pp. 237 y ss.) y *Naturaleza* (Tercera parte: El mundo, sus tierras y sus habitantes, XIII, «De la tierra y los animales de Númenor», pp. 358 y ss.), pero para los propósitos de este libro han sido ordenados para describir de la mejor manera posible la geografía física de la isla. Para evitar un exceso de notas al pie, a no ser que se mencione lo contrario, los pasajes se han tomado de estas dos fuentes. Algunos detalles referentes a períodos específicos de los reinados de ciertos Reyes en particular han sido reubicados dentro de los marcos temporales relevantes, de los cuales se ha anotado la fuente.

2 Tolkien utiliza aquí el vocablo *hards*, usado para definir la tierra firme o sólida de algunas playas o bandas costeras.

LA VIDA NATURAL DE NÚMENOR

1 Las explicaciones que siguen sobre la flora y la fauna de Númenor están tomadas, de Nuevo, de *CI* (Segunda parte: La Segunda Edad, I: «Una descripción de la isla de Númenor», pp. 273 y ss.) y *Naturaleza* (Tercera parte: El mundo, sus tierras y sus habitantes, XIII «De la tierra y los animales de Númenor», pp. 361 y ss.), pero organizadas de un modo que sirva mejor a la narrativa; y, como en «La geografía de la Tierra Media» anterior, los pies de página sólo se añaden donde se incluye material de fuentes adicionales.

2 Laurelin (el Árbol Dorado) junto con Telperion (el Árbol Plateado) fueron los dos árboles de Valinor que iluminaban el reino. Relatos de su creación y destrucción pueden encontrarse en *El Silmarillion* (Quenta Silmarillion I «Del principio de los días", VIII «Del oscure-

cimiento de Valinor») y en otros lugares. Mientras que hubo sucesores del Telperion que sobrevivieron hasta la Tercera Edad (como el Árbol Blanco de Gondor), «no quedó en la Tierra Media nada parecido a Laurelin el Dorado» (*Retorno*, Apéndice A (i) Númenor, p. 1128).

3 *Comunidad*, Libro segundo, 6, «Lothlorien», p. 360.

LA VIDA DE LOS NÚMENÓREANOS

1 Los relatos sobre la vida y la cultura de los Edain, los Hombres de Númenor, están de nuevo tomados de *CI* (Segunda parte: La Segunda Edad, I: «Una descripción de la isla de Númenor», pp. 270 y ss.), *Akallabêth*, pp. 382-3, y *Naturaleza* (Tercera parte: «El mundo, sus tierras y sus habitantes», XI «Las vidas de los Númenóreanos», pp. 350 y ss.; XII «El envejecimiento de los Númenóreanos», pp. 354 y ss.), pero organizados de un modo que sirva mejor a la narrativa; y, como se explica anteriormente, las notas al final sólo se añaden donde se incluye material de fuentes adicionales.

2 Del sindarin, significa 'hombres del oeste' y 'occidentales', un nombre usado para los Númenóreanos que mantenían amistad con los Elfos.

3 Para Tolkien, el significado espiritual de la fe religiosa y las ceremonias de los Númenóreanos no sólo era central ideológicamente para *El Señor de los Anillos* (y, más ampliamente, a todo su *legendarium*), sino que también ejercía la aplicabilidad con el propio mundo del autor. En una nota, que pretendía ser un comentario personal, sobre la crítica que W.H. Auden hizo de *El retorno del Rey* en *The New York Times Book Review* del 22 de enero de 1956 (*Cartas*, carta 183, p. 286), Tolkien escribió:

> En *El Señor de los Anillos* el conflicto no se centra básicamente en la «libertad», aunque, por supuesto, ella queda comprendida. Se centra en Dios y su derecho exclusivo al divino honor. Los Eldar y los Númenóreanos creían en El Único, el verdadero Dios, y consideraban una abominación la veneración de cualquier otra persona. Sauron deseaba ser un Rey-Dios, y sus servidores lo tenían por tal; si hubiera resultado victorioso habría exi-

gido honores divinos de todas las criaturas racionales y poder temporal absoluto por sobre el mundo entero. De modo que, si aun sumido en la desesperación «el Oeste» hubiera criado o contratado hordas de Orcos y hubiera asolado cruelmente las tierras de otros Hombres como aliados de Sauron, o meramente para impedirles que lo ayudaran, su Causa habría seguido siendo irrevocablemente justa. Como lo es la Causa de los que se oponen ahora al Dios-Estado y al mariscal Esto o Aquello como su Sumo Sacerdote, a pesar de que es cierto (como desdichadamente lo es) que muchas de sus acciones son injustas, y aunque fuera cierto (que no lo es) que los habitantes del «Oeste», salvo una minoría de patrones ricos, viven en temor y escualidez, mientras que los veneradores del Dios-Estado viven en paz y abundancia, en la mutua estima y la confianza.

4 *Cartas*, carta 156, p. 240.

5 Tolkien concibió el adûnaico como parte de su narración inconclusa *Los papeles del Notion Club* (1945), donde uno de los protagonistas, Alwin Lowdham, recopila un informe (inconcluso) sobre la lengua númenóreana. Es una impresionante pieza, que se desarrolla a lo largo de muchas páginas, y puede leerse en *La Caída de Númenor*, pp. 306 y ss. Para el uso tardío de la lengua de Númenor, más allá del final de la Segunda Edad, y su relación con las otras lenguas de la Tierra Media, véase *El Señor de los Anillos*, Apéndice F, Los lenguajes y los pueblos de la Tercera Edad, «De los Hombres» (pp. 1224 y ss.).

6 La Línea de los Señores de Andúnië fue iniciada por Valandil, cuya madre, Silmariën, era esposa de Elatan de Andúnië y la descendiente de mayor edad de Tar-Elendil, cuarto Rey de Númenor. Debido a que, bajo las leyes de Númenor en aquel momento, Silmariën no podía heredar y gobernar como Reina, Valandil y los siguientes Señores de Andúnië no figuraron en la línea de sucesión real. De todos modos, a finales de la Segunda Edad los descendientes de Valandil se convertirían en Reyes en la Tierra Media comenzando por Elendil, el último Señor de Andúnië y primer Rey de Arnor y Gondor. Véase también Apéndice A, I (iii), p. 1138, donde se puede encontrar una nota respecto al cetro plateado de los Señores de Andúnië (el cetro de Annú-

minas), que sobrevivió a la Caída de Númenor y se convirtió en la seña de los Reyes de Arnor, que tenía «ya más de cinco mil años cuando Elrond la cedió a Aragorn», como se describe en Retorno, p. 1058.

7 Eressëanos: Elfos de Eressëa.

8 Tolkien escribió más adelante sobre el tema de la longevidad de los Númenóreanos en «Edades élficas y númenóreanas» (*Naturaleza*, Primera parte, XVIII, p. 154) y, de forma más extensa y con referencias adicionales al asunto del matrimonio, en «El envejecimiento de los Númenóreanos» (*Naturaleza*, Tercera parte, XXII, pp. 350-7). También proporcionó (*Naturaleza*, p. 344) la siguiente fórmula para calcular «qué «edad» tenía un Númenóreano en términos humanos ordinarios de vigor y aptitudes:

> (1) hay que restar 20: a los 20 años, un Númenóreano estaría en una fase de desarrollo parecida a la de una persona normal. (2) Hay que añadir a estos veinte años el resto dividido por 5. Con lo cual, un hombre o mujer númenóreano de la edad de:
>
> 25 50 75 100 125 150 175 200 225 250 275 300 325 350 375 400 425
>
> tendría aproximadamente la «edad» de:
>
> 21 26 31 36 41 46 51 56 61 66 71 76 81 86 91 96 101.

9 En una nota del autor, Tolkien explica que los Númenóreanos «no tenían una descendencia racial uniforme»; una explicación para estas diferencias puede encontrarse en *Naturaleza*, pp. 349-50.

10 Tolkien usa el vocablo *mediately*, que significa «indirectamente».

11 *Akallabêth*, p. 384

12 «La espada del Rey era en verdad Aranrúth, la espada de Elu Thingol de Doriath en Beleriand, que había rec*Ibíd*o Elros de Elwing, su madre.» *CI*, p. 277, nota 2, que también contiene detalles de otras «cosas heredadas» incluyendo el Anillo de Barahir, la gran Hacha de Tuor y el Arco de Bregor de la Casa de Bëor.

13 *Cartas*, carta 156, pp. 240-1.

14 *Akallabêth*, p. 385.

15 En referencia a los Dos Árboles de Valinor, véase p. 333 «La vida natural de Númenor», nota 2. Para la historia y nombres de los Árboles Blancos, véanse las notas de Christopher Tolkien en «La historia de la Akallabêth», *Pueblos*, pp. 178-80.

16 *Akallabêth*, p. 427 y *Pueblos*, p. 195. La historia del Árbol Blanco se cuenta en *El Señor de los Anillos*, como por ejemplo en la descripción de Elrond de la Ciudad de Arnor (llamada más tarde Minas Tirith): «(...) y al oeste, al pie de las Montañas Blancas, levantaron Minas Anor, la Torre del Sol Poniente. Allí, en los patios del Rey, crecía un árbol blanco, nacido de la semilla del árbol que Isildur había traído cruzando las aguas profundas; y la semilla de ese árbol había venido de Eressëa, y antes aún del Extremo Oeste en el Día anterior a los días en que el mundo era joven» (*Comunidad*, p. 265).

En los tiempos de la Guerra del Anillo, el tercer Árbol Blanco que había sido plantado en el Patio del Manantial de Minas Tirith estaba muerto, habiéndose secado en el 2872 SE, y como no se pudo encontrar ningún vástago, se lo había dejado en pie «hasta que llegue el Rey» («Los herederos de Elendil», *Pueblos*, p. 243). Esa profecía se cumpliría al final de la Tercera Edad, con la coronación de Aragorn, el Rey Elessar Telcontar, vigesimosexto Rey de Arnor, trigésimo quinto Rey de Gondor y primer Alto Rey de Gondor y Arnor desde el corto reinado de Isildur. Como se cuenta en *El señor de los Anillos* (*Retorno*, Libro sexto, 5, «El Senescal y el Rey», pp. 1056-8), en la víspera de la coronación, Gandalf llevó a Aragorn a lo alto del Monte Mindolluin, el pico más oriental de las Ered Nimrais (las Montañas Blancas) a un altiplano sobre la ciudad que sólo los Reyes de Gondor visitaban. Allí, al amanecer, Aragorn vio «una pendiente rocosa que descendía desde la orilla de la nieve; y mientras miraba advirtió que algo crecía en medio del desierto; y bajó hasta allí, y vio que en el borde mismo de la nieve despuntaba el retoño de un árbol de apenas tres pies de altura. Ya tenía hojas jóvenes largas y delicadas, oscuras en la faz, plateadas en el dorso, y la copa esbelta estaba coronada por un pequeño racimo de flores, cuyos pétalos blancos resplandecían como la nieve al sol (...). Entonces Aragorn posó suavemente la mano en el retoño, y he aquí que parecía estar apenas hundido en la tierra, y lo levantó sin dañarlo, y lo llevó consigo a la Ciudadela. Y el árbol marchito fue arrancado de raíz, pero con reverencia; y no lo quemaron: lo llevaron a Rath Dínen* (...). Y Aragorn plantó el árbol nuevo en el patio al pie del manantial, y pronto empezó a crecer, vigoroso y lozano, y cuando llegó el mes de junio estaba cubierto de flores».

* Rath Dínen, el camino a través de los Recintos Sagrados de Minas Tirith, accesible a través de la puerta de Fen Hollen en el sexto nivel de la ciudad, y donde, tras la muerte, los Reyes y Senescales de Gondor encontraban su reposo eterno.

17 *Akallabêth*, pp. 383-4.

18 *Naturaleza*, p. 368.

C. 40 – MUCHOS ENANOS ABANDONAN SUS VIEJAS CIUDADES EN LAS ERED LUIN, SE DIRIGEN A MORIA Y AUMENTAN SU POBLACIÓN

1 Apéndice A, «Anales de los Reyes y los Gobernantes», III «El pueblo de Durin», p. 1168.

2 *Comunidad*, Libro segundo, 2, «El concilio de Elrond», p. 260.

442 – MUERTE DE ELROS TAR-MINYATUR

1 *CI*, p. 347.

2 *CI*, p. 358, nota 3. Christopher Tolkien comenta sobre el gobierno de Tar-Amandil lo siguiente: «La cifra 148 (y no 147) seguramente representa los años en que Amandil reinó realmente, sin tener en cuenta el año imaginario del reino de Vardamir».

C. 500 –SAURON COMIENZA A MOVERSE OTRA VEZ EN LA TIERRA MEDIA

1 *Cartas*, carta 131, p. 179.

2 *El Silmarillion*, XXIV, «Del viaje de Eärendil y la Guerra de la Ira», pp. 374-5. Los crímenes de Sauron durante la Primera Edad se cuentan en *El Silmarillion*, en concreto en los capítulos XVIII, «De la ruina de Beleriand y la caída de Fingolfin», y XIX, «De Beren y Lúthien».

3 *Anillos*, pp. 417-8. En el borrador de una carta escrita por Tolkien en septiembre de 1954 (*Cartas*, carta 153, pp. 223-4), escribe: «Sau-

ron, por supuesto, en su origen no era "malvado". Era un "espíritu" corrompido por el Señor Oscuro Primordial (el Rebelde Subcreativo Primordial) Morgoth. Se le dio la oportunidad de arrepentirse cuando Morgoth fue vencido, pero no pudo enfrentar la humillación de la retractación y pedir perdón; de modo que su temporario vuelco al bien y la "benevolencia" terminó en una recaída todavía mayor y se convirtió en el principal representante del Mal en edades posteriores. Pero a principios de la Segunda Edad (...) no era en verdad del todo malvado, no, a no ser que todos los "reformadores" que se apresuran a lograr una "reconstrucción" y una "reorganización" lo sean antes de que el orgullo y el deseo de ejercer el poder los devore».

4 *Cartas*, carta 131, pp. 179-80.

5 *El anillo de Morgoth*, Quinta parte, «La transformación de los mitos», pp. 449-51.

6 *Anillos* p. 419. En referencia a los Avari en el «Quenta Silmarillion», Tolkien escribe sobre esos Elfos que desoyeron la llamada de los Valar para navegar hacia el oeste: «Pero muchos rechazaron el llamamiento, prefiriendo la luz de las estrellas y los amplios espacios de la Tierra Media al rumor de los Árboles; y éstos son los Avari, los Renuentes, y en esa ocasión se separaron de los Eldar, y nunca más volvieron a encontrarlos hasta pasadas muchas edades». *Silmarillion*, III, «De la llegada de los Elfos y el cautiverio de Morgoth», pp. 68-9.

7 *Anillos*, p. 419

521 – NACIMIENTO EN NÚMENOR DE SILMARIËN

1 *El camino perdido*, «Las etimologías», p. 436.

2 Del quenya *parma* ('libro') y *-maitë* ('diestro') con el significado de 'hábil' o 'mañoso', *CI*, Índice p. 710.

600- LAS PRIMERAS NAVES DE LOS NÚMENÓREANOS APARECEN EN LAS COSTAS

1 *Akallabêth*, pp. 384-5.

2 *CI*, pp. 276-7. En una nota al pie posterior (p. 339) comenta:

«Como se dice (...) Vëantur fue el primero que consiguió llegar a la Tierra Media en el año 600 de la Segunda Edad (nació en el 451)».

3 *Akallabêth*, pp. 385-6.

4 *CI*, pp. 275-6. Se añade aquí: «Fue en verdad lamentable [para los Númenóreanos], cuando la Sombra barrió las costas y los hombres de quienes se habían hecho amigos se volvieron temerosos y hostiles, que el hierro fuera utilizado contra ellos por las mismas gentes a quienes habían instruido». Y en un pasaje anterior a esta referencia se indica: «En días posteriores, en las guerras de la Tierra Media, los arcos más temidos fueron los de los Númenóreanos. «Los Hombres del Mar —se decía— envían por delante de ellos una gran nube, como una lluvia de serpientes o un granizo negro acerado.» Y en esos días las cohortes de los Arqueros del Rey utilizaban arcos de acero hueco, con flechas de plumas negras de una ana de largo desde la punta a la hendedura.»

5 Nota al pie 3 de «Aldarion y Erendis", *CI*, pp. 339-41. Christopher Tolkien añade (p. 341): «En otra parte del ensayo se explica que estos Hombres vivían alrededor del lago del Atardecer, en las Colinas del Norte y las Colinas del Tiempo, y en las tierras intermedias hasta el Brandivino, y aunque a menudo lo cruzaban hacia el oeste, no vivían allí. Tenían relaciones amistosas con los Elfos, aunque sentían por ellos un respeto venerable; y temían al mar y no querían mirarlo. Parece que en sus orígenes eran Hombres de la misma cepa de los Pueblos de Bëor y Hador, pero que no habían franqueado las Montañas Azules para ir a Beleriand durante la Primera Edad».

Una versión sorprendentemente distinta de la llegada de los Númenóreanos a la Tierra Media puede encontrarse en el cuento incompleto de Tolkien «Tal-Elmar», que nos habla de un joven que vive en «la ciudad guardada (...) en las verdes colinas de Agara» y que es la primera persona en avistar los barcos númenóreanos acercándose por el Gran Mar. No hay más referencias al período histórico en el que se ambienta esta historia que la conjetura de Tolkien de que ocurrió «*antes de la Caída*». Puede que represente a los Númenóreanos desde el temeroso punto de vista de los Humanos o, más probablemente, esboce un tiempo más tardío, cuando Númenor era esclava de Sauron (c. 3262-3310). La historia es de un estilo marcadamente diferente respecto a la mayoría de los escritos de Tolkien sobre la Tierra Media, y aparece en *Pueblos*, Cuarta parte: *Cuentos inconclusos*, XVII, «Tal-Elmar».

Aunque no esté incluido en este volumen, el siguiente extracto breve encarna el tono del retrato de los Númenóreanos en el relato: «A éstos [Altos Hombres del Mar] podemos temerlos como a la Muerte. Porque a la Muerte adoran, y matan hombres cruelmente en honor a la Oscuridad. Vienen del mar, y si alguna vez tuvieron una tierra propia, antes de alcanzar las costas occidentales, no sabemos dónde estaba. Negras historias nos llegan de las tierras costeras, al norte y al sur, donde hace mucho tiempo establecieron sus oscuras fortalezas y sus tumbas. Pero no venían desde los días de mi padre, y entonces sólo lo hacían para atacar, capturar hombres y partir. Llegaban del siguiente modo. Utilizaban barcas (...) impulsadas por los vientos; porque los Hombres del Mar extienden grandes telas como alas para atrapar el aire, y las atan a grandes palos como los árboles de un bosque. Así llegan a la costa, donde hay refugio, o lo más cerca que pueden; y entonces envían barcas más pequeñas cargadas de bienes, y de cosas extrañas y útiles que nuestra gente codicia. Nos las dan a cambio de poco, o como regalos, fingiendo amistad y compasión por nuestras necesidades; y se quedan un tiempo, observan la tierra y el número de nuestras gentes y luego se van. Y si no regresan, los hombres tienen motivos para sentirse agradecidos. Porque cuando lo hacen es de otra manera. Entonces llegan en mayor número: dos naves o más juntas, repletas de hombres y no de bienes, y siempre una de las naves malditas tiene las alas negras. Porque es la Nave de la Oscuridad, y en ella se llevan como botín prisioneros apiñados como bestias, a las mujeres y los niños más hermosos, o a hombres jóvenes sin tacha, y ése es su fin. Algunos dicen que los devoran, y otros que mueren torturados sobre las piedras negras donde adoran a la Oscuridad. Es posible que ambas cosas sean ciertas».

6 *Akallabêth*, p. 386.

7 *Pueblos*, p. 181 § 13.

8 *Akallabêth*, p. 386.

9 *Anillos*, pp. 419-20. En *CI*, pp. 400-1, nota 7, Christopher Tolkien escribe: «En una nota aislada a la que es imposible atribuir una fecha, se dice que, aunque Sauron ha sido nombrado anteriormente en "La Cuenta de los Años", el nombre mismo, que lo identifica como el gran teniente de Morgoth en *El Silmarillion,* no se conoció hasta aproximadamente el año 1600 de la Segunda Edad, en la época de la forja del Anillo Único. El misterioso poder, enemigo de los Elfos y de los Hombres, se advirtió poco después del año 500, y, entre los Númenóreanos, fue Aldarion el primero en darse cuenta, hacia fines del siglo octavo (…). Pero no se sabía de dónde venía el mal».

LOS VIAJES DE ALDARION

1 A no ser que se indique otra cosa, la parte principal de la narrativa de este capítulo y de los capítulos siguientes «Aldarion y Erendis», «La boda de Aldarion y Erendis» y «La ascensión de Tar-Aldarion» se encuentran (de forma ininterrumpida) en *CI*, Segunda parte: La Segunda Edad, II «Aldarion y Erendis: la esposa del marinero» [*Aldarion*], pp. 278-346.

2 Del quenya *anar* ('sol') y *-(n)dil* ('amante', 'amigo').

3 Christopher Tolkien anota (*CI*, p. 339 nota 2): «El papel que le cabía a Soronto en la historia está apenas esbozado»; véase p. 279 y también p. 271 [en este volumen 314. Son las notas sobre El ascenso al trono de Tar-Aldarion] notas 1-3.

4 Del quenya *alda* ('árboles') e *ion* ('hijo'), véase *El Silmarillion*, Apéndice: Elementos de nombres en quenya y sindarin. El nombre refleja la reputación de Aldarion como representante de los árboles y silvicultor, tarea que se tomaba muy en serio debido a que, como marinero, era importante asegurarse de que había abundancia de árboles para satisfacer la demanda de construcción de barcos. Aunque Anardil sólo tomó ese nombre una vez ascendió al trono (en el 883 SE), es el nombre que recibirá desde este punto en toda la narración de «Aldarion y Erendis».

5 Un nombre afectuoso basado en el nombre Anardil (ver nota 2 más arriba).

6 Una oración de agradecimiento que se hacía a finales del otoño; la tercera de las tres oraciones anuales de los Númenóreanos celebradas por el Rey en nombre del pueblo en la cúspide del Meneltarma.

7 Christopher Tolkien anota: «(Sîr) Angren era el nombre élfico del río Isen. Ras Morthil, nombre que no se encuentra en ningún otro sitio, debe de ser el gran promontorio en el extremo del brazo septentrional de la bahía de Belfalas, que se llamaba también Andrast (Cabo Largo)».

La referencia al «país de Amroth donde viven todavía los Elfos Nandor» ha de entenderse en el sentido de que la historia de Aldarion y Erendis se puso por escrito en Gondor antes de la partida del último barco desde el puerto de los Elfos Silvanos cerca de Dol Amroth en el año 1981 de la Tercera Edad»; véase *CI*, p. 341.

8 Como tercer vástago, pero único hijo de Elendil, Tar-Meneldur lo sucedió en el trono porque en esa época en la historia númenóreana las hijas no eran legalmente elegibles para heredar el título.

9 *CI*, p. 349. Aunque el nombre Írimon es un nombre en quenya, ni J. R. R. Tolkien ni Christopher Tolkien proponen un significado específico. Meneldur también recibe el nombre de «Elentirmo», que el índice de los *Cuentos inconclusos* traduce del quenya como 'observador de las estrellas'.

10 En otro lugar (*CI*, p. 349) se dice de él: «Era sabio, pero moderado y paciente».

11 En quenya *Eä* significa 'ser'; de ahí «el Mundo que es» o el universo material invocado a la existencia por Eru Ilúvatar con esa palabra, «Eä», y al que dio forma la música de los Ainur.

12 La historia de la creación de *Arda* (en quenya, 'Tierra'), en origen una cosmogonía de tierra plana, se cuenta en la primera parte de *El Silmarillion* («Ainulindalë», «Valaquenta» y Quenta Silmarillion I: «Del principio de los días»).

13 En «Una descripción de la isla de Númenor» (*CI*, p. 270) se cuenta cómo Tar-Meneldur «levantó una alta torre desde la que se podían observar los movimientos de las estrellas» en la región de la montaña Sorontil, cerca del cabo septentrional de Forostar, en el costado oriental desde el que «se elevaba desde el mar en tremendos acantilados».

1 Véase *El Silmarillion*, p. 67.

2 En referencia al año 700 frente al año 750 que se proporciona en el Apéndice B, «La Cuenta de los Años» para la fundación de Eregion, como se comenta en la p. 328 nota 13 más arriba, debemos tener cuidado debido a la complejidad de las historias de Galadriel y Celeborn.

Eregion, «a la que los Hombres llaman Acebeda», estaba situada al este del río Bruinen ('Río ruidoso') a la sombra de las Montañas Nubladas y, en particular, del pico del poderoso Caradhras, una de las tres grandes montañas bajo las cuales el pueblo enano del clan de Durin había construido la gran ciudad de Khazad-dûm.

3 Los hechos trágicos que ocurrieron en Doriath en la historia de la Primera Edad pueden encontrarse en el *Quenta Silmarillion*, XXII «De la ruina de Doriath», pp. 334 y ss.

4 Sobre la identidad de Celebrimbor, Christopher Tolkien anota más adelante que el texto referenciado en los *Cuentos inconclusos* «se modificó para convertirlo en descendiente de Fëanor», como se menciona en el Apéndice B de *El Señor de los Anillos* (edición revisada), y, con mayor detalle, en *El Silmarillion*, donde se dice que «fue hijo de Curufin, quinto hijo de Fëanor, que se separó de su padre y permaneció en Nargothrond cuando Celeborn y Curufin fueron expulsados».

5 *CI*, p. 374

6 Sindarin, de *gwaith* ('pueblo', 'hueste') y *mírdain* ('orfebres').

7 Nacido en Valinor, Fëanor era el primogénito de Finwë, Alto Rey de los Noldor. Artesano y orfebre, fue el hacedor de los Silmarils e inventor del alfabeto Tengwar con el que las lenguas élficas quenya y telerin fueron escritas por primera vez. Es muy posible que crease también las palantíri, las Piedras Videntes que aparecen en la Guerra del Anillo. La historia de Fëanor se cuenta primordialmente en el *Quenta Silmarillion*, capítulos 6-9 y 13.

8 *Comunidad*, Libro segundo, 4, «Un viaje en la oscuridad», p. 328, donde Gandalf traduce y explica los signos y la inscripción de las puertas.

9 *Comunidad*, Libro segundo, 4, «Un viaje en la oscuridad», pp. 341-2. Gandalf prosigue (p. 342) revelando que «Bilbo tenía una malla de anillos de mithril que Thorin le había dado» (véase *El Hobbit*, capítulo XIII: «Nadie en casa»), un regalo que pasó después de Bilbo a Frodo (*Comunidad*, Libro segundo, 3, «El anillo va hacia el sur», pp. 299-300).

ALDARION Y ERENDIS

1 Véase p. 342 nota 1.

2 *CI*, Índice p. 670.

3 Uinen era una Maia del Vala Ulmo, Señor de las Aguas y Habitante de las Profundidades. Era esposa de Ossë, Maia de los Mares Interiores. Se dice (*El Silmarillion*, p. 35) que «Los Númenóreanos vivieron largo tiempo bajo la protección de Uinen, y la tuvieron en igual reverencia que a los Valar».

4 Se dice que la sede del Gremio de los Aventureros «fue confiscada por los Reyes y trasladada al puerto oeste de Andúnië; todos sus documentos quedaron destruidos» (es decir, en la Caída), entre ellos todas las minuciosas cartas de navegación de Númenor. Pero no se dice cuándo ocurrió esa confiscación de *Eämbar*.

5 El río se llamó después Gwathló o Aguada Gris, y el puerto, Lond Daer (*CI*, p. 342 nota 9). Para más detalles, véase *CI*, IV «La historia de Galadriel y Celeborn», Apéndice D «El puerto de Lond Daer». pp. 412 y ss.

6 Compárese con *El Silmarillion*, p. 215: «Los Hombres de esa Casa [la Casa de Bëor] tenían cabellos oscuros o castaños y ojos grises». Según una tabla genealógica de la Casa de Bëor, Erendis descendía de Bereth, quien fue hermana de Baragund y Belegund y, por tanto, tía de Morwen, madre de Túrin Turambar, y de Rían, madre de Tuor.

7 Véase p. 69.

8 Esto debe ser entendido como un portento.

9 Compárese con *Akallabêth*, p. 406, donde se cuenta que en los días de Ar-Pharazôn «de vez en cuando una gran nave de los Númenóreanos naufragaba y no volvía a puerto, aunque semejante desgracia

no había ocurrido hasta entonces desde el levantamiento de la Estrella [de Eärendil]».

10 Valandil era primo de Aldarion, pues era hijo de Silmarien, hija de Tar-Elendil y hermana de Tar-Meneldur. Valandil, primero de los Señores de Andúnië, fue ancestro de Elendil el Alto, padre de Isildur y Anárion.

11 «Plegaria a Eru», Fiesta de la Primavera; la primera de las tres plegarias anuales celebradas por los Númenóreanos, llevadas a cabo por el Rey en nombre del pueblo en la cumbre del Meneltarma.

12 En adûnaico, la lengua númenóreana, el nombre dado a Elenna, la «Tierra del Don».

13 En una nota del autor (*CI*, p. 215, nota 18) se comenta: «Se dice que así empezó la costumbre de los Reyes y las Reinas de llevar en adelante como una estrella, una joya blanca, sobre la frente, y ninguna corona».

14 El cuarto mes del año en el calendario de la Segunda Edad.

LA BODA DE ALDARION Y ERENDIS

1 En *CI* (p. 343) el autor añade esta nota: «Los encumbrados y los de baja estirpe en las Tierras Occidentales y en Andúnië hablaban la lengua élfica [sindarin]. En esa lengua fue criada Erendis; pero Aldarion hablaba el idioma númenóreano, aunque como todos los de alto linaje de Númenor, conocía también la lengua de Beleriand». A esto prosigue una explicación más completa de Christopher Tolkien sobre las lenguas usadas por los Númenóreanos.

2 *Elanor* era una pequeña flor dorada con forma de estrella; crecía también sobre el túmulo de Cerin Amroth en Lothlórien: «Al pie de la loma, Frodo encontró a Aragorn, erguido, inmóvil y silencioso como un árbol; pero sostenía en la mano un capullo dorado de *elanor* y una luz le brillaba en los ojos. Estaba ensimismado, recordando algo hermoso, y al verlo, Frodo supo que veía las cosas como habían sido antes en ese mismo sitio. Pues los años duros se habían borrado de la cara de Aragorn, y parecía todo vestido de blanco, un joven señor alto y hermoso, que le hablaba en lengua élfica a alguien que Frodo no podía ver. *Arwen vanimalda, namárië!* Dijo, y

enseguida inspiró hondo, y saliendo de sus pensamientos miró a Frodo y sonrió.

—Aquí está el corazón de los Elfos en la tierra —dijo—, y aquí mi corazón vivirá para siempre, a menos que encontremos una luz más allá de los caminos oscuros que todavía hemos de recorrer, tú y yo. ¡Ven conmigo!

Y tomando la mano de Frodo, dejó la loma de Cerin Amroth, a la que nunca volvería en vida». (*Comunidad*, Libro segundo, 6 «Lothlórien», pp. 378-9).

Sam Gamyi llamó así a su hija por sugerencia de Frodo (*Retorno*, Libro sexto, 9 «Los Puertos Grises», p. 1118).

3 Véase p. 344 nota 6 más arriba para la genealogía de Erendis como descendiente de Bereth, la hermana del padre de Morwen, Baragund.

4 Se dice que los Númenóreanos, como los Eldar, evitaban engendrar hijos si preveían cualquier separación entre esposos, entre la concepción del bebé y al menos sus primeros años de vida. Aldarion permaneció en su hogar una breve temporada después del nacimiento de su hija, de acuerdo con la idea númenóreana de cómo deben hacerse las cosas.

5 Christopher Tolkien escribe (CI, p. 345, nota 23): «En una nota sobre el "Consejo del Cetro" en este tiempo de la historia de Númenor, se dice que no tenía poder para doblegar la voluntad del Rey, excepto por persuasión y hasta entonces a nadie se le había ocurrido que fuera a ser necesario hacerlo. Los miembros del Consejo procedían de cada una de las regiones de Númenor; pero el Heredero del Rey era también miembro de pleno derecho, para que así pudiera aprender a gobernar; y también a otros podía convocar el Rey, o pedir que fueran elegidos, si tenían algún conocimiento que pudiera ser de utilidad en cualquier instancia del debate. En este momento, sólo había dos miembros del Consejo (además de Aldarion) que pertenecían a la Línea de Elros: Valandil de Andúnië, por la Andustar, y Hallatan de Hyarastorni, por las Mittalmar; pero no estaban en el Consejo por descendencia ni riqueza, sino por la estima y el amor que se les tenía (en la *Akallabêth* se dice que "el Señor de Andúnië se contaba siempre entre los principales Consejeros del Cetro")».

6 Calenardhon, en sindarin, significa 'región verde' o 'provincia verde', y más tarde fue conocida como las llanuras de Rohan.

EL ASCENSO AL TRONO DE TAR-ALDARION

1 Christopher Tolkien proporciona aquí un ejemplo «Así, si Tar-Meneldur no hubiera tenido un hijo, el Heredero no habría sido Valandil, su sobrino (hijo de su hermana Silmarien), sino Malantur, su primo (nieto de Eärendur, hermano menor de Tar-Elendil)».

2 Un heredero masculino legítimo, sin embargo, no podía negarse; pero dado que un Rey siempre podía ceder el cetro, un heredero masculino podría de hecho abdicar inmediatamente en su heredero natural. Se consideraba entonces como si hubiese reinado por lo menos un año, y ése era el caso (único) de Vardamir, hijo de Elros, que no ascendió al trono, sino que entregó el cetro a su hijo Amandil.

3 De nuevo, Christopher Tolkien proporciona un ejemplo: «Así, pues, si Ancalimë hubiera rechazado el cetro, el heredero de Tar-Aldarion habría sido Soronto, el hijo de su hermana Ailinel; y si Ancalimë hubiera renunciado al cetro o hubiera muerto sin hijos, Soronto igualmente habría sido su heredero».

4 En otro sitio se dice que esta regla del «matrimonio real» no fue nunca una ley, sino una cuestión de orgullo sancionado por la costumbre: «Un síntoma del crecimiento de la Sombra, pues la norma sólo se volvió rígida cuando la distinción entre la Línea de Elros y otras familias, en cuanto a la duración de la vida, vigor o habilidad, había disminuido o aun desaparecido por completo».

5 *Naturaleza*, Tercera parte, XII, «El envejecimiento de los Númenóreanos», p. 357.

C. 1000 —SAURON, ANTE EL CRECIENTE PODER DE LOS NÚMENÓREANOS, ELIGE MORDOR COMO LA TIERRA DONDE CONSTRUIRÁ SU FORTALEZA. INICIA LAS OBRAS DE BARAD-DÛR

1 *CI*, p. 374.

2 *Retorno*, Libro sexto, 1, «La torre de Cirith Ungol», p. 977.

3 El Monte del Destino es una traducción del sindarin *amon* ('monte') y *amarth* ('destino'), véase *El Silmarillion*, Apéndice «Elementos de nombres en quenya y sindarin", p. 538; Orodruin, literalmente 'Montaña Ardiente', *El Señor de los Anillos*, Apéndice F, II, «Sobre la traducción», p. 1231.

4 *Retorno*, Libro sexto, 3, «El Monte del Destino», p. 1023.

5 Christopher Tolkien en *Pueblos*, p. 445 nota 14.

6 *Retorno*, Libro sexto, 1 «La torre de Cirith Ungol», p. 978.

7 *Torres*, Libro tercero, 8 «El camino de Isengard», p. 596.

8 Retorno, Libro sexto, 3, «El Monte del Destino», p. 1018.

9 *CI*, p. 338.

1075 – TAR-ANCALIMË SE CONVIERTE EN LA PRIMERA REINA GOBERNANTE DE NÚMENOR

1 En sus notas para la historia de Aldarion y Erendis (*CI*, p. 346), Christopher Tolkien comenta: «Esto es extraño porque Anárion fue el Heredero en vida de Ancalimë. En «La Línea de Elros» (*CI*, p. 350) se dice que sólo las hijas de Anárion «rechazaron el cetro».

1200 – SAURON SE PROPONE SEDUCIR A LOS ELDAR. GIL-GALAD SE NIEGA A TENER TRATO CON ÉL, PERO CONVENCE A LOS HERREROS DE EREGION. LOS NÚMENÓREANOS COMIENZAN A CONSTRUIR PUERTOS PERMANENTES

1 De un «extenso ensayo» de J. R. R. Tolkien incluido en *Pueblos*, Segunda parte: Escritos tardíos, X, «De los Enanos y los Hombres», p. 354.

2 *Anillos*, p. 420. En «La historia de Galadriel y Celeborn» (*CI*, Segunda parte: La Segunda Edad, 4 «La historia de Galadriel y Celeborn», p. 374, se relata cómo Sauron quiso acercarse a los Elfos de Lindon: «Cuando se sintió seguro, envió emisarios a Eriador, y finalmente, alrededor del año 1200, se presentó allí él mismo, investido con la forma más agradable que fue capaz de adoptar».

Christopher Tolkien escribe sobre la «forma agradable» de Sauron en *CI*, p. 401, nota 7, donde afirma: «Sauron trataba de mantener separados sus dos aspectos: el *enemigo* y el *tentador.* Cuando se mezclaba con los Noldor, adoptaba una engañosa apariencia de belleza (una especie de anticipación simulada de los posteriores Istari)».

C. 1500 – LOS HERREROS ELFOS, INSTRUIDOS POR SAURON, ALCANZAN EL PUNTO CULMINANTE DE SU HABILIDAD. DAN INICIO A LA FORJA DE LOS ANILLOS DE PODER

1 En el borrador de una carta escrito por Tolkien en septiembre de 1954 (*Cartas,* carta 153, p. 224) escribe: «La rama particular de los Altos Elfos implicados, los Noldor o los Amos de la Ciencia, estaba siempre del lado de la "ciencia y la tecnología", como nosotros las llamaríamos: querían adquirir el conocimiento que Sauron poseía genuinamente, y los de Eregion rechazaron las advertencias de Gil-galad y Elrond. El "deseo" particular de los Elfos de Eregion —una "alegoría", si se quiere, del amor por las maquinarias y los recursos técnicos— está también simbolizado por la amistad especial que mantienen con los Enanos de Moria».

Sobre el hecho de que Sauron tomase el «nombre hermoso» de *Annatar,* Christopher Tolkien identifica (en «La historia de Galadriel y Celeborn», *CI,* p. 401, nota 7) otros «nombres hermosos» alternativos: *Artano,* 'Alto Herrero', o *Aulendil,* que significa 'alguien consagrado al servicio del Vala Aulë'.

2 *Anillos,* pp. 420-1.

3 *CI,* p. 375. Como Christopher Tolkien comenta en la misma página, no se menciona a Galadriel en «De los Anillos de poder» (*El Silmarillion*).

C. 1590 – FORJA DE LOS TRES ANILLOS EN EREGION

1 *Comunidad,* Libro primero, 2, «La sombra del pasado», p. 60.

2 Lo que prosigue ha sido extraído de «La historia de Galadriel y Celeborn», en *CI,* pp. 374-5.

3 Para una nota extensa de Christopher Tolkien sobre este tema, véase *CI*, pp. 399-40, nota 5.

4 «Agua del despertar», el lago en la Tierra Media donde los primeros Elfos despertaron, véase *Quenta Silmarillion*, pp. 62-6, 68-70, 73, 114, 343, 475.

5 *Quenta Silmarillion*, p. 132.

6 En una nota se comenta: «Pero muchos Sindar y Noldor fueron a vivir entre ellos, y así empezó el proceso de "sindarización" bajo la influencia de la cultura beleriándica». No está claro cuándo se iniciaron estas migraciones hacia Lórinand; es posible que vinieran desde Eregion por el camino de Khazad-dûm y bajo los auspicios de Galadriel.

7 Christopher Tolkien comenta que esto se explica más en detalle en *Anillos*, p. 422. El engaño de los herreros de Eregion por parte de Sauron, y el por qué se adjudicó a sí mismo el nombre *Annatar*, «Señor de los Dones», también se cuenta en *Anillos*, pero no hay mención de Galadriel.

8 Christopher Tolkien inserta en el cuerpo de este pasaje la siguiente nota: «En este rápido esbozo no se explica por qué Galadriel despreciaba a Sauron, a no ser que viera por debajo de su disfraz, ni por qué, si adivinaba su verdadera naturaleza, le permitía permanecer en Eregion».

9 Celebrían era la hija de Galadriel y Celeborn y, en el punto en el que se hallaba el *legendarium* de Tolkien cuando se escribió este texto, Amroth recibía este nombre del hermano de Galadriel. Más tarde se cambió esta genealogía. Como Christopher Tolkien comenta (*CI*, p.380): «Si cuando se escribió *El Señor de los Anillos* Amroth hubiera sido concebido como el hijo de Galadriel y Celeborn, algo tan importante no habría dejado de mencionarse». En una variante de la historia, Amroth se convierte en el último Rey de Lórien, heredando el título a la muerte de su padre, Amdír (también llamado Malgalad), en la Batalla de Dagorlad (véase el año 3434 SE). En los *Cuentos inconclusos*, Christopher Tolkien incluyó un breve cuento (escrito en 1969 o más tarde) titulado «Parte de la leyenda de Amroth y Nimrodel, brevemente contada» (*CI*, pp.

380-3). Respecto a la negativa de Celeborn a pasar a través de Khazad-dûm, debe suponerse que, o bien cruzó de alguna manera hacia el este usando uno de los pasos sobre las Montañas Nubladas, o a través del paso de Cale Calenardhon, más tarde conocido como el paso de Rohan.

10 *CI*, p. 375.

C. 1600 – SAURON FORJA EL ANILLO ÚNICO EN ORODRUIN. TERMINA LA CONSTRUCCIÓN DE LA FORTALEZA DE BARAD-DÛR. CELEBRIMBOR PERCIBE LOS DESIGNIOS DE SAURON

1 *Anillos*, p. 421.

2 Las descripciones que se aportan y los extractos que se citan aquí son de *Comunidad*, Libro primero, 2, «La sombra del pasado», pp. 63-4.

3 *Ibíd.*, Libro segundo, 2, «El concilio de Elrond», p. 262.

4 *Anillos*, p. 421.

5 *CI*, pp. 375-6. *CI*, p.402, nota 9: «Galadriel no puede haber recurrido a los poderes de Nenya hasta un tiempo muy posterior, después de la pérdida del Anillo Regente; pero ha de admitirse que el texto no lo sugiere de ningún modo (aunque algo antes se dice que había aconsejado a Celebrimbor no utilizar jamás los Anillos Élficos)».

6 *Quenta Silmarillion*, *passim*.

7 *Comunidad*, Libro segundo, 10, «La disolución de la Comunidad», p. 431.

8 *Naturaleza*, Tercera parte, XVIII, pp. 399-400. *Naturaleza*, capítulo VIII, «La prohibición de Mandos», pp. 333 y ss.

1693 – COMIENZA LA GUERRA ENTRE LOS ELFOS Y SAURON. LOS TRES ANILLOS SON ESCONDIDOS

1 *Anillos*, pp. 421-2.

1695 –LAS FUERZAS DE SAURON INVADEN ERIADOR. GIL-GALAD ENVÍA A ELROND A EREGION

1 *CI*, pp. 237–8.

1697 –EREGION ASOLADO. MUERTE DE CELEBRIMBOR. LAS PUERTAS DE MORIA SE CIERRAN. ELROND SE RETIRA CON LOS SUPERVIVIENTES DE LOS NOLDOR Y FUNDA EL REFUGIO DE IMLADRIS

1 Christopher Tolkien añade (*CI*, p. 377): «No se dice aquí explícitamente que Sauron se hubiera apoderado entonces de los Siete Anillos, aunque esa implicación parece evidente. En el Apéndice A (III) de *El Señor de los Anillos* se cuenta que entre los Enanos del Pueblo de Durin se creía que quienes habían dado el Anillo a Durin III, Rey de Khazad-dûm, habían sido los herreros elfos, y no Sauron; pero nada se dice en ese texto de cómo los Siete Anillos llegaron a manos de los Enanos».

2 *CI*, pp. 376-7.

1699 – SAURON ARRASA ERIADOR

1 *CI*, p. 378.

2 *Comunidad*, Libro segundo, 2, «El concilio de Elrond», pp. 260-1.

3 *Comunidad*, Libro segundo, 4, «Un viaje en la oscuridad», pp. 340-1.

1700 – TAR-MINASTIR ENVÍA UNA GRAN FLOTA DE NÚMENOR A LINDON. SAURON ES DERROTADO

1 Aunque se indique claramente en el *legendarium* el año 1700 SE para esta intervención de Tar-Minastir, difiere de las fechas dadas para el reinado de su tía, la Reina Tar-Telperien (SE 1556-1731). Christopher Tolkien escribió (*CI*, p. 359, nota 9): «No encuentro explicación posible de esta discrepancia. Se ha sugerido que, en aquel momento, Minastir podría haber actuado por mandato de la Reina Tar-Telperien, bien

como regente o, posiblemente, como capitán designado de las Naves de la Reina [del Rey]. Por tanto, el haber rec*Ibíd*o el título de «Rey» en los relatos sobre el envío de la flota númenóreana para ayudar a los Elfos contra Sauron, puede haberse debido a que el cronista atribuyó el título de Rey retrospectivamente a Minastir aunque, en aquel momento, no había tomado el cetro».

2 *CI*, pp. 378-9.

1701 – SAURON ES EXPULSADO DE ERIADOR. LAS TIERRAS OCCIDENTALES TIENEN PAZ DURANTE MUCHO TIEMPO

1 *CI*, p. 240, en referencia a Amroth y Celebrían, véase p. 274, nota 9.

C. 1800 – DESDE ESTE MOMENTO EN ADELANTE, LOS NÚMENÓREANOS COMIENZAN A ESTABLECER SUS ASENTAMIENTOS EN LAS COSTAS. SAURON EXTIENDE SU PODER HACIA EL ESTE. LA SOMBRA CAE SOBRE NÚMENOR

1 *CI*, p. 379.
2 Apéndice A, p. 1130.
3 *Ibíd.*
4 *CI*, p. 351.
5 Apéndice A, p. 1130.
6 *Akallabêth*, p. 389.
7 En el complejo desarrollo del texto de Tolkien de la Akallabêth (tal y como Christopher Tolkien lo presentó en *Pueblos*, p. 182) se dice también que «[Tar-Atanamir] recibió mensajes de los Valar, que no quiso escuchar. Se aferró a la vida durante 50 años más».
8 Apéndice A, p. 1130.
9 *Akallabêth*, pp. 386-90.
10 *CI*, p. 352.
11 *Akallabêth*, pp. 391-2.

2251 – MUERTE DE TAR-ATANAMIR. TAR-ANCALIMON TOMA EL CETRO. COMIENZA LA REBELIÓN Y LA DIVISIÓN DE LOS NÚMENÓREANOS. EN ESTA ÉPOCA APARECEN POR PRIMERA VEZ LOS NAZGÛL, O ESPECTROS DEL ANILLO, ESCLAVOS DE LOS NUEVE ANILLOS

1 En el Apéndice B (p. 1083) estos acontecimientos transcurren en el año 2251. Para explicar esta discrepancia (*CI*, p. 359 nota 10) Christopher Tolkien escribe: «En «La Cuenta de los Años» (Apéndice B de *El Señor de los Anillos*) se da el siguiente detalle: «2251 Tar-Atanamir recibe el cetro. Rebelión y división de los Númenóreanos». Esto no concuerda con el presente texto, según el cual Tar-Atanamir muere en 2221. Esta fecha, empero, es una corrección de 2251. Así, el mismo año aparece en diferentes textos como la fecha de su ascenso al poder y la fecha de su muerte; y toda la estructura de la cronología muestra claramente que el error está en la primera versión. Además, en la *Akallabêth* (*El Silmarillion*) se dice que fue en tiempos de Ancalimon, hijo de Atanamir, cuando el pueblo de Númenor se dividió. Estoy casi seguro de que la lectura correcta en «La Cuenta de los Años» tendría que ser: «2251 Muerte de Tar-Atanamir. Tar-Ancalimon recibe el cetro. Comienzo de la rebelión y división de los Númenóreanos». Pero si es así, resulta extraño que la fecha de la muerte de Atanamir haya sido modificada en «La Línea de Elros», pues había sido fijada en «La Cuenta de los Años». En este volumen, las fechas siguen la «correcta lectura» de Christopher Tolkien.

2 *Akallabêth*, p. 390.

3 Este pasaje es un borrador que no fue incorporado en la *Akallabêth*, sino presentado por Christopher Tolkien en *Pueblos*, p. 184.

4 *Akallabêth*, pp. 390-1.

5 *CI*, p. 352.

6 *Anillos*, p. 422.

7 *Cartas*, carta 131, p. 180.

8 *Anillos*, pp. 422-3.

9 *Akallabêth*, p. 392.

10 *Comunidad*, Libro primero, 11, «Un cuchillo en la oscuridad», pp. 214-5.

11 *Torres*, Libro cuarto, 6, «El estanque vedado», p. 748.

2350 – SE CONSTRUYE PELARGIR. SE CONVIERTE EN EL PUERTO PRINCIPAL DE LOS NÚMENÓREANOS FIELES

1 *Akallabêth*, p. 391. La última parte de este pasaje (después de «ayudando en contra de Sauron») proviene del «texto auténtico» tal y como Christopher Tolkien lo presenta en *Pueblos*, p. 184. La versión que aparece en *Akallabêth* dice: «(...) y su puerto era Pelargir, sobre las Bocas de Anduin el Grande. Pero los Hombres del Rey avanzaban muy lejos hacia el sur; y los señoríos y las fortalezas que construyeron tuvieron gran renombre en las leyendas de los Hombres».

2 *Akallabêth*, p. 392,

3 *Pueblos*, p. 209. Sobre la importancia de Umbar y Pelargir en la Tercera Edad, y el papel desempeñado por los Corsarios de Umbar en la Guerra del Anillo, véase *El Señor de los Anillos*, Libros cinco y seis.

4 *Apéndice A*, p. 1036. Tolkien señala una referencia al «Elder King» en «La canción de Eärendil», o «Eärendil era un marinero», compuesta por Bilbo Bolsón (con una contribución al contenido por parte de Aragorn, reconocida por el poeta) y cantada delante de la gente reunida en Rivendel en la noche anterior al Concilio de Elrond. La referencia aparece en el sexto verso, que habla de la visita de Eärendil a Valinor antes de zarpar para «navegar por los cielos sin orillas / detrás del sol y la luz de la luna»:

Al fin entró en los salones sin tiempo
donde brillando caen los años incontables,
y reina para siempre el Rey Antiguo
en la Montaña escarpada de Ilmarin;
palabras desconocidas se dijeron
entonces de la raza de los Hombres y de los Elfos,
le mostraron visiones del trasmundo
prohibidas para aquellos que allí viven.

5 *Anillos*, pp. 423-4.

6 *CI*, p. 352; véase también pp. 445-6, nota 31.

7 Existe una anomalía en las fechas correspondientes al reinado de Tar-Ardamin entre los Reyes, que más tarde fue explicada por Christopher Tolkien en sus notas a «La Línea de Elros», donde escribe (*CI*, pp. 359-60, nota 11): «En la lista de los Reyes y Reinas de Númenor del Apéndice A (I, i) de *El Señor de los Anillos*, el gobernante que sigue a Tar-Calmacil (el decimoctavo) era Ar-Adûnakhôr (el decimonoveno). En «La Cuenta de los Años», del Apéndice B, se dice que Ar-Adûnakhôr recibió el cetro en 2899; y basándose en esta indicación el señor Robert Foster, en *Guía completa de la Tierra Media*, da como fecha de la muerte de Tar-Calmacil el año 2899. Por otra parte, en la lista de los gobernantes de Númenor que aparece en el Apéndice A, se dice que Ar-Adûnakhôr fue el vigésimo Rey; y en 1964 mi padre contestó a alguien que le había escrito al respecto: «Tal y como se ha compuesto la genealogía, tendría que considerarse a Ar-Adûnakhôr el decimosexto Rey y el decimonoveno Gobernante. Tendría que leerse posiblemente decimonoveno en lugar de vigésimo; pero también es posible que se haya saltado un nombre». Explicaba que no le era posible asegurarlo porque en el momento de escribir la carta no tenía acceso a sus notas sobre el tema.

Cuando estaba preparando el texto de la *Akallabêth* cambié la versión: «Y el vigésimo Rey recibió el cetro de sus padres y ascendió al trono con el nombre de Adûnakhôr» por «Y el decimonoveno...» (*El Silmarillion*, p. 292), e igualmente «veinticuatro» por «veintitrés» (*Ibíd.* p. 396). En ese tiempo no había observado que en «La Línea de Elros» el Gobernante que seguía a Tar-Calmacil no era Ar-Adûnakhôr, sino Tar-Ardamin; pero ahora parece perfectamente claro, pues la fecha de la muerte de Tar-Ardamin que se da aquí es 2899, que fue omitido por error de la lista de *El Señor de los Anillos*.

Por otra parte, la tradición es categórica (como se lee en el Apéndice A, en la *Akallabêth* y en «La Línea de Elros»): Ar-Adûnakhôr fue el primer Rey que accedió al cetro con un nombre en adûnaico. Suponiendo que Tar-Ardamin haya desaparecido de la lista del Apéndice A por mero descuido, es sorprendente que el cambio de estilo en los nombres reales se atribuyera allí al primer gobernante después de Tar-Calmacil. Es probable que un problema textual más complejo pudiera explicar el pasaje y no simplemente un error de omisión.

2899– AR-ADÛNAKHÔR TOMA EL CETRO

1 *Akallabêth*, pp. 392-3.
2 *CI*, p. 354.
3 Apéndice A, pp. 1130-1.
4 En «La Línea de Elros», *CI*, p. 354, la fecha de la muerte de Ar-Gimilzôr es 3177; sin embargo, en «La Cuenta de los Años» (Apéndice B, p. 1181) la fecha del «Arrepentimiento de Tar-Palantir» consta como 3175, lo cual sugiere que esa fecha es el año en que Tar-Palantir tomó el cetro. Únicamente para la cronología que aparece en el presente volumen, la extensión del reinado de Ar-Gimilzôr y la fecha de su muerte han sido enmendados en función de esto. Véanse las observaciones de Christopher Tolkien en la p. 359 nota 2, abajo.
5 *Akallabêth*, p. 268.
6 *CI*, p. 354
7 *Akallabêth*, pp. 393-4.

3175 – ARREPENTIMIENTO DE TAR-PALANTIR. GUERRA CIVIL EN NÚMENOR

1 Christopher Tolkien señala (*CI*, p. 361, nota 13): «Hay un dibujo floral de mi padre altamente estilizado, semejante en estilo al que aparece en *Pinturas y dibujos de J. R. R. Tolkien* (1979) n.° 45, al pie y a la derecha, que lleva el título de *Inziladûn*, y debajo tiene escrito en el alfabeto fëanoriano, y transliterado, *Númellótë* ('Flor del Oeste')».
2 Christopher Tolkien escribe (*CI*, p. 227, nota 15): «Una última discrepancia entre «La Línea de Elros» y «La Cuenta de los Años» aparece en las fechas de Tar-Palantir. Se dice en la *Akallabêth* que «cuando Inziladûn accedió al cetro, se dio un título en lengua élfica como antaño, y se llamó Tar-Palantir»; y en «La Cuenta de los Años» se lee: «3175

Arrepentimiento de Tar-Palantir. Guerra civil en Númenor». Parecería casi indudable, fundándose en estas afirmaciones, que 3175 fue el año del acceso de Inziladûn al poder; y esto se confirma por el hecho de que en «La Línea de Elros» la fecha de muerte de Ar-Gimilzôr, su padre, era originalmente 3175, y sólo más tarde se corrigió por la de 3177. Como en el caso de la fecha de la muerte de Tar-Atanamir [véase p. 355, nota 1, más arriba] es difícil comprender por qué se hizo este cambio mínimo que contradice «La Cuenta de los Años».

Únicamente para la cronología que se presenta en este volumen (al igual que ocurre con las fechas relativas a Ar-Gimilzôr, véase p. 358, nota 2), se ha enmendado la fecha del ascenso de Tar-Palantir y la duración de su reinado.

3 *Akallabêth*, p. 394.

4 *CI*, p. 355.

5 *Akallabêth*, pp. 394-5.

6 *CI*, p. 355.

7 *Akallabêth*, pp. 394-5.

8 Estos tres pasajes incorporan material de *Pueblos*, pp. 192-4. Las palabras entre corchetes precedidas de un signo de interrogación indican palabras que a Christopher Tolkien le resultaron difíciles de descifrar por la apresurada caligrafía de su padre. En otra frase de la p. 195, Tolkien dice que Míriel no sólo era amada por Elentir, sino que la pareja estaba «*betrothed*».

9 *Pueblos*, pp. 192-4. Estos tres pasajes aparecen en la sección que Christopher Tolkien titula, «Nota sobre el matrimonio de Míriel y Pharazôn», y dice a propósito de ella que su padre «trabajó mucho» en esta historia pero que el manuscrito que ha sobrevivido es «muy tosco» y «extraordinariamente difícil de descifrar». He cambiado el nombre de «Zimraphil» en estos pasajes por el que aparece en versiones posteriores, «Zimraphel». En una nota sobre la referencia a Amandil, señala que su padre había añadido, en el margen del manuscrito: «3º desde Eaerndur y 18º desde Valandil, primer Señor de Andúnië». La adición de las palabras [coraje y] proviene de *Pueblos*, p. 196.

10 *Akallabêth*, p. 395.

11 *Akallabêth*, p. 395.

3255 – AR-PHARAZÔN EL DORADO TOMA EL CETRO POR LA FUERZA

1 *Akallabêth*, p. 396. Acerca de la p. 278 nota 7 arriba, «tres en el texto original ha sido cambiado por «cuatro».
2 Apéndice A, p. 1131.
3 *Pueblos*, p. 193.
4 *Pueblos*, p. 195.
5 Pueblos, p. 193.
6 *Cartas*, carta 131, pp. 183-4. Tar-Calion es un nombre anterior de Ar-Pharazôn.

3261 – AR-PHARAZÔN SE HACE A LA MAR Y DESEMBARCA EN UMBAR

1 *Pueblos*, pp. 216-7.
2 *Camino perdido*, pp. 34-5 §5.
3 La frase «resplandecientes de oro rojo» es una enmienda de la que fue publicada en *El Silmarillion*, «resplandecientes de rojo y oro»; siguiendo la corrección realizada por Christopher Tolkien en *Pueblos*, pp. 187-8 §41.
4 *Akallabêth*, pp. 396-7.
5 *Pueblos*, p. 217.

3262 – SAURON ES TOMADO PRISIONERO EN NÚMENOR; 3262–3310 SAURON SEDUCE AL REY Y CORROMPE A LOS NÚMENÓREANOS

1 *Anillos*, p. 424.
2 *Akallabêth*, p. 397.
3 *Pueblos*, p. 217.
4 *Akallabêth*, pp. 398-402.
5 *Pueblos*, p. 218.
6 *Akallabêth*, pp. 402-3.

3310 – AR-PHARAZÔN INICIA LA CONSTRUCCIÓN DE LA GRAN ARMADA

1 Si no se indica lo contrario, la narrativa que sigue proviene de *Akallabêth*, pp. 403-7.

2 *Pueblos*, p. 218.

3 La frase «no hay esperanzas en los Hombres» es una enmienda de «no hay esperanzas para los Hombres», tal y como fue publicado en *El Silmarillion*, siguiendo la corrección realizada por Christopher Tolkien en *Pueblos*, p. 188 §57.

3319 – AR-PHARAZÔN ATACA VALINOR. CAÍDA DE NÚMENOR. ELENDIL Y SUS HIJOS SE ESCAPAN

1 Si no se dice otra cosa, la narrativa que sigue proviene de *Akallabêth Akallabêth*, pp. 407-14.

2 *Pueblos*, pp. 218-9. Christopher Tolkien señala justo después de esto: «Nada de esto se dice en ningún otro sitio. En la *Akallabêth* (*El Silmarillion* p. 380), en un pasaje extraído casi sin cambios de *El hundimiento de Anadûnê* (VI.263, §52), no hay referencia alguna a regiones o ríos». Añade (*Pueblos*, p. 222 nota 23): «Al parecer ésta constituye la única referencia en todos los textos a Tolfalas, aparte de una mención de su toma por parte de los Hombres del Sur en un esbozo realizado en el transcurso de la escritura de *Las Dos Torres* (TI.511). La isla y su nombre aparecían ya en el Primer Mapa de la Tierra Media (TI.350, 357), pero en todos los mapas su extensión parece mucho mayor que en la descripción que se da aquí».

3 Tal y como se señala en otro lugar, otras versiones de la Caída y la reorganización de las tierras del mundo se encuentran en *Sauron derrotado*, Tercera parte: «La Caída de Númenor», Segunda parte: «El hundimiento de Anadûnë» (i)-(iv) y «El camino perdido y otros escritos», Primera parte: «La Caída de Númenor y El camino perdido» - I «La historia temprana de la leyenda», II «La Caída de Númenor» (i)-(iv).

En este último volumen (pp. 17-9), Christopher Tolkien incluye un texto que describe como «El texto del "esquema" original de la leyenda

(…) escrito con tanta rapidez que en algunas ocasiones resulta imposible interpretar las palabras con certeza. Cerca del comienzo se interrumpe con un esbozo muy tosco y apresurado, en el que se muestra un globo central, con el nombre de *Ambar* ['el mundo habitado'], y dos círculos alrededor; el área interior tiene el nombre de *Ilmen* ['la región por encima del aire donde están las estrellas'], y la exterior de *Vaiya* ['el cielo' o 'el aire que envuelve el mundo']. Junto a la parte de *Ambar* y atravesando las zonas de *Ilmen* y *Vaiya* hay una línea recta que llega al círculo exterior en ambas direcciones». Muy probablemente, éste es el primer intento gráfico de Tolkien de retratar el concepto del Mundo Convertido en Esfera y el Camino Recto.

Tal y como añade Christopher Tolkien: «(…) este notable texto documenta los inicios de la leyenda de Númenor, y la ampliación de *El Silmarillion* a la Segunda Edad del Mundo».

El pasaje dice lo siguiente, en parte:

> (…) Los Atalanteanos [Númenóreanos] caen y se rebelan. (…) Hacen armamento y atacan con trueno las costas de los Dioses.
>
> Por tanto, los Dioses separaron Valinor de la tierra y apareció una grieta horrible que engulló el agua y el armamento de Atalantë [Númenor]. Englobaron la tierra entera para que por lejos que nadie navegara un hombre no pudiera llegar jamás al Oeste, sino que regresara a su punto de partida. De este modo, nuevas tierras cobraron ser debajo del Mundo Antiguo; y el Este y el Oeste se curvaron hacia atrás y [? El agua fluyó por sobre toda la redonda] superficie de la tierra y hubo un tiempo de inundaciones. Pero Atalantë, al estar cerca de la grieta, fue derribada y quedó sumergida. Los supervivientes de (…) los Númenóreanos huyeron en los barcos hacia el Este y desembarcaron en la Tierra Media. (…)
>
> La antigua línea de las tierras quedó como una planicie de aire en la que sólo los Dioses podían caminar, y los Eldar que menguaron cuando los hombres usurparon el sol. Pero muchos de los Númenóreanos la podían ver o vislumbrar, e intentaron hacer barcos para navegar allí. Pero solo consiguieron barcos para navegar por Wilwa o por aire inferior, mientras que la Planicie de los Dioses atravesaba Ilmen [por] donde ni siquiera los pájaros pueden volar, salvo las

águilas y los halcones de Manwë. Pero las flotas de los Númenóreanos navegaron alrededor del mundo, y los hombres los tomaron por dioses. Algunos se sentían satisfechos por eso.

Para una explicación más extensiva de la formación física de la Tierra Media, tal y como fue creada y cambiada tras los cataclismos al final de la Primera y Segunda Edades, véase *La formación de la Tierra Media* de Christopher Tolkien (Volumen IV de *Historia de la Tierra Media*).

4 Apéndice A, p. 1131.

5 El relato de la Caída de Númenor que aparece en la *Akallabêth* fue el resultado de muchos textos anteriores, cuyas complejidades se explican en detalle, que pueden ser consultados en los volúmenes de *Historia de la Tierra Media* citados en p. 361 nota 3 Aquí, sin embargo, incluyo a modo de comparación con el «Epílogo», un extracto de «El hundimiento de Anadûnê» (*Caída*, pp. 282-3 §§49-50) que contiene un relato notablemente diferente del modo en que los exiliados veían la reorganización de las tierras del mundo que tuvo lugar tras la Caída.

«Porque aún después de la ruina el corazón de los Adûnâim se volcaba hacia el Oeste; y aunque sabían que el mundo había cambiado, decían: "Avallôni ha desaparecido de la faz de la Tierra, y la Tierra del Don ha sido arrebatada, y nadie puede encontrarlas en este mundo de oscuridad; no obstante, una vez fueron, y por tanto todavía son, plenamente, y en la forma cabal del mundo". Y los Adûnâim sostenían que los hombres, si se los bendecía, podían ver otros tiempos que aquel en el que vivía su cuerpo; y anhelaban siempre escapar de las sombras del exilio y contemplar de algún modo la luz de antaño. Por ese motivo, algunos de ellos exploraban todavía los mares vacíos, con la esperanza de encontrar la Isla Solitaria y tener allí una visión de las cosas que fueron.

«Pero no la encontraban, y decían: "Todos los caminos que antaño fueron rectos son curvos ahora". Porque en la juventud del mundo se decía entre los hombres que la tierra no era plana,* parecía, y pocos aun de los Fieles de Anadûnê lo creían; y cuando en días posteriores, en parte por la ciencia y la lectura de las estrellas, en parte por los viajes de los barcos que exploraron todos los caminos y los mares de la Tierra, los Reyes de los Hombres supieron que el mundo era redondo, creyeron que sólo era así desde el tiempo de la gran Caída, y no antes. Por tanto, pensaron que, mientras que el nuevo mundo era curvo, el antiguo camino y el sendero del recuerdo de la Tierra ascendía hacia el cielo, como si fuera un gran puente invisible. Y tenían numerosos rumores e historias acerca de marineros y hombres abandonados en el mar que por algún destino o gracia habían encontrado el antiguo camino y habían visto cómo se hundía por debajo de ellos la faz del mundo, y de ese modo habían llegado a la Isla Solitaria, o en verdad a la Tierra de Amân, y habían contemplado la Montaña Blanca, terrible y hermosa, antes de morir.»

* [La palabra] «*plain*» se usa en sentido ya perdido de 'plana'; compárese con la escritura posterior *plane* de la misma palabra, y el nombre *plain* ('llanura').

6 *Cartas*, carta 131, pp. 185-6. Unos años más tarde, en 1954, Tolkien escribió (*Cartas*, carta 154, p. 232) sobre la transformación del mundo, de plano a redondo: «En realidad, al imaginar esta historia, estamos viviendo ahora en una Tierra físicamente redonda. Pero el entero "*legendarium*" contiene la transición desde un mundo plano (o cuando menos una οἰκουμένη* con límites a su alrededor) a un globo: una transición inevitable, supongo, a un moderno "hacedor de mitos" con una mente sometida a las mismas "apariencias" que la de los hombres antiguos, y en parte alimentado de sus mitos, pero que ha aprendido que la Tierra era redonda desde los años más remotos. Tan profunda fue la impresión que hizo en mí la "astronomía", que no creo que pudiera referirme a un mundo plano o concebirlo de ese modo imaginativamente, aunque una Tierra estática con un sol que gira a su alrededor es más fácil (a la fantasía, si no a la razón).'

* *ecumene* o *oecumene*, un término griego antiguo para el mundo conocido, habitado o habitable.

7 *Torres*, Libro tercero, 11, «La Palantir», p. 641. En referencia a esta rima, Christopher Tolkien señala en otro lugar (*Pueblos*, p. 157 §80): «Todos los textos [de la Akallabêth] dicen: "Eran doce barcos: seis para Elendil, y cuatro para Isildur, y dos para Anárion", pero en

el texto amanuense C mi padre sustituyó las cantidades por "nueve: cuatro, tres, dos", apuntando en el margen: "Nueve, a menos que el verso de *SA* [*El señor de los Anillos*] se cambie por *Cuatro veces tres*"». La rima no fue cambiada, pero Christopher Tolkien cambió, con buen criterio, «Doce naves» por «Nueve» al editar *El Silmarillion.*

8 *Retorno*, Libro sexto, 5, «El Senescal y el Rey», p. 1048. En este pasaje llamativamente autobiográfico, Tolkien otorga a Faramir su propia experiencia recurrente de un «sueño atlántico» en el que una poderosa ola desciende sobre un paisaje, véase «Introducción», pp. 26–31.

3320 – FUNDACIÓN DE LOS REINOS EN EL EXILIO: ARNOR Y GONDOR. LAS PIEDRAS QUEDAN REPARTIDAS. SAURON REGRESA A MORDOR

1 *Cartas*, carta 131, p. 186. En esta carta, Tolkien escribió: «Elendil, figura de Noé, que se ha mantenido apartado de la rebelión y cuyos barcos tripulados y provistos se hallan en la costa este de Númenor, huye ante la abrumadora corriente desatada por la ira del Oeste, y es transportado en lo alto de olas como torres que llevan la ruina al oeste de la Tierra Media. Él y los suyos son arrojados como exiliados sobre las costas». Con «figura de Noé» se refiere al patriarca Noé, quien aparece en el relato bíblico sobre el Diluvio (Génesis 6:11-9:19), ya que ambos eran fieles a sus creencias y estaban preparados para lo que pudiera suceder.

2 Apéndice A, p. 1131.

3 *Retorno*, Libro sexto, 5, «El Senescal y el Rey», p. 1053

4 Hay información sobre estos soberanos en *El Señor de los Anillos*, Apéndices A y B; y en *Los pueblos de la Tierra Media*, Primera parte: El prólogo y los Apéndices de *El Señor de los Anillos,* VII «Los herederos de Elendil» y IX «La redacción del Apéndice A». La narrativa que sigue proviene de *Anillos*, pp. 425-7.

5 También entre aquellas reliquias de familia estaba el cetro que, en Númenor, había sido el símbolo del oficio de los Señores de Andúnië, del que más tarde se escribió lo siguiente [Apéndice A, p. 1131, nota al pie 1]: «La vara de plata de los Señores de Andúnië, y es probablemente ahora la obra más antigua salida de manos de Hombres que se preserva en la Tierra Media».

El cetro de Númenor, habiendo perecido con Ar-Pharazôn en la Caída, se convirtió ahora en el cetro de Annúminas, que simbolizaba la autoridad de la Línea de los Reyes númenóreanos en la Tierra Media. Muchos años más tarde estaba guardado, junto con otras reliquias de familia, con Elrond en Imladris, tal y como consta en «La historia de Aragorn y Arwen» *[Apéndice A,* (v) pp. 1153 y ss.].

6 Véase p. 179

7 *Anillos*, pp. 427-8. En la Tercera Edad, muy pocos sabrían que las piedras aún existían. Saruman tenía una en su poder en Orthanc, y Denethor, el último Senescal de Gondor, tenía otra en Minas Tirith, mientras que el Ojo que todo lo ve de Sauron observaba las actividades realizadas con estas piedras valiéndose de una tercera, que guardaba en Barad-dûr. La piedra de Orthanc desempeñó un papel significativo en la Guerra del Anillo, el destino último de la mayoría de las Palantíri sería desconocido en el momento de redacción de este texto.

8 *Torres*, Libro tercero, 11, «La Palantír», pp. 641-2. Para una historia de las Piedras Videntes, véase *CI*, Cuarta parte, 3, «Las *Palantíri*», pp. 626 y ss.

9 *Anillos*, p. 428.

10 *Anillos*, p. 425.

11 Apéndice A, p. 1132.

12 *Anillos*, pp. 428-9.

13 Apéndice A, p. 1132.

14 *Anillos* p. 429. Herumor y Fuinur estaban entre los Númenóreanos que, durante la estancia de Sauron en la isla, navegaban hacia el este para establecer fortalezas y moradas a lo largo de la costa de la Tierra Media, y cuya voluntad ya estaba sometida a la influencia de Sauron. Estos «Númenóreanos Negros» podrían haber estado entre los Hombres que Sauron reclutó cuando se preparó para atacar Gondor en 3429 SE.

3429 – SAURON ATACA GONDOR, TOMA MINAS ITHIL Y QUEMA EL ÁRBOL BLANCO. ISILDUR SE ESCAPA BAJANDO POR EL ANDUIN Y ACUDE A ELENDIL EN EL NORTE. ANÁRION DEFIENDE MINAS ANOR Y OSGILIATH

1 *Anillos*, p. 430.
2 *Comunidad*, Libro primero, 2, «La sombra del pasado», p. 65.

3430 – SE CONSTITUYE LA ÚLTIMA ALIANZA DE ELFOS Y HOMBRES

1 *Anillos*, p. 430.
2 *Comunidad*, Libro primero, 11, «Un cuchillo en la oscuridad», p. 204.

3431 – GIL-GALAD Y ELENDIL MARCHAN AL ESTE, A IMLADRIS

1 *Anillos*, p. 430. Thangorodrim era el lugar de la Guerra de la Cólera librada en la Primera Edad por la Hueste de Valinor, los Eldar y los Hombres de las Tres Casas de los Edain contra las fuerzas de Morgoth. Fue por el coraje de los Edain cuando ayudaron a derrocar y derrotar a Morgoth, por lo que recibieron Andor, «La Tierra del Don», para vivir, y que más tarde fue llamada Númenor por los Hombres. Véase *El Silmarillion*, Quenta Silmarillion, 24, «Del viaje de Eärendil y la Guerra de la Cólera», pp. 361 y ss.
2 *Comunidad*, Libro segundo, 2, «El concilio de Elrond», p. 263.

3434 – EL EJÉRCITO DE LA ALIANZA CRUZA LAS MONTAÑAS NUBLADAS. LA BATALLA DE DAGORLAD Y DERROTA DE SAURON. SE INICIA EL ASEDIO DE BARAD-DÛR

1 *Cartas*, carta 144, p. 211; véase también *Torres*, p. 510
2 *Anillos*, p. 430.
3 *Ibíd.*

4 *CI*, 4 «La historia de Galadriel y Celeborn», p. 385.

5 *CI*, Apéndice B, «Los príncipes sindarin de los Elfos Silvanos», pp. 407-8. Christopher Tolkien señala aquí: «Malgalad de Lórien no aparece en ninguna otra parte, y no se dice aquí que fuera el padre de Amroth. En cuanto a Amdír, padre de Amroth, se dice dos veces (*CI*, pp. 380 y 385) que había muerto en la Batalla de Dagorlad, y por tanto puede pensarse que Malgalad y Amdír eran la misma persona. Pero no sabría decir qué nombre reemplazó al otro».

6 *Torres*, Libro cuarto, 2, «A través de las ciénagas», p. 677.

7 *Anillos*, p. 430.

8 *Comunidad*, Libro segundo, 2, «El concilio de Elrond», p. 263.

9 *Anillos*, p. 430.

3440 – MUERTE DE ANÁRION

1 *Anillos*, pp. 430-1.

2 Apéndice A, p. 1138 nota al pie 1, que continúa: «Pero en los días de Anatar Alcarin fue reemplazado por el yelmo enjoyado que se utilizó en la coronación de Aragorn».

3441 – SAURON DERROCADO POR ELENDIL Y GIL-GALAD, QUE PERECEN. ISILDUR TOMA EL ANILLO ÚNICO. SAURON SE DIFUMINA Y LOS ESPECTROS DEL ANILLO ENTRAN EN LAS SOMBRAS. FIN DE LA SEGUNDA EDAD

1 *Anillos*, p. 431.

2 Fue recitado así por Sam Gamyi cuando los Hobbits y Trancos se encaminan a la Cima de los Vientos en *Comunidad*, Libro primero, 11, «Un cuchillo en la oscuridad», p. 204.

3 *Anillos*, pp. 431-2.

4 *Anillos*, p. 431.

5 *Comunidad*, Libro segundo, 2, «El concilio de Elrond», p. 264.

1 *Anillos*, p. 432. *Weregild* (traducido como 'indemnización') significa 'precio por una cabeza' o 'dinero manchado de sangre', tal y como queda agrupado en antiguos códices legales para referirse a poner un precio a la vida de una persona, impuesto como una multa a un asesino y constituyendo un pago compensatorio para la familia de la víctima. Tolkien habría conocido la palabra, que aparece en Beowulf, la Völsungasaga, la Saga de Egil del siglo XIII y en otros textos. Un ejemplo de esta ley queda referenciado por Tolkien respecto a Túrin II, en Apéndice A, «Los Senescales», p. 1150.

2 *Comunidad*, Libro segundo, 2, «El concilio de Elrond», p. 274. El contenido del pergamino de Isildur fue revelado al Concilio de Elrond en la Tercera Edad por Gandalf, quien dice a los reunidos que, en su estimación, desde que el linaje de los Reyes fue interrumpido, nadie lo había leído, «pues sólo Saruman y yo lo hemos visto». El significado de *glede* (traducido como 'brasa') = un carbón incandescente o una brasa.

3 *Anillos*, pp. 431-2. Una versión alternativa sustancial de la caída de Isildur puede encontrarse en la narrativa de Tolkien que lleva por título «El desastre de los Campos Gladios». Siendo un texto largo y un acontecimiento perteneciente a la Tercera Edad (la Segunda Edad concluye con la derrota de Sauron), no queda agrupado en el presente volumen, pero puede ser consultado en *CI*, pp. 425-47.

APÉNDICE A

1 La narrativa que sigue proviene de *Anillos*, pp. 433-6.

APÉNDICE B

1 El *lavaralda* (que sustituye a *lavarin*) no se menciona en «Una descripción de la isla de Númenor (*CI*, p. 217) entre los árboles que los Eldar llevaron de Tol-Eressëa.

2 *Siete docenas de años* es una corrección de *cuatro veintenas de años* (que originalmente era *tres veintenas de años*); véase nota 10.

3 *Vinya* está escrito sobre *Númenor* en el manuscrito; aparece de nuevo en una parte del texto que se volvió a escribir (*Camino*, p. 78), convertida en «la Nueva Tierra». El nombre apareció por primera vez en una corrección de *La Caída de Númenor* 1 (*Camino*, p. 26, §2).

4 Para *Terendul* véanse *las Etimologías*, [*Camino*, p. 452] raíz TER, TERES.

5 La versión original del texto era así:

Poldor me llamó *Eärendel* ayer.

Elendil suspiró. —Pero ése es un nombre hermoso. Me gusta la historia más que otras; de hecho elegí tu nombre porque recordaba a éste. Pero no quise darte ese nombre ni siquiera a ti, ni compararme con Tuor el poderoso, el primero de los Hombres en navegar por estos mares. Al menos puedes responder a tus necios amigos que Eärendel fue el más importante de los marinos, y seguro que eso todavía se considera honorable en Númenor, ¿no es así?

—Pero a ellos no les importa Eärendel. Y a mí tampoco. Queremos hacer lo que dejó por hacer.

—¿A qué te refieres?

—Tú lo sabes: poner pie en el lejano Oeste... (El resto como en p. 73).

6 En el *Quenta* (*Camino*, IV, 179) no se dice que Tuor se «perdiera». Cuando sintió que llegaba a la vejez «construyó un gran navío, Eärámë, Ala de Águila, y navegó con Idril hacia la puesta de sol y el Oeste, y no volvió a aparecer en ninguna historia o canción». Más tarde se añadió lo siguiente (*Camino*, IV, p. 183): «Pero sólo Tuor de los Hombres mortales se contaba entre la raza más antigua, y se unió a los Noldoli, a quienes amaba, y en tiempos posteriores siguió morando, o eso se ha dicho, en su barco, de viaje por los mares de las Tierras de los Elfos, o descansando un tiempo en los puertos de los Gnomos de Eressëa; y su destino es distinto del destino de los Hombres».

8 Ésta es la versión final que aparece en el *Quenta* de la historia del desembarco de Eärendel en Valinor, donde, en las correcciones realizadas

en el segundo texto QII (*Camino*, IV. 183-5), Eärendel «se despidió en la última costa de todos aquellos a los que amaba y se separó de ellos para siempre», y «Elwing se lamentó por Eärendel, pero nunca más volvió a encontrarlo, y estuvieron separados hasta el fin del mundo». Posteriormente, Elendil habla más extensamente del tema (*Camino*, p. 78). En QS la historia se alteró otra vez, y Elwing entró en Valinor (véase *Camino*, p. 375 §§1-2, y comentario).

9 *Nuaran Númenóren*, las letras *ór* se tacharon en la copia mecanografiada (solamente).

10 *No tienes más que cuatro docenas de años* reemplazó a *No tienes aún dos veintenas y diez años*. Al igual que en el cambio apuntado en la nota 2, la cuenta duodecimal sustituye a la cuenta decimal, pero el número de años es muy extraño en ambos casos. Se dice de Herendil que es un «muchacho» y un «joven», y que está «en el umbral de una pronta virilidad» (*Camino*, p. 71); ¿cómo es posible entonces que tenga cuarenta y ocho años? Sin embargo, no hay equívoco posible, y además Elendil dice más tarde (*Camino*, p. 80) que han pasado 44 años desde que llegó Sauron y que Herendil era entonces un niño pequeño; por tanto, la única explicación posible es que en ese entonces la longevidad de los Númenóreanos implicaba que crecían y envejecían a un ritmo distinto de los otros hombres, y que no eran adultos del todo hasta aproximadamente los cincuenta años. Cf. *CI*, pp. 286-8.

11 La misión de Orontor, de la que tal vez no regrese jamás, parece una premonición del viaje de Amandil al Oeste, del que nunca regresó (*Akallabêth*, pp. 373-5). [En este volumen pp. 264–265]).

12 El manuscrito (que se sigue en la copia mecanografiada) es confuso en este punto, ya que además del texto impreso se da también la canción entera de Fíriel, con la traducción; de este modo, los dos versos iniciales y los dos finales y sus traducciones están repetidos. No obstante, mi padre realizó unas marcas a lápiz en el manuscrito que demuestran que se decidió enseguida por una segunda versión (que omitía la mayor parte de la canción) sin tachar la primera.

El texto de la canción se corrigió en tres etapas. Los cambios que probablemente se realizaron muy poco después de la escritura fueron *Valion númenyaron* (traducido «de los Señores del Oeste») > *Valion: númessier en* el verso 2, y *hondo-ninya* > *indoninya* en el verso 9; *Vinya* se escribió sobre *Númenor* como forma alternativa en el verso 8 (cf. nota 3). Antes de la realización de las correcciones posteriores el texto era así:

Ilu Ilúvatar en káre eldain a fírimoin
ar antaróta mannar Valion: númessier.
Toi aina, mána, meldielto — enga morion:
talantie. Mardello Melko lende: márie.
Eldain en kárier Isil, nan hildin Úr-anar.
Toi írimar. Ilqainen antar annar lestanen
Ilúvatáren. Ilu vanya, fanya, eari,
i-mar, ar ilqa ímen. Irima ye Númenor.
Nan úye sére indo-ninya simen, ullume;
ten sí ye tyelma, yéva tyel ar i-narqelion,
íre ilqa yéva nótina, hostainiéva, yallume:
ananta uva táre fárea, ufárea!
Man táre antáva nin Ilúvatar, Ilúvatar
enyáre tar i tyel, íre Anarinya qeluva?

El Padre hizo el Mundo para Elfos y Mortales, y lo dejó en manos de los Señores. Están en el Oeste. Son sagrados, benditos y amados: excepto el oscuro. Ha caído. Melko ha abandonado la Tierra: es bueno. Para los Elfos hicieron la Luna, pero para los Hombres el Sol rojo, que son hermosos. A todos otorgaron a medida los dones de Ilúvatar. El Mundo es hermoso, el cielo, los mares, la tierra, y todo lo que hay en ellos. Bella es Númenor. Pero mi corazón no reposa aquí para siempre; porque aquí hay un final, y habrá un final y el Marchitamiento, cuando todo se cuente, y todo se numere al fin, pero aún no será bastante, no será bastante. ¿Qué me dará el Padre, oh, Padre, en el día más allá del fin, cuando mi Sol se apague?

Posteriormente *Mardello Melko* del verso 4 se cambió por *Melko Mardello*, y los versos 5-6 pasaron a ser

En kárielto eldain Isil, hildin Úr-anar.
Toi írimar. Ilyain antallo annar lestanen

Luego, después de la realización de la copia mecanografiada, *Melko* se cambió por *Alkar* en el texto y en la traducción; véase nota 27.

La idea de los versos 5-6 de la canción reaparece más tarde en las palabras de Elendil a Herendil (p. 129): «Pero los Valar hicieron la Luna para los Primeros Nacidos y el Sol para los Hombres para acabar con la Oscuridad del Enemigo». Cf. QS §75 *(El Silmarillion* p. 132): «Porque el Sol se erigió como signo del despertar de los Hombres y la declinación de los Elfos, pero la Luna alimenta su memoria».

13 Sobre *hon-maren* «corazón de la casa» véanse las *Etimologías* [*Camino*, p. 421], raíz KHO-N.

14 En este punto acaba la copia mecanografiada realizada en Alien & Unwin (*Camino*, p. 15 nota 3 a pie de página). El lector de la editorial (véase *Camino*, p. 116) dijo que «sólo los dos capítulos preliminares... y uno de los últimos capítulos... están escritos». Podría suponerse que la copia acababa aquí porque para entonces no había nada más escrito, pero no creo que fuera ésta la razón. En el punto en que se interrumpe la copia mecanografiada (en medio de una página manuscrita) no hay signos de una interrupción de la escritura, y parece mucho más probable que el mecanógrafo lo abandonara, porque la reescritura y las correcciones hacen que el manuscrito se vuelva aquí confuso y difícil.

En las partes previas de *El camino perdido* introduje todas las correcciones del manuscrito, aunque se hicieron rápida y descuidadamente, puesto que todas aparecen en la copia mecanografiada. A partir de este punto no hay pruebas externas que indiquen cuándo se hicieron las correcciones a lápiz; no obstante, las sigo introduciendo en el texto como antes.

15 El largo relato de Elendil para Herendil de historia antigua, desde «Está Ilúvatar, el Único» hasta «y llevar la ruina (si le era posible) a Avallon y Valinor» en [*Camino*] p. 79 sustituye al pasaje original, mucho más breve. La sustitución debe de ser posterior a la entrega de *El camino perdido* a Alien & Unwin, puesto que Morgoth es llamado *Alkar* en la versión original del texto, no *Melko*, mientras que

en la canción de Fíriel del capítulo precedente *Melko* sólo se cambió por *Alkar* a lápiz, no se retomó en la copia mecanografiada. El pasaje original decía así:

> Habló de la rebelión de Melko [*posteriormente* > Alkar *y después*], el más poderoso de los Poderes, que empezó en la hechura del Mundo; y de la repulsa de los Señores del Oeste después de que forjara el mal en el Reino Bendecido y causara el exilio de los Eldar, los primeros nacidos de la tierra que ahora vivían en Eressëa. Habló de la tiranía de Melko en la Tierra Media, y de cómo había esclavizado a los Hombres; de las guerras que los Eldar libraron contra él, en las que fueron derrotados, y de los Padres de los Hombres que los habían ayudado; de cómo Eärendel llevó su súplica a los Señores, y Melko fue vencido y expulsado más allá de los confines del Mundo. Elendil hizo una pausa y miró a Herendil, que no se movió ni hizo señal alguna. Por tanto, Elendil prosiguió. —¿No te das cuenta, Herendil, de que Morgoth es el padre del mal, y de que causó pesar a nuestros padres? No le debemos lealtad alguna, excepto por temor. Porque perdió el derecho a su parte en el gobierno del mundo hace mucho tiempo. Tampoco necesitamos poner esperanzas en él: los padres de nuestra raza fueron sus enemigos, y por tanto no podemos esperar amor por su parte ni por parte de ninguno de sus siervos. Morgoth no perdona. Pero no puede regresar al Mundo en poder y forma presentes mientras los Señores ocupen sus tronos. Está en el Vacío, pero su Voluntad permanece y guía a sus siervos. Y su voluntad es derrotar a los Señores, y regresar, y tener el dominio, y vengarse de los que obedecen a los Señores.
>
> «Pero ¿por qué habría de engañamos...?» (etc., como en *Camino*, p. 79).

Las oraciones finales («Pero no puede regresar al Mundo...») recuerdan a un pasaje de *La Caída de Númenor* II (§1), (*Camino*, p. 38) o quizá sea más bien el pasaje lo que las recuerda a ellas.

16 En QS [*Quenta Silmarillion*] §10 [*Camino*, p. 239] se dice que Melko era «coevo de Manwë». El nombre de Melko *Alkar* «el Radiante» no aparece, creo, en ningún lugar aparte de este texto.

17 Véase nota 8. La referencia al *hijo* de Eärendel demuestra que Elros no había surgido aún, como en CN II ([*Camino*] p. 44).

18 «mofas de las criaturas de Ilúvatar»: cf. CN II §1 [*Camino*, p. 32] y comentario. [*Camino*, p. 38]

19 Aquí acaba el largo pasaje de sustitución (véase nota 15), aunque originalmente seguía con casi las mismas palabras que la versión anterior («Porque Melko no puede regresar al mundo mientras los Señores ocupen sus tronos...»); este pasaje se tachó posteriormente.

20 Las palabras «un don que hasta los mismos Señores del Oeste envidiarán con el paso del tiempo» fue una adición a lápiz al texto, y constituyen la primera aparición de la idea: una frase muy similar se encuentra en un texto de la *Ainulindalë* escrito años después (cf. *El Silmarillion*, p. 51: «La Muerte es su destino, el don de Ilúvatar, que hasta los mismos poderes envidiarán con el paso del Tiempo»).

21 Cf. CN II §5 [*Camino*, p. 34]: «Algunos decían que era un Rey más grande que el Rey de Númenor; otros, que era uno de los Dioses o de sus hijos designado para gobernar la Tierra Media. Unos pocos decían que era un espíritu maligno, quizás el mismo Morgoth, que había regresado. Pero esto fue tenido sólo por una fábula estúpida de los Hombres salvajes».

22 El cómputo duodecimal se encuentra en el texto original; véase nota 10.

23 Cf. CN II §5 [*Camino*, p. 35]: «porque [los Señores] decían que Sauron obraría el mal si iba a Númenor, pero que no podría hacerlo sin la llamada y la guía de los mensajeros del Rey».

24 El nombre *Moriondë* no aparece, creo, en ningún otro sitio. El puerto oriental es sin lugar a duda el precursor de Rómenna.

25 Ésta es la historia de la llegada de Sauron que aparece en CN II §5 [*Camino*, p 34], que pronto fue reemplazada por una versión donde se elimina la gran ola que levanta los barcos y los arroja tierra adentro (véanse *Camino*, pp. 15, 35). En la primera versión de CN II el mar se alzó como una *montaña*, el barco donde iba Sauron quedó sobre una *colina*, y Sauron predicó su mensaje a los Númenóreanos en la *colina*. En *El camino perdido* el mar se alzó como una *colina*, sustituido a lápiz por *montaña*, el barco de Sauron fue arrojado sobre una *roca elevada*, sustituido a lápiz por *co-*

lina, y Sauron habló de pie en la *roca* (que no se alteró). Ésta es la mejor prueba que puedo encontrar de que de estas dos obras compañeras (véanse notas 15, 21, 23) *El camino perdido* se escribió antes.

26 *Alkar* sustituyó a lápiz a *Melkor*. véase nota 15.

27 Sobre el eressëano («latín élfico», Qenya), la lengua común de todos los Elfos, véase [*Camino*] p. 68. El presente pasaje constituye la primera aparición de la idea de un componente lingüístico en el ataque que el «gobierno» númenóreano llevó a cabo sobre la cultura e influencia eressëanas; cf. *La Línea de Elros* en *Cuentos inconclusos* (p. 284 [En este volumen p. 239]), de Ar-Adûnakhôr, el vigésimo regente de Númenor: «Fue el primero en acceder al cetro con un título en lengua adûnaica... En este reino ya no se emplearon las lenguas élficas y se prohibió que se las enseñara, y los Fieles las hablaron en secreto»; y de Ar-Gimilzôr, el vigésimo tercer regente: «prohibió totalmente el empleo de las lenguas Eldarin» (muy similar en la *Akallabêth*; p. 363 [En este volumen, p. 240). No obstante, en la época de *El camino perdido* no había surgido la idea de que el adûnaico era una de las lenguas de Númenor, y la propuesta es sólo «recuperar el habla ancestral de los Hombres».

28 Esto se remonta a CN I §6 [*Camino*, p. 22]: «Sûr dijo que los Dioses retenían los dones de Morgoth, y que para obtener la plenitud de poder y la vida eterna [el Rey Angor] debía dominar el Oeste».

MAPA DE LA TIERRA MEDIA

1 De cara a la publicación de *El Señor de los Anillos: La Comunidad del Anillo* (1954), Christopher Tolkien dibujó un gran mapa general de la Tierra Media. El mapa, que no lleva título, fue dibujado con tinta negra y roja y presentado como un desplegable al final del volumen. Aun estando basado en el mapa original de su padre dibujado a lápiz, que había sido muy corregido y tachado, la interpretación de Christopher se hizo con cierta premura debido a la presión de la editorial, que estaba ansiosa por llegar a la fecha acordada para la

compleción del libro. Cuando en 1980 Christopher Tolkien publicó los escritos de su difunto padre en *Cuentos inconclusos*, creó un mapa de Númenor, frente a p. 168 en la edición en castellano, se publicó al final del libro (y en este volumen, véase p. 55) y volvió a dibujar el mapa de la Tierra Media, explicando:

> «Mi primera intención fue incluir en este libro el mapa que acompaña a *El Señor de los Anillos,* añadiendo algunos nombres; pero después de reflexionar me pareció mejor copiar el mapa original, y tener así la oportunidad de poner remedio a algunos defectos menores (poner remedio a los mayores estaba fuera de mi alcance). Por tanto, lo he vuelto a dibujar con bastante exactitud, en una escala reducida una vez más a la mitad (es decir, la escala del nuevo mapa es una vez y media mayor del primer mapa publicado). La superficie mostrada es más pequeña, pero los únicos puntos que se pierden son los Puertos de Umbar y el Cabo de Forochel». (*CI*, pp. 30-1)

Puesto que Umbar está referenciado en esta presentación de los escritos de Tolkien sobre la Segunda Edad, se reproduce aquí el mapa original (p. 382), mientras que una versión del mapa posterior de los *Cuentos inconclusos*, que lleva por título «El Oeste de la Tierra Media al final de la Tercera Edad» (ahora usado en todas las ediciones de *El Señor de los Anillos*, y coloreado por Nicolette Caven para la edición ilustrada de *Cuentos inconclusos* de 2020), se incluye aquí en las guardas finales del presente volumen.

AGRADECIMIENTOS

Tal y como siempre ocurre cuando uno estudia de cerca los escritos de J. R. R. Tolkien, es inevitable darse cuenta de que este autor no solo tenía el don de una imaginación extraordinaria, sino que también era un académico erudito, capaz de otorgar a su creatividad literaria (o, como Tolkien preferiría llamarlo, «subcreatividad») el rigor y la disciplina académica de un filólogo y estudioso de los ricos mundos del mito, la leyenda y los cuentos populares.

Puesto que la mayoría de los textos publicados que componen el presente libro era producto del esfuerzo de Christopher Tolkien, durante casi una vida entera, de comprender, perfeccionar y ordenar el *legendarium* de Tolkien, el libro también es un recordatorio del talento único de Christopher como asiduo editor: poseía un estilo de escritura hábil y elegante que es el suyo propio, pero que complementa perfectamente el de su padre.

Estos dos Tolkien, padre e hijo, son por encima de todos los demás, «el único progenitor» y amanuense, respectivamente, de los relatos reunidos en el presente volumen. Sin embargo, también hay otras personas a las que quiero agradecer su generosa ayuda.

Debo expresar mi profunda gratitud a los Directores del Tolkien Estate y el Estate de Christopher Tolkien, no sólo por dar su visto bueno a este proyecto, sino también por su actitud positiva y su activa colaboración en forma de comentarios detallados y constructivos, que contribuyeron significativamente al desarrollo del libro, desde su forma conceptual hasta el volumen terminado. Durante el proceso de producción del libro, la familia Tolkien, los miembros del consejo de administración y la comunidad Tolkien internacional perdieron a Priscilla Tolkien, la última de los hijos del Profesor. Fue una defensora apasionada de la obra de su padre y una amiga incansable de aquellos que viajaban por la Tierra Media, por lo que este volumen está dedicado a su memoria.

De la gente de HarperCollins, quiero expresar mi aprecio y gratitud a David Brawn, Editor, por sugerir este proyecto y confiar en mí para llevarlo a cabo; a Hannah Stamp, Ejecutiva Editorial, por su atenta ayuda y buen ojo para los detalles; al diseñador Terence Caven, cuya maquetación congenial y elegante no deja traslucir las muchas versiones que repasamos antes de alcanzar la versión final; y al Gerente de Producción Simon Moore, por ayudarnos a todos a trabajar contrarreloj y conseguir que estos libros se imprimiesen y entregasen a todos los rincones del mundo en un momento en que este tipo de logística resulta más complejo que nunca.

Éste es al menos el duodécimo proyecto (entre libros y calendarios) en el que he tenido la fortuna de trabajar con Chris Smith, el Director de Publicaciones de Tolkien de HarperCollins, como editor. Como siempre, Chris ha sido un parangón de paciencia y, lo que no es menos importante, una fuente de palabras de sabiduría, ánimo y tranquilidad, hasta tal punto que este libro es tanto suyo como mío.

Alan Lee y yo hemos sido amigos desde hace más de veinte años, pero nunca antes habíamos tenido la oportunidad de colaborar en un proyecto, por lo que *La Caída de Númenor* es un hito especial. Como siempre ocurre con el trabajo magistral de Alan, la belleza y el dinamismo de las visiones de la Tierra Media y Númenor que capta en sus nuevas y evocadoras ilustraciones de color me estremecen, como también lo hacen las prolíficas decoraciones a lápiz que adornan estas páginas.

Finalmente, quiero agradecer a mi agente, Philip Patterson; y, por la lealtad que va más allá de lo que uno merece, a mi sufrido marido, David Weeks, quien —sin quejarse— ha aguantado los muchos meses de nuestra vida conjunta en medio de los tumultuosos días de la Segunda Edad de la Tierra Media.

Brian Sibley

MAPA DE LA TIERRA MEDIA